贵州师范大学国家级一流专业（汉语言文学）资助出版

贵州师范大学博士科研启动项目资助出版

汉赋评点研究

HANFU PINGDIAN YANJIU

禹明莲◎著

人民出版社

序

　　禹明莲博士的著作《汉赋评点研究》将正式出版,她来电要我写篇序,究其原因,可能是作为博士论文的指导教师,这作序是责无旁贷的任务。

　　于是返回当年讨论论文写作的现场,搜集材料与撰写过程都是明莲博士独立完成,然选题确实有我的参与。我尝认为研究文学评点,最好有些创作体验,而明莲曾就读于贵州师大,硕士论文是易闻晓教授指导的。易先生不仅是诗赋研究大家,而且是诗赋创作高手,明莲得其教诲,受其熏陶,这或许是我同意她以"汉赋评点"为研究论题的一个重要原因。诗歌评点研究不易,辞赋评点研究尤难,如果比较以骈赋、律赋评点,汉赋评点的研究更是难上加难了。说大要,至少有两难:一是搜材难。诗歌评点,多得其词,得其句,得其神韵,搜集评点语或圈点,附原作一两句较易;而汉赋大篇的评点,往往是几个字涵盖一大段赋文,不抄录赋文,也就不知道评点语为何意。二是立论难。如何义门评点《选赋》(包括汉代骈辞大赋),经常采用两字、四字或一语来提摄大篇结穴之处、转折之势,倘于赋作宏篇没有自己的见解,又怎么认知评点语的精妙或错失?况且汉赋评点属于赋法,赋之有法并加以点评,在唐宋科举闱场试赋之时,元明以后又以闱场试赋之评点(改卷与示例)转而为古赋的评点,这其中的时间差距与"越俎代庖"式的"越位",也是研究者应该担忧与沉思的。

　　正因为有这些顾虑,辞赋评点研究一直相对薄弱,明莲博士论文的完成与著作的出版,应该是辞赋研究的开新之作。该书分上、下两编,上编从选学与史评中辑录大量的汉赋评点文字,结合作品加入探讨,堪称主构。下编研究明清时代有关汉赋评点的撰述,着重探讨《辞赋标义》、《精镌古今丽赋》、《赋

1

略》、《七十家赋钞》与《赋学正鹄》，有考证，有辨析，然皆围绕辞赋评点的主旨展开，似附篇，亦正论。

回想起来，明莲博士入门治学时，勤黾奋进的形象还如在眼前，博士毕业后她赴黔中任教，又是多少年过去了。这部书虽有当年博士论文的雏形，但也包含了她教学相长多年的精进成果。读罢掩卷，聊撰数语，寄盼于苟日新，日日新。

许结 2022 年 4 月 3 日于南京龙江小区寓所

目　录

上　篇

上　篇

绪　　论

　　20世纪以来,百年汉赋研究取得巨大成就。学界大致划分为三大领域,一是赋学文献的整理与研究,二是赋史与赋学批评的研究,三是赋学专题与范畴的研究①。尤其是新世纪初期十年的古代赋学研究,以数十种赋选、百余种论著、近200篇学位论文、千余篇期刊文章的卓越成绩超越以往任何一个时期,呈现繁荣气象②。然赋体文学在当代文体分类中的尴尬地位及其自身骈辞夸饰、铺陈生涩等特征使其研究仍落后于传统诗文的研究领域。就文学形式看,中国古代文学几乎所有的重要文体都有评点出现,如诗、词、曲、文、赋、小说等,其中尤以小说、戏曲、散文的评点和研究为盛,诗、词次之,赋学评点最少。有学者认为"古人评诗者多,评赋者少也"③,实汉赋评点自诞生之日就多依附于诗文总集、赋学总集、史书评点等载体中,数量众多,卷帙浩繁。至今问津者几稀,系统探索者更属空白。

一、汉赋评点的界定

　　评点是我国古代一种独特的批评形式,其基本特点是由评点和文本共同组合而成,既是一种批评方式,同时又是一种文学形式,具有批评和文学的双重意蕴。因此,评点批评中的文学指向及评点文献所内蕴的批评内涵均是汉

---

　　①　参见许结:《二十世纪赋学研究的回顾与瞻望》,《文学评论》1998年第6期;何新文:《二十世纪赋文献的辑录与整理》,《文献》1998年第2期;赵敏俐:《二十世纪赋体文学研究的几个问题——兼谈中国特色的文学史理论体系建设》,《北京大学学报》2005年第4期。

　　②　何新文、王园园:《新世纪十年:古代赋学研究的繁荣与趋向》,《湖北大学学报》2012年第2期。

　　③　王重民:《中国善本书提要》,上海古籍出版社1983年版,第433页。

赋研究有待开发的崭新领域。关于评点的起源,向无定论。张伯伟认为中国古代文学批评以选本、摘句、论诗诗、诗格、诗话和评点等为最有民族特点、同时又使用得最为广泛而持久的方式。其中评点方式形成的时间最晚,吸收的因素也最为复杂。比如章句提供了符号和格式的借鉴,前人论文的演变决定了评点的重心,科举激发了评点的产生,评唱树立了写作的样板等。① 吴承学认为文学评点形式是在多种学术因素的作用之下形成的,主要有古代经学、训诂句读之学、诗文选本注本、诗话等形式的综合影响②。从现存文献看,唐代韩愈《秋怀诗》:"不如观文字,丹铅事点勘。"李商隐《韩碑》:"点窜尧典舜典字,涂改清庙生民诗。"较早提到评点。此处点勘、点窜当为评改、核对意。叶德辉曰:"刻本书之有圈点,始于宋中叶以后。岳珂《九经三传沿革例》,有圈点必校之语,此其明证也。孙记宋版《西山先生真文忠公文章正宗》二十四卷,旁有句读圈点。……有元以来,遂及经史。如《缪记》元刻叶时《礼经会元》四卷、何焯校《通志堂经解目》、程端礼《春秋本义》三十卷,有句读圈点。大抵此风滥觞于南宋,流极于元、明。"③宋代流传的九经以监、蜀、建、余四种本子为善,"监、蜀诸本,皆无句读。惟建本始仿馆阁校书式,从旁加圈点,开卷了然。于学者为便,然亦但句读经文而已"④。对经文添加句读,并不能算作严格意义上的评点。宋人廖刚以建安余氏、兴国于氏二本厘订重刻,当时称为精审。岳珂复以廖本为底本,增以公、穀二传及春秋年表、春秋名号归一图二书校刊于相台书塾,并述校刊之意作《总例》一卷。因此,叶德辉将之称作评点滥觞尚可,而真德秀《文章正宗》等古文选集评点则是有评论、有圈点的真正意义上的评点本子。以楼昉《崇古文诀》为代表,汉赋进入评点家的视野。

(一)所谓汉赋。赋之为体,发为附庸,蔚至大宗,与辞、颂、七、难等体形义牵缠,故学界对汉赋起源与文体分类的争议至今龃龉。按渊源论,有"诗源

① 张伯伟:《中国古代文学批评方法研究》,中华书局2002年版,第590页。
② 吴承学:《评点之兴——文学评点的形成和南宋的诗文评点》,《文学评论》1995年第1期。
③ 叶德辉:《书林清话》,国家图书馆出版社2009年版,第23页。
④ 岳珂:《九经三传沿革例》,《文渊阁四库全书》本,经部177册,第571页。

说""楚辞说""纵横家言说""俳词说""隐语说""多源说"等,源既纷纭,流亦繁多。赋为七,如枚乘《七发》;赋为难,如东方朔《答客难》;赋犹诗,如萧悫《春赋》等,反面观之,正是由于汉赋与辞、颂、七、难等的边缘融合乃至神合貌异,才能促使各体的相互交融、吸取、促进,乃至生命不竭。我们审视赋体,"从写作的实情看,汉人为赋为颂,必有前代与当世文体的交越互用,而赋颂不分,要在赋体颂用,赋是主导的方面,赋的铺陈总是以显示与炫耀表现为颂的功用"①。如此,由古人评点窥视赋体创作特征引申出的理论批评眼光或方法,以及其外部环境的促进或抑制因素,我们应将七、难等实备以夸饰为写作特技,著辞虚滥、构想奇幻、溯源诗骚、变本加厉等赋体特征的篇目包含进来。如枚乘《七发》,邵子湘评曰:"直是赋体,却又变成一格,妙在奇丽中有跌宕之气,可与相如并驱。"②指出可视为赋体,并不逊于"赋圣"司马相如之作。又如司马相如《难蜀父老文》,名为难体,实则借着老大夫与使者问答,暗讽武帝好大喜功、劳民伤财之举,同样与赋体无异。

(二)赋注与评点。传统意义上的《史记》三家注、颜师古《汉书》注、李贤《后汉书》注及《文选》李善及五臣注,并不属纯粹意义上的评点。其中《文选》注释与评点的关系,争论颇多。学界将《文选》注释分为主流注释与非主流注释,李善注与五臣注以及合并李善注与五臣注的六臣注均属于主流注释。唐代注释《文选》者除李善、五臣外,尚有公孙罗、陆善经、綦毋邃及其他无名氏的《文选》注,这些注释在由唐写本至宋刻本的演变中全部消失了,但它们亦是《文选》注释研究中不可或缺的部分。而主流注释中的五臣注,则"是文学作品由注音释词走向文学批评的开始。对文学作品的注音释词,最终的目的是要使读者能够顺利地欣赏作品。而揭示其'述作之由',正是文学注释走向批评的具体表现"③,黄永武论注释与评点区别说:"圈点批评是较为主观的,而笺注则较为客观;圈点批评可与作者为敌,指摘诗中的缺点;而笺则不得矜伐非毁,宜守'尊题'的原则;圈点批评可以全出个人的爱憎,而笺注则在考订详实,须有证据。又评诗者可以就全集中选评若干首,全首中选评若

① 易闻晓:《论汉代赋颂文体的交越互用》,《文学评论》2012 年第 1 期。
② 于光华:《重订文选集评》卷三四,清乾隆四十三年刻本。
③ 王立群:《现代〈文选〉学史》,中国社会科学出版社 2003 年版,第 377 页。

干句若干字,作为批评对象,而笺注则务求详备完整。"①即注释的底限是客观有据,不掺杂个人主观评价,评点则从主观见识出发,受个人情感、学识、目的等的影响,与客观并不完全一致。然注释与评点的关系不能断然分割。

一方面汉赋评点的内容包括对赋注的批评。评点包括对赋作文本语词的考释、辨别,句意的说明及篇章旨意、行文技巧的阐发等多方面内容。前人注释是重要的参照依据,同时评点者还对注释进行辨析评论,此时注释是汉赋评点内容的组成部分。如《文选·西都赋》:"招白鹇。"何焯评曰:"鹇,《后汉书》作闲。注云:'招,犹举也。弩有黄闲之名,此言白闲,盖弓弩之属。'今以揄文竿句例之,当以《后汉书》为正。"何焯作为热衷评点的大学问家,以考证的态度施于评点时,还兼有对史注或选注的是非考订。如《文选·东都赋》:"功有横而当天,计有逆而顺民。"何焯评曰:"功有横,计有逆,皆言其不得已。《后汉书》注引逆取顺守之说,非是。一作攻讨。"何焯在对《文选》评点时,引录史注以证选文,同时指出史注之误。在史书评点中,则兼有对选注的考订,如何焯评《汉书·贾谊传·吊屈原赋》"般纷纷其离此邮兮……何必怀此都也"句曰:"但以自譬,则皆追伤屈子之辞耳,当从李注,颜说赘矣。"又《汉书·司马相如传·子虚赋》:"于是楚王乃登阳云之台。"阳云,《文选》作"云阳",孟康注曰:"云梦中高唐之台,宋玉所赋者言其高出云之阳。"何焯评曰:"按孟注当从《文选》作云阳,此本对以云梦之事也。"关于《文选》李善注与《汉书》颜师古注的关系问题,何焯以判定是非为主,并未提出二人的因袭关系。今人对李善是否袭用颜注问题则一直纠缠不清,如段凌辰《文选注引汉书非袭用颜师古注本说》等文②。另一方面,在赋集评本中,注释与评点相辅相成,共同阐发文意,如俞王言《辞赋标义·凡例》云:"是编原为注繁难阅,欲标义以便观,故将字句之义标训在旁,章段之义标训在上,其有事多旁不能尽者,亦间标

①　黄永武:《中国诗学·考据篇》,台湾巨流图书公司 1977 年版,第 75—76 页。
②　段凌辰认为,李善注《文选》诸文,所引各家旧注,非袭用颜师古注本也。按李氏于《子虚赋》《上林赋》《讽谏诗》曾兼采司马彪注,《鹏鸟赋》《封禅文》兼采徐广注,《幽通赋》兼采曹大家注,《讽谏诗》兼采刘兆注,《幽通赋》《答宾戏》《述高纪第一》《述成纪第十》兼采项岱注,《圣主得贤臣颂》《吊屈原文》兼采胡广注,《报任少卿书》兼采顾野王注。自来治《文选》多兼治《汉书》,因《文选》选作与《汉书》相合者甚多,虽其并非自《汉书》中选录。《儒效月刊》1946 年 6 月第 2 卷第 2、3 期,转引自王立群:《现代〈文选〉学史》,第 395 页。

列上方,取低一字为别。仍分句读断截,庶令读者一览如指诸掌然。"须指出的是,无论是《文选》,还是赋集,评点家并不是照搬原注,而是对其节略或简化,甚至加入不少自出己意之言。因此,本书将这种经过评点家改造的注释纳入研究内容中。而由于书商射利的需要,将注释用作评点以欺骗读者的情况,其评点内容则等同注释对待,如叶敬溪刊本张凤翼《文选纂注评林》,于班固《两都赋》卷首眉批云:"诸引文证,皆举先以明后,以示作者必有所祖述也。"此句为李善注释体例,为李善自言,并非后世评语。

（三）赋论与评点。在汉赋评点中,赋论有两种功用,一是直接为评点家引用作为批点;二是引名家批评,置于卷前当作全编的批评宗旨。以直接引录前人赋论为最突出的特点,即便像郭正域、何焯、孙鑛等评点大家,亦借以表明自己的观点。尤其是祝尧《古赋辨体》、王世贞《艺苑卮言》、杨慎《升庵集》《丹铅总录》等与赋学批评相关的论断被引次数最多,这种情况在史书评点中尤甚,基本上所有的史论均被后人集为评语。如凌稚隆《史记评林·凡例》曰:"太史公《史记》批评,古今已刻者,惟倪文节《史汉异同》、杨升庵《史记题评》、唐荆川《史记批选》、柯希斋《史记考要》,其抄录流传者,何燕泉(孟春)、王槐野(维桢)、董浔阳(份)、茅鹿门(坤)数家,若杨铁崖(维桢)、王守溪(鏊)、陈后亭(沂)、茅见沧(瓒)、田豫阳(汝成)、归震川(有光)数十家,则又搜罗而出之,悉选录入兹刻。"凌氏在《汉书评林·凡例》又云:"《汉书》原无批评,隆周咨诸名家藏批评本,及东汉以来议论汉史如《班马异同》《黄氏日抄》之类,议论汉文如《文章正宗》《崇古文诀》之类,悉采入之。至于历代文集,间有品骘《汉书》者,亦为掇拾其论,次并以镌之上方云。"据凌氏所言,史书评点基本上是前人史论、文论的剪切版,举凡所有与之相关的论断均可采录。在赋集评点本中,编者往往将赋论置于卷前,是评点家表明自己赋学观的方式,如陈山毓《赋略》、王修玉《历朝赋楷》、陆葇《历朝赋格》等书前均有前人赋论。如陈山毓《赋略·统论》论体裁引录"《西京杂记》司马相如作赋条""扬雄读赋条""王世贞作赋之法条""拟骚赋条";论讽喻引录班固、皇甫安、杨慎等赋论;论情文引录刘勰、论气引录高似孙等人赋论。和注释一样,本书并不把赋论直接作为评点,而当赋论经过评点家的剪裁,变成评点家的观点或论断时,赋论便成为评点的一部分。

二、研究现状与前景

许结先生《中国赋学历史与批评》(江苏教育出版社 1999 年版)对赋学评点最早给予关注和重视。赋的选本起于魏晋,承于唐宋金元,盛于明清,类别纷繁,各有偏盛。故许结先生提出,选本中的评点,俨然为批评大宗,而赋学评点的要言妙道,也是不胜枚举。其《历代赋集与赋学批评》(《南京大学学报》2001 年第 6 期)对历代赋论家编纂的大量赋总集、选集、别集(尤其是清代)及所体现的赋论演进轨迹做了稽考与探索,指出其批评形态的表现方式之一即为序跋和评点,又与清代赋话的形成密切相关。此后踪凡《汉赋研究史论》(北京大学出版社 2007 年版)单列明代的汉赋注释与评点、清及近代的汉赋评点与注释,对明清依赖于《文选》及专门的辞赋评点内容与特点作了介绍。踪凡先生对赋注与评点的界限较为宽泛,如其统计出清纂集中选有汉赋者大约十四五种,其中包含赋注的不过数种,并对沈德潜、吴光昭二家作了重点介绍。事实上,吴光昭《赋汇录要笺略》援据内容,多为史传节引,个人按断极少。又如姚鼐所编《古文辞类纂》批点系列,清代不仅有续、有新编,还有对《古文辞类纂》的选评、广注、笺释等评本,仅对徐树铮《诸家评点古文辞类纂》有所论及是远远不够的。踪凡先生又有《论明代的汉赋评点》(《中州学刊》2013 年第 3 期)一文,对明代的汉赋评点文献及特征作了专题论析。又所谓"选学"的研究是比较成熟的,赋体乃选学研究不可绕过之一环。如游志诚、徐正英《昭明文选斠读》专列《评点家文选不可废》一节,强调要重视《文选》评点,奚彤云《中国古代骈文批评史稿》一书"万历以后骈文批评的复兴"一章设有"孙鑛评《文选》"专节,冯淑静《〈文选〉诠释研究》、王书才《昭明〈文选〉研究发展史》等均有对《文选》评点的探索,而王书才《〈文选〉评点述略》和赵俊玲《〈文选〉评点研究》二书,尤其是后者对我国各大图书馆现藏《文选》评本一一过录,并加以整理、对照、比勘,功夫可嘉,然对赋体批评的特色亦付之阙如。从已有的成果看,主要以《文选》评点的研究为多,汉赋评点及特色并不成系统,亟待整理与系统研究。若结合比勘诗文、戏曲等评点研究现状,汉赋评点于以下几个方面均值得关注。

（一）对含有汉赋评点的文献作出系统的清理。在小说、戏曲、诗文领域，此工作已得到不同程度的展开，汉赋评点文献的整理则付阙如。孙琴安《中国评点学史》（上海社会科学院出版社 1999 年版）第一次系统论及评点的历史流变，开启了小说、戏曲评点研究的热潮。谭帆《古代小说评点简论》（山西人民出版社 2005 年版）将小说评点置于创作史、传播史和批评史的视野下，揭示其错综复杂的关系与背景。朱万曙《明代戏曲评点研究》（安徽教育出版社 2004 年版）将明代戏曲评点作为一个完整的有机体，对明代戏曲评点的版本形态、理论贡献、批评价值、戏曲文化以及与诗文、小说评点比较等均作了探讨与考证，朱世英《中国散文学通论》（安徽教育出版社 1995 年版）单列"评点篇"，对散文评点的兴起、繁荣作了简要梳理，并对散文评点法作了详细介绍与辨析。周兴陆《诗歌评点与理论研究》（凤凰出版社 2011 年版）立足于诗歌评点本的文献稽考，对一些稀有的刊本如刘辰翁评《世说新语》等的调查研究，具有很高的实证价值。汉赋评点大量依附于文集、赋集、史评系列、《文选》评点系列等存在，起自宋元，盛于明清，与各时代学术变迁共进退，又不乏自己的特色，值得加以探索。

（二）汉赋专题评点特色的探索。诗文戏剧的评点研究以名家名著的研究为多，汉赋评点多依附诗文总集、赋集、史评等，文体不同，评点手法亦相异。如方孝岳《中国文学批评》对归有光的《史记评点》评价甚高："可算得自宋吕祖谦《古文关键》以来'评点学'之最上乘"。归有光对《史记》只加圈点，未有评语，一切精神意脉，皆见于圈点之中，只附带有一篇《圈点例意》。他的圈点很大方，用五色笔分别表示出来，大概是除了句子或内容精美之处略略圈点之外，最好是能将司马迁的大义微言，意脉所在，表露给人看。郭绍虞《中国文学批评史》对于孙鑛的评点，并不重其批评之当否，或批评方法之当否，而着重说明何以孙氏会注意到评经，评经又为何会成为一时风气。比如孙鑛受茅坤及前七子的影响作了论析。王运熙、顾易生《中国文学批评史新编》（复旦大学出版社 2001 年版）对金人瑞评《西厢记》《水浒传》，毛纶、毛宗岗父子评《三国志》，张道深评《金瓶梅》，王世贞、冯镇峦评《聊斋志异》以及脂砚斋评《红楼梦》，"卧本"（卧闲草堂本）《儒林外史》作了论析。当然，赋体与小说、戏曲等评点的研究又有很大的不同，比如融"评""改"为一体的现象在小说、戏曲中比较常见,而汉赋评点的同时则伴随着音注、音释等特点,因为汉代赋家多精通小学,如司马相如的《凡将篇》、扬雄的《训纂篇》《仓颉训纂篇》《方言》等,班固有《续仓颉训纂篇》,张衡亦尝作《周官训诂》,故阮元谓"综两京文赋之家,莫不洞穴经史,钻研六书"。评点家首先要通音训、明辞义,然后对赋作才能进行赏析评论。所以,汉赋评点亦有其自身特色,亟须整理研究。

(三)汉赋评点与各文体间的交叉研究。由于评点者本人识力所限,汉赋本身也与历史、地理、政治、经济、文化、哲学等领域密切相关。评点家并不仅仅对一种文体加以评点和研究,各体文的相互融通是不可避免的,如汉赋与八股、戏曲、史书、诗文评点的相互影响等的探索尚有大片的空白。如陆菜《历朝赋格·凡例》中"古赋之名始于唐"一段即为林联桂《见星庐赋话》全录,鲍桂星《赋则》评赋与姚门弟子方东树评诗用语均取古文法则,李元度《赋学正鹄·凡例》明确指出律赋即八股文,"今赋则斟酌亦臻完善耳,譬诸八韵诗,唐赋则唐人试律也。今馆阁诸赋,则国朝试帖也",故其用时文手法评点赋体。又如戏曲和诗文评点领域,李卓吾不仅批点《水浒传》,还批点过《西厢记》《幽闺记》等多种剧作,拿二者相较,就可以发现一些术语如"针线""跌宕""虚实"等语相合。

(四)评点与制度的关系。戴德《大戴礼记》卷一一《少闲》篇云:"昔尧取人以状,舜取人以色,禹取人以言,汤取人以声,文王取人以度,四代五王之取人以治天下如此。"[①]"四代五王"分别从形、貌、言、声、志几方面取人治天下,其中言为心声,是一个人才能的综合呈现,应该说是后世科举以文取士的滥觞。汉代司马相如、扬雄等均以大赋呈献帝王,而得郎官之职,进一步推进帝王以文取人观念的发展。至隋大业三年(607)夏四月,隋炀帝立十科举人,其中有"文才美秀"科,唐承隋制,赋体正式进入科举体制。以最早收有赋体作品的《崇古文诀》的编选评点看,南宋科举中经义及诗赋之争,理学对科举的干预与社会民族矛盾等因素不无相关。自此以后,评点的起伏始终与科举制度密切相关。

---

① 戴德:《大戴礼记》,《四部丛刊》初编本,上海商务印书馆 1926 年版,第 59—60 页。

本书以汉赋评点为中心,以专题形式力图揭示汉赋评点的自身特征。内含文献的整理、与制度的关联以及文坛风气变迁对评点的影响等多方面内容。并以明清具有代表性的赋集评点本,作为个案予以重点考察,试图揭示汉赋评点的独特特征。

第一章　汉赋评点概述

诗文评点兴起自南宋,盛于明末清初,延续至清中叶至晚清复兴并再度衰落。作为一种批评形式,评点以文本为依托,评点家的批评宗旨与时代思潮、流派纷争及政治风向、经济发展等均一脉相承。然近千年的历史时期中,各个时期的评点特征亦不断变化。从汉赋评点主体,到汉赋评点文献载体、评点方式及内容、评点产生原因及目的等,均是一个不断变化发展的过程,而在其变化传播的过程中,汉赋评点又有其自身的总体特征及价值表现,值得关注和探讨。

第一节　汉赋评点的文献考察

专门的汉赋评点本现存不多。南京图书馆藏佚名《两汉赋钞》一卷,版心刻有"停云馆监制"字样,编者及刊刻年代均不详,是现存唯一一部专门评点汉赋的辞赋选本。停云馆最早是明代书法家文徵明之父——文林的书斋,后因父子所刻《停云馆帖》而著名。赵宏恩乾隆《江南通志》卷三一:"文徵明宅在长洲县德爱桥,其父林所构,即停云馆也。"①清代李铭皖修,冯桂芬纂《苏州府志》卷四五云:"文温州林宅在三条桥西北曹家巷中,有停云馆。子待诏徵明亦居此。所勒《停云馆帖》十二卷,世甚珍之。"②可见,停云馆由书法帖名逐渐变为刻书机构。是集收有司马相如《子虚赋》《上林赋》,扬雄《羽猎赋》《长

---

① 赵宏恩:乾隆《江南通志》卷三一,文渊阁《四库全书》本,史部第508册,第48页。
② 冯桂芬:同治《苏州府志》卷四五,清光绪四十五年刻本。

杨赋》,班固《两都赋》,张衡《两京赋》等 6 篇大赋。各篇有题注,内容为对赋作时间及作者的简单考证及介绍,于断句处有朱笔顿点。在评点上使用夹批、眉批,批语简短,或是对地名、人名的解释,或是对内容的说明。然所录皆非完篇,仅是赋作的节本,如司马相如《子虚赋》仅录"其山则、其土、其石、其东则、其南则、其西、其北、其上、其下"等方位语,内容略。较之赋集、文集等总集评点本中所收赋作,价值不高。

汉赋评点文献大多依托诗文总集、赋集、史书等文献存在,数量繁多,形式多样,是汉赋评点的重心。最早收有汉赋的诗文总集评点本是南宋楼昉的《崇古文诀》,汉赋被用来作为道学家明道、传道之体。姚瑶《崇古文诀序》云:"文者载道之器,古之君子非有意于为文,而不能不尽心于明道。故曰辞达而已矣。能达其辞于道,非深切著明,则道不见也。此文之有关键,非深于文者,安能发挥其蕴奥,而探古人之用心哉! 四明楼公假守莆邦,积其平时苦学之力,绅绎古作,抽其关键,以惠后学。"①宋代道学家将文之关键与明道传道合为一体,而士子为求得科场功名,同样探求为文之计。因此,归根结底,《崇古文诀》之"诀"字乃迎合科举取士而出现,此亦奠定了评点与时文关系的基础。而元代科举不振,几乎未见有文集评点本的出现,祝尧《古赋辨体》的编纂,承袭历代选集中题注与评论的方式,但并无圈点,因此,本书并不将其作为赋集评点本。值得提出的是,祝尧是编的辨体观、汉赋观、情统观等,为多数明清汉赋评点家所接受②。随着明代文坛复古思潮的带动,一批诗文集评点本随之出现,如顾锡畴《秦汉鸿文》25 卷、倪元璐《秦汉文尤》12 卷、冯有翼《秦汉文钞》12 卷、袁黄《新刻八代文宗评注》8 卷等,另一方面,宋代理学家以文明道的传统,在明清亦有所接续与回应,如费经虞《雅伦》26 卷、姚鼐《古文辞类纂》系列评本等,一直延至清末。

诗文集评点本的一大主体是《文选》系列评本。《文选》评点著作滥觞于宋元之际。方回《文选颜鲍谢诗评》取颜延之、鲍照、谢灵运三人之诗;陈仁子

---

① 姚瑶:《崇古文诀序》,《崇古文诀》卷首,文渊阁《四库全书》本,第 1354 册,第 2 页。
② 参见踪凡:《祝尧〈古赋辨体〉的汉赋观》,《首都师范大学学报》2003 年第 2 期;李新宇:《论〈古赋辨体〉的情统观》,《晋阳学刊》2008 年第 1 期;任竞泽:《祝尧〈古赋辨体〉的辨体理论体系》,《安徽大学学报》2014 年第 5 期。

《文选补遗》以昭明所漏吞舟为恨,查漏补遗;元末明初刘履《风雅翼》则在昭明选诗基础上复又精择去取,补遗续编。三者均以诗体为中心,不见赋作。收有汉赋的《文选》评本直至明代才出现蓬勃发展之势,并持续到清末。应该说,《文选》评点最早成于书商之手,并带动士子和学者的参与。明万历八年(1580),张凤翼《文选纂注》初次刊刻便风靡一时。万历十年(1582),该书由建阳书商余碧泉重刻。明代冯梦龙《古今谭概》载,张凤翼刻《文选纂注》,一士夫诘之曰:"既云《文选》,何故有诗?"张曰:"昭明太子著作,于仆何与?"曰:"昭明太子安在?"张曰:"已死。"曰:"既死不必究他。"张曰:"便不死,亦难究。"曰:"何故?"张答曰:"他读得书多。"①虽属笑谈,却说明张凤翼《文选纂注》影响之大。万历二十四年(1596)余碧泉又刻《文选纂注评苑》,万历二十九年(1601)标名恽绍龙辑刻的《文选纂注评林》首次将《文选》评点推至顶峰。据《中国古籍总目》所载是书后来重刻 20 余次之多。此外,明代较为知名的《文选》评点本还有李淳《选文选》,郭正域《选赋》,闵齐华注、孙月峰评《文选瀹注》,邹思明《文选尤》等,这种热闹场面一直延续至清初,有洪若皋《昭明文选越裁》、孙洙《山晓阁重订文选》、何焯评《文选》等,乾隆三十二年(1767),方廷珪及其弟子的《昭明文选集成》的出现,将《文选》评点推向第二次高潮,乾隆三十七年(1772),大学者于光华《文选集评》的出现又再次将《文选》评点推向第三次高潮,乾隆四十三年(1778)于氏又辑《重订文选集评》,是价值最高、影响最大的《文选》本子。

史书中收有汉赋的为《史记》《汉书》《后汉书》三种,宋代以来《史记》文学评点愈来愈多,在明清时期达到高潮。从某种意义上来说,后世喜好对《史记》《汉书》《后汉书》的评点进而延至评论班马、范氏,有力促进了汉赋作为一代文学之盛的经典意义的解读与探讨。明清史书评点不仅有逐篇批点,还有辑评汇评等,如孙鑛《孙月峰批评史记》130 卷,钟惺《史记》130 卷,陈仁锡评《史记》130 卷,邓以赞辑评、陈祖苞参补《史记》24 卷,黄嘉惠《史记》130 卷,钟人杰辑评《史记》130 卷,朱东观辑评《史记》130 卷,葛鼎、金蟠辑评《史记》130 卷,邹德沛辑评《史记》130 卷,凌稚隆《史记评林》130 卷,朱之蕃辑评《新

---

① 冯梦龙:《古今谭概》雅浪部卷二十六,明刻本。

镂朱状元芸窗汇辑百大家评注史记品粹》10卷,唐顺之《荆川先生精选批点史记》12卷,茅坤辑《茅鹿门先生批评史记》104卷,牛震运《空山堂史记评注》12卷,孙𬭎《孙月峰先生批评汉书》100卷,钟惺《钟伯敬先生批评汉书》100卷,茅坤《鹿门先生批点汉书钞》93卷,唐顺之辑《荆川先生精选批点汉书》6卷,钟人杰辑评《汉书》100卷,陈仁锡评《汉书》100卷,凌稚隆《汉书评林》100卷,王维桢等《史记汇评》100卷,钟人杰辑评《后汉书》90卷,金蟠、葛鼎辑评《后汉书》90卷,顾起元撰《范氏后汉书批评》100卷,吴见思《史记论文》,姚苎田《史记菁华录》,储欣《史记选》,邵晋涵《史记辑评》,李景星《史记评议》,程余庆《史记集说》等。

赋集评点本是古赋在明清发展变化的重要依据,是汉赋评点的批评中心。《明史·艺文志》载录明代赋体总集3种:刘世教《赋纪》一百卷、俞王言《辞赋标义》十八卷、陈山毓《赋略》五十卷。惜前一种不存,现存后两种。此外,《中国古籍总目》所载及本人所见,收有汉赋的总集评点本还有:施重光《赋珍》八卷,题为袁宏道辑、王三余补《精镌古今丽赋》十卷,周履靖、刘凤辑《赋海补遗》三十卷等,清代赋集编纂超迈前古,蔚然大观。如赵维烈《历代赋钞》三十二卷,陆葇《历朝赋格》十五卷,王修玉《历代赋楷》八卷,谢璡的《丽则堂历代赋钞》不分卷,沈德潜《历朝赋选笺释》十卷,李元春《古律赋要》不分卷、顾莼《律赋必以集》二卷,姚文田《赋法》一卷,张惠言《七十家赋钞》六卷,鲍桂星《赋则》四卷,李元度《赋学正鹄》十卷,程祥栋《东湖草堂赋钞》十四卷,余丙照《赋学指南》等文献。

明清以来汉赋评点的繁荣,各类文献在类别、宗旨等方面形式多样,自具特征。总体上来看,还体现出以下特征:

首先,各类汉赋评点本看似各自独立,实则相互关联。如《文选》评本与赋集评本的关系,昭明的编选标准,同时是赋集选文的参照。如姚文田《书赋法目录后》云"先后对照《文选》本",昭明入选的汉代赋作,历经后世流传,至明清已是公认的经典名篇,赋集中大都有选录,如俞王言《辞赋标义》、陈山毓《赋略》等几乎将《文选》中所收汉代赋作全部收录。在体例上,《文选》的分类原则,主要体现在两个方面,一是分体,二是分家,亦为张惠言《七十家赋钞》等赋集所继承。此外,明清时期赋集编纂之缘起,本与选学复兴相关。如王三余《古今丽赋叙》:"余少冥搜遐览六朝《文选》《唐文粹》《宋文苑》,所搜萃以及昭代诸名公,作者如林,至律以丽则之榘,不无□□于其间。"俞王言《辞赋标义序》:"昭明之衮钺,诚凛凛千载,乃私心所向往,有不忍并捐者。用增三十余篇,以时婆娑燕乐乎其间,而常苦汗漫之难窥也。故为之寻究其源,贯穿其旨,扫旧疏之繁芜,补《纂注》之遗佚。"又说"是编所选,恢拓昭明,收其逸也;旁及《七发》《封禅》等篇,聚其类也;中间如《高唐》《神女》诸作,漫而少致,然为赋家之祖,姑依昭明录之"。史书评本与《文选》评本的关系,很多评点家同时评点《文选》及《史》《汉》等书,如孙鑛、何焯等评点大家。而对均入选汉赋篇目的各种本子,评点家在内容上各有侧重。如《史记》《文选》均入选有贾谊《吊屈原赋》、司马相如《子虚赋》《上林赋》等汉赋,孙月峰、何焯对二书的评点内容并不完全一致。史书评点与古文总集评点亦有关系,如陈继儒《先秦两汉文脍》和倪元璐《秦汉文尤》主要是把《史记》《汉书》《后汉书》中赋、疏、策、论、对、表等文进行摘录,再加以评论。

其次,从编选主体来看,选集或史书评点本文献有两种情况,一种为自选自评,评者与选者为一人。文集类如楼昉《崇古文诀》、顾锡畴《秦汉鸿文》、冯有翼《秦汉文钞》等,诗集类如费经虞《雅伦》等,赋集类如俞王言《辞赋标义》、陈山毓《赋略》、周履靖《赋海补遗》、陆葇《历朝赋格》、王修玉《历朝赋楷》、李元度《赋学正鹄》等。此种体例,编者在进行评点时,选篇次序与选文篇目、数量等批评与评点目的共为一体,其寓意在评点者本人对汉赋文本的解读上。另一种是评点者和编选者非同一个人,或是同一选本出现集评现象。如《文选》系列评本、《史记》《汉书》《后汉书》等史书评点系列等,此种评点体例,评点者借对原选本的删、改、增补、续编、评点等形式,表达自己的见解。如邹思明《文选尤》、李淳《选文选》等;也有一些评点家在原选的基础上,对注释及选文重新釐定,增以己见,如何焯评《文选》、凌稚隆《史汉评林》等。两种体例的众多评点本中,因选者的身份、经历等的不同,所偏好亦各不同,如陆葇作为清初遗民,其评两宋之际李质《艮岳赋》云:"艮岳有宣和御记,李质、曹组二人赋之。当时君臣宴游,摛文挟藻,自矜盛事,岂知艮岳之足以亡其国哉。夫亡宋者,非艮岳也,花石纲之使也。使徽宗不相蔡京,不用朱勔,惜商霖之字,吟邓肃之诗。虽悠游艮岳,亦何异于灵台、灵沼?而乃至仓皇内禅,憔悴东奔。

故曰亡宋者,花石纲之使,曷使乎尔,则艮岳之为也。嗟乎,天下名山,五在中国,宋止有其四,以艮岳补之,艮岳成而恒岳不复问,并嵩山少室而弃之矣。按《宋文苑传》无李质名,将以其献词近谀,无扬马讽谏之义与? 然叙述之详,铺扬之盛,其文固不可没,抑录之亦可为殷鉴焉。"①陆菜将北宋亡国归咎于宋江等人的农民起义,自有其历史局限性,然徽宗作为一代帝王,奢靡享乐,不思进取,亦有一定的责任。陆菜为徽宗开脱罪名,实际上是为明代帝王亡国之罪加以洗刷。

再次,汉赋评点的高潮呈现出地域性的特点。明末经济繁荣,福建、浙江、南京、苏州等地是明代著名的刻书中心。如选学类集评本高潮的出现,首先出现在福建建阳。与晚明大多以文治生的儒生一样,张凤翼晚年穷困潦倒,多次在诗文中心忧米价,哀叹饥饿。如其《感米》诗云:"江南米价如涌潮,潮落米价犹然高。先生笔耕甚寥寥,一家数口空嗷嗷。"②《忧米》诗云:"农望绝蓄菑畲,饔飧计复疎。况无田负郭,宁免釜生鱼。数口已不足,三冬空有余。侏儒应大噱,今并一囊虚。"③在这种状况下,不得不以庸书贴补家用,"莫笑庸书殊鄙事,积钱亦可助烹鲜。"清初方廷珪偕众弟子生徒所刊刻评点的《昭明文选集成》亦是在福建,此后,北京、南京等地的书业逐步超越发展,于光华《文选集评》的一刻再刻便应运而生。又如明代浙江出版家凌稚隆,与闵齐华同是乌程刻书望族。两家世为姻戚又互相仇妒,这种相互竞争的商业关系,有力促进了印刷套印技术的发展。凌稚隆《史记评林》《汉书评林》的刊刻,便代表明代史书评点类的高峰。

最后,除史评文献外,汉赋评点文献多为选本评点。有通代选本,有断代选本,因各家评点宗旨各异,汉赋的文本内涵得到各式各样的挖掘解读与评价。甚至对赋家本人的评价亦朱墨各别,可谓"知也,罪也"。如对于一代汉赋之圣司马相如,黄震曰:"相如素行不谨,立朝专是逢君之恶,或者犹以其文墨取之,不知大人等赋,封禅等书,正其逢君之具也。吁! 尚足置齿类间

---

① 陆菜:《历朝赋格》,《四库存目丛书》影印清康熙间刻本,集部第399册,第559页。
② 张凤翼:《处实堂集》续集卷五,明万历刻本。
③ 张凤翼:《处实堂集》续集卷五。

哉?"①孙执升曰:"相如以新进小臣,遇喜功好大之主,直谏不可,故因势而利导之。然始以游猎动帝之听,终以道德闲帝之心,可谓奇而法,正而葩。"两种截然不同的见解,均由司马相如赋作上升至对其人格之评判。正如清代李渔评价金圣叹评点《西厢记》云:"自有《西厢》以迄于今,四百余载,推《西厢》为填词第一者,不知几千万人,而能历指其所以为第一之故者,独出一金圣叹。是作《西厢》者之心,四百余年未死,而今死矣。不特作《西厢》者心死,凡千古上下操觚立言者之心,无不死矣。人患不为王实甫耳,焉知数百年后,不复有金圣叹其人哉!"②又云:"圣叹所评,乃文人把玩之《西厢》,非优人搬弄之《西厢》也。文字之三昧,圣叹已得之;优人搬弄之三昧,圣叹犹有待焉。"③李渔认为金圣叹是文家解读《西厢》第一人,同时指出金评《西厢》的不足,即作为文人的金圣叹,对《西厢》作为戏剧本身的剧场三昧却不得而知。历代诸家对汉赋的评点同样如此,他们或许已触摸到司马相如、扬雄等赋家的脉动,或许仍被重重尘埃所隔离,留待读者自己体悟。

第二节　汉赋评点的演进历程

汉赋评点发轫于南宋诗文总集评本,由明代史评、《文选》、赋集等系列评本推向高潮并延伸至有清一代。因不同的选本或史家入选汉赋的标准和所要达到的目的各异,评点家自编自评或评点他人选本时,对汉赋的批点亦见仁见智。历代围绕汉赋文本的多角度解读,其文本内涵得到不断的挖掘和发现,基本上展示了一部汉赋批评的历代变迁史。

一、历史轨迹:诗文附庸到赋体专集

赋学批评理论发端于汉赋的"古诗"追溯,如司马迁谓"相如虽多虚辞滥说,然其要归引之节俭,此与诗之风谏何异",班固云"赋者,古诗之流也",与

---

① 黄震:《黄氏日抄》卷四七,文渊阁《四库全书》本,子部第707册,第297页。
② 李渔:《闲情偶寄》卷二,凤凰出版社2009年版,第60页。
③ 李渔:《闲情偶寄》卷二,第60页。

赋学批评理论的诗学本位一致,汉赋评点亦始于诗文选本评点的出现。

吕祖谦《古文关键》是现存最早的古文评点选本,被吴承学先生称为"现存评点第一书""评点文体形成的标志性著作"①,即吕祖谦所使用的评点符号、评点特点等已迥异于传统文学批评形式,并开创了一种新的文学批评手段。清代俞樾评价云:"论文极细,凡文中精神命脉,悉用笔抹出。其用字得力处,则以点识之,而段落所在,则勾乙其旁,以醒读者之目。学者循是以求古文关键,可坐而得矣。"②由于圈点本刻印不便,当时传习之人虽多,久而失真。同治十年(1871),金华丛书据昆山徐树屏刊本重刻,即今天使用最多的《丛书集成初编》本,是书《凡例》云:"古人读书,凡纲目要领,多用丹黄等笔抹出,非独文字为然,后人乱施圈点,作者之精神不出矣。东莱先生此编,家藏两宋刻,刻有先后,评语悉同,皆以抹笔为主,而疏密则殊。一本稍前者,每篇抹不过数处,皆纲目关键,其稍后一本,所抹较多,并及于句法之佳者,今将二本参酌互用,第恐抹多而汩其面目,大概从前本为多,其接头处用抹,则从后本。"③另中山大学图书馆藏明刻本有点抹,但不易辨识;还有日本文化元年(1804)刻本,惜流传不广。可见,宋代带有圈点符号的总集评点本在流传过程中遭到不同程度的改动,然这种方法却激起千层浪。吕氏开宗后,南宋文坛古文选集评点盛行一时。其中东莱门人楼昉编选评点的《崇古文诀》,所使用的圈点符号更为丰富和成熟,如《古文关键》主要使用抹、点、界画等符号,《崇古文诀》则使用有字旁月牙形点、字旁直线、字旁斜点、字旁小圆圈、字上大圆圈等圈点符号,并且较为频繁。这一时期南宋的散文文坛,基本为古文家所占据,他们的评点以"示学者以门径""教初学"为宗旨,也可以看作是文法论专书。他们对汉赋的入选篇目不多,评点上主要从写作学的角度以文法剖析赋法,以便有助时文的创作。评点学与写作学的这种交叉关系,发展至明代,不少写作理论著作都有评点方面的内容。如朱荃梓的《文通》、归有光的《文章指南》、高琦的《文章一贯》、王文禄的《文脉》、方以智的《文章薪火》、王世贞的《文评》等,都

---

① 参见吴承学:《现存评点第一书同治—论〈古文关键〉的编选、评点及其影响》,《文学遗产》2013 年第 4 期。

② 俞抛:《古文关键·跋》,日本文化元年(1804)刻本。

③ 吕祖谦:《古文关键》,《丛书集成初编》本。

有评点学的价值。① 汉赋评点亦由最初的附庸地位逐渐蔚为大观。

明万历以后,不仅评点队伍迅速扩大,评点著作亦广及经、史、子、集及小说、戏曲等领域,可以说是评点文学的繁盛期。就赋体评点看,不仅出现了赋集评点专集,史评及选学系列评本均蔚为大观。此期主要的汉赋评点著作有孙鑛《孙月峰评文选》、邹思明《文选尤》、俞王言《辞赋标义》、陈山毓《赋略》、王三余《精镌古今丽赋》等评本。既有书坊主的商业射利与时文名手共同合作,如闵齐华注、孙月峰评《文选瀹注》,又有落第士子晚年心血的总结,如邹思明 80 岁始编《文选尤》,均是为士子科举所设的教科书。总体特征是在科举为轴心叙述对赋体创作的各种心态与阅读经验。在大量参差不齐、各怀目的的评点者手中,明代的汉赋评点有一部分内容已出于应制科举之外,内含明人对赋体发展的思考与批评。早在宋代欧阳守道《李氏赋编序》中即指出:

> 国家以科举取士,士不为举业者吾见罕矣。苟为士,则学所当学,日孳孳以终其身。今移孳孳于举业,于身心则无得,于天下国家则无用,然而士不敢不为者,势驱之也……词赋之为技,视他文尤难精,旷旬月而不习,则他日抽思良苦。他人之已中选者,不时取而读之,则无以熟有司之程度。常读常习,以俟一日之试,幸为有司所中,则缘一句一字可以取时名,享禄利。……魁文录其全篇,余则各韵各对,择其善者,其用工斯已勤矣。同业之士得之,足以省节选之劳,而他有以用其暇也。②

总集的编纂评点,主要目的之一是方便士子观摩写作。而赋体尤难于诗、文,因而把中选者范文熟读模拟,是沽名得利的捷径。明人更有过之而无不及,李濂云:"比岁以来,书坊非举业不刊,市肆非举业不售,士子非举业不览。"③徐官云:"明刻非程文类书,则士不读,而市不鬻。"④而明代文坛时文名家纷纷高举学秦汉或唐宋旗帜,又影响了总集内容的择选。如李梦阳称"宋无诗""唐无赋",实际上是对唐宋以来试赋制度以及由此出现的大量应制律

---

① 朱世英等:《中国散文通论》,安徽教育出版社 1995 年版,第 958 页。
② 欧阳守道:《巽斋文集》卷八,文渊阁《四库全书》本,集部第 1183 册,第 570 页。
③ 李濂:《纸说》,《明文海》卷一〇五,第一册,中华书局 1987 年版,第 1034 页。
④ 徐官:《古今印史》,《四库存目丛书》影印嘉靖、隆庆间刻本。

赋的排拒①。因此,选学、史评及诗文集评点风气的盛行,其特点是对时文创作手法的比附,其内涵是带有明人对赋体乃至文坛风向的思考。踪凡先生评价说:"这些评点文字或交代作赋背景和缘由,或进行文字校勘与语词考释,或品赏佳句隽语,或挖掘赋意赋境,或分析艺术结构,或揭示赋作风格并给予文学史定位。"②这些评点均是从赋作本体出发,说明汉赋在明代总集评点中已然有了自己的地位与价值。晚明郭正域、杨慎等一批实学家考证式评点的出现,在清代一直延伸回应。

明代盛极一时的《文选》的删改、广续、补遗以及在其基础上的评点等活动,在清代逐渐变为对文本、注释的考订式评点。如张之洞《书目答问》附二《国朝著述诸家姓名略》列《文选》学家 15 人,云:"国朝汉学、小学、骈文家皆深选学,此举其有论著校勘者。钱陆灿、潘耒、何焯、陈景云、余萧客、汪师韩、严长明、孙志祖、叶树藩、彭兆荪、张云璈、张惠言、陈寿祺、朱珔、薛传均。"③此外,清代科举以康熙十八年(1679)和乾隆元年(1736)的博学鸿词科及翰林院馆试、地方童生及书院课试等考试均以律赋为主,因此清代汉赋评点继承元明以来的古赋选本及会通古律的赋集选本较多,如赵维烈《历代赋钞》、王修玉《历朝赋楷》、陆蓁《历朝赋格》、顾莼《律赋必以集》、张惠言《七十家赋钞》等。在评点方式上,以何焯、张惠言等为代表,既有对赋作篇、章、字、句作法的探讨,还有作者旨意、文章艺术的揭示,同时与晚明兴起的实学思潮汇而为一,发展成考证评点式的特征。如何焯批点《东都赋》"功有横而当天,计有逆而顺民"句云:"功有横,计有逆,皆言其不得已。《后汉书》注引逆取顺守之说,非是。一作攻讨。"又对班固赋中系诗评曰:

> 明堂、辟雍、灵台三诗皆兴灭继绝、润色鸿业之事,后宝鼎、白雉二诗则皆众庶悦豫、福应尤盛之事,妙在此诗中爰考休征以下,即上下相衔、联络血脉,仍不离望祲氛、观云物本事,所以自然。

---

① 见许结:《明代"唐无赋"说辨析——兼论明赋创作与复古思潮》,《文学遗产》1994 年第 4 期。

② 踪凡:《论明代的汉赋评点》,《中州学刊》2013 年第 3 期。

③ 张之洞编撰,范希曾补正,孙文泱增订:《增订书目答问补正》,中华书局 2011 年版,第 609—610 页。

何焯在评点中,既有对赋作句意的解释,又有对注释的考证,尤其是《东都赋》篇末所系五诗,是班固在司马相如、扬雄之后,对大赋体制的新创,从文章创作看,又与班固《两都赋序》相照应。何焯不仅指出五诗所对之句,还指出此诗妙处乃在上下衔接、各有所指的浑然天成之感。何焯长于考据,通经史百家之学,与明代郭正域评点赋作时引录杨慎等人赋论再加以评论的考证式评点相较,已不可同日而语。

二、助推动力:科举制度与商业操作

除评点文学的自身发展外,有力推动汉赋评点的还有科举制度及明清以来商品经济的发展。主要体现在两个方面:一是印刷刻印技术的发展,为评点本书籍的刊刻提供了技术上的保障;二是受科举制度的制约,产生了一大批指导士子准备科举的评点本。这种评点本质量良莠不齐,既有文人学士参与的上乘之作,亦有书坊主或下层士人所编选的菟园册子。

明清汉赋评点的发展,与出版业的繁荣有很大关系。明代活字印刷术已非常盛行,由宋、元的木、泥活字发展为锡、铅、铜等金属活字,套印技术的发展则从朱、墨两色发展为三色、四色、五色,清代道光时期出现的《杜工部集》为朱墨紫蓝绿黄六色套印。明代还出现有饾版、拱花技术,特点是一次印刷出深浅不同的彩笺。闵齐伋《刻杨升庵先生批点文心雕龙·凡例》云:"杨用修批点之用色刻本,一以墨别则阅之易,宁能味其趣,今复存五色,非曰炫华,实有益于观者。"明代套版印刷术最著名的是闵、凌两家,据陶湘不完全统计,两家共刻印了 117 部,计 145 种套印书籍,其中已知有三色套印本 13 种,四色套印本 4 种,五色套印本 1 种。① 清代在技术上没有重大发明,但比明朝更普及,印制更精美。杨绳信《中国版刻综录》著录清代至少有 40 余家书坊采用套印印刷技术。再看套印技术与评点印刷的关系,清代康、雍、乾、嘉四朝文网严密,大兴文字狱,总集的编纂,多数冠以御选、御制、钦定、御定之类名称。如清内府刊本《御选古文渊鉴》,圣祖御评用黄,高宗御评用朱,诸臣品题用蓝,条理明朗,分次井然。《御选唐宋诗醇》则用五色印刷,装帧精美。中叶以后,清

---

① 肖东发:《中国图书出版印刷史论》,北京大学出版社 2001 年版,第 99 页。

代私人刻书业尤其是藏书家刻书远远超过明代,为各种汉赋评点载体的刊刻提供了可能。

诗文总集、《文选》、史书等著作的评点历程,最突出的特征是始终与科举时文相牵缠。因此历来对评点这一批评形式评价不高,如章学诚看到归有光《史记》评点本,"五色标识,各为义例,不相混乱。若者为全篇结构,若者为逐段精彩,若者为意度波澜,若者为精神气魄,以例分类,便于拳服揣摩,号为古文秘传"①,批评其"开后世描摹浅陋之习"。骆鸿凯曰:"坊本所见,若方廷珪《集成》、于光华《集评》之属,泛采杂征,编者自矜善本矣。然大都以时文之窠臼,绳墨古人,尘秽简编,谬以千里。"②章学诚批评归评本以时文为古文,同时指出归有光在科举时文创作上的地位,"归氏之于制义,则犹汉之子长,唐之退之,百世不祧之大宗也",这种评点方式对指导初学习作无疑十分重要,"初学文理,必使之有法可循,而后可以文从字顺,故修辞学亦为各国文士所重。空疏之弊,皆不学之咎,非不文之咎也。"③至于向被讥议的空疏,其根本原因在于不学,而非不写古文。文有古文、时文的冲突与融合,赋体亦是如此。自唐宋实施科举试赋,古赋与律赋便成为赋体创作的焦虑与困境,并进一步向前延伸。

宋承唐制,科举沿用律赋。李调元《赋话》谓:"宋人律赋,大率以清便为宗,流丽有余,而琢炼不足。故意致平浅,远逊唐人。"④事实上,宋人纠结的重心仍不出汉代以来的诗学范畴,马端临《文献通考》对宋代科举的概述曰:"熙宁四年(1071)始罢词赋,专用经义取士,凡十五年。至元祐元年复词赋,与经义并行。至绍圣元年(1094)复罢词赋,专用经义,凡三十五年。至建炎二年(1129),又兼用诗赋。盖熙宁、绍圣,则专用经而废赋;元祐、建炎,则虽复赋而未尝不兼经。"即宋人对赋体的思考在于是否有经义,如范仲淹曾遴选两汉至唐赋作百余篇,均为符合"感于人神,穆乎风俗,昭昭六义,赋实在焉"⑤之

① 章学诚:《文史通义》卷三,中华书局1985年版,第286页。
② 骆鸿凯:《文选学》,知识产权出版社2013年版,第212页。
③ 林传甲:《中国文学史》,知识产权出版社2013年版,第120页。
④ 李调元:《赋话·新话》卷五,《丛书集成初编》本,第38页。
⑤ 范仲淹:《赋林衡鉴序》,《范仲淹全集》,四川大学出版社2012年版,第508页。

作,作为士子写作的准绳。

元初太宗十年(1238)选士,有词赋一科,沿用宋金律体,后停废。自世祖至元初年至二十九年(1292),科举取士一议再议,虽终未实施,但制度已立。仁宗皇庆二年(1313),中书省奏"夫取士之法,经学实修己治人之道,词赋乃摘章绘句之学,自隋、唐以来,取人专尚词赋,故士习浮华。今臣等所拟将律赋省题诗小义皆不用"①。词赋一科"变律为古",仁宗下诏规定:

> 蒙古、色目人:第一场经问五条,《大学》《论语》《孟子》《中庸》内设问,用朱氏章句集注。其义理精明,文辞典雅者为中选。第二场策一道,以时务出题,限五百字以上。

> 汉人、南人:第一场明经经疑二问,《大学》《论语》《孟子》《中庸》内出题,并用朱氏章句集注,复以己意结之,限三百字以上;经义一道,各治一经,《诗》以朱氏为主,《尚书》以蔡氏为主,《周易》以程氏、朱氏为主,已上三经,兼用古注疏,《春秋》许用三传及胡氏《传》,《礼记》用古注疏,限五百字以上,不拘格律。第二场古赋诏诰、章表内科一道,古赋诏诰用古体,章表四六,参用古体。第三场策一道,经史时务内出题,不矜浮藻,惟务直述,限一千字以上成。②

在科举考试时,蒙古、色目人虽不考赋体,然"文辞典雅"却列为中选的标准之一。元人有感于宋人"文体卑弱,士习萎靡",试图用汉赋的古质改变士人的浮华学风。而宋末元初与明末清初文坛束书不观,空谈性理之风何其相似!因此,当祝尧《古赋辨体》、郝经《皇朝古赋》、虞廷硕《古赋准绳》、无名氏《元赋青云梯》、吴莱《楚汉正声》等一大批古赋选本应时而现,虽不属赋集评点本著作,但影响直至明清两代。

明清诗文总集、赋集、史评等文献的评点,始终以时文创作为参照对象。一般认为,时文与律赋相对,时文的结构作法与律赋相通。而汉赋的编选评点一方面是继承明代以来复古思潮的表现,另一方面,律赋作手或时文名家往往强调科举赋作是否具有古意。如孙鑛在《文选》《汉书》等评点中时时不离

---

① 宋濂等:《元史》卷八一,中华书局1976年版,第2018页。
② 宋濂等:《元史》卷八一,第2019页。

"古"字,清顾莼总结唐代律赋创作说"唐人以律赋取士,故作者特盛,李程、王起最擅时名,而尚存古意。其余诸公斗奇争巧,各有所长,其不受拘束而能放笔为直干者,则元、白及裴相也。选中诸体俱备,学者熟读深思,自能因题制宜,随机生巧,求之有余师矣"①。考试以律体为主,但不能固步于律,方能随机应对。因此,明清时期的各类汉赋评点载体,以选本为中心,还内含对赋体文体的辨析及赋体创作的思考,此外,有清一代文坛以桐城派为中心的声势浩大的古文运动,与乾嘉之后骈文创作的争锋,亦促使作为文体源头的汉赋,成为双方的模糊归属,因此,汉赋的编选评点除了文章学意义层面之价值,还与文化风尚、文坛论争思潮相一致。同时在明清科举制度的制约下,汉赋始终是不可或缺之一环。因此,清代出现一批数量较多的古律会通类赋集评点本,如王修玉《历朝赋楷》、顾莼《律赋必以集》、鲍桂星《赋则》等。

三、批评方式:时易世变与文化风尚

终明一代,复古与反复古思想相互攻讦,选本是其表现形式之一。以选学为例,张凤翼批评重古薄今的为文现象曰:"何天下之工为文者,浮慕乎古而东丘乎今。动则曰吾能为《左》《国》,为《谟》《诰》,为《庄》《骚》,为《史》《汉》,遂至沮涩而不可读,险诐而不可为句。浅识者视之,若以为天书神语,莫不啧啧称叹。而矮人看场者,又从而和之。淆混士风,变乱文体……应制科者亦皆从风而靡,而宰文柄者亦因之以为去取。"②明代文坛的复古思潮甚至影响到主考官的评文标准,让张凤翼大为不满,因此在《文选纂注》中,张凤翼将李善、五臣注释重加整理,并增以己意,表达与前人不同的见解。而选学复兴大潮中,尊古者深恨不能将先秦汉魏六朝之文收罗净尽,于是复有对《文选》的广续之选。如刘节《广文选序》云:"《广文选》何? 广萧子之选也;何广乎萧子之选也? 萧子之选文也,为赋,赋之目十有四……然或遗焉,是故广之以备遗也。"③而周应治仍嫌刘节补遗之不足,复又辑《广广文选》,李维桢

---

①　顾莼:《律赋必以集·凡例》,清光绪十五年尊经书院本。
②　张凤翼:《与人论文书》,《处实堂集》续集卷六,明万历刻本。
③　刘节:《广文选》卷首,《四库全书存目丛书》据首都图书馆藏明嘉靖十六年陈蕙刻本影印,第 297 册,第 508 页。

《序》云："文之有总集也,自晋挚虞始。虞以为建安之后,众家集日滋,广览者惮劳,自诗赋下各为条贯,合而编之为《文章流别》。继虞而作者,有《集林》《集苑》《集钞》《集略》《文苑》,而后昭明《文选》出焉,类三十有七,为卷三十。与昭明同时复有《词林》《文海》,而独《文选》传,迄今不衰,则以选故。其可以选而选所无,可以无选而选所有,人各执意见为去舍,而陈同俌《补遗》,刘介夫《广选》出焉;遗不尽补,选不尽广,而周君衡《广广文选》出。"①陈仁子《文选补遗》、刘节《广文选》所作补遗、广续已是卷帙浩繁,周应治对先秦两汉之文的搜罗可谓不遗余力。

如果选本体现出明人狭隘的文学观,其评点则包罗万象,书法、绘画、老庄、禅释语等均可当作语料入于笔下。如王三余以丽则为中心,将其所辑《古今丽赋》选出仙品、逸品、神品、艳品、能品等五类赋作,作为典范,便是从绘画理论移借而来。汉赋本身就具有图案化倾向②,司马相如《答盛览问作赋》曰:"合綦组以成文,列锦绣而为质,一经一纬,一宫一商,此赋之迹也。"③这种图案化,正如日本儿岛献吉郎《支那文学史纲》所描绘的,"观司马相如之《上林赋》……一篇,文字全体生动,善写高山绝峰,峻极于天之雄势,易使人想见鸟飞天、鱼跃渊之活境,皆极文字之构造,含有图画性质之旨所致。想见上古帝王之于鼎彝铭刻,虽曰道德上之鉴戒,抑亦藉此图画的文字,为美术之规范也欤"④。明代又是释道思想发展的恢复时期,对庄学、禅释的修行,甚至是日常生活的娱乐,都可窥见。万历四十一年(1613)三月,李日华在日记中写道:"自余为华阳之行,凡十日,舟中无事,点阅《华严合论》,至《十身相海品》,佛理尤妙,不读此书,几错一生矣。"⑤因此,在评点中,还不时有释道语出现,如俞王言《辞赋标义》、邹思明《文选尤》的评点等。

晚明赋集中入选汉代女性赋家赋作,或描写女性题材赋作,给予很高地位是一个独特的特征。如陈山毓《赋略》在作者班婕妤下注:"按《艺文志》无婕

① 周应治:《广广文选》卷首,《四库全书存目补编》据清华大学图书馆藏明崇祯八年周元孚刻本影印,第 19 册,第 1 页。
② 详见万光治:《汉赋通论》第十二章,巴蜀书社 1989 年版。
③ 葛洪:《西京杂记》卷二,中华书局 1985 年版,第 12 页。
④ 儿岛献吉郎:《支那文学史纲》,昭和四年(1929)富山房版,第 12 页。
⑤ 李日华:《味水轩日记》,上海远东出版社 1996 年版,第 305 页。

好赋,今入一篇。"《自悼赋》眉批:"清丽婉转,古今闺嫒第一。"司马相如《长门赋》题下注:"《文选》孝武帝陈皇后得幸颇妒,别在长门宫,愁闷悲思,闻蜀郡成都司马相如……复得幸。"注云按诸史传并无此文。首段眉批:"情景最妙,风格最高。"则与王学左派的兴盛不无关系。

清代的汉赋评点,在内容上并无创新,围绕时文创作的风格、技巧等方方面面,几乎没有多余的笔墨。然在选本的编纂体例上则大做文章。如清初赋集的编选尽管仍旧上承晚明复古思潮,更显示出对新朝的谄媚。王修玉《历朝赋楷》卷首录圣祖仁皇帝御制《阙里桧赋》《竹赋》二篇,次为御试叶方蔼、彭孙遹、汪霦、徐乾学四赋,均不入卷数。"特例全集之首,以彰文运之隆",陆葇《历朝赋格》亦不乏对清廷御试赋作溢美之词,"昭代文治方新,人才蔚起,奎章宸藻,谟典同垂。讲筵侍从诸公,弘文大笔,驾屈宋班扬之上,当集为专书,独传万禩"。然在赋集的分类上,陆葇将赋体分为文赋、骚赋、骈赋三格。三格之中,又各分天文、地理、人事、帝治、物类五类,对有清一代赋集、赋话以及赋学理论均有一定影响。乾嘉之后,士人埋头考据,李元春本程朱而求孔孟,强调古赋的"劝惩讽喻"之用,并无新意。张惠言《七十家赋钞》绾合《汉书·艺文志》《文选》等采用类聚区分和推源溯流的编纂方式,是赋体分类的又一次创新,在评点上因过度承袭历带有理障及比兴印痕,然不失为独出冠时之作。乾嘉之后,鲍桂星《赋则》、李元度《赋学正鹄》等以文评赋,寓批评于编纂评点中,完成汉赋评点的最后辉煌。

第三节 汉赋评点的批评体系

汉赋评点主要依托史评或选本为中心,有三大批评体系:一包括选文数量、入选作品、次序排列等形式,是一种隐性的批评方式;二是通过引、序、跋、凡例等外在形态,直接表明编者的意旨;三是依附文本和选本的圈点评论,是评点活动的主体。叶燮《选家说》云:"古文、辞赋之有选也,自梁昭明始。昭明之选,其去取虽或未尽当,后人有訾之者,然其出乎一己之成见,初非有所附会。从实而不从名,而不以名假实。……吾愿选古之家,自不能效法圣人,其亦不失梁昭明之意,斯亦可矣。"①昭明《文选》是选本中的经典之作,古文辞赋是经典中的经典。昭明的选录及后世的评论在中国文学批评史上深具典范和示范意义。以选本为中心论,汉赋的编选评点及其批评内涵往往效法《文选》,或欲得昭明之义,形成自身的批评体系与特征。

一、汉赋评点的外部形态

关于《文选》的编者及成书过程、时间问题是《文选》学研究中的重要课题。自 20 世纪 40 年代起,缪钺、何融、曹道衡、穆克宏、俞绍初、傅刚、韩晖、力之、王立群以及日本的清水凯夫等学者均各持一解,尚无定论。梁潮皇家的大量藏书及文学侍从的人力物力,为总集的编选提供了巨大便利,《梁书》本传载:"于时东宫有书几三万卷,名才并集,文学之盛,晋、宋以来未之有也。"②尽管如此,该书从编选到成书,仍历尽坎坷。以傅刚先生考证为例,《文选》的编纂年代,应始于普通三年(522)后,至之普通六年(525)之间,完成则在大通元年(527)末至中大通元年(529)底之间。因为自普通七年(526)十一月至大通元年十一月间,萧统服丧,自然不可能主持《文选》的编纂。这样前后大概仍旧用了五至七年的时间。

选者难,而操选政为尤难。一是古人书籍流传不便,搜选不易,加之战乱、病疾等原因,选集或总集的编纂往往耗费无数心血。二是选篇不但关系到选本的存在价值(影响、流传),还关系到入选作者的名声和读者的接受,又还关系到选者本人的切身利益(声望、人品、学识)等方方面面的问题。③ 如陆葇《历朝赋格》的编纂,"于是仰溯荀宋,以逮元明,合余与南疑所藏而读之,寥寥不畅于怀。未几,又遭继体之变。畴昔襁负而归者,已能口诵唐音,遽陨于庸医之手,中心如焚,此业中辍。久之,宗人心声以手汇《赋学大全》二簏畀余,孝廉曹民表又出秋岳先生所聚《宋元人文集》贻余,入选乃洋洋乎大观矣"④。

① 叶燮:《已畦集》卷三,《四库存目丛书》影印清康熙间叶氏二叶草堂刻本,集部第 244 册,第 27 页。
② 姚思廉:《梁书》卷八,中华书局 1973 年版,第 167 页。
③ 邹云湖:《中国选本研究》,生活·读书·新知三联书店 2002 年版,第 287 页。
④ 陆葇:《历朝赋格》,《四库存目丛书》影印康熙抄本,集部第 399 册,第 269 页。

选本之难伴随晚年丧子,伤痛不已。中辍之后,得友朋相助方得完成。方廷珪谈《昭明文选集成》的编纂云:"呜呼,十有四年于此矣。暑雨寒风,晓星夜腊,吮管濡墨,未尝暂辍。其有钩棘龃龉,平其情以探之,恐穿凿愈离也。文微意隐,设其地以处之,恐附会愈晦也。索之上下以求其结聚,本之情面以求其变化。"①方廷珪及弟子五易其稿,历十余寒暑,自言编纂之苦,可知是编花费心力之多。

在《文选》编纂完成后,萧统以愉快的心情写了著名的《文选序》,这篇序言既是对漫长编纂过程的解释,又涵盖了《文选》的编选标准、宗旨、体例、时限等问题,是全书的纲领性文献。事实上,任何一部选本的编纂,都包括为什么选、怎么选、从哪里选以及如何成书等问题,这也是我们今天解读总集批评的关键。以词体为例,萧鹏将词选的研究分为六个方面:

选型:按词选之功能,实际上只有应歌、存史、立论三体,存史包括传人和传词,立论则兼有开宗和尊体。

选心:指选词之意图、选择者希望通过选词传达出来的审美观念和宗派意识、词选所体现的选择标准等。

选源:选词者所采选的对象和范围。

选域:系指一部词选所覆盖的范围,包括所选词人的时代跨度和规定角度,也包括所选作品内容的丰富程度,题材的广阔程度以及风格样式的多少。

选阵:特指选域中所列出的全部词人或主要词人之排列结构、排列层次和排列方式。

选系:对词选群内部关系的把握。②

这六个方面可概括为选文目的、选文意图和标准、选文范围、选文数量、选文次序、选文关系等内容。一般来说,这几个方面编者在书前的序、跋、引、凡例中都有所交代,是作者表明其编纂宗旨意图、过程等的最直接方式,赋体的选本或总集编选亦是如此。如姚文田《赋法序》:

---

① 方廷珪:《昭明文选集成》,清乾隆做范轩版。
② 萧鹏:《群体的选择——唐宋人选词与词选通论》,文津出版社 1992 年版,第 5—9 页。

文章体制有今古之殊,而法则万变不易。丹青不别,巧匠不能以图形;梁栋不分,工师不可以为室。初学操觚,每多率尔,至于作赋,凌乱尤甚。一篇之内,则首尾乖方;一韵之中,则语言无次。遂使词多复沓,意涉雷同。杜诗云熟精文选理,盖法莫备是书。徒以篇幅太长,或字迹多异观者,不免望洋而返。今择其最易读者十余首,章分句析,聊示一隅。①

姚文田以法为名,在序言中直言初学者作赋之弊病,认为最完备的赋学法则在于《文选》一书。因此《赋法》与明代邹思明《文选尤》等选学系列选本一样,均是围绕昭明原选的再选、补、删、续等改动,目的是为士人提供科举津筏。姚文田还指出该编的编选标准是"易读",因此将原选中篇长、字难之篇剔除。此外,在末尾还有《附论试帖平仄法》一文,与赋法相映照。又如诗文集《古文辞类纂》的编选,姚鼐序曰:

鼐少闻古文法于伯父姜坞先生及同乡刘才甫先生,少究其义,未之深学也。其后游宦数十年……乾隆四十年,以疾请归。伯父前卒,不得见矣。刘先生年八十,尤善谈说,见则必论古文。后又二年,余来扬州,少年或从问古文法。夫文无所谓古今也,惟其当而已……于是以所闻习者,编次论说为《古文辞类纂》。②

姚鼐自言其古文法闻习于姚范与刘大櫆,并交代了《古文辞类纂》的编纂时间、缘起,乾隆四十二年(1777),姚鼐主讲于扬州梅花书院,文中所称少年当指书院生徒。而其所强调古文法之"当"义,则不难理解为桐城派所倡导的义理、考据、辞章三者的修炼与结合。因此,姚鼐在序言里实际亦交代了该编的编选标准、宗旨等各方面的内容。

选本的凡例、跋、引等同样是表明编者批评内涵的重要文字。如于光华《文选集评》初刻本《凡例》云:"《文选》读本,时贤悉以汲古阁为正。前辈何义门先生博考众本,亦以汲古为善。晚年评定,多所折衷,士林奉为指南,但未经广播,今即据为蓝本,并集诸家评论以备参订。非敢云一得,亦以便案头诵习云尔。"③又云:"《瀹注》所载孙月峰先生评论,瑕瑜不掩,片言只字,无不指

---

① 姚文田:《赋法》,嘉庆六年刻本。
② 姚鼐:《古文辞类纂》,吉林人民出版社 1998 年版,第 1 页。
③ 于光华:《文选集评》,逸古山房版。

示,诚后学之津梁,修词之标的也。今悉载入无遗,至如《纂注评林》、《瀹注》、山晓阁《赋汇疏解》及张伯起、陆雨侯、俞犀月、李安溪诸先生评,各采其一二,或十之二三。恐议论纷出,转滋疑窦,未敢多录也。"①此两则凡例均涉及,于光华《文选集评》所用底本及所录评点的来源问题,《文选集评》与何焯《义门读书记》、孙鑛《文选瀹注》、张凤翼《文选纂注》、山晓阁《赋汇疏解》等书关系问题一目了然。于光华还对何焯、孙鑛两家评点予以评论,具有重要的文献价值和批评价值。由于年代久远,编者的生平、学术等一切资料均湮没无闻时,总集在刊刻时,后面所附跋文,往往与是编有密切的联系。如金溥《辞赋标义跋》交代其少年即从师于俞王言,金溥解南华、楞严、楚辞为古文三昧,既是晚明士人的普遍特征,又师承于俞王言。今俞王言现存资料不多,其弟子金溥所作跋文,是解读《辞赋标义》的重要批评文献。又如引,清初陆荩《历朝赋格》以三格论赋,在每格之前,分别有与相应赋体风格所作《引》一篇,与选集中赋体相得益彰。这些均是现存重要的批评文献。

二、汉赋评点的隐性内涵

以一定编选目的为宗旨,总集编选时,对选文进行文体辨析、诗文数量与篇目的确认、位置的安排等均有特定内涵。李建中指出:"总集的编纂经过删繁从简、类聚区分、分体编纂和以文学作品为传名后世的载体等,选编形式的批评文体并不直接表达批评家的批评观点和意见,而是通过选择和编纂将之具体化,在取舍之间间接地反映或传达出选家的观念。"②王运熙、杨明亦云:"编选总集,目的之一是便于读者观摩文章、学习写作。而从对作家作品的取舍和编次方法、体例上,可以见出编选者的批评标准和眼光。"③如昭明将骚、辞、七、颂、对问等与赋模糊的文体各严其域④,在体例上,"凡次文之体,各以汇聚;诗赋体既不一,又以类分;类分之中,各以时代相次"⑤,这种编纂方式,

① 于光华:《文选集评》。
② 李建中:《中国文学批评史》,武汉大学出版社2008年版,第363页。
③ 王运熙、杨明:《魏晋南北朝文学批评史》,上海古籍出版社1989年版,第117页。
④ 关于昭明的分体问题,后人或多讥议,见骆鸿凯:《文选学》。
⑤ 萧统:《文选》,上海古籍出版社1986年版,第3页。

为后人继承或扬弃。

总集编纂的前提是选文,选文的基础是辨体。一般来说,文体辨析的内容有三:一是辨文体的类别;二是辨文体的风格;三是辨文体的源流。一部总集,往往是一种或几种文体的批评史。上溯至挚虞《文章流别论》、李充《翰林论》的编纂,在辨别文章体制风格的同时,亦追溯了各体文章的源流发展,即带有"考镜源流"的意识。《晋书·挚虞传》云:"撰古今文章,类聚区分为三十卷,名曰《流别集》,各为之论,辞理惬当,为世所重。"①又《晋书·文苑传》:"于时典籍混乱,充删除烦重,以类相从,分作四部,甚有条贯,秘阁以为永制。"②挚虞的"类聚区分"、李充的"以类相从"均包含文体的区分和排列之意。此后刘义庆《集林》、孔逭《文苑》亦均以文体分类达到辨体的目的。

赋体选本的编纂,因其文体源头的模糊性及晚熟性,较之诗、文等文体编纂尤难。如是否将骚体和七体归为赋集,就有不同的见解,明代陈山毓《赋略》、俞王言《辞赋标义》均以骚置首,将七体单列为附录,清代赵维烈《历代赋钞》、王修玉《历朝赋楷》则以宋玉为首,不收《离骚》和七体,可以看出元明以来"祖骚宗汉"的复古思潮进入清代之后的弱化。值得提出的是,清代孙濩孙编有《华国编文选》和《华国编赋选》两种选本,汉代枚乘《七发》明确归入前者。其一大原因是受康熙帝"赋者,六义之一也"之"圣意"的影响,将赋笼罩在诗用观下裁量。至如选篇数量与赋作著者的问题,同样是选集批评观的体现。如姚鼐选录战国至北宋57篇赋作,以扬雄赋入选为最多。李元度《赋学正鹄》对骈文家李隆萼、吴锡麟、何栻、顾元熙等人赋作最为青睐。可以看出,总集的编选是选家批评立场和态度的呈现,四库馆臣指出,"撰录总集者,或得其性情之所近,或因乎风气之所趋,随所撰录,无不可各成一家。故元结尚古淡,《箧中集》所录皆古淡;令狐楚尚富赡,《御览诗》所录皆富赡;方回生拗,《瀛奎律髓》所录即多生拗之篇;元好问尚高华,《唐诗鼓吹》所录即高华之制。盖求诗于唐,如求材于山海,随取皆给,而所取之当否,则如影随形,各肖其人之学识"③。袁枚总结选家选人定篇有七大弊端,同样适用于赋集的编选:

---

① 房玄龄等:《晋书》卷五一,中华书局1974年版,第1427页。
② 房玄龄等:《晋书》卷九二,第2391页。
③ 永瑢等:《四库全书总目》,中华书局1997年版,第2568页。

选家选近人之诗,有七病焉。其借此射利、通声气者,无论矣。凡人全集,各有精神,必通观之,方可定去取;倘捃摭一二,并非其人应选之诗,管窥蠡测,一病也;《三百篇》中,贞淫正变,无所不包。今就一人见解之小,而欲该群才之大,于各家门户源流,并未探讨,以己履为式,而削他人之足以就之,二病也;分唐界宋,抱杜尊韩,附会大家门面,而不能判别真伪,采撷精华,三病也;动称纲常名教,箴刺褒讥,以为非有关系者不录,不知赠芍采兰,有何关系? 而圣人不删。宋儒责蔡文姬不应登《列女传》,然则十七史列传,尽皆龙逢、比干乎? 学究条规,令人欲呕,四病也;贪选部头之大,以为每省每郡,必选数人,遂至勉强搜寻,从宽滥录,五病也;或其人才力与作者相隔甚远,而妄为改窜,遂至点金成铁,六病也;徇一己之交情,听他人之求请,七病也。①

从编选者来看,须通观薄取,自立门户,辨别真伪,力避学究气、贪多欲、妄改古书、听人求请等弊端。在众多的文章中,选出最具典范的作品,关系到选本的流传与影响。吴兆骞所谓“选在一室,而风行乎十五国;选在一日,而观感夫千百年”②,徐增言:“世之不能自见者,因我之选而有以自见焉;世之能自见者,因我之选而愈有以自见。”③选篇及作者是否入选,关系到文学现象的经典化与遮蔽问题。以《文选》为例,胡旭、张一妮认为,《文选》不录张融赋有两方面原因,一是萧衍与萧子良之间的政治斗争,二是依附萧子良的张融,文学审美趣味与《文选》的编选标准有相当程度的背离。④ 关于江海类赋作,人们向以郭璞《江赋》与木华《海赋》相伯仲,张融《海赋》在内容与笔法上均稍逊前贤,加之选学的影响,后者在名气与传播方面无法不如前者。

编者将入选的篇目进行分类时,还有即作品的排序问题,同样是编者批评观的体现。如张凤翼批评昭明在献诗类中,曹植居前,王粲在后;在赠答诗中,王粲居前,曹植在后,又将五言古诗置于赠答诗之后,体例不一,错乱杂陈。

---

① 袁枚:《随园诗话》卷一四,人民文学出版社1982年版,第465—466页。

② 丁灏:《诗承初集序》,见谢正光、佘汝丰编:《清初人选清初诗汇考》,南京大学出版社2008年版,第278页。

③ 徐增:《元气集序》,《元气集》卷首,清康熙刻本。

④ 胡旭、张一妮:《〈文选〉不录张融之作的历史考察》,《钦州学院学报》2010年第2期。

"王曹之后先,赠答之倒置,五言古之宜首;苏李十九首之折为二十,皆当绳以定则,不必例以阙疑"①。方廷珪亦对昭明赋体分类不满,"选《序》中既云以年代相次,则《高唐》《神女》及《甘泉》《子虚》《上林》《羽猎》诸赋,原居班张各家之先。即后来各家赋中,亦多所借润。今以《骚》为首,《高唐》诸赋次之,旧首《两都》,今改列为第七卷。而《七启》等篇,与赋一类,赋终即缀其后。庶几原原本本,开卷了然。"②方廷珪忽视昭明先以类分的前提,将所有赋作改为按照时代前后排列,并将七体置于赋体之后,以示一体。这种分类观,有助于读者对作品的直观理解,然显是对昭明原意的误读。因此,闵齐华《文选瀹注》、于光华《文选集评》等书则以"疑则仍疑,误则仍误"的态度,维持原选样貌。

在明清赋集编选中,如陈山毓《赋略》、张惠言《七十家赋钞》、姚文田《赋法》、李元度《赋学正鹄》等对赋体分类时,或取汉志,或比照《文选》,或二者兼取。如陈山毓《赋略》所收每位赋家题下均有对《汉书·艺文志》的校勘厘定文字,如宋玉题下注:《艺文志》宋玉赋16篇,今定著13篇。司马相如赋题下注:《艺文志》司马相如赋29篇,今定著六篇。对《艺文志》未收的赋篇,或补入或存疑,如东方朔题下注:按《艺文志》无朔赋,今入7篇。又《大招》作者题为:不知作者赋一篇。下注:按《艺文志》无景差赋,今从疑。《大招》题下注:《大招》者,屈原之所作也,或曰景差,疑不能明也。姚文田赋法于《目录》后题有"一一比照《文选》"字样的说明;张惠言《七十家赋钞》将战国至六朝70家赋作206篇(实际为196篇),根据各家风格特征兼顾时代分为六大类。而李元度《赋学正鹄》的编选体例则又一反前人从源到流的史学意识,根据士子习作需要,将赋体分为层次、气机、风景、细切、庄雅、沉雄、博大、遒练、神韵、高古十类四级,赋作的每一级均由各类题材的赋作组成由易至难的层递性阶梯,四个梯阶同样由简单走向复杂,因此在赋集的编选上采用两大循流溯源的编排方式,令人耳目一新。

① 张凤翼:《文选纂注》,《四库存目丛书》影印明万历刻本,集部第285册,第23页。
② 方廷珪:《昭明文选集成》,清乾隆傲范轩版。

三、评点活动的主要手段

依附于文本和选集中的注释和评点是汉赋评点体系的主体。包括评和点两个方面。从形式上看,评有眉批、夹批、尾批、题下批等形式。点,通谓之圈点,包括横、截、抹、单圈、连圈、三角、直线、顿点、圈点等,辅以红、黄、青、黑、蓝五色之别,宋明以来始有。在功能上多为精切关键处的强调说明之用。圈点用符号传达意见,并无确定所指,带有秘传的意思。姚鼐曰:"圈点启发人意,有愈于解说者矣。"①方东树《书归震川史记圈点评例后》:"古人著书为文,精神识议,固在于语言文字。而其所以成文义用,或在于语言文字之外。则又有识精者,为之圈点抹识批评,此所谓筌蹄也。能解于意表,而得古人已亡不传之心,所以可贵也。"②圈点最可贵之处是意义在语言文字之外,得古人之心,不传之妙。因此,道光二十五年(1845),吴启昌据姚鼐晚年本《古文辞类纂》重新刊刻时,将圈点尽数去除,方东树争之未果,甚是可惜。

在评点产生伊始,孙琴安认为点是在评的主体之下起一种辅助和配合作用,因为评是一种语言功能,它可以清楚、准确、精致、详细地表达各种意思和思想,说出各种区别和差异,而稍长的评语甚至可以在对所评文章之外而单独地成为一篇文章……但"点"却不能具备这些功能,它只是一种符号,只能起一种提示作用,只能在"评"的主体之下起一种辅助和配合的作用……在一般情况之下,"点"还只是配角。③ 随着明清诗歌、小说、散文、戏曲等文体评点的繁盛,点的意义也随之丰富多样。关于圈点的批评指向,明代评点家已广泛运用,凡辞章、神情、骨脉、纲领、叙事、人名等均一一标示出来,如史评系列:

《孙月峰评点汉书·凡例》:"凡叙事大尽用一———,小尽用半—,人名用一│,小节用半│,姓名每篇中止—│一次"。

《钟惺评点史记·凡例》:"余首览《史记》,先生圈点用四则:顿号取辞章,圈取神情,空心顿号取骨脉,空心双圈取纲领;其评法用五义,篇首有表发,中有注论,尾有总批,自顶及傍,互有断制。"

---

①　姚鼐:《姚惜抱尺牍》,上海新文化书社1924年版,第19页。

②　方东树:《考盘集文录》,《续修四库全书》集部第1497册,第342页。

③　孙琴安:《中国评点文学史》,上海社会科学院出版社1999年版,第81页。

《陈评史记·凡例》:"旧评多标文章结撰之美,未尽子长精神处。兹评非有功于名教者,不圈;非有补于经济者,不圈。而文之精神自在矣。故一洗向来伪评、滥评而独存先生之评焉。"

孙月峰评本将叙事过程中大尽、小尽、小节、人名等无法在文本中直接说明之意一一用符号标出,圈点已不局限于时文作法的比对与点明,还包括对作者精神意旨的揭示。如陈仁锡评点本将《史记》中有功名教、有补经济之处才进行圈点。此外,圈点与评论逐渐在相互彰显中互分江山。如钟惺评本篇首、中间夹批、尾批、眉批及旁批等评论与圈点既是相互关联的批评体系,又有各自的断制,表明评点的历史性发展。明代印刷套印技术的发展,市场上评点书籍如雨后春笋,繁多而杂乱,既有三色至多色套印评点本,还出现不少质量低下之作,如陈评本所说"伪评、滥评"本,又如《文选瀹注·凡例》云:"迩来苕上诸刻,青黄并饰,朱紫杂陈,不图滥觞之极绘,及稗史淫词既珍,有用之赀且嘶。无益于目,识者伤之,今仍墨本,以还大雅。"评点风气的盛行,评点符号甚至形成约定之例,如方廷珪《文选集成·凡例》云:

兹编圈点义例,悉依吾乡先辈《古文析义》,眼目用黑圈,佳处用密圈,结穴中重圈,余用句点句圈,段落用截,大段小段,即于截下分注,只阅一篇,余可类推。骚赋诗文,俱同一例。

林云铭所编《古文析义》被称为清代科举兔园册子,是士子中举的捷径,风靡坊间。如清代时文名手吴兰陔曰:"今之为父兄者,乐子弟之速化,读《四书章句集注》后,随意读一二经,并《古文观止》《古文析义》数首,即授以时文帖括,使之依样壶卢,侥幸弋获。"①梁章钜自言因之受父亲训斥,"犹忆余十五六岁时,辄诋林西仲之《古文析义》、方伯海之《文选集成》、浦二田之《读杜心解》为兔园册,先大夫痛斥之曰:'待汝将《古文析义》中文字篇篇熟在胸中,又将《文选》、杜诗皆全部熟读,尚未可轻议前人,何况汝万万不能,而先学此轻薄言谈,何济于事?'余为惕然污下,至今思之犹有余惭也"②。尽管如此,《古文析义》向为通儒硕学所讥,李元度曰:"选本最劣者,莫甚于林西仲之《古文

① 梁章钜:《制义丛话》卷一,清咸丰九年刻本。
② 梁章钜:《退庵随笔》卷二,清道光十六年刻本。

析义》，其人本不知文，强作解事。以吴宗冈、金人瑞评小说伎俩出之。"章学诚称其"庸恶陋劣"。方廷珪将其圈点符号意义用于《文选》的批点，评论发明则多是一己见解，尤其是其对《九歌》《九章》写作年代的所立新说，为大学士朱珪所叹赏。

由于刻印圈点符号的不便赋集评点本在流传过程中，圈点逐渐简化。这与清朝统治者为达到统治上的稳定，利用修史、卖官、制造文字狱等手段，迫使读书人埋头考据亦不无关联。赵维烈《历代赋钞·凡例》："旧本有逐段密圈，逐行密点，或豆圈豆点，或旁用□以标台殿、宫室，或正用□以摘意旨，固已瑕瑜显列，轻重互分。然一篇有一篇之主意，一段有一段之转折，一句一字有一句一字之标新领异。作者各具心思，读者互存好尚，故止用句读圈断，间于转换虚字处略加圈点。其眉目要领则用尖圈，以俟识者鉴之。"乾嘉时期评点逐渐走问沉寂，很多赋集的编选本仅是对语词音义的训释及文本内容的简单解读，如沈德潜《历朝赋选笺释》、谢璡《丽则堂历代赋钞》的编纂，甚至还有选本不置一词，仅于断句处用朱笔标出以便观览，如王苣孙《古赋识小录》曰："异同参错，不缀一辞，诵所闻而使自执焉之义也。"王氏强调士子自得己见，那么选本的意义只能赖选篇的示范之义了。中期以后，评点之风复兴，此时圈点力主简洁、明晰，主要为对赋作字、句、章的疏解，如鲍桂星《赋则·凡例》："圈点评语无取冗杂，然太简亦不明晰。圈点标目亦不可少，兹就管见所及，一一拈出。"①又如顾莼《律赋必以集》以律赋为主，兼及古赋、俳赋，其友人赞曰："见其于汉唐宋以来，源流体制，厘然备具，而旁批字栉句梳处，尤使学者一目了然"②，即评点越来越倾向于以简单明晰之圈点与筋节关键之评论完成批评活动的主体。

总体上看，各类评点本中对汉赋的评和点均有指导士子科举津筏之意，故多以浅近语言解说赋作筋骨或赋家用心之处。如陈山毓对司马相如《哀二世赋》首句夹批："王鏊曰：'起得磊落悲慨。'"③李元度对班固《两都赋》"极众人之所眩曜，折以今之法度"句用三角符号标出，批曰："结出作意。""愿宾摅怀

---

① 鲍桂星：《赋则》，清道光二年刻本。
② 章执徐：《律赋必以集序》，《律赋必以集》卷首，清光绪十五年尊经书院本。
③ 陈山毓：《赋略》，明崇祯七年陈舒、陈皋刻本。

旧之蓄念,发思古之幽情。博我以皇道,弘我以汉京"句眉批:"总提四句妙,有含蓄、有顿挫、有照应,必不可少。"①俞王言《辞赋标义》基本上均是对所选赋作内容的解读,如《西京赋》"三阶重轩"句夹批:"天子殿高九尺,阶九级,中分左右,右阶无齿,以便辇行。左阶有齿,以便人行。"《鲁灵光殿赋》首段眉批:"序见殿始恭王所以遭乱而独存者,以其制之善也,故美而作赋。"②可见,以文本为中心,选本为依托的评点批评,其主要形式既直指科举,又有不言之秘,其批评价值既有外部显现,又有隐性内涵,是当下赋学研究不可忽视的重要依凭。

---

① 李元度:《赋学正鹄》,清光绪七年长沙奎光楼刻本。
② 俞王言:《辞赋标义》,明万历刻本。

第二章　诗文总集与汉赋评点

　　《四库全书总目提要》谓总集有两个功能，"一则网罗放佚，使零章残什，并有所归；一则删汰繁芜，使莠稗咸除，菁华毕出"①，除搜辑文献、萃取精华外，编选总集的价值还在于"便于读者观摩文章、学习写作。而从对作家作品的取舍和编次方法、体例上，可以见出编选者的批评标准和眼光，有的总集有序和评论，则其意见更为具体"②。因此，在某种程度上，总集也是一种无声的论战，代表编选者一派的观点主张。据统计，北宋人所编诗文选本有 80 多种，现存《唐文粹》《唐百家诗选》等 30 种左右，南宋人所编诗文选本数量猛增，今可考知其名者即有 300 多种③。而南宋高宗后期至孝宗乾道年间（1165—1173），理学正式形成，并成为宋学中的主要学派。此时宋学又可分为金华学派、永嘉学派和永康学派，统称浙东事功学派。在理宗朝之前，各派别互争雄长，展开激烈争锋。为扩大影响，他们以书院为基地，广泛授徒讲学。如朱熹主讲于白鹿洞书院，陆九渊在应天精舍和白鹿洞、象山书院讲学。吕祖谦尝为丽泽书院山长，据统计，南宋书院共有 473 所，而整个北宋不过 38 所。④ 与这一思潮相适应，选本迅速传播起来。由金华学派的林之奇发轫，到再传弟子吕祖谦，将汉赋归入古文的阵营，产生了对汉赋进行评点的创举，这在汉赋评点的发展史上具有首创意义。

---

①　永瑢等：《四库全书总目》，第 2598 页。
②　王运熙、杨明：《魏晋南北文学批评史》，上海古籍出版社 1989 年版，第 117 页。
③　张智华：《南宋诗文选本研究》，北京师范大学出版社 2002 年版，第 2 页。
④　何忠礼：《南宋科举制度史》，人民出版社 2009 年版，第 297 页。

第一节　辞赋文体与文章观念

楼昉《崇古文诀》是应科举之需而较早出现的古文总集,还是现存最早收有汉赋的总集评点本。古赋以选本为载体进入文章学家视野并开始了与时文、古文等文体相沉浮的历程。此后不同时期文学观念、思想观念各有不同,文与赋内在关系得到进一步的关注与探索的同时,在一定程度上它们又共同反作用于科举。从"古文"的观念来看,文章总集的编纂以散体文为主,但并不排斥答难、辞赋等"古文"观念,从评点的观念看,被归入"古文"的赋体所寓含的意义亦随着选者的用意而有所新变,赋体的功用得到新的阐发,从而成为观照赋体批评的崭新视角。

一、科举文体视野下的赋体与古文

赋体源头一方面与诗六义牵缠不清,另一方面又因屈原之作不以赋名,宋玉赋真伪不定以及荀卿赋的"近质"①无文等情况而扑朔迷离,至今仍聚讼纷纭。然"赋亦文章,虽号巧丽,苟适其理,则与传注何异"②,章学诚认为赋体的"假设问对,庄列寓言之遗也。恢廓声势,苏张纵横之体也。排比谐隐,韩非《储说》之属也。征材聚事,《吕览》类辑之义也"③,因此赋体同时还留有文的印痕。中国文学的文人文学时代,就是由赋体文学开启并承担的。余嘉锡《古书通例·明体例》认为"荀子《赋篇》内《佹诗》一篇,前后皆四言,中杂长句,其体盖在诗赋之间"④。古赋萌生时期的两栖特征十分明显,后在汉代枚乘、司马相如手里才日臻成熟。因此在六朝至唐,它偏于诗而为骈赋、律赋,在宋代又偏向文而成文赋,经后代文章学家的传衍与流变,学界对此关注尚属不够。

两汉时期赋体与古文,犹如道教与佛教的发展,既相互依存,又相互争长。

---

① 张惠言:《七十家赋钞》引何焯语,清道光元年合河康氏刻本。
② 龚鼎臣:《东原录》,文渊阁《四库全书》本,子部第 862 册,第 565 页。
③ 章学诚:《校雠通义》,中华书局 1985 年版,第 1064 页。
④ 余嘉锡:《古书通例》,岳麓书社 2010 年版,第 205 页。

先是文名重于赋名,大致在汉代初期至武帝之前。早期赋家多聚集在诸侯王周围帮闲寄生,而这种机会也只有在以文显名之后才能得到,如《汉书·邹阳传》载:"汉兴,诸侯王皆自治民聘贤,吴王濞招致四方游士,(邹)阳与吴严忌、枚乘等俱仕吴,皆以文辩著名。"①又《梁孝王传》载:"(梁孝王)招延四方豪杰,自山东游士莫不至。"②游士即枚乘、邹阳、司马相如等类似战国诸子之徒,擅长辩论并已小有名气。《汉书·地理志》云:"司马相如游宦京师诸侯,以文辞显于世。乡党慕循其迹,后有王褒、严遵、扬雄之徒,文章冠天下。"③然战国时期"贤人在而天下服,一人用而天下从"的局势已不复返,一部分游士进入宫廷后,极力展现文学才能,以期受到赏识,一时间赋体借势文名迅速滋长,此时文名、赋名混而为一。班固《汉书》曰:"汉兴,高祖王兄子濞于吴,招致天下之娱游子弟,枚乘、邹阳、严夫子之徒兴于文、景之际。而淮南王安亦都寿春,招宾客著书。而吴有严助、朱买臣,贵显汉朝,文辞并发。"④其中"辞"便谓赋,清代李元度《赋学正鹄》不录荀卿、宋玉、长卿、子云诸作者,以彼"皆古文之一体"。今人余嘉锡即认为诸子为诸子文集,赋集即赋家文集,"西汉以前无赋,而诸子即其文集"⑤,"两汉文章渐富,为著作之始衰。然贾生奏议,编入《新书》,相如词赋,但记篇目,皆成一家之言,与诸子未甚相远"⑥。而当赋更能满足时代及帝王的需求时,赋体的撰写便逐渐青出于蓝。如宋人项安世认为:"予尝谓贾谊之《过秦》,陆机之《辩亡》,皆赋体也。大抵屈宋以前,以赋为文。"⑦钱锺书亦云"贾生作论而似赋"⑧,后来两汉四百年间文学以赋为代表便毫无疑问了。

辞赋与古文的分离时期是在六朝,又称汉赋的变体时期。曹丕《典论论文》对文体"四科八体"的划分,文的概念体现出文学化、艺术化的独立色彩。

---

① 班固:《汉书》卷五一,中华书局 1964 年版,第 2338 页。
② 班固:《汉书》卷四七,第 2208 页。
③ 班固:《汉书》卷二八,第 1645 页。
④ 班固:《汉书》卷二八,第 1668 页。
⑤ 余嘉锡:《古书通例》,第 203 页。
⑥ 余嘉锡:《古书通例》,第 204 页。
⑦ 项安世:《项氏家说》,《四库全书》史部第 706 册,第 542—543 页。
⑧ 钱锺书:《管锥编·全汉文》卷一六,生活·读书·新知三联书店 2007 年版,第 1432 页。

西晋挚虞《文章流别论》、李充《翰林论》、梁任昉《文章缘起》均旨在明确文的源流、产生等情况,惜今不传。现存最早的论"文"之独立专著为刘勰《文心雕龙》,总论"文之枢纽",被誉为"体大虑周、深得文理"。其《诠赋》篇云"赋者,铺也,铺采摛文,体物浏亮",已是变汉人对"赋用"的重视为"赋体"的规正。此期古赋衍变为骈赋,古文走向四六文,赋与文分离并行。这种变化在后汉文中已经有所体现。宋谢采伯撰《密斋笔记》卷三载:"或曰:'西汉之末,王褒文类俳。今观邹、枚文,已近此体。大率古赋之流,如荀子诸赋,岂非先秦古书。但自王褒以后,至晋唐文多类俳,皆源流古赋,亦如今时有一项古文,又有一项四六。'"①古赋分流,一方面走向轻浮华靡之俳体,一方面使古文吸收华辞丽藻走向骈体。这一变化在后代赋集或文集的编纂中也有体现。如陆葇辑《历朝赋格》将骈赋与律赋均归之文赋格,颇受今人批评,而其他一些以古为主或以律为主的赋体选本对各体均有所取,独不取骈赋。相反,若为科举计,六朝骈赋乃律赋源头之一,习律赋者必上溯至六朝。如汤稼堂评唐王泠然《止水赋》"浮芥则敖吏措杯,种瓜则幽人抱瓮"句及李子卿《聚雪为小山赋》"峡里则秋月常悬,封中则晓云犹白"句云:"句法原本子山,命意遣词,咸有深秀之致。"姜学渐《味竹轩赋话数则》曰:"凡学近体律赋,须知源本六朝。徐孝穆、庾子山始变晋宋古体为四六,曰徐庾体。徐庾两家之集,不可不读。"②徐陵、庾信文中对格律对仗颇为讲究,赋体写作技法至登峰造极而后急转而下,走向规格严整、句法板正的律赋。

自唐代开始,科举考试以律赋为主,并逐渐成为定式。清人孙梅《四六丛话序》云:"自唐迄宋,以赋选士,创为律赋。"唐代考赋兼含"特科"与"常科",又涉及礼部取士与吏部铨选。特科试赋在常科前,如唐高宗麟德二年(1665)王勃试《寒梧栖凤赋》,常科之进士科考赋年份,一般以高宗永隆二年(681)试杂文兼赋为开端③,到玄宗开元二年(714)试《旗赋》体制渐备,"始见八字韵

---

① 谢采伯:《密斋笔记》卷三,《文渊阁四库全书》本,子部864册,第17页。
② 姜学渐:《味竹轩赋话》,同治六年刻本。
③ 参见王定保:《唐摭言》卷一"试杂文"条;赵翼《陔余丛考》卷二八"进士"条;徐松:《登科记考》"永隆二年""光宅二年"条引录及按语。

脚,所谓'风日云野,军国清肃'"①。中唐以后考赋以律体为主,如明人胡震亨《唐音癸签》卷二七云:"唐试士初重策,兼重经,后乃骈重诗赋。中叶后……士益竞趋名场,殚工韵律。"李调元《赋话》卷一也说:"不试诗赋之时,专攻律赋者少。大历、贞元之际,风气渐开。至大和八年,杂文专用诗赋,而专门名家之学樊然竞出矣。"反过来讲,早在两汉时期赋体已有骈俪的痕迹,是工律赋者所取资的对象之一。如汤稼堂《律赋衡裁》:"扬马之赋,语皆单行,班张则间有俪句。如'周以龙兴,秦以虎视,声与风游,泽从云翔'等语是也。"评东汉张衡《天象赋》句"毕路云滋,箕躔吹发,枢降轩而绕电,景瑞尧而丽月"云:"撰句工丽,是六朝人语"。因此后代文集或赋集编纂中往往选有两汉古赋,固是尊古,实质是为科场律赋循源追祖。

宋沿唐制,有进士、制科,以前者得人最盛。然宋代进士科考试科目始终在经义与诗赋间徘徊。经义源于唐代科举明经科,然唐代考试帖经墨义等为记诵之学,宋神宗熙宁时期王安石罢诗赋,撰《周礼》《诗》《书》三经新义,成为后世科举相沿之法。所谓义,徐师曾《文体明辨序说》释义曰:"按字说云'义者,理也',本其理而疏之,亦谓之义。若《礼记》所载《冠义》《祭义》《射义》诸篇是也。后人依仿遂有是作。"宋代理学家认为,除汉赋外,赋体中经义已渐阙失,此是汉赋备受后世科举文集青睐的另一原因。

二、《崇古文诀》入选汉赋考述

当代学者多认为中国文章学成熟、成立于宋代②。祝尚书先生将其具体到南宋孝宗朝(1163—1189)的近三十年内。③ 此时期古文评点选本成为科举用书的一个潮流,一时涌现众多。如吕祖谦《古文关键》、真德秀《文章正宗》、谢枋得《叠山先生批点文章轨范》、王震霆《诸儒批点古文集成》等,仅楼昉《崇古文诀》选录有汉赋,开启古赋评点的先声。据《北京图书馆善本书目》载录,《崇古文诀》有五卷本,六册,九行十九字,白口左右双边,存三卷;二十卷本,

---

① 吴曾:《能改斋漫录》卷二"试赋八字韵脚"条,中华书局1960年版,第27页。
② 参见王水照、慈波:《宋代:中国文章学的成立》,《复旦学报》2009年第2期。
③ 祝尚书:《宋元文章学》,中华书局2013年版,第50页。

三册,十二行二十三字,细黑口,左右双边,存十卷,四至十一,十九至二十;三十五卷本,有宋本、元刊本、明刊本、明正德刊本、明吴邦桢吴邦杰刊本、明嘉靖王鸿渐刊本、清乾隆文渊阁四库本等。五卷本和二十卷本仅有宋刻本,今藏国家图书馆古籍部。三十五卷本版本众多,影响最大,全国各大图书馆均有收藏。

《崇古文诀》以时代为次,选录先秦至宋代 49 家 193 篇作品。先秦文以乐毅《答燕惠王书》及李斯《上秦始皇逐客书》为首,均与治世之道相关,如楼昉评《答燕惠王书》曰:"可以见燕昭王、乐毅君臣相与之际,略似蜀昭烈诸葛武侯书词,明白洞见肺腑。"次为《卜居》《渔父》《九歌》等 11 篇屈原之作,极力阐释屈原尽忠爱君、思君念君的拳拳深情。尽管楼昉此编的本意是教授生徒,此又与其道学家的身份有关。"《离骚》非词赋也,屈子本忠孝之大节,明道学之渊源,而托之乎词赋者也……余小子辄不自量,谬出管见,以说时文法说《离骚》,实觉起伏转落,条理分明,脉络贯通,而执中主敬之大义,粲然无复可疑"①。从评论解析及置于卷首的安排看,楼昉选录楚辞作品,并非出于将其视为辞赋或时文的立场,更多则是因为屈子与道学的渊深关系。屈原之后,《崇古文诀》于两汉文收有贾谊《吊屈原赋》《鹏鸟赋》、扬雄《解嘲》、司马相如《难蜀父老文》、班固《两都赋》等赋,这种选录与编类,与林之奇和吕祖谦密切相关。

(一)林之奇与《东莱集注观澜文集》

林之奇,字少颖,福州侯官人。北宋徽宗政和二年(1112)生,南宋孝宗淳熙三年(1176)卒。少时尝从学吕本中,时将试礼部,行次衢州,以不得事亲反学益力,被吕本中视为奇人。中绍兴二十一年(1151)进士第,调莆田簿,改尉长汀,召为秘书省正字,转校书郎。林之奇是宋代穷经传道、以圣贤为理想人格的典型士大夫。宋代陈思《两宋名贤小集》云"子之于为学,其志盖未已。上欲穷经书,下者百代史……所愿求诸己,圣贤有明训"②。著有《拙斋书集

---

① 林仲懿:《读骚管见》卷一,《四库存目丛书》影山东大学馆藏乾隆十年世锦堂刻本,集部第 2 册,第 303 页。

② 陈思:《两宋名贤小集》卷一〇三,文渊阁《四库全书》本,集部第 1363 册,第 75 页。

解》58卷、《拙斋文集》20卷、《春秋周礼说》《论孟扬子讲义》《道山记闻》等。楼昉与林之奇均对朝廷抱有极大的热忱,本传载时朝廷欲令学者参用王安石经义,林之奇上言王氏三经皆为新法,为北宋灭亡之罪魁祸首,"晋人以王、何清谈之罪,深于桀纣。本朝靖康祸乱,考其端倪,王氏实负王、何之责"①,林之奇对宋金政治局面有着深识洞见,"或传金人欲南侵,之奇作书抵当路,以为久和畏战,人情之常。金知吾重于和,故常以虚声喝我,而示我以欲战之意,非果欲战,所以坚吾和。欲与之和,宜无惮于战,则其权在我。又言战之所须不一,而人才为先,必求可与共患难者,非得如庞士元所谓俊杰者不可也"②。对金人佯战实和的目的,林之奇认为朝廷当不惧战,这样在和的时候我方才能占主动地位,可以说是直指朝廷重症。楼昉为东莱门人,绍熙四年(1193)陈亮榜进士,此时林之奇去世已经16年,然楼昉同样"论和议之非,忤奸相,贬斥以终"。

　　林之奇辑有《观澜文集》,吕祖谦为之集注。《四库未收书提要》云:"是编《宋史·艺文志》著录六十三卷,此从宋本依样影钞,仅及其半,甲集凡二十五卷,自屈平以下六十五人,乙集五卷,自扬雄以下凡十九人,分类编辑,祖谦集注多本旧注为之,如《离骚经》《文赋》《闲居赋》即用五臣注释,捃拾精核,足与之奇书相辅而行也"③。林之奇是编分为甲、乙两集,甲集以《离骚经》置首,并明确归为赋类,卷一至卷四收有陆机《文赋》、潘岳《闲居赋》、杜牧《阿房宫赋》、李白《大鹏赋》、刘禹锡《问大均赋》及《牡丹赋》《桃花赋》《前赤壁赋》《后赤壁赋》《黄楼赋》《秋声赋》《憎苍蝇赋》,乙集为汉赋、六朝、唐赋,依次为扬雄《甘泉宫赋》《长杨赋》《登楼赋》《幽通赋》《别赋》、陈子昂《尘尾赋》、杜甫《三大礼赋》等,另《铁琴铜剑楼藏书目录》卷二三载除甲、乙二集外,尚有"丙集八卷,前四卷皆赋,计张衡以下十五人。五卷以后为说论记,计韩文公以下十三人"④。作为道学家的古文选集,林之奇以《离骚》置首,选录汉代扬雄、班固及王粲诸人赋作,作为再传弟子,楼昉以大体接近的位次,选录扬雄、

---

①　脱脱:《宋史》卷四三三,中华书局1977年版,第12861页。
②　脱脱:《宋史》卷四三三,第12861页。
③　阮元:《四库未书提要》卷三,清刻罩经室外集本,第32页。
④　瞿镛:《铁琴铜剑楼藏书目录》卷二十三,清光绪常熟瞿氏家塾刻本。

班固、贾谊诸人赋作,明显均出于道学家立场。因此,楼昉《崇古文诀》选录汉赋的最初源头可追溯至《观澜文集》。

(二)楼昉与吕祖谦

作为科举科目的参考书,有评点的古文选本始于南宋吕祖谦的《古文关键》,被誉为"现存评点第一书"。在吕祖谦的影响下,出现楼昉《崇古文诀》等古文评点总集。陈振孙《直斋书录解题》曰:"迂斋《古文标注》五卷,宗正寺簿四明楼昉旸叔撰,大略如《吕氏关键》而所取自史汉而下至于本朝,篇目增多,发明尤精,当学者便之。"①陈振孙所见到的是五卷本,其中未必收有赋体,《古文关键》所收为韩、柳、欧、苏、曾等诸家文为主,故楼昉所继承发扬的,乃是吕祖谦论文之法。如楼昉评韩愈《与孟简尚书书》:"一篇须看大开合。"评柳宗元《梓人传》"抑扬好,一节应一节,严序事实",评柳宗元《与韩愈论史官书》"亦是攻击辩诘体,颇似退之《诤臣论》",都源于《古文关键》相应文章的首批。在其所选的164篇唐宋文中,有16篇与吕祖谦所选重复。因此,《崇古文诀》的编纂评点,与《古文关键》的古文观是一致的。

此外,吕祖谦奉敕编纂的另一文章总集《宋文鉴》代表的则是官方话语形态,是皇帝赞许并由孝宗亲自赐名的科举考试范本,"以皇朝二字冠其上,用示悠悠无疆之意"②,而该编的一个极为重要的特征是收录赋体并置于卷首。朱熹曰:"此书(《宋文鉴》)编次篇篇有意,每卷卷首必取一大文字作压卷,如赋则取《五凤楼赋》之类。"其编纂底本是福建建阳知县江钿在民间刊行的《圣宋文海》,说明学习律赋创作是大多数士子应举的手段之一。淳熙四年(1177),孝宗皇帝欲令人重新刊刻,翰林学士周必大上奏:"此书乃近时江钿类编,殊无伦理,书坊刊行可耳。今降旨校正刻板,事体则重,恐难传后,莫若委馆阁别加诠次,以成一代之书。"③后孝宗与参知政事王公淮和李彦颖商议命吕祖谦担当此任。晁公武《郡斋读书志》载:"《圣宋文海》一百二十卷,右皇朝江钿编。辑本朝诸公所著赋、诗、表、启、书、论、说、述、议、记、序、传、文、赞、

---

① 陈振孙:《直斋书录解题》卷十五,清代英殿聚珍版丛书本。
② 周必大:《文忠集》卷一〇四,文渊阁《四库全书》本,第1148册,第132页。
③ 吕乔年:《太史成公编皇朝文鉴始末》,《宋文鉴》卷首,《四部丛刊》影宋刻本。

颂、铭、碑、制、诏、疏、词、志、挽、祭、寿文,凡三十八门。虽颇该博,而去取无法。"①吕祖谦历时一年,将"秘书省集库所藏本朝诸家文集,及于士大夫家宛转假借,旁采传记他书,虽不知名氏而其文可录者……凡六十一门,为百五十卷",在江钿本130卷的基础上重新增损诠次,编类为150卷。孝宗评定曰:"祖谦所进,采取精详,有益治道,故以宠之。"②时人叶适《习学记言序目》卷三七:"吕氏《文鉴》,去取最为有意,止百五十卷,得繁简之中,鲜遗落之憾。"《宋文鉴》这种编纂精神及方式,不仅代表着官方认可的权威典范,更是士大夫的骄傲与尊荣,在吕祖谦授徒讲道的过程中,这种精神便为其弟子所继承和发扬。

《崇古文诀》继吕祖谦《古文关键》之后,将编选对象的时代扩大到先秦,内容更充实,并致力于谋求性理之学与文学的均衡。宋人的古文评点,一方面是表示了论文如论诗一样,走向品评作品本身的精细化,示后学以方便法门,另一方面也是古文、经义教化兴盛的产物。它既得到道学家的热心支持,因为它有助于传播、光大古文之道,最终有助于光大儒家圣人之道,又得到书商的支持,因为它与利禄之途有关,书商可以从中牟利。刘克庄《序》称:"本朝文治虽盛,诸老先生率崇性理,卑艺文。朱主程而抑苏。吕氏《文鉴》,去取多朱氏意。水心叶氏又谓,洛学兴而文学坏,二论相反,后学殆不知适从矣。至迂斋则逐章逐句,原其意脉,发其秘藏,与天下后世共之。惟其学之博心之平,故所采掇尊先秦而不陋汉唐,尚欧曾而并取伊洛,矫诸儒相反之论。"刘克庄认为楼昉填充了宋以来理学与文学之间的鸿沟。从这个层面上,杨士奇认为:"(《古文诀》)虽其去取自有意,要之不若真西山《文章正宗》之精而粹也。"③从楼昉师承来看,南宋理学家并不排斥辞赋,赋体一方面可以致用,代表理学家的精神旨归;另一方面又具有文学性,是揣摩科举时文的津筏。因此,早期赋作是当下的时文,"以赋为文"是士人科举的途径,以文解赋则是理学家评点授徒的方式。

---

① 晁公武著,孙猛校证:《郡斋读书志校证》,上海古籍出版社1990年版,第1071页。
② 脱脱等:《宋史》卷四三四,第12874页。
③ 杨士奇:《东里集·续集》卷一八,文渊阁《四库全书》本,第1238册,第611页。

三、从评点看理学家的赋学观念

作为理学家,楼昉对古文有着精深的研究。陈森《崇古文诀后序》:"迂斋先生深于古文,尝掇取菁华,以惠四明学者。迨分教金华,横经璧水,传授浸广,天下始知……此编钩玄而提要,抉幽而泄庾,波诡涛谲,星回汉翻,眩晃万状。一经指摘,关键了然。其幸后学弘矣。子曰:'人莫不饮食也,鲜能知味也。'先生之于文,其知味也欤!"楼昉对文章之味的点拨,深受士子欢迎,《延祐四明志》曰:"楼昉字旸叔,与弟晭俱有文名。少从吕成公于婺。其文汪洋浩博,宜于论议,援引叙说,小能使之大,而统宗据要,风止水静,泂然不能以窥其涘。故其从学者凡数百人……尝编历代文章为一编,业进士者咸诵之。"而汉代赋体的入编和评点,在理学家的视野下又别具特色。

(一)论人观世,说教色彩浓厚。林岗《明清之际小说评点学之研究》云:"读宋诗话,一股闲雅之气扑面而来,感受到士大夫沉浸在文学的想象天地。而读宋代的文章评点,则感受不到士大夫的闲雅高致,更多的是书匠教训之气。"[①]从宋初三先生孙复、石介、胡瑗,到北宋五子,再至南宋朱熹,无不强调天理、心性的哲学主张,在文学上常以作者的品性修养和识道深浅品评文章的得失。以道学家视角而看,辞赋亦如古文一样,有载道的重任,可以反观现实,在赋家则就如同道学家一样须追求圣贤的品质。楼昉在贾谊《吊屈原赋》题下批:"谊谪长沙不得意,投书吊屈原而因以自谕。然讥议时人太分明,其才甚高,其志甚大而量亦狭矣。"班固《两都赋序》题下批:"读《两都赋序》则知词赋之作亦可以观世变,非一切铺张夸大之谓也。本朝吴处厚赋评唐说斋《中兴赋序》亦得此意。"不仅赋体,楼昉认为优秀的古文同样可以观世变,如楼昉在王嘉《择贤疏》题下批:"论事深切,达于世变。西汉末文字,惟梅福王嘉书最好,亦可以见汉家故事。"欧阳修《五代史宦者传论》题下批:"读之使人愤痛而悲伤,深于世变之言也。"可以看出,楼昉将汉赋拉入古文的阵营,并持相同的标准评点议论。

(二)道学家将道视为文章的第一要义,然吕祖谦弟子同样对造语、用字

---

① 林岗:《明清之际小说评点学之研究》,北京大学出版社1999年版,第53页。

等辞章之学较为重视。全祖望《宋元学案》载："宋乾淳以后,学派分而为三:朱学也、吕学也、陆学也。三家同时,皆不甚合。朱学以格物致知,陆学以明心,吕学则兼取其长,而复以中原文献之统润色之。门庭径路虽别,要其归宿于圣人则一也。"①元代吴子良《筼窗集续集·序》云:"自元祐后,谈理者祖程,论文者宗苏,而理与文分为二。吕公(吕祖谦)病其然,思融会之,故吕公之文,早葩而晚实。"意思是理与文融而为一,楼昉在司马相如《难蜀父老文》题下批注:"武帝事西南夷,岂是好事?其实相如只是强分疏,却又要强说道理。至以禹治水为比,可谓牵合矣。使人主观之,乃所以助成其好大喜功之习,非所以正救其失也。然文字自佳。"道学家对文章的看法以宣扬儒家圣人之道为旨归,注重赋家的人品性格的评判,在之后的汉赋评点中,对赋家如司马相如、扬雄、贾谊等人的人品的评价成为必然模式之一。然司马相如作为"辞宗""赋圣",其语言的丽辞云构,无人能出其右,早在汉代扬雄就指出"文丽用寡者长卿"②,宋代王十朋自称"文采不足以拟相如之万一"③,楼昉既批评相如媚主,又肯定相如赋作"文字自佳",是对赋体语言文学性的肯定。对其他文体如檄、序、移、论、祭、铭、碑、传、书、状等均重视文辞特征,如楼昉评柳宗元《愚溪诗序》:"只一个愚字,旁引曲取,横说竖说,更无穷已。宛转纡徐,含意深远。自不愚而入于愚,自愚而终于不愚。屡变而不可诘,此文字妙处。"评王禹偁《寿域碑》:"此篇造语新奇。"评范仲淹《严先生祠堂记》:"字少词严,笔力老健。"

(三)南宋科举经义与诗赋的矛盾延续多年,楼昉将古赋视为古文范畴,认为古赋内含经义,因此对科场律赋甚是排拒。陈振孙《崇古文诀序》曰:"凡其用意之精深,立言之警拔,皆探索而表章之,盖昔人所以为文之法备矣。"④除汉赋外,《崇古文诀》对唐宋律赋一概不录,对北宋欧阳修《秋声赋》的选录乃因唐宋八家文有利于科举。《四库全书总目》卷一八九集部总集类四《唐宋

① 全祖望:《宋元学案》卷五一《东莱学案》,商务印书馆1928年版,第318页。
② 汪荣宝:《法言义疏》卷一二,中华书局1987年版,第507页。
③ 王十朋:《梅溪先生文集·后集》卷一,《四部丛刊》影明正统刻本。
④ 陆心源《皕宋楼藏书志》卷一一四载:"宋刊本迂斋先生划注《崇古文诀》二十卷,陈振孙序"。《续修四库全书》第929册,第597页。

八大家文钞》卷一六四："今观是集,大抵亦为举业而设。"①楼昉于欧阳修《秋声赋》题下批："模写之工,转折之妙,悲壮顿挫,无一字尘涴。"评论赋篇而侧重篇章的结构、音声、用语,亦有评论古文章法味道。《秋声赋》与汉代铺张扬厉之大赋和唐代板重工整之律赋均不同,反与古文的章法结构相似。楼昉的文章观念及对文法的解读,受吕祖谦《古文关键》影响颇大,二人对唐宋八家文均极为热忱。《漙南集》卷三七《文辨》："科举律赋,不得预文章之数,虽工不足道也。而唐宋诸名公集,往往有之,盖以编录者多爱不忍割,因而附入,此适足为累而已。"因此,以文解赋,试图寻求科举制胜的密码,是楼昉选评汉赋与欧赋的终极目的。楼昉评班固《东都赋》："所谓折以今之法度,当合两篇兼看。两赋大抵前篇极其铺张,后篇从而收敛;前篇已为后篇折难之地,以周比并秦,彼此相形,优劣自见。十分折难得倒更主张西都不得了。"评扬雄《解嘲》："此又是一样文字体格。其实阴寓讥时之意而阳咏叹之,《进学解》《送穷文》皆出于此。"吕祖谦之后,后人诗文总集的编纂往往兼有以古文为时文的内涵特点。如王文成《重刻文章轨范序》："宋谢枋得氏取古文之有资于场屋者,自汉迄宋凡六十有九篇,标揭其篇章句字之法,名之曰《文章轨范》。盖古文之奥不止于是,是独为举业者设耳。"而理学家楼昉则将古赋视为古文而入选评点,其后明清诗文总集乃至赋集的编选评点大多与时文相颉颃。

(四)作为第一部收有汉赋的古文总集,其评点时便带有赋体的独特之处。因赋体"包括宇宙,总揽人物"的宏大视域,其间生僻字较多。楼昉采取直音和反切的注音方式,并在文中随文释义,阐释文法。这种方式为元明之后的古文总集、赋集选本、史评等所接受。如贾谊《鵩鸟赋》"超然自丧"句下注"叶韵","寥廓忽荒兮"句下注"呼广反";"细故蒂芥"句下注"丑介切",何足以疑句下注"叶韵,音牛",释义如《难蜀父老文》"耆老大夫先生缙绅之徒七十二人,俨然造焉"句下注"词气闲暇";"是以六合之内,八方之外,浸淫衍溢,怀生之物有不浸润者"下注"言所以必事西南夷之事"等。这些特征与赋体自身特点相关,亦是赋体与诗文、小说、戏曲等文体评点的相异之处,在《文选》赋类、史书赋类、赋集类等总集的评点中,对古赋的注音解词始终不可避免。

---

①　永瑢等:《四库全书总目》,第 2647 页。

　　理学家对理的推尊,导致被批评为缺少文学性。袁桷《戴表元墓志》曰:"后宋百五十余年,理学兴而文艺绝。永嘉之学,志非不勤也,挈之而不至,其失也萎。"此外,南宋评点的产生与科举考试的程式化相关,较早对时文写法进行总结的是陈傅良的《止斋论祖》,《四库存目提要》云:"此论五卷,盖即为应举而作也。"随后,吕祖谦《古文关键》应运而生,张云章《古文关键序》:"其手眼,实出诸家之上,西山、叠山、迂斋皆似得此意而通之者。作者之心源、骨髓,一一抉出,不啻口讲手画,以指示学者,可谓知之深,而与得之者同其难矣。苟读之而心解神会,则难者正无难耳。"《四库全书总目提要》云:"《古文关键》,宋吕祖谦编,取韩愈、柳宗元、欧阳修、曾巩、苏洵、苏轼、张耒之文凡六十余篇,各标举其命意布局之处,示学者以门径。"至楼昉《崇古文诀》出,将汉赋纳入古文、时文的阵营,并以道学家的视角对其评点抹画,毕竟开启了将赋体拉入载道的阵营,对后代诗文集、史书等评点影响深远。如凌稚隆《史记评林》《汉书评林》、倪元璐《秦汉文尤》、冯有翼《秦汉文钞》等均有对其评点的直接引录。同时,汉赋作为一种独特的文体,在一开始便呈现出与诗文评点的不同特征。

第二节　文章功用与汉赋载道说

　　汉赋评点始自诗文评,诗文评点兼以总集寄寓旨归。总集编选大概有两种主题:一是谈文,一是言理。《四库全书总目集部·总集类》序云:"三百篇既列为经,王逸所裒又仅《楚词》一家,故体例所成,以挚虞《流别》为始。其书虽佚,其论尚散见《艺文类聚》中,盖分体编录者也。《文选》而下,互有得失。至宋真德秀《文章正宗》,始别出谈理一派,而总集遂判两途,然文质相扶,理无偏废,各明一义,未害同归。"南宋以前,诗文总集的编选评点以谈文为主,南宋之后,则由分出宗理一派。南宋理宗淳祐元年(1241)正月,"上视学,手诏以周、张、二程及熹从祀孔子庙"[1],从此理学正式成为官方意识形态,并延及元、明、清近七百年历史。楼昉《崇古文诀》入选评点汉赋,便显示出理学家

---

[1]　脱脱等:《宋史》卷四二九,第 12769 页。

的立场标准,此后元代刘埙《隐居通议》、祝尧《古赋辨体》的复古辨体思潮影响整整有明一代。明代顾锡畴、倪元璐、冯有翼、袁黄等均以汉赋入选古文总集并加以评点,但后期已偏向文学本身的评价赏析。明末心学思潮泛滥的同时,经世之风悄然而起。从诗文集的编纂看,以费经虞《雅伦》对程朱理学的修正为代表,提倡事功、日用之道,与清初黄宗羲、顾炎武等大儒不谋而合。从"古文"的观念来看,文章总集的编纂以散体文为主,但并不排斥答难、辞赋等"古文"观念,与元明以来的辨体思潮一脉相承。因此,汉赋的归属与批评,是总集编选意图和旨归所系,亦呈现出各派学者在论辩中对汉赋的洞见。

一、宋元理学视野下的汉赋批评

《四库全书总目提要》谓:"集部之目,《楚辞》最古,别集次之,总集次之,诗文评又晚出。"①自《隋书·经籍志》将《楚辞》别为一门,后世在目录学分类中沿用不变,骚体成为单独一类,故《提要》又云:"他集不与《楚辞》类,《楚辞》亦不与他集类,体例既异,理不得不分著也"②,虽强分以体,影响却不可分,楚辞类著作的编纂对后世诗文总集的编纂深有影响。如南宋楼昉《崇古文诀》开创以诗文集入选汉赋的先例,其入选眼光、标准、评论虽均渊源有自,却与上溯至宁宗庆元元年(1195)由朱熹编纂而成的《楚辞集注》《辩证》《后语》以及朱子所承继的王逸《楚辞章句》、洪兴祖《楚辞补注》、晁补之《续离骚》《变离骚》等总集的编纂有着千丝万缕的关系。此外,理学家编选文集多以《楚辞》置首,如林之奇《观澜文集》、祝尧《古赋辨体》等。此又出于两种考虑:一是诗、骚、赋之间的文体渊源;二是文章总集的编纂评点,往往从道学家的立场,尤其重视君臣大义、人臣讽谏之理。如楼昉《崇古文诀》的评点:

> 文帝《赐南粤王佗书》题下批:"委曲回护,不自尊大。而所据者,正所以感动而讽谕之者深矣。读文帝此书,非但忠厚恻怛,能服夷狄之心,又且明白正大,得待夷狄之体。"

> 贾谊《请立梁王□》题下批:"深识事势,议论剀切,笔力老健。至吴

---

① 永瑢等:《四库全书总目》,第 1971 页。
② 永瑢等:《四库全书总目》,第 1973 页。

楚之反而说始验,至主父偃之出而□始行。信乎其通达国体也。"

范仲淹《答赵元昊书》题下批:"反复攻击,既不失中国之体,亦不失夷狄之心,最宜详味。"

欧阳修《论狄青》题下批:"曲尽人情事体,当时欧公只是为龙图阁直学士而已。"

苏轼《上神宗皇帝书》题下批:"一篇之文,几万余言,精采处都在闲语上。有忧深思远之意,有柔行巽入之态。当深切著明,则深切著明;当委曲含蓄,则委曲含蓄。真得告君之体,廷对当仿此。"

苏轼《代张方平谏用兵书》:说利害深切,得老臣谏君之体。

文章不仅关乎世情,还与作者的立场、口吻紧密相关。从功用看,即文章之道。所谓文章之道,不仅包含所有形而下之意,还包含自周公、孔子的儒家观念中的形而上之内涵。可以说,道是中国古代文人的精神寄托和道德体现。在楼昉之前,理学家朱子对《楚辞》的重加整理即因屈子微意不明,义理不彰。宋代陈振孙《直斋书录解题》云:"朱熹元晦撰《楚辞集注》八卷,《辩证》二卷,以王氏、洪氏注,或迂滞而远于事情,或迫切而害于义理,遂别为之注。其训诂文义之外,有当考订者,则见于《辩证》。所以祛前注之蔽陋,而明屈子微意于千载之下。"①明代何乔新亦批评朱子之前的《楚辞》著作无益于发明义理,"汉王逸尝为之《章句》,宋洪兴祖又为之《补注》,而晁无咎又取古今辞赋之近骚者以续之,然王、洪之注,随文生义未有能明作者之心,而晁氏之书,辩说纷挈,亦无所发于义理。"屈原之后,西汉刘向最早辑录《楚辞》成 16 卷,后东汉王逸为之增订注释,成《楚辞章句》17 卷,至北宋晁补之又删去王逸《九思》,重新刊定为《重编楚辞》16 卷(现有道光十二年六安晁贻端待学楼刻本,藏北京大学图书馆)。朱熹则在晁氏基础上刊成《集注》8 卷、《辩证》2 卷、《后语》6 卷,并寄托己意,己意即理,理无定体而形于《楚辞》。

因此,朱子著书便带有开悟学者的目的,并由其弟子发扬光大。"朱氏之学,则主于下学上达,必由洒扫应对而驯至于精义入神。以为如登山然,由山麓而后能造绝顶也。故晦庵多著书以开悟学者……晦庵殁,其徒大盛,其学大

---

① 陈振孙:《直斋书录解题》,中华书局 1985 年版,第 412—413 页。

明。士大夫皆宗其说,片言只字,苟合时好,则可以掇科取士"①。朱子对《楚辞》的训注、评论,对后世文集的编纂深有影响。如朱熹校晁氏本,增贾谊《吊屈原》《鵩鸟赋》二篇,而去《七谏》《九怀》《九叹》《九思》四篇。其《楚辞辩证》卷上论去篇云:"虽为骚体,然其词气平缓,意不深切,如无所疾痛而强为呻吟者。就其中谏、叹犹或粗有可观,两王则卑已甚矣。故虽幸附书尾而人莫之读,今亦不复以累篇帙也"②,又论增篇云:"贾傅之词,于西京为最高。且《惜誓》已著于篇,而二赋尤精,乃不见取,亦不可晓故,今并录以附焉"③,朱熹对贾谊之赋极为推崇,如:"谊有经世之才,文章盖其余事。其奇伟卓绝,亦非司马相如辈所能仿佛,而扬雄之论常高彼而下此,韩退之亦以马扬厕于孟子、屈原之列,而无一言以及谊。余皆不能识其何说也。"④因此,朱子伤贾谊以高才奇赋却受扬雄、韩愈的不公平评价而抱屈,晁补之所选贾谊文乃是怀疑其为《汉书·艺文志》屈原赋之属二十五篇之一,"《惜誓》尽叙原意,末云'鸾凤之高翔兮,见盛德而后下',与贾谊《吊屈原文》云'凤凰翔于千仞兮,览德辉焉下之',断章趣同,将谊仿之也。抑固二十五篇之一未可知也。然则司马迁以谊传附原,亦由其文义相近,后世必能辨之"⑤,朱熹在修订时,将晁补之这一看法进一步深化,提高贾谊的地位,莫砺锋先生认为与南宋韩侂胄庆元党禁有关。⑥ 而此后明人文章总集的编纂,如冯有翼《秦汉文钞》、倪元璐《秦汉文尤》均对贾谊《吊屈》《鵩鸟》二赋情有独钟,当不属偶然。另一方面,元刘埙《隐居通议》、祝尧《古赋辨体》及明代费经虞《雅伦》等则对朱子理学进行了不同程度的修正。

而由宋入元的理学家刘埙,则宗陆而调和朱。夏良胜正德《建昌府志》载:"刘埙,字子长,号水村,南丰人。膺荐本州岛儒学教授。性聪敏,好读书,幼尚高洁,不为利禄拘。博览五经,以道学名于时。"⑦其《隐居通议》分11门,

① 刘埙:《隐居通议》卷一,文渊阁《四库全书》本,子部第866册,第24页。
② 朱熹:《楚辞辩证上·目录》,上海古籍出版社2001年版,第168页。
③ 朱熹:《楚辞辩证上·目录》,第168页。
④ 朱熹:《楚辞集注》卷八,上海古籍出版社2001年版,第154页。
⑤ 晁补之:《离骚新序中》,《鸡肋集》卷三十六,四部丛刊景明本,第194页。
⑥ 参见莫砺锋:《朱熹文学研究》,南京大学出版社2000年版,第19—23页。
⑦ 夏良胜:正德《建昌府志》卷一六,明正德刻本。

理学3卷,古赋2卷,诗歌7卷,文章8卷,骈俪3卷,经史3卷,礼乐、造化、地理、鬼神杂录各一卷。其以理学置首,显示出鲜明的取向。如开卷首论"儒者职分"云:"儒者职分不在于作文,而在于讲学。讲学不在于章句,而在于穷理。穷理不在于外求,而在于存心"①,意谓儒者的本分是明心见性,乃陆学一派,然刘埙同时不废朱子,《朱陆》篇称赞二人义理之学"岳峻杓明珠,辉玉润一时,学士大夫雷动风从,如在洙泗,天下并称之曰朱陆"②,故四库馆臣评曰:"其论理学,以悟为宗,尊陆九渊为正传,而援引朱子以合之。"③在辞赋观上,刘埙以"风骨苍劲,义理深长"为标准,选录唐宋元三代16篇古赋,选录汉晋六朝"三赋"(即王延寿《鲁灵光殿赋》、孙绰《游天台山赋》、鲍照《芜城赋》)、江淹《别赋》,但未收原赋,仅列有评论文字:"后汉王文考作《鲁灵光殿赋》,晋孙兴公作《游天台山赋》,宋鲍明远作《芜城赋》,皆见推当时,至谓孙赋摘地作金声,贵重可知。由今观三赋虽不脱当时组织之习,然孙赋则总之以老氏清净之说,鲍赋则惟感慨兴废,王赋则惟颂美本朝,各极其趣者也",此外,还附有王延寿及鲍照的简要小传,"文考最为英妙俊敏,溺水死时二十余耳。《后汉书》载:'王逸,字叔师,南郡宜城人。有子延寿,字文考,有俊才,游鲁作灵光殿赋,时蔡邕亦造此赋,未成。见延寿所作赋,奇之,遂阁笔'……明远,名照,宋世祖时为中书舍人……有才无命往往如此"。刘埙以古赋为选录对象,成为先于祝尧的元初古赋理论代表。

二、理学分化与文章总集的编纂

早在南宋,宋学内部已宗派林立,如著名的朱陆"鹅湖之会",二人"论辩所学多不合",这种分歧在二人后传弟子及后学中,仍旧十分明显。如朱子弟子真德秀生朱子之乡,力崇朱子论。其《文章正宗纲目》云:"夫士之于学,所以穷理而致用也。文虽学之一事,要亦不外乎此。故今所辑以明义理,切世用为主。"《文章正宗》分辞命、议论、叙事、诗歌四类,真德秀以诗变而楚辞,楚辞变而为赋,是元人"祖骚宗汉"思潮的先声,"按古者有诗自《虞赓歌》、夏《五

---

① 刘埙:《隐居通议》卷一,第23页。
② 刘埙:《隐居通议》卷一,第24页。
③ 永瑢等:《四库全书总目》,第1626页。

子之歌》始,而备于孔子所定三百五篇。若楚辞则又诗之变,而赋之祖也"。其对文章的选录,则依朱熹为准,"今惟虞夏二歌与三百五篇不录,外自余皆以文公之言为准,而拔其尤者列之此编",又因对尊师的敬意,对于朱子已选的汉代辞赋及选录的赋作,虽在纲目中分为辞命、议论、叙事、诗赋四类,在篇目中则削去赋体,"至于辞赋,则有文公《集注》《楚词后语》,今亦不录",后倪澄重编《文章正宗》时,又径改为论理、叙事、论事三类,将"论理"置于文章的首要位置,实与朱子文章观一脉相承。

以元代祝尧《古赋辨体》的编纂为契机,在继续继承朱子编纂宗旨的同时,转向不同程度的修正。祝尧,字君泽,上饶人。博学能文,著有《大易演义》《四书明辨》《策学提纲》《古赋辨体》等。生平及事迹今多不传。据《江西通志》与《广信府志》载,祝尧为延祐五年(1318)进士,后"升萍乡州同",《万姓统谱》、钱大昕《补元史艺文志》称其"迁无锡州同知",略异。四库馆臣误将此视为《江西府志》《广信府志》之异,据杨赛《〈古赋辨体〉研究》考证,祝尧《古赋辨体》嘉靖十六年本为颜与新、吴子贞两任无锡长官所刻,因此认为祝氏任无锡州同知应该属实,较为可信。除《古赋辨体》外,《历代赋汇》《元赋青云梯》还收有祝尧《手植桧赋》一文,大致可以看出祝尧的理学思想,"繄孔庭之乔木兮,自夫子之文章。象三材以毓秀兮,开万叶以流芳。根诗书之正脉兮,表吾道之昌长。昔阙里之微言兮,称后凋之松柏",肯定孔子道学正脉的地位,其后有七十子传人,"嗟七十子面承挈提兮,各抱材而有施。何梁木之既坏兮,余乃不得与兹桧而同时",七十子之后,祝尧并未提及道学后传,"自周及元吾不知其几春,桧之古兮有神,桧之今兮有灵,维元继周,益将开千万亿载之文明",最后以赋体颂谀的口气作结,透露出以元继周的自信,并未提及朱子的道学,其《古赋辨体》引领元明复古、辨体两大思潮,对朱子亦有所修正。

以文集的编选评点看,明人文总集的编纂近宗祝尧,远承朱子,其内含的汉赋批评有两种情况:一是以辨体为中心,如吴讷《文章辨体》、徐师曾《文体明辨》、贺复征《文章辨体汇选》等,二是延续祝尧,以复古为中心,明代文坛复古思潮与明末遗民相汇,便出现大量汇辑评点先秦两汉文集的热潮。如顾锡畴《秦汉鸿文》、倪元璐《秦汉文尤》、冯有翼《秦汉文钞》、袁黄《评注八代文宗》等,这些文章总集于汉代选录有七体、答难及贾谊赋作等,但评点已脱离宋元纯粹的理学视野,开始倾向赋体文学性的阐发。

辨体类文章总集的编纂,其对文章功用的认识以明理为要义。如理学家吴讷著有《小学集解》《性理补注》《晦庵文钞诗钞》《草庐文粹》《祥刑要览》等,以朱子为宗,大倡文以明理。《文章辨体》的编纂,"盖有以备《正宗》之所未备而益加精焉者也"①。《文章辨体·凡例》云:"作文以关世教为主,上虞刘氏有云:'诗三百篇,有美有刺,圣人固已垂戒于前矣。后人纂辑,当本《二南》《雅》《颂》为则。'今依其言。凡文辞必择辞理兼备、切于世用者取之;其有可为法戒而辞未精,或辞甚工而理未莹,然无害于世教者,间亦收入;至若悖理伤教,及涉淫放怪癖者,虽工弗录。"②吴讷辑《诸儒论作文法》引张文潜云:"作文以理为主。自六经以下,至于诸子百氏骚人辨士论述,大抵皆为寓理之具也。故学文之道,急于明理;如为文而不明理,求文之工,世未尝有是也。若未明理,而欲以言语句读为奇,反复咀嚼,卒亦无有,此最文之陋也。"③是编50卷,外集5卷,其汉赋批评上尊祝尧《古赋辨体》而无变化,如吴氏自云:"是编之赋,既以屈宋为首,其两汉以后,则遵祝氏,而以世代为之卷次。若当时诸人杂作,有得古赋之体者,亦附各卷之后,庶几读者有以得失旁通曲畅之助"④,吴讷的汉赋观则直接引录祝尧有关情、辞、理的赋论观,著于题下:

> 骚人之赋与词人之赋虽异,然犹有古诗之义,辞虽丽而义可则;至词人之赋,则辞极丽而过于淫荡矣。盖诗人之赋,以其吟咏情性也,骚人所赋,有古诗之义者,亦以其发乎情也。其情不自知而形于辞,其辞不自知而合于理。情形于辞,故丽而可观;辞合于理,故则而可法。如或失于情,尚辞而不尚意,则无兴起之妙,而于则乎何有? 又或失于辞,尚理而不尚辞,则无咏歌之遗,而于丽也何有? 二十五篇之骚,无非发于情者,故其辞也丽,其理也则,而有赋、比、兴、风、雅、颂诸义……古今言赋,自骚之外,咸以两汉为古,盖非魏晋以还所及。心乎古赋者,诚当祖骚而宗汉,去其

①　彭时:《文章辨体序》,《文体明辨序说》,人民文学出版社1962年版,第7页。
②　吴讷:《文章辨体序说》,人民文学出版社1962年版,第9页。
③　吴讷:《文章辨体序说》,第13页。
④　吴讷:《文章辨体序说》,第21页。

所以淫而取其所以则,庶不失古赋之本义云。

吴讷《文章辨体》之外,嘉靖时徐师曾费时 17 年编成《文体明辨》一书,凡 61 卷,纲领 1 卷,目录 6 卷,附录 14 卷,目录 2 卷,通 84 卷。则又在吴氏的基础上损益而成。《自序》比较二者类目云:"《辨体》为类五十,今《明辨》百有一,《辨体》外集为类五,今《明辨》附录二十有六;进律赋、律诗于正编,赋以类从,诗以近正也"①。徐师曾论文亦以理为主,如《论文》篇引录多家文论:

真德秀曰:"文章以明义理、切世用为主。"

北齐颜之推曰:"文章当以理致为心胸,气调为筋骨,事义为皮肤,华丽为冠冕。"

宋谢枋得曰:"凡议论,好事须要一段歹说,不好事须要一段好说。如此,则文势亦圆活,义理亦精微,意味亦悠长。"

宋张载曰:"发明道理,唯命字难。"

宋杨时曰:"为人要有温柔敦厚之气,对人主语言及章疏文字,尤不可无。"

徐师曾将真德秀文论提到首位,显示出对文章明理切用功用观的重视,对于汉赋,徐氏同吴讷亦继承祝尧对情的推重,如其于赋体曰:

两汉而下,作者继起,独贾生以命世之才,俯就骚律,非一时诸人所及。他如相如,长于叙事,而或昧于情;扬雄长于说理,而或略于辞。至于班固,辞理俱失。若是者何? 凡以不发乎情耳。②

徐师曾批评汉代相如、扬雄、班固赋作情的阙失,并不影响其以汉赋为尊的看法。原因是汉代辞赋尚有古义,仍有可取之处,因此,徐师曾既是继承祝尧及吴讷的汉赋观,又提出自己的见解。如云"《上林》《甘泉》,极其铺张,而终归于讽谏,而风之义未泯;《两都》等赋,极其眩耀,终折以法度,而雅颂之义未泯;《长门》《自悼》等赋,缘情发义,托物行词,咸有和平从容之意,而比兴之义未泯。故虽词人之赋,而君子犹有取焉,以其为古赋之流也"③,情之外,古义是评论汉赋的重要标准。此外,贺复征《文章辨体汇选》780 卷,以吴讷《文

---

① 徐师曾:《文体明辨序》,《文体明辨序说》,人民文学出版社 1962 年版,第 77 页。
② 徐师曾:《文体明辨序说》,第 101 页。
③ 徐师曾:《文体明辨序说》,第 101 页。

58

章辨体》所收未广,"因别为搜讨,上自三代,下逮明末,分列各体为一百三十二类,每体之首多引刘勰《文心雕龙》及吴讷、徐师曾之言,间参以己说,以为凡例",沿用祝尧、吴讷及徐师曾之论,不论。

祝尧之后,复古类文集的编纂,在明代文坛又不一而足。有两种情况须明,一是明代复古有以前后七子为代表的"诗必盛唐,文必秦汉"派,有以茅坤、归有光等代表的"唐宋派",后万历时期又出现反七子的公安、竟陵等人。以汉赋的选录看,因缘时代,当以秦汉派选录汉赋居多,然亦有独立于各派别之外,以汉魏六朝之文反对前人的复古之作。然明末清初,文章总集的编纂已脱离了宋元以来理学家以文明道的主旨,显示出对文学本身的关注。

六朝派如袁黄《评注八代文宗》8 卷,是编选录自西汉至梁陈的论、序、书、表、笺、奏记、册文、令、教、策文、檄文、符命、连珠、七、赋等 15 类 120 篇。尤其重视六朝文,"六朝之文多靡丽而少风骨,然其锻字炼句,炉以古今,铜以名物,煽以风流,若云霞丽天际而熠耀眵睐也。若后氏之室,明月骇鸡,杂陈而前也;若太真牡丹之园,深红浅紫淡白浓黄,百树俱发也。学者栉比其句字,亦足夺观者之目而愉其心,若□其神骨,可以名家",目的则是作为士子科场津筏而已,南宋以来文以明道、文观世变的儒家责任感一变而为以实用为主,《凡例》明言:"科场用之,可以骈股,可以偶句,可以发藻,可以扬菁,且长于攻击,工于缲绩。论用之转折不穷,表用之灿烂生色,至于囊括古今,网罗宇宙,上穷碧落,下及黄泉,昆虫草木鸟兽鳞介,无所不该,射策者少加时务,岂惟润涸资枯,抑且赏心悦目,此场屋之储笥,云路之指南也",更有甚者,明代万历时期还出现有文章总集的集评,此乃书坊主为射利计,利用状元、榜眼等声名,选录科场范文,汇集各家评论,如朱之蕃《注释秦汉文纂评林》,取资史汉,削词删段,"悉录命世巨公品隲语,而时哲所未音释者,掇加详矣"[1],总期以便初学帖括之用。

七子后翼如冯有翼《秦汉文钞》12 卷,选录秦文 34 篇,西汉文 89 篇,东汉文 35 篇。冯氏以擅长经艺名于一时。汪道昆《叙》称二人思想颇为默契,"冯晋叔先不佞成进士,故以经艺名家。及晋叔守尚书郎,则不佞同舍。时诸曹群

---

① 汤宾尹:《叙朱兰嵎汇选秦汉评林》,明万历刻本。

聚而讲业,不佞默默而目亲之。即不言,二三君子固知其有合也。及不佞操户说,晋叔默默而目亲之,即不言,不佞固知其有合也",《四库全书总目》称"是书前后无序跋,不知刊于何时,其版式则万历以后之坊本也",四库馆臣未见汪《叙》,原因不明。此书在晚明影响甚大,如题为倪元璐的《秦汉文尤》12卷①,所录汉赋与冯氏相同。杨廷麟序云:"董贾班马,炳蔚中州,缥缃成帙,最胜者留,先秦两汉,爰拔其尤。"其对各赋的解题、眉批、夹注及评说,大抵融汇或袭用旧说。因此,四库馆臣怀疑此编为托名,"元璐气节文章震耀一世,而是书庞杂特甚,殊不类其所编,其以屈原、宋玉列之秦人,既乖断限且名实舛迕,疑亦坊刻托名也"。此外,此时期录有汉赋评点的文章总集还有顾锡畴《秦汉鸿文》25卷②。序云:"昔人因蛇斗而悟笔法,因庖丁而得养生,彼识东风面者,秦汉独以文哉,家国天下,一以贯之矣,方今士知好古有志者,往往搜秦汉之佚书,然择焉而不精,语焉而不详,渐流于委曲繁重如弱宋之风,则有之矣"③。顾锡畴此编的目的乃是明人典型的以选正选之意,前人的编纂择取不精,评论不详明,因此重加荟萃成篇,其序云:"秦汉亦文章之邓林,云梦江湖也,自周失其政,纵横云起。诗书礼乐之风,凌夷衰微矣。然奇正相生,如环无端,笔舌所到,风雨惊飞,千霆万电,旋绕其身。太史公曰:战国之权变有可采者,何必上古。眉山苏氏亦曰苏秦张仪不取其心,而取其术,予因叹战国人才之不易,及而更服西汉之雄于文也,彼高武之雄略,文景之恭俭,昭宣之明核,下至元成犹深厚尔雅……东汉稍衰弱矣,而光武之识略,明章之雍和,率皆崇风节,奖儒雅。故其臣下化之,延及桓灵而清文亮节、好学稽古、逸才灏气之士,时时散见于朝野……季汉颇为六朝滥觞而子建独雄健,有西汉风。"④这里顾锡畴使用点将的方式将秦汉之文作了历史回顾,表明其推尊之意。

三、从评点看文章总集的古赋观的演变

明代中后期文章总集的评点,大多以内容的阐发为主,偏向思想、内容的

---

① 倪元璐:《秦汉文尤》,《四库存目丛书》据南京图书馆藏明末刻本影印,第365册。
② 顾锡畴:《秦汉鸿文》,《四库存目丛书》据北京师范大学图书馆藏明崇祯刻本影印,第346册。
③ 顾锡畴:《秦汉鸿文序》,第6—7页。
④ 顾锡畴:《秦汉鸿文序》,第3—4页。

解读,内含对汉赋的评点,已褪去理学家传道、载道的传统视角,而更多地倾向汉赋的创作原因、字句的解读及名家评论的选录等。总之,明末清初文章总集的编纂评点,思想艺术价值均不高。选录标准在市场的导引下,作坊主印刷质量不高,版次粗劣而多为后世批评。

袁黄《评注八代文宗》,选录汉赋9篇:班固《西都赋》《东都赋》、张衡《两京赋》《南都赋》、扬雄《甘泉赋》《长杨赋》、司马相如《子虚赋》《上林赋》、贾谊《鵬鸟赋》、祢衡《鹦鹉赋》、王褒《洞箫赋》、傅毅《舞赋》、王褒《洞箫赋》、马融《长笛赋》袁氏对所选赋篇篇幅进行了剪裁,巨制鸿篇一变而为"短篇小制",其《凡例》云:"是集有全有节,学者当观其文,节之无乃伤气。然节其帙而不节其篇,节其篇而不节其章,节其章而不节其句。节篇者六七,节章者四五,节帙者二三,若句与字则绝无矣。"因其对文章的删节被四库馆臣疑为坊作,"旧本题明袁黄编。黄有《皇都水利》,已著录。是编取《文选》中之近于举业者,掇拾成书。有全删者,有节取数段者,舛谬百出,不能缕举。在坊刻中亦至陋之本,黄虽不以文章名,亦未必纰缪至是也",是编评点以疏通文意段落为主,如班固《西都赋》首段眉批:"此叙天汉之盛,名臣效绩,论人之振响。是以百典具兴,群瑞具至。"司马相如《上林赋》首段眉批:"子虚乃诸侯之事,不足言侈,上林乃天子田猎之事,观此而复知齐楚之小也。"[1]末段眉批:"天子一发德音,罢猎修政,仁思四洽,至于刑措不用,成五登三,岂不猥典虚哉。"[2]基本是对文章旨意的疏通,并无新见。

顾锡畴《秦汉鸿文》二十五卷,录七体及答难体赋7篇,所收汉赋有卷五:枚乘《七发》,卷六:司马相如《难蜀父老文》、东方朔《客难》《非有先生论》(有目无文);卷十四:扬雄《解嘲》《解难》,卷十八:班固《答宾戏》等。顾氏对所选各赋大都作了眉批,行间亦偶有小字批注,以揭示赋作结构及写作手法为主,赋末有名家集评。《四库全书总目提要》批评曰:"锡畴有《纲鉴正史约》,已著录,是编凡秦文五卷,汉文二十卷,秦文首录《战国策》而楚辞之《卜居》《渔父》皆在焉,汉文亦仅采前后《汉书》,所录评论惟钟惺为最多。"[3]

---

① 饶福婷:《明代汉赋选研究》,南京大学2013年博士学位论文,第96—97页。
② 饶福婷:《明代汉赋选研究》,第98页。
③ 顾锡畴:《秦汉鸿文》,第563页。

对于汉赋的评点,顾锡畴眉批不录评点者名姓,多是对赋篇的鉴赏,或是对赋家用意的揭示。如《七发》"既登景夷之台"一段,眉批:"括尽台隍之胜,极曰赏心,杜牧《阿房宫赋》所以不能独有千古。""扬郑卫之皓乐"一段,眉批:"发之以游观声伎,是为陈说正道根本,所谓隐而讽之,虽昏必悟。""客曰:未既。于是榛林深泽,烟云暗莫,兕虎并作……此真太子之所喜也",眉批:"驰骋弋猎,恰投所好,而舍讥深刺,深沉不露。"扬雄《解嘲》"今大汉左东海……散以礼乐,风以诗书。旷以岁月,结以倚庐",加点批曰:"下字奇。"尾批取瞿昆湖、归有光、徐汉临、唐荆川、董浔阳等评点名家之论。因是编采择于史书,所录评点亦带有史书评点的特征,即评文与评历史事实兼顾,有对赋作文法的解读,还有对历史事实的评论。评文主要是对赋篇的地位、价值、影响、发展脉络、渊源、文采等的点评,如《七发》尾批引邹东廓曰:"《七发》丽旨谀辞,上薄骚些,文章领袖。"归震川曰:"自《七发》起,而《七激》《七辨》诸文继之,《客难》起而《解嘲》《宾戏》诸文继之,文章树一规模,即开一蹊径,古人亦有不免,然数见则不鲜,与其袭也无宁倡。"又如东方朔《客难》尾批引洪容斋曰:"东方朔《客难》自是文中杰出,扬雄拟之尚有驰骋自得之妙,至于崔骃《达旨》、张衡《应问》皆屋下架屋,章摹句写,其病与《七林》同,至韩退之《进学解》出,于是一洗矣。"唐荆川曰:"此祖东方《答客难》,枝叶文采过之,其一气浑成,则不及矣,中间文意不过四转。"

评赋中的历史事实包括对赋家人品、行事、命运异同等的比较,并通过赋作展现赋家历史命运之悲喜,如:

司马相如《难蜀父老文》尾评:徐汉临曰:"予读《相如传》谓是时西南夷不为用,相如欲谏不敢,乃托蜀父老为辞而已。诘难之以讽天子,读其文,率多谀辞焉。此扬雄所谓劝一风百也,不已戏乎?"

班固《答宾戏》尾批:徐汉临曰:"《答宾戏》《达旨》,文采各殊,规模则一也。然骃与固同作窦氏宾客,宪败而骃得脱,然固则罹于祸矣。章帝有言爱班固而忽崔骃,此叶公之好龙也。则二子之优劣,帝识之矣。"

蔡邕《释诲》尾批:顾瑞屏曰:"余读《中郎集》,真旷代逸才也。当其托病却中郎之召,居庐来白兔之感,使不幸而死,即不然髡徒朔方,遭阳球之赂而死,岂不一忠孝、学问完人哉?乃为董卓所背负邪党之名,华颠胡老几于回涂要至矣。太史公悲韩非以《说难》而死于说也,予亦悲中郎欲抱璞而不能遗俗云。"

冯有翼《秦汉文钞》参照《文选》,将《战国策》《史记》《汉书》《后汉书》所未载者,"凡钞大都主《国策》、《史记》、两《汉书》未该者,参《文选》补之,若庄、列、诸子、《盐铁》、《论衡》诸论有全书在,不漫入也"。而诸子之作有全书者则不录,而注释务求简单、易晓,音韵则取史书旧韵加以考订。《凡例》云:"凡诸文注多烦略不同,或厌其烦而苦其略。今烦者削之,略者益之,要求明简易晓而已;凡选集注释,是集最为精确,独音叶尚未著明。兹编核《史》《汉》旧韵详加考订,标诸篇上,以便幼学,足称完璧云",以此来看,是《秦汉文钞》优于倪元璐《秦汉文尤》而独具功力处。

冯有翼《秦汉文钞》有眉批、夹批、尾批、点、圈等评点符号,其中眉批为音释,夹批多为句子内容的解读,题下批交代作赋原因、赋作主旨等,赋末集评引苏东坡、吕东莱、楼昉、唐仲友、王守溪、唐荆川、朱熹、董份、杨慎、茅坤、邹东郭、杨士奇、真德秀、王世贞、陈古迁、冯小海、林次崖等时文名家之赋论,实际上是文章总集集评本的雏形。如卷四《吊屈原赋》眉批:"共,读曰恭,汨,莫历反;造,千到反;茸,人勇反;顿,读曰钝,讼,余专反;铦,思廉反";"贤圣逆曳兮,方正倒植"。句夹批:"逆曳,不得顺行也,倒植,贤不肖颠倒而易位也"。题下批:"文帝时议以贾谊仕公卿之位,绛灌冯敬之属短之,乃以贾生为长沙王太傅,既辞,往行,闻长沙卑湿,自以寿不得长,又以适去,意不自得,及度湘水,为赋以吊屈原"。尾批引楼迁斋曰:"谊谪长沙不得意,投书吊屈原,而因以自谕。然讥议时人太分明,其才甚高,其志甚大而量亦狭矣。"王世贞曰:"长卿以赋为文,故《难蜀》《封禅》,绵丽而少骨;贾傅以文为赋,故《吊屈》《鹏鸟》率直而少致。"又如《鹏鸟赋》眉批:"单,音蝉。阙音谒,又乌葛反",题下批:"贾生为长沙王太傅,三年有鹏飞入贾生舍,止于坐隅。楚人命鹗曰服,贾生既以适,居长沙,长沙卑湿,自以为寿不得长,伤悼之,乃为赋以自广。"尾批引朱熹《楚辞集注》及楼迁斋《崇古文诀》评论。

倪元璐《秦汉文尤》所录汉赋与冯氏相同。其对各赋的解题、眉批、夹注及评说,大抵融汇或袭用旧说。然倪本尾批则删去赋论作者,或偶尔著录个别名家如钟惺、薛芳山之论。如《鹏鸟赋》尾批:"以贾生经世才而文帝竟以傅长沙,其鹏赋之作盖自伤悼也,与吊湘之赋全一机轴。"《七发》尾批:"《七发》文字健奇,体裁典博,虽柳子厚《晋问》祖其体而别立新轴,青出于蓝而青于蓝,于此可辨。"与冯有翼评本语意相似。然《秦汉文尤》所录钟惺评点亦颇可疑,如班固《答宾戏》尾批引钟伯敬云:"世之变也,诗降而为骚,骚降而为赋,赋又降而为《解嘲》《答宾戏》诸作,欲以自重,适以自轻,如此篇《答宾戏》皆自讥自诮之语,从后来辩驳得正,亦有甚占地步处"。然钟惺并无此论,关于诗赋之体,钟惺认为诗自是诗,有赋所不及处,其《文天瑞诗义序》曰:"诗之为教,和平冲澹,使人有一唱三叹、深淳不尽之趣。而奇奥工博之辞,或当别论焉。然秦诗《驷铁》《小戎》数篇,典而核,曲而精。有《长杨》《校猎》诸赋所不能赞一辞者,以是知四诗中自有此一种奇奥工博之致。"①诗与赋均有奇奥广博之致,又别有和平雅正之音,其体与答、难体与骚体并不存在层级关系,钟惺现存《灯花赋》《鹊巢赋》《秦淮灯船赋》均为骚体,亦有散体赋之敷陈手法,明显汲取有楚骚精神,显然并未将诗、骚、赋、答难视为源流递变关系。

元代刘将孙《题曾同父文后》:"文字无二法。自韩退之创为'古文'之名,而后之谈文者必以经、赋、论、□为时文,碑、铭、叙、题、赞、箴、颂为古文,不知辞达而已,时文之精,即古文之理也。"②宋代以来文章总集的编纂评点,经理学家严格裁汰,以明道为旨归。在明代复古思潮的冲击下,开始偏向对文章本身的关注与解读。

第三节 《雅伦》与明清诗文辨体

在宋代楼昉《崇古文诀》将赋体拉入古文阵营,并以理学家视角裁量其功用的同时,一股反理思潮潜滋暗长,高扬辨体理论。因古赋诗文两栖的性质,双方均对赋体及其源头进行重新清理,并以元代祝尧《古赋辨体》将"情"视为赋的"第一义""最上乘",因扬"赋情"而抑"理障"及"祖骚宗汉"理论为契机,逐渐形成两大文学思潮主题。一是延续宋代以来理学家以赋载道说,在明末

---

① 钟惺:《隐秀轩集·隐秀轩文昃集序三》,明天启二年沈春泽刻本。
② 刘将孙:《养吾斋集》卷二五,文渊阁《四库全书》本,第1199册,第242页。

与复古思潮合流,进而偏向赋体文学本身的阐释。二是上承刘埙调和朱陆,祝尧以情救理,而费经虞父子则欲以实学反理,重建道统。其中费氏家学《雅伦》一书,"立教圣门,忠恕为传",对诗学源本、体调、格式、制作等议论精博,是费氏理学在文学上的呈现。

一、费经虞及《雅伦》的编纂评点

费经虞,字仲若,四川成都府新繁人。据清代温睿临《南疆逸史》、陈鼎《留溪外传》、侯俊德《新繁县志》、《清史稿》等文献记载,费经虞早孤,事母孝,常割臂疗其疾。好学敦行,州里重之。母卒,哀毁骨立,每遇二亲忌辰,辄痛哭,至老如初丧也。明崇祯十七年(1644)授昆明知县。抵任,尽革病民政,兴学校,除豪强,植良善,数月四境大治,民皆讴颂。次年土司吾必奎叛,沐黔国帅师往征,覆其巢,俘数百人还,抚按檄令治之。先生虚公研讯,所俘多村民,为必奎掠以樵采者,尽释之……抚按言,众无辜,惟十二人当论死。旦日入谒复力言之,檄凡数下,每下辄具上辞,以是三百余人皆得活,复给引及道路费,使还。未几土司沙定洲又叛,逐黔国公,群僚惮其威凶,独经虞与之抗礼。是时蜀中大乱,经虞乡邑已残毁,而滇中复乱,意忽忽不乐仕,投牒乞归,巡抚吴兆元、巡按罗国瓛不许,具荐为广西知府,经虞力辞不听。又明年四月,薙发以示不返。为诗以献曰:"八次乞休归不得,衰颜病骨礼瞿昙。黄冠返故今无望,添个人间小雪庵。"当事知不可留,始听去。甫出境而大盗孙可望入滇,及归蜀,四方扰攘益不可问,遂自称道士,闭户独居,不见宾客者五年。蜀又乱,乃入秦隐居沔县,授徒定军山中。乱定遂浮襄汉,达扬州,杜门著述,扬之人罕见其面。子密,隐居博学,有父风。从记载可知,费经虞敦孝清直,深明吏治,迫于时势,不得不隐居乡野。

费经虞一生身历乱离,其子费密在诗文中亦有流露。《自咏》十二章分别称自己为塾佣、贫士、游客、白衣、病夫、贤后、流氓、诗人、野夫、老圃、觳户、腐生等,均与离乱、贫困、播迁相关。其《流氓》题下自注曰:"先世自蜀播迁,客于江都。无田无籍,今依栖江淮之间,居址鲜定,是曰流氓。"诗云:"万里来江左,依人客海边。传经虽数世,占籍竟无田。"《游客》诗题下注:"居外舍曰客。费子弱冠客吴,趋年二十六客中州,三十四客京华,三十六客楚黄,四十五游会稽,足迹半天下。故曰游客。"诗云:"南北东西路,江湖落魄人。十年衣未洗,犹是道边尘。"足见费氏父子大半生的岁月都处在颠沛流离中,其友人王士祯亦称费密"成都跛道士,万里下峨岷"。费经虞晚年回忆道:"远宦南荒,递丁世变。解组还蜀,行年五十矣。还蜀数载,乱不可存,乃避地远出,羁旅沔县。客中为饔餐计,复授徒村塾",《雅伦》即为费氏父子在沔县避乱授学时所编。

《雅伦》的编纂评点,实际由费氏祖孙三代共同完成。是编由费经虞指授纲领,费密具体编定,甚至病中亦不辍。费经虞序云:"为指授大略而去,月余密病,遂累月不瘳,以书来上请定,乃为脱稿"。费密体弱多病,身体状态尤其不好,其《病夫》题下自注云:"费子年十八九,呕血几死,年三十八,病胸膈塞,目盲短气。计生平多在病中,故曰病夫",诗云"观书两眼酸,话言患短气。入耳偶不平,早已心下悸。"因此由费经虞署名并作序、评论。李调元《蜀雅》谓"仲若当蜀乱之后独能以诗学世其家,子密,孙锡琮、锡璜,俱驰名艺苑,再传不替,可谓有凤毛矣",据康熙四十九年刻本,费氏祖孙四代对是编均有品评议论,如费经虞论明"王李体"(王世贞、李攀龙)云:"诸公皆宗盛唐,调类相似。而其中亦各有不同规制,亦觉高华,然无闲逸之气。"密按:七子后,吴中王穉登诗如"山上杜鹃花是鸟,坟前翁仲石为人","夕阳渡口寻桃叶,沽酒村边问杏花",当谓之王百毂体。又费经虞论"才调体"曰:"才调体,亦类西昆,以轻倩纤细为主,宋初盛行,近日有遵奉此书以为准的者,承学者往往流入浮薄,亦大雅之忧也。"锡璜按:"奉江西宗派易入于魔,而奉才调易入于妖,均非正宗也。"《雅伦》卷一五费经虞论诗句当字对,曰:"未详。"长孙锡琮按:"疑以斧对斤,以长对短,以千对万,以朝对暮,以腾对飞,谓之当字,请俟知者。"卷一二费经虞论宫词源流,曾孙费轩附记:"宫辞宜富丽,有乏门闺怨气。万户气象宜典核,熟一代制度,自与象不侔。"

关于《雅伦》的编纂,据《新繁县志》载录,沔县大户张氏迎请费密为塾师,而张家多藏书,费密授学期间,从张家持海盐胡氏所辑《诗法纮宗》归家。费经虞阅后,教导费密云:"先哲高论,人为一编,亦云备矣,若合而次之,更定义例,部分州聚,除削芜猥,收存精要,博稽旁证,使理事昭燦,开卷爽豁,诚风雅巨观也。"因此是编目的是昌明理学,汇聚风雅。

二、道统文脉与穷流溯源

《宋史·道学传》曰:"道之正统待人而后传,自周以来,任传道之责者不过数人,而能使斯道章章较著者,一二人而止耳。由孔子而后,曾子、子思继其微,至孟子而始著。由孟子而后,周、程、张子继其绝,至熹而始著。"①充分肯定朱熹在道学发展史上的地位与贡献。费密与朱子道学异趣,然二人均天性禀异。朱熹"幼颖悟,甫能言。父指天示之曰天也,熹问天之上何物,松异之"②,费密十岁时,父经虞为讲《通鉴》云:"盘古氏相传首出御世之君。"密问:"盘古氏以前",父曰:"洪荒未辟",又问:"洪荒以前",父呵之,然心奇密。③ 针对朱熹的理学观,费密严厉批判:

> 密尝闻二程见人静坐,便叹为善学。乃与破山门人通醉论禅,遂入静明寺,杂僧徒静坐,坐七日,心不能定,自厉曰:"百日之坐尚不能定,况大者乎?"立誓不出门半月余,坐乃定。既满百日,叹曰:"静坐二氏之旨,吾儒实学,当不在是。"自是益有志古学矣。

费密以古学与朱学相抗衡,反对程朱的空衍义理。"父殁,奉遗命往苏门受业孙征君奇逢,征君与论朱陆异同,密进言汉唐诸儒有功后世,不可泯灭,征君大以为然。又与考证历代礼制之变,逾月辞归,征君题'吾道其南'四字以赠。尝至浙,与吕留良论礼,留良谓人曰:'吾终身未见此人已。'"清初孙奇逢调和程朱、陆王,已有实学的萌芽。孙奇逢《寄张蓬轩》云:"某幼而读书,谨守程、朱之训,然于陆、王亦甚喜之。三十年来,辑有《宗传》一编,识大识小,莫不有孔子之道,小德之川流也。及领指示,觉人繁派淆,殊非传宗之旨,故止存周张、二程、邵、朱、陆、薛(瑄)、王(守仁)、罗(洪先)、顾(宪成)十一子,标曰《传宗录》。"④《儒林传》云:"其生平之学,主于实用,故所言皆关法戒"⑤。晚明心学大盛,超越程朱理学,然其末流"束书不观,游谈无根"的弊病,使得泰

---

① 脱脱等:《宋史》卷四二九,第 12769—12770 页。
② 脱脱等:《宋史》卷四二九,第 12751 页。
③ 侯俊德:《新繁县志》卷八,1946 年(民国三十五年)线装本。
④ 孙奇逢:《夏峰先生集》卷七,清道光二十五年大梁书院刻本。
⑤ 赵尔巽等:《清史稿》卷四八〇,中华书局 1977 年版,第 13101 页。

州学派大兴,并由李贽"进一步予以发展,从而建立了反道学的思想体系"①。泰州学派尊良知,尚实行,士大夫多注门下籍,而书秘而不传。费密所进言之汉唐注疏,笃守古义,无取新奇;各承师传,不凭胸臆。而明清科举取士所用经义,则必务求新异,以歆动试官;用科举经义之法而成说经之书,则必创为新奇,以煽惑后学。经学宜述古而不宜标新,以经学文字取人,人必标新以别异于古②。故经学至明为极衰时代。费密渊承家学,其对古学的倡导,带有对晚明空疏固陋之风的反思。

费经虞父子倡导以实学为用的道统观,与程朱的性理道学相对立。费密《天子统道表》曰:"世以宋儒接道统,而以孔子之道至二程而传周程张邵之学,至朱晦庵而集大成,吾皆未敢信。"以实学对其修正,本传云:"经虞邃于经学,尝著《毛诗广义》《雅伦》诸书,以汉儒注说为宗。密尽传父业,又博证学士大夫,与王复礼、毛甡、阎若璩交。"③费密好友阎若璩尝撰《四书释地》5卷,于"人名物类训诂典制,事必求其根柢,言必求其依据"④,王复礼撰有《季汉五志》,毛甡即毛奇龄,阮元为其作传称"偰居杭州,著《仲氏易》,一日著一卦,凡六十四日而书成。托于其兄锡龄之绪言,故曰仲氏。又著《推易始末》四卷、《春秋占筮书》三卷、《易小帖》五卷、《易韵》四卷、《河图洛书原舛篇》一卷、《太极图说遗议》一卷。其言《易》,发明荀、虞、干、侯诸家,旁通卦、卦变、卦综之法,是后儒者多研究汉学,不敢以空言说经,实自奇龄始"⑤。即费经虞及其好友均为清初汉学的奠基人。费密继承家学,笃守古经,倡明实学,以教及门诸子。尝谓其子锡琮、锡璜曰:"我著书皆身所经历,而后笔之,非敢妄言也。暮年四方来从者甚众,才彦盈庭,一时称盛,其讲论经术文辞,皆缘人情本事,实非空谈性命,为无用之学者可比也。"此外,费密还建立了新的道统体系,"密尝为先儒悲痛,乃上考古经,与历代正史,旁及群书作《中传正纪》百二十卷,序儒者授受源流为传八百余篇,儒林二千有奇",对汉唐以来儒者2000多

---

① 温体仁等:《明神宗实录》卷三七〇,清光绪十四年刻本。
② 皮锡瑞:《经学历史》,中华书局2011年版,第200页。
③ 赵尔巽等:《清史稿》卷五〇一,第13857页。
④ 赵尔巽等:《清史稿》卷四八一,第13177页。
⑤ 阮元:《儒林传稿》卷二,清嘉庆刻本。

人进行了梳理。

理学家喜言统绪,其说则由近今逆溯而上。宋吴子良《〈篔窗续集〉序》曰:"文有统绪,有气脉。统绪植于正,而绵延枝派旁出者,无与也;气脉培之厚而盛大,华藻外节者无与也。……文莫盛于汉、唐、宋,汉之文以贾、马倡,接之者更生、子云、孟坚其徒也,唐之文以韩、柳倡,接之者习之、持正其徒也;宋东都之文以欧、苏、曾倡,接之者无咎、无己、文潜其徒也,宋南渡之文以吕、叶倡,接之者寿老其徒也。"文章统绪相承,犹气脉相传,均以正脉而传,枝派及外节则可不论。在《雅伦》的编纂上,费经虞分为源本、体调(先以朝代分类,再以诗体分类,后以人而论)、格式(楚辞、赋、乐府、歌、行、讴、谣、成相、吟、辞、引、咏、曲、篇、体、畅、操、叹、怨、哀、悲、思、愁、离、别、乐、铭)、制作、合论、工力、时代、针砭、品衡、盛事、题引、琐语、音韵等 13 大类诗学创作批评范畴,其中体调、格式又分别从时代及文体发展变化辨其源流及特征。费氏家族以《雅伦》为家学,实际也是道学精神的传承。

《雅伦》的编选,集选文与评点于一体,尚带有诗文评与集部渊源关系的母体特征。即诗文评一直是作为集部的一个分支而被保留的。《隋书·经籍志》将刘勰《文心雕龙》、钟嵘《诗品》列入集部后,唐开元年间《崇文目开元四库书目》继之。南宋郑樵《通志》又分列"文史""诗评"二类,其后章如愚《山堂考索》将"文史"细分为文章缘起、评文、评诗三类,明人大多数又沿郑樵于文史之外,将"诗评"改设为"诗文评",在目录学上,诗文评经历了总集—文史—诗评、文评—诗文评的一个渐进过程。① 而诗文评本身亦带有考镜源流的体性特征。如焦竑《国史经籍志》论设"诗文评"之因:"昔人有言,文之辨讹,升降系焉;鉴之颇正,好恶异焉……长编巨轴,半就湮没,而其仅存者,又未尽雅驯可观,盖亦有幸有不幸焉。今次其时代,总为此编。"②《雅伦》作为一部诗学批评巨著,汉赋的入选与评点,便是诗学源流之一环。卷三论《楚辞》曰:

> 齐桓、晋文而后,秦、楚皆为大国。圣人录秦诗而不载楚诗,楚其无诗

---

① 参彭玉平:《诗文评与目录学》,《诗文评的体性》,北京大学出版社 2012 年版,第 9 页。
② 焦竑:《国史经籍志》,《丛书集成初编》第 28 册,中华书局 1985 年版,第 295 页。

耶？然则《离骚》《九歌》，诗之变者也。六义中，赋居一，盖直赋其事而曲言长篇，《大雅》已有之，但句法不长耳。屈平既变为一体，楚人宋玉、景差之徒，皆效焉而《楚辞》成。《楚辞》成，三代文章为之一变，则《楚辞》者，《三百篇》之后继也。汉犹以屈平所作谓之赋，自司马相如等之赋，间以散文，而屈、宋始专命为骚。

此段话旨在论述由诗到赋的演变脉络。《诗经》选录十五国风，而不载楚诗，是否与屈原有关？后人莫衷一是。如郑玄认为是由于楚僭越称王，导致周楚关系紧张，因此《诗经》弃选楚诗。"问者曰：'《周南》《召南》之诗，为风之正经，则然矣。自此之后，南国诸侯政之兴衰，何以无变风？'答曰：'陈诸国之诗者，将以知其缺失，省方设教为黜陟。时徐及吴、楚僭号称王，不承天子之风，今弃其诗，夷狄之也。'"而元代赵悳解释国风无楚诗云："孰知楚之封域，正在江汉汝沱之间，以《汉广》《汝坟》《江有沱》数诗观之，其民被文王之化，得于耳濡目染者有素，而流风善政，犹有存者，则其诗，亦楚之诗也，然圣人归之周公、召公，其意深矣。"①赵氏从地域上认定二南中的一些诗为楚诗，然西周初年楚国疆域仅在丹江下游，以楚国强盛时期的疆域视之，显失察。费经虞从诗、骚的历史演变认为，《离骚》《九歌》等是诗之变，而非诗之体。《楚辞》之作，以宋玉、景差拟屈之作为代表，汉人又将屈原所作称为赋。至司马相如等人赋出，则屈原、宋玉之作始专名为骚，以示区别。即诗、骚、赋实际上是三种文体，其中骚是诗的变体，而汉赋与屈骚虽名有同而实别，因此汉代之后赋作一概不收。为示与屈骚的区别，费经虞选录汉赋之篇有《子虚赋》《上林赋》《甘泉赋》《长杨赋》《逐贫赋》《北征赋》《长笛赋》《归田赋》等8篇赋作。

费经虞考论诗学源流，还论述了赋体的历史演变。"赋别为体，断自汉代始。荀、陆之文，各自为书，且荀多隐语，屈平之作，又分为骚。六朝之赋则俳，唐人之赋则律，而多四六对联。宋人之赋多粗野索易之语、衰飒之调。总之，后世牵补而成，词旨寒俭，无复古人浩瀚之势、伟丽之词，去赋远矣"。将汉代之后赋体分为俳赋、律赋及文赋三类，宋代之后不论。这种分类观上承祝尧《古赋辨体》的赋学观，祝氏将楚辞至宋代辞赋依次分为楚辞体、两汉体、三

---

① 赵悳：《诗辨说》，《丛书集成初编》第1727册，上海商务印书馆1937年版。

国六朝体、唐体、宋体,并云:"西汉之赋,其辞工于楚骚;东汉之赋,其辞又工于西汉;以至三国六朝之赋,一代工于一代。"这种变化,也即由骚至俳的演变。

三、辞客风格与辨体思潮

明崇祯十七年(1644),张献忠再次进入四川。费密此年仅 20 岁,便上书巡按御史刘之勃言四事,"练兵一,守险二,蜀王出军饷三,停征十六、十七两年钱粮四"。时都御使内江范文荛见费密文辞惊曰:"始以此度有经济才,不知乃辞客也。"可知,费密少时便敏锐卓识,并展现出较高的文学才能。费密著述宏富,有《河洛古文》1 卷,《尚书说》1 卷,《周礼注论》1 卷,《二南偶说》1 卷,《瓮录》1 卷,《中庸大学古文》1 卷,《中庸大学驳论》1 卷,《太极图说》8 卷,《圣门学脉中旨录》1 卷,《古史正》10 卷,《史记补笺》10 卷,《历代纪年》4 卷,《四礼补录》10 卷,《古文旨要》1 卷,《奢乱纪略》1 卷,《荒书》4 卷,《答省归来晚暇记》4 卷,《历代贡举合议》2 卷,《二氏论》1 卷,《题跋》6 卷,《尺牍》6 卷,《诗余》2 卷,《杂著》2 卷,《费氏家训》4 卷,《长沙发挥》2 卷,《王氏疹论》1 卷,《金匮本草》6 卷,《集外杂存》8 卷,《补剑阁芳华集》20 卷,《雅伦》26 卷,共 32 种 120 卷,外有《春秋虎谈》2 卷等著作。

宋元以后,诗文体制之间辨体与破体现象备受瞩目。尤其是元代祝尧《古赋辨体》的古赋观笼罩有明一代文坛。吴讷《文章辨体》、徐师曾《文体明辨》、贺复徵《文章辨体汇选》等均是承袭祝尧辨体理论的文章总集。在诗学上,许学夷《诗源辨体》、费经虞《雅伦》亦均审源流,究正变。如许学夷自序谓"诗有源流,体有正变",并开宗明义云:"诗自《三百篇》以迄于唐,其源流可寻,而正变可考也。学者审其源流,识其正变,始可与言诗矣。"可知言诗的首要前提是辨诗。而辨体要求严守体制规范,务循规矩绳墨,以追求当行本色。破体则主张另辟蹊径,独出心裁。中国古代诗文的发展及成熟,便是在辨与破的冲突下完成的。明人多谬妄无稽,却善高谈。张岱《琅嬛文集》曾记载:"昔有一僧人与一士子同宿夜航船。士子高谈阔论,僧畏慑,卷足而寝。僧听其语有破绽,乃曰:'请问相公,澹台灭明是一个人,是两个人?'士子曰:'是两个人。'僧曰:'这等,尧舜是一个人两个人?'士子曰:'自然是一个人。'僧人乃笑曰:'这等说起来,且待小僧伸伸脚。'"①虽属笑谈,其反映的文人习气可知一二。尤其是理学一派,学识略备,争辩愈烈。《四库全书总目》云:"明儒喜争同异,于宋派尤详。语录学案,动辄灾梨,不啻汗牛充栋。"②在文集评点上,早在南宋吕祖谦的《古文关键》,便尤为注意选文题材风格上的辨识。如评韩愈《谏臣论》:"意胜反题格,此篇是箴规攻击体,是反题难文字之祖。"评柳宗元《与韩愈书论史事》:"亦是攻击辨诘体,颇似退之《谏臣论》。"评曾巩《救灾议》:"此一篇后面应得好,说利害体。"这种评点方式,为其弟子楼昉《崇古文诀》所继承:

> 司马相如《喻巴蜀檄》题下批:"一篇之文全是为武帝文过饰非,最害人主心术。然文字委曲回护,出脱得不觉又不怯,全然道使者有司不是,也要教百姓当一半不是。最善为辞,深得告谕之体。"

> 刘歆《让太常博士书》题下批:"辨难攻击之体,峻洁有力。"

> 韩愈《争臣论》题下批:"此篇是箴规攻击体。是反难文字之格,当以范司谏书相兼看。"

> 柳宗元《与韩愈论史官书》题下批:"掊击辨难之体,沉着痛快。可以想见其人。"

> 王禹偁《待漏院记》题下批:"句句见待漏意,是时五代气习未除,未免稍俳。然词严气正,可以想见其人,亦自得体。"

从选本的编选看,所谓"体",既指所选作品的体裁,又包括对作品内容风格的评价。如楼昉所提出的有告谕体、辩难攻击体、箴规攻击体、掊击辨难体等均是从叙事方式及内容来区别的。而一系列符合选者标准的文本,通过一定的排列结构,又显示出编者的批评意图或内涵。宋代理学分化,元代祝尧《古赋辨体》虽舍吕氏而承继朱子,但其编选的辨体意识、为士子科举提供范本的动机却一脉相承。祝氏之后,辨体成为明人的一时风尚,而《古赋辨体》亦成为明人的一个经典选本。如杨士奇认为《古赋辨体》是学赋者的必读书:"学赋者必考于此,而后体制不谬。"③祝尧以赋体影响有明一代文坛,《雅伦》

---

① 张岱:《琅嬛文集》卷一《夜航船序》,岳麓书社1995年版,第49页。
② 永瑢等:《四库全书总目》卷五八,第813页。
③ 杨士奇:《东里续集》卷一九,文渊阁《四库全书》本,集部第1238册,第630页。

则集选本、诗话于一体,对诗体辨体尤详。费经虞不仅考虑到不同时代诗风各异,还考虑到同一时期诗歌的宗派、家数的不同。如卷二论体调云:

> 诗体有时代不同,如汉魏不同于齐梁,初盛不同于中晚,唐不同于宋,此时代不同也。有宗派不同,如梁陈好为宫体,晚唐好为西昆,江西流涪翁之派,宋初喜才调之诗,此宗派不同也。有家数不同,如曹刘备质文之丽,靖节为冲淡之宗,太白飘逸,少陵沉雄,昌黎奇拔,子瞻灵秀。此家数不同也。

费经虞将古代诗体发展的时代、宗派、家数及各时期的代表诗风,用极精练的词句作了概括。如六朝宫体、晚唐西昆等分别以绮靡、典丽为特征,而同时期的李白和杜甫又各以飘逸、沉郁见长。费经虞还进一步从对诗体创作内涵与其他文体进行比较,如论诗之六义与后世赋体:

> 费经虞曰:"古诗六义,其一为赋,述事叙情,实而不托,平而不寄,《嵩高》《豳风》《大雅》长篇是也。自罹战国,继以暴秦,风雅沦亡,意旨湮没。殆楚人屈平作《骚》,长言大篇,极情尽致,而赋遂变,与诗相殊,别为一格。汉兴,学者修举文辞,至于孝武升平日久,国家隆盛,天子留心乐府而赋兴焉。《汉·艺文》《离骚》《九歌》,皆列在赋。至宋玉始着赋名,散文韵语,间杂以出,而未盛也。司马相如虽仍其体制,而《子虚》《上林》,滔滔万言,赋遂一变。至《长门赋》《悼李夫人赋》,通篇押韵,后之变遂不一。六义所言赋,非后世赋体也。"

费经虞这段话叙述了从春秋至两汉,赋由诗用到文体的三次变革。赋作为古诗六义之一,最初指诗体的叙事方式,如《嵩高》《豳风》等叙事长篇。至屈原《离骚》将情感的缠绵与叙述的张力发挥到淋漓极致,成为述事叙情的一种独特诗体。然与祝尧"《离骚》为辞赋之祖"不同,费经虞提出文体之赋是由宋玉开始的。其特点是作问对情语,多散文、叠字韵语、杂言等,后由司马相如、扬雄、班固、张衡等承袭开拓,蔚为大观,此为第二次变化。如费经虞评司马相如《子虚赋》《上林赋》云:"《子虚》《上林》二赋,仍宋玉散文,而中三言、四言俳,则变宋玉矣,《羽猎》《两都》《两京》《三都》,皆本之。"评扬雄《长杨赋》:"纯用散文与宋玉赋又不同,中多排也。"评扬雄《逐贫赋》:"纯用四言,本于屈、宋,柳宗元取为《乞巧》文体。"司马相如、扬雄赋作均带有宋赋的痕迹。倘进一步探其根源,费氏仍旧是对朱熹、祝尧等人将《楚辞》作为道学宣言的反对,故其努力强化宋玉赋作用散的文人色彩。当两汉大赋如日中天时,从司马相如《长门赋》、武帝《悼李夫人赋》始,赋体内部还产生了第三次变化,便是音韵的使用。

费经虞从音韵角度考察赋体流变,是其对中国赋学批评的贡献。如其司马相如《长门赋》尾批:"通篇压韵,自《长门赋》始。《悼李夫人赋》,亦通篇用韵,而句法则用骚体,前后各别。"班固《汉书·艺文志》所谓"不歌而诵谓之赋",《王褒传》载汉元帝为太子时喜好王褒所撰《甘泉颂》《洞箫赋》,"令后宫贵人左右皆诵读之",均突出赋体的口诵性质。然《汉书·乐志》又云:"汉立乐府,采诗夜诵。多举司马相如等造为诗赋,略论律吕,以合八音之调。"说明相如诸赋,当时是可以入歌的。那么令人疑惑的是,《上林》《长杨》散文大篇,何以合乐? 费经虞亦言:"不得其解者久之。是老而始悟,盖散文诵而不歌,如后世院本之道白也,其有音韵,乃以瑟筝之类,歌如后世之白毕唱词也。当是子虚子、亡是公、乌有先生三人登场,互相对答问难。今北方所传罗嗹腔,三弦和之,其明白言之者,谓之说白;其微带歌声而言之者,谓之滚白。或者是赋遗意也。赋之音节失传,而单论文章。"与说唱艺术的戏曲相比,赋之文本相当于院本之说白,其义内含汉赋与后世戏曲的渊源关系。可知,《雅伦》除对诗体辨体甚明之外,对赋体亦不乏洞见。赋由诗之六义发展而来,而汉赋中所系诗歌还是歌行体的源头。费经虞评司马相如《美人赋》云:"芳香郁烈,黼帐高张,有女独处,婉然在床。乃歌曰:'独处室兮廓无依,思佳人兮情伤悲。'歌行似本于此。以孝武乃改新声作乐府。金人铭虽似,古时未有,后世之乐也。"其对赋体文本的精细辨析可见一斑。

《雅伦》还录选有某些篇制短小的汉赋,如《长笛赋》,费经虞曰:"中篇所云'定名曰笛',是出题也。仅见此篇。"张衡《归田赋》尾批:"自《归田赋》至《荷花赋》三十篇,体制短小,篇法简善,文辞赡丽,宜为常用之法。"从费氏评论看,这些小赋从体制、篇法、文辞对科举时文来说,均有一定的可借鉴之处。以诗集而兼收赋体,费经虞《雅伦》及其编纂评点在明代文坛上完全迥异于其他总集评点本。

第四节　桐城派古文取径与汉赋选评

有清一代古文,以桐城为百年正宗,桐城以姚鼐为显。王葆心曰:"桐城统绪相承,盛于姚姬传,而姚氏义法垂于所选《古文词类纂》,故凡守姚选者,即承其学者也。"①直至晚清,是编仍很受士人推崇,曾国藩云:"嘉道以来,知言君子群相推服。谓学古文者,求诸是而足矣。"②姚鼐受经学于叔父姚范,受古文于方苞弟子刘大櫆,方、刘、姚一脉相承,被尊为"桐城三祖"。自方至姚,弟子甚众,生徒又各以所得传授师友,而不列弟子籍。服膺私淑者相与群从,是以声势浩大,源远流长,晚清赵尧生称其为"姚氏学",在清代以至古文发展史上最为辉煌。姚氏学涵盖讲学、著述、选本、评点等多方面,其核心则是姚鼐所辑选的文章总集《古文辞类纂》。

《古文辞类纂》是桐城统绪相承的载体,亦是桐城派在清代文坛与汉学派纷争、对垒背景下的代言。因此,掌门姚鼐直至去世前,仍不断审定,后继弟子亦前赴后继,发扬传承。徐树铮云:"自惜抱轩《古文辞类纂》出,百余年来,治古文者,翕然循为途辙。"③据刘声木《桐城文学渊源考·撰述考》统计,其中《渊源考》收录归有光以下作家1223人,《撰述考》列作者238人,收书目2370余种。尽管姚门弟子通过对《古文辞类纂》的增补、精简及音注、评点等不断修正本派纲领,然姚鼐所建立的桐城古文帝国,在绵延有清一代二百余年后,与大清帝国的命运相始终,最终在西学传入、新旧变更的时势下日薄西山。而《古文辞类纂》仍是"近代家传户诵之书""古文第一善本",被朱自清赞誉为集中了"二千年高文","成为古文的典范"。

关于姚选是编的目的,王葆心《古文辞通义》卷六云:"以韩、欧之文,达程、朱之理,姚选近世文多按此旨为的。"唐宋八家之后,姚鼐于明代录归有光,于清代录方苞、刘大櫆之文,建构起古文传统一脉。然姚鼐于《古文辞类纂》特列辞赋一门,录自战国至宋代辞赋57篇,张裕钊《策经心书院诸生》云:

---

① 王葆心:《古文辞通义》,武汉大学出版社2008年版,第203页。
② 曾国藩:《曾文正公杂著》,《近代文学史料丛刊》本。
③ 徐树铮:《钞古文辞类纂批点记》,《古文辞类纂》,第7页。

"姚姬传氏《古文辞类纂》,特列词赋一门,其识为宋以来言古文者所不及。"①因此,辞赋与韩文及桐城义法传承的内涵及意义,是姚鼐对方、刘的发展,标志着桐城派理论的完备与成熟,亦是"姚氏学"的重要理论范畴。

一

清初,方苞即以"学行继程、朱之后,文章在韩、欧之间"自许,林纾谓惜抱之文"近欧而摹韩"②。欧阳修得力韩愈甚多,《宋史》本传载欧阳修尝"得唐韩愈遗稿于废书簏中,读而心慕焉。苦志探赜,至忘寝食,必欲并辔绝驰,而追与之并"③,故姚鼐是集所选韩文特多,欧次之。姚氏云:"今夫闻见精博至于郑康成,文章至于韩退之,辞赋至于相如。"④文推韩愈,赋推司马相如,称二人皆绝伦魁俊之才。其后学弟子亦多学韩,"向见吴挚甫先生案头日置韩文一卷,时时读之。以桐城人师桐城之大师,在理宜读姚文,不宜取径于韩,且曾文正亦力主桐城者,乃日抱韩文不离手"⑤,吴汝纶提出,"姚选特入辞赋门,最得韩公论文尊扬、马本意",韩公学扬、马,姚鼐学韩而上推扬、马,可谓善达其本。自南宋理学家文章总集的编选评点尤重视赋体,继之元、明,孔、孟、程、朱义理与韩、欧文章间的维系过渡集于以贾谊、扬、马等为代表的西汉赋家。

扬、马是西汉赋坛双璧,司马相如以藻饰见长,生前"诵赋而惊汉主"⑥,身后膺负"辞宗"⑦"赋圣"⑧等盛名,早在汉代扬雄就指出"文丽用寡者长卿"⑨,宋王十朋自称"文采不足以拟相如之万一"⑩。中唐以后,扬雄地位逐渐提升,则与其对儒门圣学的发扬有关。韩愈在《读荀子》《重答张籍书》《答刘正夫书》等文中称扬雄"大醇而小疵",大力推尊扬雄的儒家正统地位,直至北宋,

---

① 张裕钊:《濂亭集》遗文卷三,上海古籍出版社 2012 年版,第 246 页。
② 林纾:《古文辞类纂序》,《古文辞类纂》,浙江古籍出版社 1986 年版,第 1 页。
③ 脱脱等:《宋史》卷三一九,第 10375 页。
④ 姚鼐:《王禹卿七十寿序》,《惜抱轩全集》,中国书店出版社 1991 年版,第 96 页。
⑤ 林纾:《春觉斋论文》,人民文学出版社 1959 年版,第 46 页。
⑥ 陈子良:《祭司马相如文》,《文苑英华》卷九九八,中华书局 1966 年版,第 5241 页。
⑦ 班固:《汉书》卷一百,第 4255 页。
⑧ 王世贞著,罗中鼎校注:《艺苑卮言校注》,齐鲁书社 1992 年版,第 67 页。
⑨ 汪荣宝:《法言义疏》卷一二,第 507 页。
⑩ 王十朋:《梅溪先生文集·后集》卷一,《四部丛刊》景明正统刻本。

在士人中仍有着巨大的反响和回应。伴随而来的,便是古文创作学扬之风的潮流,"大历、贞元之间,文字多尚古学,效扬雄、董仲舒之述作,而独孤及、梁肃最称渊奥,儒林推重"①,某种程度上,扬、马对唐宋八家的形成起到一定的助推作用。

唐宋两代古文复兴,韩、欧对扬、马的态度亦不尽一致。韩愈与司马相如相若,恃才使气,猖狂恣肆,欧阳修则与扬雄似,偏于孔孟义理的阐发。韩愈倡去陈言,以至偏向奇崛怪僻的途径。姚范《援鹑堂笔记》曰:"文字自是贵藻丽奇怪,屈宋以来,再变而为相如、子云,皆如此。昌黎《南海神庙碑》,壮丽从相如来,岂宋人所能及。"当然,韩愈作为古文道统的鼓吹者,对孔孟以来文统接续的倡导不遗余力。柳宗元《答韦珩示韩愈相推以文墨事书》曰:"退之所敬者,司马迁、扬雄。迁于退之,固相上下。若雄者,如《太玄》《法言》及《四愁赋》,退之独未作耳,使作之,加恢奇,至他文过扬雄远甚。雄之遣言措意,颇短局滞涩,不若退之猖狂恣睢、肆意有所作。"②欧阳修《读李翱文》云:"予始读翱《复性书》三篇,曰此《中庸》之义疏尔。智者诚其性,当读《中庸》,愚者虽读此,不晓也,不作可焉。"③李翱对圣学之文的疏解,乃上承韩愈的指教。

欧阳修以文名冠天下,对宋代朋党乱政疾之如仇,故诗文多次表达汉武帝对司马相如的知遇和扬雄的不遇之慨。其《苏主簿挽歌》云:"布衣驰誉入京都,丹旐俄惊反旧闾。诸老谁能先贾谊,君王犹未识相如。三年弟子行丧礼,千两乡人会葬车。我独空斋挂尘榻,遗编时阅子云书。"④《闻原甫久在病告有感》:"东城移疾久离居,安得疑蛇意尽祛。诸老何为谇贾谊,君王犹未识相如。浮沉俗喜随时态,磊落材多与世疏。谁谓文章金马客,翻同憔悴楚三闾。"⑤屡屡表达对小人进谗、贤士不遇的感叹。

---

①　刘昫:《旧唐书》卷一百六十,中华书局 1975 年版,第 4195 页。

②　按《汉书·扬雄赞》曰:"经莫大于《易》,故作《太玄》;传莫大于《论语》,作《法言》;史篇莫善于《仓颉》,作《训纂》;箴莫善于《虞箴》,作《州箴》;赋莫深于《离骚》,反而广之;辞莫丽于相如,作四赋。"而此言《四愁赋》,当为后人误加。柳宗元:《柳宗元集》卷三四,中华书局 1979 年版,第 882 页。

③　欧阳修:《欧阳修诗文集校笺》外集卷二十二,上海古籍出版社 2009 年版,第 1910—1911 页。

④　欧阳修:《欧阳修诗文集校笺》卷一四,第 436—437 页。

⑤　欧阳修:《欧阳修诗文集校笺》外集卷七,第 1503 页。

在为文上,韩、欧将汉代赋家视为古圣贤文之列,即汉代以来,接续孔孟正统的实际上为司马迁、扬雄、司马相如等人的赋体。如韩愈《答刘正夫文》云:"汉朝人莫不能文,独司马相如、太史公、刘向、扬雄为之最。"欧阳修《代人上王枢密求先集序书》:"君子之所学也,言以载事,而文以饰言。事信言文,乃能表见于后世。《诗》《书》《易》《春秋》,皆善载事而尤文者,故其传尤远。荀卿、孟轲之徒亦善为言,然其道有至有不至,故其书或传或不传,犹系于时之好恶而兴废之。其次楚有大夫者,善文其讴歌以传。汉之盛时,有贾谊、董仲舒、司马相如、扬雄,能文其文辞以传。"①认为汉代贾谊、司马相如、扬雄之文均属事辞皆备之文,所以能流传。

韩、欧所倡导师法先秦两汉的古文运动,以文以载道为审视标准,而以汉代贾谊、司马相如、扬雄等人的赋体为师法对象,实际开宋代理学家以古文总集为形式,录选汉赋以明道的先声。曾国藩《圣哲画像记》云:"韩、柳有作,尽取扬、马之雄奇万变而内之于薄物小篇之中,岂不诡哉,欧阳氏、曾氏皆法韩公,而体质于匡、刘,为近文章之变,莫可穷诘。"②一方面,参之以文辞及行文之技巧,另一方面,所谓"体质于匡、刘",意即欧阳修、曾巩近似匡衡、刘向,取则六经,渊懿笃厚。桐城派《古文辞类纂》集千古文章之大成,其接续韩、欧,独辟辞赋便在情理之中。

二

桐城姚鼐《古文辞类纂》,原名《古文辞类篹》,为乾隆四十四年(1779)姚鼐主讲于扬州梅花书院时所编。始学者传抄相传,至嘉庆季年,其门人兴县康绍镛刊刻于粤东,遂流布海内。"篹"字本《汉书·艺文志》,康氏不明其由,误刊为"纂",沿用至今。《汉书·艺文志》曰:"《易》曰:'河出图,洛出书,圣人则之。'故《书》之所起远矣,至孔子篹焉,上断于尧,下讫于秦,凡百篇,而为之序,言其作意。秦燔书禁学,济南伏生独壁藏之。汉兴,亡失。求得二十九篇。"③姚鼐得于此,有两重内涵,一是《古文辞类纂》的编选一依《汉书·艺文

---

① 欧阳修:《欧阳修诗文集校笺》外集卷十七,第 1777—1778 页。
② 曾国藩:《曾文正公诗文集》文集卷二,四部丛刊景清同治本。
③ 班固:《汉书》卷三〇,第 1706 页。

志》，对文章各体溯源正流，严明体例，以赋体言，骚、难、七、辞等均为赋体，姚姜坞云：“《封禅文》相如创为之，体兼赋颂，其设意措辞皆翔蹑虚无，非如扬、班之徒，诞妄贡谀为跖实之文也，通体结构若无畔岸，如云与水溢，一片浑茫骏邈之气。”姚鼐师徒已认识到古文的破体及虚实问题。司马相如以赋为文，善驾虚行危，扬雄拟之，已开征实一脉。二是姚氏依仿圣人，自比孔子按类撰述各体旨意。篹，《汉书》注引孟康曰：“篹，音撰。”编选者裁汰各体，评论圈点，均可寓托旨意。

是编是选录古赋最多的文章总集。汉代枚乘、贾谊、司马相如、扬雄、班固、张衡等代表赋家均有择取，六朝取张华、潘岳、鲍照、陶渊明诸人，并下及韩愈、苏轼古赋，姚鼐云：“古文不取六朝人，恶其靡也。独辞赋则晋宋人犹有古人韵格存焉，惟齐梁以下，则辞益俳而气益卑，故不录耳。”汉赋对散文文体的影响有两类：一是散文，二是骈俪文。西汉以司马迁至司马相如，下至唐宋八家偏向用奇，反对骈俪文；扬雄、班固、蔡邕等则偏向用偶。曾国藩《送周荇农南归序》：“自汉以来，为文者莫善于司马迁。迁之文，其积句也皆奇，而义必相辅，气不孤伸，彼有偶焉者存焉。其他善者，班固则毗于用偶，韩愈则毗于用奇，蔡邕、范蔚宗以下，如潘、陆、沈、任等比者，皆师班氏者也，茅坤所称八家皆师韩氏者也，传相祖述，源远而流益分，判然若白黑之不类。”①因此姚鼐批评《文选》“分体碎杂，其立名多可笑者。后之编集者，或不知其陋而仍之”。《文选》出现于骈风最盛之时，姚鼐以其为作为骈文的代表，一并排斥。其弟子李兆洛以四六名，所辑《骈体文钞》虽不设赋类，却收有《淳于髡讽齐威王》、宋玉《对楚王问》、司马相如《封禅文》《难蜀父老文》、枚乘《七发》、东方朔《答客难》、扬雄《解嘲》《解难》、班固《答宾戏》等 9 篇姚鼐划入辞赋的作品。李编赶在姚选刊刻后的第二年便匆匆问世，显然欲沟通骈散，古赋尤其是汉赋成了二体暧昧的因子，与姚鼐对扬、马为代表的汉赋的择取意向已产生偏离。

姚鼐学古，上继方、刘，力避貌袭而求神似。方苞《古文约选·凡例》：“始学而求古、求典，必流为明七子之伪体。故于《客难》《解嘲》《答宾戏》《典引》之类皆不录，虽相如《封禅书》亦姑置焉。盖相如天骨超俊，不从人间来。恐

① 曾国藩：《曾国藩诗文集》，上海古籍出版社 2005 年版，第 167 页。

学者无从窥寻,而妄摹其字句,则徒敝精神于寡浅耳。"方苞不选汉赋的原因是反对字句摹袭,吴德旋称姚鼐"其文高洁深古,出自司马子长、韩退之,而才敛于法,气蕴于味,断然自成一家之文也。诗从明七子入,卒之兼体唐宋,模写之迹不存焉"①,姚鼐自言:"学者之于古人,必始而遇其粗,中而遇其精,终则御其精而遗其粗。文士之效法古人,莫善于退之,尽变古人形貌,虽有摹拟不可寻,而得其迹。其他虽工于学古而迹不能忘,扬子云、柳子厚于斯尤甚焉。以其形貌之过于似古人也,而遽摈之。谓不足于文章之事,则过矣,然遂谓非学者之一病,则不可也"②,由貌至神,是为文从粗到精的升华,然学者的通病在于雁行留痕,不能自成一家。汉代辞人多"师范屈宋,依则贾马",然司马相如天才纵横,其赋"不似从人间来",扬雄覃思,轨辙明显。

姚鼐弟子梅曾亮继承此宗旨,所编《古文词略·凡例》云:"姚姬传先生定《古文词类纂》,盖古今之佳文尽于是矣,今复约选之,得三百篇而增诗歌于终。"即《古文词略》乃《古文辞类纂》的精简本。梅氏词赋类于汉代选贾谊《鹏鸟赋》、枚乘《七发》、淮南小山《招隐士》、司马相如《封禅书》《长门赋》、扬雄《解嘲》等,于各体录选一篇,扬雄模拟之四大赋一概不录,而以《解嘲》为代表,最得姚鼐本意。至于评点,梅曾亮录姚范、姚鼐评点最多,以解词释句、阐说大义为主,如司马相如《封禅文》"文王改制,爰周郅隆,大行越成"句下批:"姜坞先生云:'成即成王也,下云蹑梁父,登太山,即管子所云成王封太山禅社首。'"《以弋说秦王》尾批引姚鼐按语云:"《以弋说秦王》及《庄辛篇》,此与《渔父》、《宋玉对楚王》、东方《客难》同类,并是设辞。乃太史公、褚先生、刘子政悉载叙之,以为事实,为失其旨已。"梅曾亮还将诗歌入古文词,"文衰于东汉,诗至齐梁弱矣,以其未入于律也,而概谓之古诗……今取王渔阳《古诗选》为鹄,而汰其大半,于李、杜、韩之五古则增入之",古诗与律诗,犹古文与骈文,古赋与律赋,姜宸英云:"新城先生(王士禛)既集古五七言诗,各若干卷,复有唐贤三昧之选,盖五七言者,所以别古诗于唐诗也。"③其意在于得古文学之大全,却无今体以相合。

---

① 吴德旋:《初月楼文续钞》卷八,花雨楼校本。
② 姚鼐:《古文辞类纂序》,《古文辞类纂》,第3页。
③ 姜宸英:《唐贤三昧集序》,清康熙刻本。

　　在古文取经上，姚鼐其他弟子亦各有所得与发展，如姚莹《师说中》云："夫师之为教亦若是矣，道德、功业、气节、文章者，人之规矩也，诗书、礼乐、圆籍、名法者，则绳墨斧斤之用也。道德如孔孟，功业如管葛；气节如夷齐，文章如屈贾，此所谓双龙之阙、五凤之楼、通天之台、翔风之馆也。将使优游乎仁义之途，驰驱乎经济之用，卓绝乎峻直之行，博辩乎华实之说。呜呼，此大匠之所以自神，而亦以望于其徒者。曲巷一见之士，乌足以知之。"于文章推屈原、贾谊，并强调仁义、经济之用，于姚鼐的古文观已有所发展，管同《重刻古文辞类纂序》提出："夫文辞之纂，始自昭明，而《文苑英华》等集次之。其中率皆六代、隋唐骈丽绮靡之作，知文章者盖积弃焉……先生气节、道德，海内所知，兹不具论。其文格则授之刘学博，而学博得之方侍郎，然先生才高而学识深远，所独得者，方、刘不能逮也。"①姚鼐文章学于刘大櫆、姚鼐，其学识独得处，又高于方、刘，其后继弟子于姚鼐又各有所继承与扬弃。

三

　　道咸年间，曾国藩崛起成为桐城派中兴大将。曾氏自言"治学由姚先生启之"，本传云："天性好文，治之终身不厌，有家法而不囿于一师。"②实际上曾氏越过姚氏，上追韩愈。曾氏所秉古文路径与姚鼐已迥异。所辑《经史百家杂钞》《经史百家简编》及未刊文集《古文四象》亦是对《古文辞类纂》的创革。

　　曾国藩《经史百家杂钞》变姚鼐《古文辞类纂》13 类为 11 类。其中论著、词赋、序跋、诏令、奏议、书牍、哀祭、传志、杂记九类与姚氏分类相同，赠序为姚氏有而《杂钞》无，叙记、典志为姚选无而《杂钞》新增，后曾国藩"又择其尤者四十八首，录为简本"，即《经史百家简编》，一变而为著述门、告语门、记载门三种，更为明白易懂。其中论辩、词赋、箴铭、序跋属著述门。在《杂钞》中，曾国藩于汉赋收有贾谊 2 篇：《鵩鸟赋》《惜誓》，枚乘 1 篇：《七发》，东方朔 1 篇：《答客难》，司马相如 5 篇：《子虚赋》《上林赋》《大人赋》《长门赋》《封禅文》，

---

①　管同：《因寄轩文集》，道光十三年管氏刻本。
②　赵尔巽等：《清史稿》卷四五〇，第 11917 页。

扬雄 6 篇:《长杨赋》《甘泉赋》《河东赋》《反离骚》《解嘲》《解难》,班固 3 篇:《两都赋》《幽通》《答宾戏》,张衡 2 篇:《两京赋》《思玄赋》,王粲《登楼赋》和刘伶《酒德颂》各 1 篇。从数量上看,其倾向并不明显,然在《简编》中,词赋类仅收有《诗·七月》、扬雄《解嘲》、班固《两都赋》、苏轼《赤壁赋》四篇。有两重意思:第一,一反姚鼐对扬雄模拟的不满,扬雄较司马相如赋更受推尊。第二,诗为赋源,西汉和东汉分别以扬雄和班固为代表。此可上溯至其昆仑远脉韩愈,曾国藩认为韩文妙处是在复古中对孔孟义理的汲取。其《日记》云:“二日内,觉于古文大有所得,乃悟韩文实从扬、马得来,而参以孔孟之义理,所以雄视千古。”因此曾氏每类以经置首,“村塾古文有选《左传》者,识者或讥之,近世一二知文之士纂录古文,不复上及六经以云尊经也,然溯古文所以立名之始,乃由屏弃六朝骈俪之文,而返之于三代两汉,今舍经而降以相求,是犹言孝者敬其父祖而忘其高曾……余钞纂此编,每类必以六经冠其端。”对孔孟文统的接续而言,扬雄显较司马相如更符合曾氏标准。

这种标准还体现在曾国藩的另一部未刊文集《古文四象》中。后其弟子吴汝纶根据曾氏目录刊刻有续出本。吴汝纶《记古文四象后》:“右曾文正所选《古文四象》都五卷。往时汝纶从文正所写,藏其目次,公手定本有圈识,有平议,皆未及钞录。其后公全集出,虽《鸣原堂论文》皆在,此书独无。有当时撰年谱人,亦不知有是书,意原书故在,终当续出……谨依旧所藏目次,缮写成册。其评议圈识,俟他日手定本复出,庶获补完。”①曾国藩年谱的撰写人为其四大弟子之一的黎庶昌,黎氏居然不知有此书。曾氏生前曾有此编目录,同治五年(1866)十一月初二,曾国藩给沅弟的家书曰:“《古文四象目录》,钞付查收。所谓四象者,识度即太阴之属,气势即太阳之属,情韵少阴之属,趣味少阳之属。”据吴汝纶光绪二十四年(1898)刊本,是编将扬雄的《解嘲》《羽猎赋》《长杨赋》置于卷一太阳卷上,司马相如则在卷下。曾氏在家书中,毫不掩饰对扬雄的推尊,咸丰九年(1859)三月初三《谕纪泽》中即推“扬子云为汉代文宗”;在咸丰十一年(1861)正月初四《谕纪泽》中称:“余好古人雄奇之文,以昌黎为第一,扬子云次之。二公之行气,本之天授。”

---

① 吴汝纶:《桐城吴先生诗文集》文集卷四,清光绪刻桐城吴先生全书本。

姚氏之后,韩文在桐城派中的圭臬地位岿然不变。曾国藩《送梅伯言归京陵》诗云:"文笔昌黎百世师,桐城诸老实宗之。"曾国藩与姚鼐均以韩愈为师,姚鼐偏于辞藻与才情的完美融会,曾国藩则偏于借汉赋之气以救文之薄弱,认为韩愈与扬、马以气为文有异曲同工之妙。《复陈右铭太守书》云:"以理吾之气,深求韩公所谓与相如、子云同工者,熟读而强探,长吟而反复,使其气若翔翥于虚无之表,其辞跌宕俊迈而不可以方物。"又在《家训》中云:"至行气为文章第一义,卿、云之跌宕,昌黎之倔强,尤为行气不易之法。尔宜先于韩公倔强处揣摩一番"。曾国藩多处强调对扬、马之气的推尊:

> 西汉文章如子云、相如之雄伟,此天地道劲之气,得于阳与刚之美者也。此天地之义气也。刘向、匡衡之渊懿,此天地温厚之气,得于阴与柔之美者也,此天地之仁气也。东汉以还,淹雅无惭于古而风骨少隤矣。

> 古文一道……西汉与韩公独得雄直之气,则与平生微尚相合,愿从此致力不倦而已。

> 雄奇者,瑰伟俊迈、以扬、马为最;诙诡恣肆,以庄生为最;兼擅瑰玮诙诡之胜者,则莫盛于韩子。……惬适未必能兼雄奇之长;雄奇则未有不惬适者。学者之识,当仰窥于瑰伟俊迈,诙诡恣肆之域,以期日进于高明。

曾国藩这种观念为后继弟子所继承。张裕钊评东方朔《答客难》:"子云《解嘲》,其词更加恢宏博丽,而气之雄逸腾迈,犹不逮也。"评司马相如《子虚赋》:"骚赋胜处,最在瑰玮宏奇、倜傥骏迈、峭逸嫖姚,不可为状。而司马长卿尤以气胜。其空中设景布阵,最虚眇阔达,前后一气,嘘吸回薄鼓荡,如大海回风,洪涛隐起,万里俱动,使人自眩而神诡。"正因如此,张裕钊为文深得曾国藩赞赏,"吾门人可期有成者,惟张、吴两生"①,意谓张裕钊、吴汝纶二人是曾氏期许最高的弟子。

曾国藩则将桐城文法,强作等级划分,首先,于义理、考证、辞章三者最重义理,其次,于阴阳刚柔四者最重阳刚,均是发展姚鼐而来。姚鼐《海愚诗钞序》:"吾尝以谓文章之原,本乎天地,天地之道,阴阳刚柔而已。苟有得乎阴阳刚柔之精,皆可以为文章之美。阴阳刚柔,并行而不容偏废。"较之方、刘,

---

① 赵尔巽等:《清史稿》卷四八六,第 13442 页。

姚鼐文入理最深,出之最显,被人讥为薄弱。清代方浚师《古文辞类纂序目》论三家文特征云:"余则谓侍郎文,今之布帛菽粟也;学博文,今之锦缎组绣也;郎中文,才高识广,理境澈透,于方、刘两家外,又别出机杼,近人颇有以薄弱少之,非知文者矣"①。林纾《春觉斋论文》曰:"须知桐城之学不弱也,以柔筋脆骨者效之,则弱矣。"②因此,笔者认为曾国藩对桐城文法的复归,是出于对姚鼐的发扬和变革,其对姚鼐对文章艺术层面的理想追求并不赞成。

四

在清初朝廷对理学支持的背景下,桐城派如日中天,乾隆对汉学的转向,也使桐城派遭受多方批驳,一是对桐城派所坚持道统的批判,以戴震为代表,二是对桐城派文统的批判,认为古文家所学习不仅是六经,还有子史,以钱大昕为代表。其次,是从散文体制方面对其的批判,有程廷祚,中期的汪中、李兆洛、阮元。最后,是对桐城派义法说的批判,有章学诚、钱大昕、罗汝怀、蒋湘南等人。在这些批评中,以戴震为代表的汉学派最为有力。自康、乾两朝,敦尚实学,一时名儒硕彦,膺荐擢者,尤难悉数。乾隆三十八年(1783),诏开四库馆,戴震以布衣"与会试中式者同赴殿试,赐同进士出身,改翰林院庶吉士",一时"北方学者如献县纪昀、大兴朱筠,南方学者如嘉定钱大昕、王鸣盛,馀姚卢文弨,青浦王昶,皆折节与交"。以戴震为中心,一时四库馆成了汉学派的大本营:

> 时纪文达为四库全书馆总纂官,先生与分纂。文达天资高,记诵博,尤不喜宋儒。始大兴朱学士筠以翰林院贮有《永乐大典》,内多古书,皆世阙佚。表请官校理,且言所以搜辑者及时,遗书毕出。纂修者益事繁杂,诋讪宋元来诸儒讲述,极卑隘谬盭可尽废。先生颇与辨白,世虽异同亦终无以屈先生。文达特时损益其所上序论,令与他篇体制类焉。先生以既见采用,置弗编次。然其书实无害,为私家著录也。

尽管以姚鼐为代表的桐城派势单力薄,但姚鼐始终以儒者的姿态,"哀

---

① 方浚师:《蕉轩随录》卷六,清同治十一年刻本。
② 林纾:《春觉斋论文》,第46页。

而不怒",保持一谦谦君子的儒者形象,是有师承渊源的,其叔父姚范"生平论学大旨以骏博为门户,以沈潜为堂奥。而议论和平,践履笃实,粹然一轨于先儒"①,可知姚鼐受其影响颇深。由为人而及为文,姚鼐不喜议论,尝戒弟子争名,"先生性尤谦约,平生诲人辄以争名为戒。原先生之意,争名习胜,则始尚许郑而薄程朱,后且有舍许郑而更求其胜者。智足以伸其辨,学足以充其识,虽非荒言曲说,尽弃传注,而新奇怪癖之义兴,使人益惶惑失守,至为心术之害,此不可不慎者也,当乾隆间考证之学尤盛,凡自天文舆地书数训诂之学皆备,先生邃识综贯,诸儒多服而终不与附和,驳难惟从容以道自守而已"②,对汉学派的争名极其厌恶,"夫汉儒之学非不佳也,而今之为汉学乃不佳,偏徇而不论理之是非,琐碎而不识事之大小。晓晓詀詀,道听涂说,正使人厌恶耳",这种缄默的态度,发之于文法,出之为无言的抗争。

姚鼐所使用的评点符号有圈、点、横截、撇、尖等,或两种或几种符号同时运用。其弟子吴德旋《初月楼古文绪论》云:"其(《古文辞类纂》)启发后人,全在圈点。有连圈多而题下只一圈两圈者,有全无连圈而题下乃三圈者,正须从此领其妙处,末学不解此旨。好贪连圈而不知文品之高,乃在通篇之古淡而不必有可圈之句,知此则于文思过半矣。"③所谓古淡,即不着痕迹,"淡非浅薄之谓,浅薄则人人能之,正为文所当戒者也"。姚鼐以圈点为主,以评为辅,借助符号述而不作,大有孔圣人之风。其授业弟子梅曾亮尚谨守师承,不出其矩。如傅毅《舞赋》,姚鼐晚年本在"雍容惆怅,不可为象"处点,"机迅体轻"处点,弟子梅曾亮"及至回身还入"至"退复次列"圈。至张裕钊则大量运用圈点符号,张氏于"夫何皎皎"至"铺首炳以焜煌"点。"貌嫽妙"至"而杂纤罗"点。"顾形影"至"挥若芳"圈。"于是蹑节鼓陈"至"远思长想","其始兴也"至"指顾应声"点。"罗衣从风,长袖交横"圈。"络绎飞散"至"机迅体轻"点。"在山峨峨"至"容不虚生"圈。"轶态横出,瑰姿谲起"点。"摘齐行列"至"蹈不倾趾"点。"翼尔悠往"至"袖如素蜺"圈。"黎收而拜"至"迟复次列"点。

———————————

　　① 　姚莹:《援鹑堂集后叙》,《东溟文集》卷二,《续修四库全书》影印湖北省图书馆藏清同治六年姚濬昌安福县署刻中复堂全集本,第 1512 册,第 383 页。
　　② 　毛岳生:《〈惜抱轩书录〉序》,《休复居文集》卷一,嘉定黄氏道光刊本。
　　③ 　吴德旋:《初月楼古文绪论》,清宣统武进盛氏刻常州先哲遗书后编本。

"龙骧横举,扬镰飞沫"点。"或有逾埃"至"控御缓急"点。"车音若雷"至"云散城邑"圈。姚鼐所倡古淡之貌一变而为满目圈点。

　　本门师徒评点外,姚鼐《古文辞类纂》录何义门评论最多。一是何义门与方苞均博学大儒且经历相似,方苞因为戴名世作《南山集序》下狱,后因康熙朱批:"戴名世案内,方苞学问,天下莫不闻,下武英殿总管和素"而获赦免,召入南书房,命撰写碑文赋颂,深受嘉赏。何焯亦因谗入狱,后获赦免。康熙四十一年(1702),"圣祖幸热河,或以蜚语上闻,还京即命收系",从康熙帝尽没收其书籍推测,所谓蜚语当是指何焯"将今时文章比之万历末年文章",结果未发现"失职觖望语",康熙帝"命还所籍书,解官,仍参书局"。二是晚明以来,心学末流的空疏浮躁亦为人不满,加之评点本身的通俗浅显性质。以杨慎、郭正域等人为代表的学人型评点的兴起,使向使人非议的评点面貌焕然一新,清初大学问家何焯的评点便是这种评点模式的继续。因此,姚鼐承之,以考证为评点,如扬雄《羽猎赋》题下批:

　　　　羽猎,《汉书》注家不甚详,惟《晋语》却虎被羽先升。韦昭注云:"羽鸟,羽系于背,若今军将负眊矣。"鼐疑负眊盖汉以后制,恐古人无此,韦说非矣。大司马职郑注:"号名者,徽识所以相别,在军象其制为之,被之以备死事。"《东京赋》薛综注:"挥为肩上绛帜,如燕尾者也。以在肩上,故曰负。"《韩诗外传》子路曰:"白羽如月,赤羽如朱。"然则羽者,徽帜耳,以其似羽,非真鸟羽也。赋内"羽骑营营,昈分殊事"则其取相别识之义明矣。

又如张衡《二京赋》:"内有常侍谒者,奉命常御"句下,姚鼐夹批:

　　　　常侍与谒者皆士人。《息夫躬传》有中常侍宋宏,《董贤传》有中常侍王闳。李善注谓"阉官"误矣,中常侍,后汉之制耳。谒者,后汉选孝廉为之,前汉无定制,其寺人之谒者,则若《高后纪》中谒者,张释卿是也。然灌婴亦拜为中谒者,则士人为常侍谒者,并可加中字。颜监谓加中字为阉,亦非也。

　　姚鼐评点力主考据,细分常侍、谒者之别。同时对李善及颜师古注的驳正,对抉发汉代制度具有较高的文献价值。自曾国藩出,《杂钞》《简编》本的汉赋评点,基本是对赋作内容、文法旨意的解读。至再传弟子吴汝纶、张裕钊、

吴启昌等评点《古文辞类纂》时,均偏向此途,如司马相如《子虚赋》"其南则有平原广泽"句下:

> 吴至父云:"平原广泽",答齐王之问,盖齐之所有,故略之。若蕙圃、沮池、阴林,皆非齐之所有,故侈之。姚姬传谓云阳台在巫山下,即至其南也。盖至彼已息獠矣。

> 曾涤生云:"此叙南有平原广泽,似最宜畋猎之地。而下文叙猎,但在东西北,而不及南,虚实互备也。"□又云:"此开下畋猎之地。"

需要说明的是,吴汝纶在评点时亦不乏考证,如司马相如《封禅文》"继昭夏"句下批曰:"善昭作韶,《史》本多作韶,韶夏者借乐以称舜禹也。昭为韶借字。"对李善注、《史记》显然十分精熟,又如扬雄《羽猎赋》"狡骑万帅"句下批:"《汉书》作校骑。万帅,某案:晋灼注狡健之骑,疑作校者,颜监妄改。《释名》:狡,交也,狡骑,言骑相交错也。"对《汉书》颜注的纠谬,有姚鼐之余风。

事实上,曾国藩《求阙斋日记类钞》曰:"为学之道,不可轻率评讥古人。惟堂上乃可判堂下之曲直,惟仲尼乃可等百世之子。惟学问远过古人,乃可评讥古人,而等差其高下……善学者于古人之书,一心虚心涵泳,而不妄加评骘,斯可矣。"教导弟子不可妄议古人,有一种尊经重道的说教感寓于其中,却不乏对古人的推尊之意。与姚氏评点之旨已尽偏离。曾氏之后,黎庶昌《读〈古文辞类纂〉》、林纾《选评〈古文辞类纂〉》、唐文治《高等国文讲义》等皆取姚氏意而重加编选,均不出桐城藩篱而趋向教学读本,姚鼐古文的理想蓝图亦愈来愈远,终在新文化的滚滚浪潮中气息奄奄。

第三章　赋集与汉赋评点

　　赋渊源于战国,大盛于两汉。仅成帝一朝,数量已是可观。班固,《两都赋》云:"孝成之世,奏御者千有余篇。"魏晋以后,总集的出现便与赋体繁多相关。《隋书·经籍志》曰:"总集者,以建安之后,辞赋转繁,众家之集日以滋广。晋代挚虞苦览者之劳倦,于是采摘孔翠,芟剪繁芜。自诗赋下各为条贯,合而编之,谓为《流别》。"①清《文献通考》:"臣等谨按总集一门,为类至多。盖以网罗放佚,荟萃菁英,诚为著作之渊薮。"②可知总集的编选有两大目的,一是汇聚菁英,以免散佚;二是便于著作取资,即隋代之前,以古赋的模拟学习为主,自唐以律赋取士,作者鼎沸,风会大变。徐铉《唐宋律赋》200卷,被称为律赋选刻之始。杨维桢《丽则遗音序》:"余釐年学赋,尝私拟数十百题,不过应场屋一日之敌尔,敢望古诗人之则哉! 既而误为有司所采,则筐箧所有,悉为好事者持去。"③律赋一度成为科考主体。明清科举皆承唐制,律赋总集的编选层出不穷。然亦有古律会通,或专门古赋选本绵延明清两代。以汉赋的选评为视角,各时期选本及其评点旨归又各相异,是文学史和学术史上均值得注意的现象。

第一节　缘起:科举考试与汉赋选评

　　从赋集编选评点的历史进程看,科举考试无疑是其最直接、最根本的诱

---

　　① 　魏徵等:《隋书》卷三五,中华书局 1982 年版,第 1089 页。
　　② 　清弘历:《皇朝文献通考》卷二百三十七,文渊阁《四库全书》本,史部 637 册,第 464 页。
　　③ 　杨维桢:《丽则遗音序》,《丽则遗音》卷首,文渊阁《四库全书》本,集部第 1222 册,第 146 页。

因。然与《文选》、史书评点中众多的书商操作不同,赋集评点大多成于文人士大夫之手,是书院授徒范本。其编选标准、批评宗旨往往与文学思潮、时代风气及学术流变等密切相关。因此,从明万历至清康雍的兴盛,乾嘉的衰落,至晚清道咸同光的复兴,三阶段赋集编选评点的形态各别,汉赋的入选评点原因及目的亦各有不同。

晚明至清初赋集编纂缘起,当与选学复兴相关。选学复兴之根源,亦出于科举取士。明代科举考试分为三级:院试、乡试、会试和殿试。在院试之前,首先要通过县试和府试。县试由知县主持,取中以后再进行一次由知府主持的府试,府试及格称"童生",童生方可参加府城或州治举行的院试。而历经淘汰,最终一甲的三名进士在殿试后立即授予官职,一般是状元授翰林院修撰,榜眼、探花授翰林院编修,其余二、三甲的进士可参加翰林院庶吉士的考试,称"馆选",考取后称庶吉士,学习三年然后补授官职。自明英宗天顺以后,非进士不入翰林,非翰林不入内阁。南北礼部尚书、侍郎等官皆由翰林出身,这时凡由进士经馆选而为庶吉士的人,都被人们看作是储相。弘治四年(1491),大学士徐溥进言"令新进士录平日所作论、策、诗、赋、序、记等文字,限十五篇以上,呈之礼部,送翰林考订。少年有新作五篇,亦许投试翰林院。择其词藻文理可取者,按号行取"①,因此,庶吉士的考核范围相当广泛,明代《文选》因兼选众体,当是最好的范本。

因此,明人对《文选》进行广、续、增订、补遗、删订等多种形式的改造批评,名家如林,蔚为大观。如孙月峰、孙洙、张凤翼、陈与郊、邹思明、郭正域、李淳等,至清不衰,何焯、方廷珪等致力于《文选》评点并由高足、友朋广为传播。这种盛况,延及赋类专体总集的编选评点,便是大量古赋选本或古律会通选集的出现。以《文选》赋类为参照、汉赋名篇得以重选或扩选,是明清众多士子学习的典范。如周履靖《赋海补遗》三十卷,施重光《赋珍》八卷,陈山毓《赋略》五十卷,俞王言《辞赋标义》十八卷,题名袁宏道编选、王三余增补《精镌古今丽赋》10卷等赋体总集评点本随之勃兴。清初康、雍时期有赵维烈《历代赋钞》、王修玉《历朝赋楷》、陆葇《历朝赋格》等总集,所选赋体均有尊古而宗汉

---

① 　张廷玉等:《明史》,中华书局1974年版,第1701页。

之意。

此期赋集编选以《文选》为参照,形成两汉古赋理论批评的高峰。明代王三余《古今丽赋叙》云:"余少冥搜遐览六朝《文选》《唐文粹》《宋文苑》,所搜萃以及昭代诸名公,作者如林,至律以丽则之矱,不无□□于其间。"因此,以"丽则"为选录标准,对《文选》等总集中赋体重新择录评点;又有对《文选·赋类》的增添、删减或补遗者,如俞王言《辞赋标义序》:"昭明之衮钺,诚凛凛千载,乃私心所向往,有不忍并捐者。用增三十余篇,以时婆娑燕乐乎其间,而常苦汗漫之难窥也。故为之寻究其原,贯穿其旨,扫旧疏之繁芜,补《纂注》之遗佚。"又云:"是编所选,恢拓昭明,收其逸也,旁及《七发》、《封禅》等篇,聚其类也,中间如《高唐》《神女》诸作,漫而少致,然为赋家之祖,姑依昭明录之"。陆宗达《赋珍序》称施重光:"采昭明之遗英,汇耳目之奇赏。"清初赋集编选亦是如此,如缪彤《历代赋钞叙》曰:"昭明一《选》,已将骚与赋而分之,至宋李昉、宋白辈选《文苑英华》,止选赋而不选骚矣。此赵子承哉之选,断自西汉,始推而上之,止取宋玉而不取屈原,可谓得选之体也。"此外,张惠言《七十家赋钞》亦"准的昭明",清代姚文田《赋法》的选录"先后照《文选》本",可知《文选》对赋集编选之影响。

此外,亦有对《文选》严厉批评者,以陈山毓为代表。"总集者,辑文人学士人所论著,撰而录之者也。萧氏《文选》重而诸家之撰录殆废。然昭明识最下,独贵绮丽,尚堆叠词赋……自来词人奉萧氏《选》如洛书天球,而古人鸿篇遂不可复睹也。惜哉。说者犹谓稧序之不见录,坐'丝竹管弦'四字。噫嘻,亦以诬矣,愚矣。右军此序犹自古雅澹荡,饶韵致。自昭明诸人意所不喜,何论四字也。故予尝以为《文选》一书是古文词一巨蠹也,亦一厄运也"①,陈山毓,字贲闻,嘉善人,万历戊午解元。负病属纩前三日,为文自祭,年仅三十八。高攀龙《孝廉陈贲闻墓志铭》曰:"贲闻异才,其嗜书异于人,嗜书而妙悟异于人,嗜书而嗜骚赋异于人,为人敦伦好善,恬怀雅度。所居左右,图书数千卷,扫室焚香,穆然有深沉之思"。曹勋称其"惋激似灵均之文,澹适类靖节之

---

① 陈山毓:《靖质居士文集》卷五,《四库禁毁丛书》影印北京大学图书馆藏明天启刻本,集部第14册,第626页。

质",可知陈山毓为人似陶渊明,而尤工骚赋,对昭明以绮丽翰藻为贵颇为不满。尽管如此,陈山毓《赋略》将《文选》所收汉赋悉数入选,并增选汉赋 32篇。至清王修玉《历朝赋楷》云:"第诵读以求简练,著述贵给风檐。比《二京》《三都》穷年始能辍翰,《灵光》《景福》竟日岂可挥毫。是集裒葺无多,此类概从简汰",对《文选》所选巨制鸿篇则果断汰除。至晚清桐城后学鲍桂星于赋学选本独推《赋楷》为"最佳",可知古文家对《文选》所代表的骈俪文的厌弃。

清沿明制,科举以八股取士,然康乾两朝"博学鸿词"科的举行,又刺激了律赋在清代的主导地位,古赋成为陪衬。此科考一赋一诗,康熙十八年(1679)以"璇玑玉衡赋"为题,乾隆元年(1736)以"五六天地之中合赋"为题,均为律赋。乾嘉时期,赋集编选风向较晚明清初已完全新变。受文字高压及考据实学的影响,此期评点走向衰落,基本是对字词音释及前人评点的因袭,毫无新见。嘉庆十七年(1802)郑抡才《古小赋钞》和嘉庆二十二年(1817)王芑孙的《古小赋钞》,二人均以小赋为主,于断句处有圈点但无评论。此外,还有谢璈《丽则堂历代赋钞》不分卷,沈德潜《历朝赋选笺释》为简单音注或引录少量前人评点。谢璈,自号云门居士,大约活动于雍正、乾隆年间,该书目录之下题"乾隆四年岁次乙未重阳日云门居士订于燕台寓馆",可知此书完成于1739 年。各赋无注,但以朱笔施以批点。眉批以辨字注音为主。沈德潜《历朝赋选笺释》乃"爰于王子松蜃、顾子且庵(即顾豹文)旧订者而增删之,大约寓法汉魏,取材三唐,辞虽极于瑰丽,而不入于诡琐,体不限于一格,而要归正宗",成《历朝赋选笺释》10 卷,乾隆乙丑(1745)枚斋刻本,福建省图书馆藏。除对各赋的笺释外,又以朱笔作批,批语多出自孙鑛与何焯,但均未注明,其中亦有旁批,书于正文两行大字之间,但数量不多,亦为前人之语,并不出自沈氏。为此,踪凡认为批点的过录者很可能不是沈德潜,而是出版商或藏书者①。此期汉赋评点水平不高,仅为科场律赋创作提供参照。

道咸同光时期,赋集评点再度复兴,则是文坛古文、骈文、时文在科举考试下与文学思潮相互影响与论争的共同产物。汉赋被视为孕育各体的源头,既有赋学理论批评内涵,又有科场律法之用。因此在各类赋集中均有选录,如张

---

　　①　踪凡:《汉赋研究史论》,北京大学出版社 2007 年版,第 603 页。

惠言《七十家赋钞》、李元春《古律赋要》、余丙照《赋学指南》、程祥栋《东湖草堂赋钞》、鲍桂星《赋则》、李元度《赋学正鹄集释》、佚名《汉魏六朝赋选》（又名《实园主人古赋钞》）等。张惠言少年学骈，后又转学桐城古文并开创阳湖一派，因此与姚鼐《古文辞类纂》的编选暧昧难指。同治六年（1867），程祥栋《东湖草堂赋钞》独推骈文大家吴锡麟、顾元熙之赋，"自有正味斋、兰修馆两先生赋出，风行海内，古峭生新，一洗从前平衍之习，非得乃开合动宕、曲折顿挫者乎"①，同治十年（1871），身为骈文名家与桐城后学的双重身份的李元度，在爽谿家塾桃川书院授课时编选评点《赋学正鹄》，寓骈文、赋体、古文、时文等理论四位一体，既是士子科举考试津筏，亦是清代骈、散论争下以赋选寓骈论、调和骈散、力树文坛骈文正宗的回应。除了骈文、古文、时文的助推作用，科举考试仍是此期赋集编选评点的直接诱因，因此，此时期还有余丙照《赋学指南》、姚文田《赋法》、李元春《古律赋要》等与科举试赋的法式相关的评点本。如姚文田开宗明义，"文章体制，有今古之殊，而法则万变不易。丹青不别，巧匠不能以图形；梁栋不分，工师不可以为室"②。

　　总体上看，明代赋集的编选评点尊古重汉，清代赋集的编选以律赋为主题，内蕴以古赋改造律赋、时文的思考。

第二节　源流：赋体流变与汉赋地位

　　明清时期，我国古代各体文学进入总结和高峰，赋体总集的编选评点亦是如此。一部赋集基本上是古代赋体流变史的代表。因此，赋家在选篇定目的同时均有溯流穷源及历史评价的历史观。其间最为纠结的问题是屈、宋、荀及《诗三百》等的源头地位问题，如明代陈山毓《赋略》以屈原为首，"余奥自龆岁，载怀迄今，以为己制，未容即工，古人应可商榷。手自历撰，灵均而降，计若干首。窃尝泝其本源，穷厥枝干，条流梗概，有可敷陈"。而清初赵维烈《历代赋钞》则始于宋玉，"兹选始自宋玉，迄于有明，折衷诸家选本，而又旁搜名作

----

①　程祥栋：《东湖草赋钞序》，清光绪三年安怀山房刻本。
②　姚文田：《赋法序》，嘉庆辛酉刻本。

合为一集,萃千百年来作者于一堂,宗祖子孙,源流共贯,使读者便于取携焉"。王芑孙则以荀、宋为首,"于是录荀、宋以来,讫于胜国,得三百二十有四篇,厘为八卷。虽卷帙至简,于赋家之正变源流,固已略备。上溯周秦,从其朔也。特详汉魏,端其本也。六朝三唐无所不录,侈其盛也。宋元以下略矣,有弗略者,通其变也。"路德以诗为源,"于公事暇,捡近今之诗赋……但欲使学者披览是编,识其门径,由试律而溯唐诗,由唐诗而溯曹刘鲍谢;由律赋而溯徐庾,由徐庾而溯扬马班张;又上而溯屈宋,又上而溯《三百》"①。因此,赋集评点首要解决的问题是赋体的源与流的问题,而赋体发展的起伏盛衰,汉赋的选篇与评点关系整部赋集的批评宗旨。

　　在赋体流变观上,晚明至清初受祝尧《古赋辨体》的影响,基本持"祖骚宗汉"的理论观点。在赋集编纂时,尊《楚辞》为首,并凸显司马相如"赋圣"的地位。如陈山毓《赋略》卷一至卷三录选屈原赋 25 篇、宋玉赋 13 篇,并曰:"凝情屈、宋,不数张、左,下则枚、马,无取潘、陆,巧因思浚,奇繇情会……灵均非乏瑰奇,长卿亦是员丽。"俞王言《辞赋标义》卷一至卷五收《楚辞》27 篇,并云:"侪马卿于屈平,兄弟也;宋、景、杨、贾,父子也;班、张、潘、左、曹、陆辈,祖孙也;其余皆曾、玄耳。后之作者如林,然唐以绮偶,宋以淡泊,古道衰矣"。清初王修玉《历朝赋楷·凡例九条》之首曰:"赋虽本于六义,体制则有代更,《楚辞》源自《离骚》,汉魏同符古体,此为赋家正格,允宜奉为典型。"因体例不同,不以时代编次的总集,其编选宗旨亦以楚为源,以汉为尊。如周履靖《赋海补遗自叙》提出:"余观作赋,始祖风骚,创于荀宋,盛于两汉。迨至魏晋六朝,贾、曹、傅、陆之俦纵横玄圃,司马、江、王之辈驰骋艺苑。"陆葇《历朝赋格·凡例》云:"夫子删诗而楚无风,后数百年屈子乃作《离骚》者,诗之变,赋之祖也,后人尊之曰经而效其体者,又未尝不以为赋,更有不名赋而体相合者,说详祝氏《外录》。"可知祝尧对此期赋学批评的影响。清初,由于康熙朝统治者对教化的需要,大力鼓吹诗的价值,"赋者,古诗之流"观得到强化,祝尧的影响已不及明代强烈。"元人祝氏著《古赋辨体》以《离骚》为祖,然则选历代之赋,当以《离骚》为始乎？否也。屈子,楚人。《离骚》为楚声,又本于楚狂之

---

① 路德:《诗赋准绳序》,《柽桦馆文集》卷二,光绪七年(1881)解梁刻本。

《凤兮》歌也。然而《南风》之诗,《卿云》之歌,先之矣。选赋者又当以虞舜为始乎? 否也。昭明一《选》,已将骚与赋而分之,至宋李昉、宋白辈选《文苑英华》,止选赋而不选骚矣。此赵子承哉之选,断自西汉,始推而上之,止取宋玉而不取屈原,可谓得选之体也。"缪彤称赵维烈上承《文选》《文苑英华》,选赋而不选骚,并明确反对"骚为赋祖"的观点。此即亦为清初陆葇《历朝赋格》、王修玉《历代赋楷》与赵氏所选在理论宗旨上的不同之处。

乾嘉时期,因专注于科举,赋集编选往往更青睐小赋。因科举考试有时间之限,百日成赋、研京炼都之篇均非朝夕可就,不若小赋与科举直接关联。嘉庆十七年(1812)施源《古小赋钞序》曰:"马卿《上林》之作,札给尚书;子渊《洞箫》之篇,颂胪宫女。而温丽既成于百日,研炼亦至于十年。渊乎大文,非朝夕已。若夫怀铅殿角,橐笔风檐,听宫漏之声,视花碛之影,虽复思若涌泉,文成翻水,而奏折几扣,行卷数番。揆其体制,小赋而已。"嘉庆二十二年(1817)王芑孙《古赋识小录自序》云:"识小,即小以见其大也。赋者鸿通之业,不穷其变,将无以大之。大之必自初学始,初学天禀有不齐,人力有未暇。研都炼京,作之非俄顷所成,读之非旦夕可既。"二人均取小赋为士子教习读本,这是因为科举律赋有严格限制,往往二三百字为宜,本身并不是鸿材巨制。其他如谢璅《丽则堂历代赋钞》《历朝赋选笺释》取历朝赋作笺释评点,前者选篇以"丽则"为准,上继王三余、袁宏道《精镌古今丽赋》;后者是对王修玉《历朝赋楷》的删改,以汉赋为例,《赋楷》选汉赋9篇,沈德潜删去张衡《观舞赋》、边让《章华台赋》、应场《西狩赋》3篇,增入司马相如《子虚赋》、扬雄《甘泉赋》2篇,显然不出明人以两汉为尊之意。又因科举限制,草草进行音释句解,或引录前人评点,价值不高。

晚清赋体流变观受古文、骈文、时文批评的影响,此期对学赋之见解呈现不同意见。路德《诗赋准绳》将律赋的源头归于萧统《文选》,并进而上溯至《离骚》《诗经》。"平心思之,今之试律、律赋何自来乎? 有唐人古近体诗,而后有试律,有徐庾以下之骈体文,而后有律赋,此学者之所知也,而其源皆出萧《选》。萧《选》所录,莫古于《骚》。《骚》也者,近接《三百篇》而变化以出之,其体实兼诗骚,为后来诗赋家之祖。"此论赢得骈文家李元度的赞赏,在《赋学正鹄》的编选评点中,多次引录路德之论。于汉大赋仅录班固《两都赋》,以其为骈之源也。李元度云："盖尝论赋学有源有流，汉魏六朝之古体，源也；唐宋及今之律体，流也。将握源而治，则必先学汉魏六朝，而后及于律体。"以汉魏骈体为赋源，以唐宋律赋为流，显然与桐城文法相悖。李氏受知于曾国藩，又为桐城一脉，在道咸文坛桐城中兴时，将古文、时文、骈文会通一体，独具特色。同样，作为桐城门外弟子的张惠言，所编《七十家赋钞》断自六朝，在体例上绾合以家分类与以题分类，既继承《汉书·艺文志》《文选》又不囿于二者，这种折中模糊的标准与桐城直系弟子截然不同。

桐城后学明确提出以古文为赋法。鲍桂星《赋则·自序》云："桂星幼从先大夫苏亭府君学为诗，稍长，受业于同里吴澹泉先生，遂进而学赋。先生之教，桐城刘海峰先生之教也。两先生皆深于古文，其论为赋之法，与古文不异。"由此自述，鲍氏初学诗于祖父鲍倚楼，后以桐城刘大櫆高足吴定为师。因而，明确提出以古文为赋的观念，同时对汉代大赋，亦同样录选班固《两都赋》以论古文之法则。较张惠言《七十家赋钞》、李元度《赋学正鹄》的会通观念，是《赋则》之"则"所重点明晰的古文观念。

此外，李元春认为并不能强分为体，因为各体间均有一定的渊承所在，难以拘论，此是对古代文体较为理性的认识。杨鄂《古律赋要序》："往有问余文体者，谓文章、诗赋之选皆当先辨体制。余曰：'文，叙事、议论两端而已。有主叙事者，有主议论者，有叙事议论兼见者。以体言，传论在后则传叙体也。然太史公《伯夷列传》《管晏列传》，议论多而叙事少，忽叙忽论，又非一定文人之心，本难拘论。……诗赋，文之有韵者耳，然诸经、《三百篇》外，皆无韵之文，亦间有用韵者。夫子十翼，解《易》亦然，乃象传则全用韵文，皆也字为调。知诗赋有韵之文，亦不得执一格也。'"杨鄂师法李元春，其以传论体、诗赋体为例，说明文人之心，不得执一格而论其余。又论时文亦是如此，"吾乡康来青阁四书、制艺，幅不满三百字，纯用也字短句。应秀才试落等后，试礼部高捷，即落等之文。文出，评一字一珠，人竟传以为易经体，又谓之郜阳体"，可见，同一篇时文不仅功名悬殊，时人评论眼光亦各有不同。在编选时汉赋的地位与价值的较量发展中，赋体文体辨析观念不断成熟发展。

第三节　次类：赋体分类与汉赋归属

从赋篇的位次看，明人辞赋总集的编纂，有尊己之意，清代则以尊王为首。早在南宋出现的第一部词集评点本，黄昇《花庵词选·中兴以来绝妙词选》选宋室至南渡以后88家，末附黄昇自作词760首，已开先例。明代赋集评点如周履靖《赋海补遗》亦将自作赋238篇附于末尾；清人出于媚主心态，多将皇帝赋作置于卷首，自己赋作置于卷尾。个中关联值得玩味。如王修玉《历朝赋楷》卷首录圣祖仁皇帝御制《阙里桧赋》《竹赋》二篇，次为御试叶方蔼、彭孙遹、汪霦、徐乾学四赋，均不入卷数。其集中所录，则由"周末至国朝康熙中，凡一百六十七篇，各为之注。修玉所自作七赋亦附焉"。陆葇《历朝赋格·凡例》云："前事不忘，后事之师。故纂辑成编，专其力于稽古。昭代文治方新，人才蔚起。奎章宸藻，谟典同垂。讲筵侍从诸公，弘文大笔，价屈宋班扬之上。当集为专书，独传万禩，不敢列于简中，以失尊王之义。"除去帝王或编者自作赋篇，总集之编纂，皆循一定体例为次，略述如下：

第一种是编年分类。这种编选体例实际带有编者的批评标准及去取眼光，是一种内隐的赋学批评。如陈山毓《赋略》、俞王言《辞赋标义》、施重光《赋珍》等，均以时代为序。好处是赋体历史发展的盛衰、正变一目了然，又不强分门类。如赵维烈曰："前代选家各分列门类，愚以为赋家之作，上观天文，下察地理，以至宫室、人物、卉木、虫鱼，层见迭出，或托物以言情，或因时以见志，命意不同，不必过为分次。兹则竟叙时代，而中间门类仍自灿然备具，不惟一脉贯通，而风气之盛衰、正变，亦略可知矣。"①当然，以时代为次，并非所有赋作均可入选，选家根据一定的标准对赋体裁择。如陈山毓以"裁""轴""气""情""神"为赋作五秘，汉赋有81篇符合此标准；施重光以"珍"为概："珍，宇宙间一种精粹不可磨灭之气……上之阐绎圣真，敷陈帝制，如天球神鼎，传亿祀而慑万灵。此一珍也。次之引义匡时，诵言悟主，如元龟之告吉，导

①　赵维烈：《历代赋钞》，清康熙刻本。

车之指南,此又一珍也……壮夫小技,惟人所为耳。"①珍有小大,上可颂礼制,传圣教,下可讽喻悟主,而不惟排列铺叙而已。汉赋有 27 篇入选。其他如王修玉《历朝赋楷》卷一、卷二选有汉赋,篇目有司马相如《长门赋》、班婕妤《捣素赋》、班固《两都赋》、张衡《观舞赋》、祢衡《鹦鹉赋》、王粲《登楼赋》、边让《章华台赋》、应场《西狩赋》等 8 篇可为模范。谢璈《丽则堂历代赋钞》大致以时代先后,选录汉赋 16 篇:贾谊《鵩鸟赋》,司马相如《子虚赋》《上林赋》,班婕妤《自悼赋》《捣素赋》,扬雄《甘泉赋》《羽猎赋》,班彪《北征赋》,班固《西都赋》《东都赋》,班昭《东征赋》,傅毅《舞赋》,王延寿《鲁灵光殿赋》,祢衡《鹦鹉赋》,王粲《登楼赋》等篇。意即这些汉代赋篇有"丽则"之义。

　　第二种是按题材和内容风格分类。这种分类继承类书和《文选》的分类标准,在此基础上,还有内容风格上的再次汰择。如周履靖《赋海补遗》分天文部、时令部、节序部、地理部、宫室部、人品部、身体部、人事部、文史部、珍宝部、冠裳部、器皿部、伎艺部、音乐部、树木部、花卉部、果实部、芝草部、饮馔部、飞禽部、走兽部、鳞介部、昆虫部等 23 类,又周氏《自序》云:"仅纂题雅词玄、句寡意长者七百余篇。"②周氏入选的汉赋有 28 篇 12 类,王三余、袁宏道《精镌古今丽赋》分天象、地理、岁时、宫殿、游览、畋猎、物色、纪行、器用、志、情、文学、哀伤、礼乐、虫鱼、鸟兽、花木等 17 类,其中宫殿、游览、畋猎、物色、纪行、志、情、鸟兽、哀伤等 9 种分类与《文选》类目同,余下 9 种分类与类书分目同。再"律以丽则之榘",可以入选的汉赋有 19 篇 8 类。这种分类亦不是绝对的。如张惠言上溯《汉书·艺文志》《文选》,将作家分类与题材分类兼顾,而在次一级分类又大体依时为序。姚文田《赋法》对《文选》所选赋作基础上进行再选择,其中汉赋录班孟坚《两都赋》、王粲《登楼赋》、张衡《归田赋》、傅毅《舞赋》等 4 篇,作为探讨赋法的典范。

　　第三种是从语言形式兼顾题材分类。清初陆葇《历朝赋格》以三格论赋:文赋格、骚赋格、骈赋格;所谓格,即作赋的方法、法则之意。《凡例》云:"《礼》云:'言有物而行有格。'格,法也。前人创之以为体,后人循之以为式。"陆葇

---

　　①　施重光:《赋珍》,明万历刻本。

　　②　周履靖:《赋海补遗》,明书林叶如春本。

将俳赋和律赋并称为骈赋作为典范,意为律赋应吸收六朝辞藻、改变质木无文的特点。"作赋以来,选家不一,有多别门类者,有专取朝代者,有分列体裁者,妄谓读赋,专资博物,别类便于稽考,然条缕太繁,又与类书无别。案头但置吴博士《事类赋》一部足矣。"①提出汉赋不似类书分类繁多,不可仅取博物之用。作为遗民的陆葇和王修玉实际上代表两种文风,陆葇迎合了"风云月露,遍满天下"的状况,"取累朝之赋,汇为一书,澄其醨,啜其醇,采其华,厌其实";王修玉则"忧其空疏",奉楚骚为正,"《楚辞》源自《离骚》,汉魏同符古体,此为赋家正格,允宜奉为典型,至于两晋微用俳词,六朝加以四六,已为赋体之变"。回到康熙二十五年(1686)博学鸿词科的设置,正是文人鼓吹休明、润色鸿业之时,因此陆葇深得康熙赞誉,而王修玉被黜落。在三格之下,每格又分为五类,即每篇赋作亦是双重分类,如汉赋的分类是,文赋格:地理类《子虚上林赋》《两都赋》《二京赋》《鲁灵光殿赋》,帝治类《谏格虎赋》《羽猎赋》,人事类《舞赋》,物类《文木赋》《长笛赋》;骚赋格:天文类《旱云赋》《九宫赋》,地理类《长门赋》《甘泉赋》《函谷关赋》,人事类《幽通赋》《显志赋》《述行赋》《登楼赋》,物类:《洞箫赋》《王孙赋》《围棋赋》《鹦鹉赋》,骈赋格:人事类《捣素赋》《忘忧馆柳赋》,从分类上看,天文、地理、帝治、人事、物类的划分,天地之外即是帝王权威,明显的颂谀逢迎! 而汉赋分类牵强无当。

第四种是按创作状态分类。是赋学分类中最功利的一种方式。李元度将赋篇依次分层设级为习作的入门、及门及极则三个阶段。"其类有十,曰层次,曰气机,入门第一义也。曰风景,曰细切,曰庄雅,曰沉雄,曰博大,皆庶区之品目也。曰遒炼,曰神韵,则骎骎乎进于古矣。曰高古,则精择古赋以为极则。由六朝以上希两汉,其道一以贯之",②汉赋属于赋体创作的终极阶段,于大赋以《两都赋》为师范代表。此外,还有结构分类的考虑,如郏抡才《古小赋钞》和王芑孙的《古赋识小录》等专取小赋,王修玉《历朝赋楷》则将大赋祛除,小赋便于科举揣摩,因而目的性同样明显;而俞王言《辞赋标义》将《七发》《七启》《七命》《封禅》《剧秦美新》《典引》6 篇独列一卷,置于末尾,意为均为赋

---

① 陆葇:《历朝赋格·凡例》,第 274 页。
② 李元度:《赋学正鹄》,清同治十年(1871)该书院刻本。

体。可见,赋集评点内涵赋学的体类批评的历史发展及变化,而汉赋的入选则须从多个方面迎合这些标准及分类,从而构成汉赋的多样化批评内涵。

第四节　批点:史料价值与赋学批评

明代辞赋总集的编纂,主要是汇集补遗,清代则有意突出模范,树立经典。以赋选批评看,现存文献赋集编纂评点至明万历年间产生,这些评点文字或交代作赋背景和缘由,或进行文字校勘与语词考释,或挖掘赋作篇章源流,或分析艺术结构等,①并与复古思潮、科举制度、文人团体清议等多种因素相互制约;入清以后,又与新朝的文教政策、赋风的持续发展以及编选者本人去取眼光、选录体例、标准、目的及师承源流等相关,从形态和批点方式上呈现出形态各异之面貌。

明清赋集的编选还有存史之用,因唐之前文集编纂的兴盛,大量赋作保存了下来。而明清以后,流传减少,因此,大多道家偏重录选唐之后赋作。如王修玉《历朝赋楷·凡例》曰:"唐人诸赋载在《文苑英华》,可谓极备,《文鉴》《文类》二集宋元大略亦见,惟明赋罕有汇选,虽购辑群集,自青田、潜溪以下,为集虽繁,遴赋甚鲜,一代岂无伟作? 兵燹恐失其传,倘有名山之藏,幸勿遏其金玉。"②陆葇《历朝赋格·凡例》曰:"按古《艺文》《经籍志》,作赋之家,或仅存其目而无其文,或仅存其名并失其目,追叹遗逸,如沉夜光,不可一睹。由唐以前选本既多,不忧覆灭,唐后作者如林,流传已少,精力有限,难于泛观。若不亟为收录,恐遂佚而无闻,故略于前而详于后,岂有所偏于其际乎?"③然作为历代赋集的通史类巨著,虽未有意保存汉赋,然名篇之外,大量小赋亦得以入选,因此事实上亦有保存之功。王葆心曰:"近世张皋文钞《七十家赋》,于题下自注明某书,并互校其字句于本文下,是又选家于不同各本中又有拣择从善之例,亦以免人持他本以疑此本也。"④明清赋集对汉赋篇目有广选拣择之

①　踪凡:《论明代的汉赋评点》,《中州学刊》2013 年第 3 期。
②　王修玉:《历代赋楷》,第 4 页。
③　陆葇《历朝赋格》,第 277 页。
④　王葆心:《古文辞通义》,第 885 页。

功,突破《文选》名篇的局限,大大扩大了汉赋的利用及保存,所附评点是赋学批评史上重要一环。

　　从某种程度上讲,赋集评点促进了赋话的出现,赋话及赋论反过来深化了赋集评点的内涵。"赋话"二字最早出现于南宋王铚《四六话序》:"诗话、文话、赋话各别见。"或流传不广,或别有他指,惜其赋话至今未见,以赋话命名的著作至清乾隆年间始出现。按刻印年限以李调元《雨村赋话》为最早,刊刻于乾隆四十四年(1779)。李调元认为赋集只是初学津筏,不能指示作赋门径,"古有诗话、词话、四六话,而无赋话。徐锴之集唐宋律赋为《赋苑》二百卷,李鲁之《赋选》五卷,杨翱之《典丽赋》六十四卷,唐仲友之《后典丽赋》四十卷,马傅之《赋门鱼钥》十五卷,搜辑则该博矣,决择则精粹矣,然只帖括之津梁,而非作赋之法门也"。从作用上看,赋集是隐性的格式法则,是科举赋作的初学门径;赋话则为研讨赋作技法的专门之作。当赋集或赋集评点本不能满足士子文人的需求时,专门的赋话之作便产生了。这一点与诗话、词话之类的诗法类著作的产生相同,如在选本中于诗人名下系以小传,兼对其诗进行评论,在宋元之后,逐渐形成惯例。如元好问《中州集》、钱谦益《列朝诗集小传》等皆是,而"这些小传兼诗评的文字辑出单行,即成诗话,如朱彝尊《静志居诗话》、王昶《蒲褐山房诗话》等。这一类诗话,溯其渊源,便是从选本中分化而出"①。当赋集及评点不能满足需要时,赋话便产生了。

　　与赋集评点批评相较,专门的赋话亦未必是最好的诠释途径。清代王芑孙、姜学渐、程先甲等人均辑有赋体选本,又有专门的赋话著作,其赋学观却一脉相承。王芑孙少时著《读赋卮言》,晚年复编《古赋识小录》,姜学渐的《味竹轩赋话》附在《资中赋钞》后,程先甲著有《赋话》,又有《律赋选》的编辑等,"话"作为一种批评形态,自欧阳修《六一诗话》起,各种批评法则之书依次出现,赋话与诗话、词话等黏着纠缠,至清才独立的一个原因即大量赋集及赋集评点本的出现不能满足科场士子对技法的需求。然而"评点"一般带有文本,是最为直观的一种批评方式,但在学理意义上不如"话"体深刻。

　　为缓和这种矛盾,余丙照的《赋学指南》有道光七年初刻本,仅录唐及清

---

　　①　张伯伟:《中国古代文学批评方法研究》,第302页。

代律赋数篇;后道光二十八年增刻本,于历代赋作均有选录以究渊源,厚根底,拓才思,开眼界。集赋选、赋话、评点于一体,既有选文评点,又有深论。其中卷十一《论炼局》收汉赋(1篇)、六朝赋(8篇)、唐赋(15篇)、宋赋(2篇)、国朝赋(34篇),计赋60篇,分载11卷至16卷,目的为指示初学习赋门径。余丙照于祢衡《鹦鹉赋》尾批:"寓意申情,才思博大,工而能敏,故称杰作。"从立意及情势着眼评其优劣。其他赋论中的评点,则主要为初学指画大意,"旁评指明段落,以醒眉目。引用典实,除整用经句外,概为笺注,均为初学起见"。

反之,在赋集评点本中,评点亦多有对名家赋论的引录,一是利用名人的广告效应以营利,二是对前人之论的推尊和学习。如陈山毓《赋略》正文编次之前,依次有赋略绪言、源流、赋字义、楚辞名义、赋之变、历代、品藻、统论及赋略列传等,引录大量前人赋论。如统论中"论体裁"收录《西京杂记》司马相如作赋条、扬雄读赋条、王世贞作赋之法条、拟骚赋条等,"论讽喻"收录班固、皇甫谧、杨慎等人赋论,表明是编的赋学观。又如王修玉《历朝赋楷》目录前有《论赋十二则》,收录司马相如、扬雄、刘勰、王世贞、祝尧等人赋论,表明其对古赋的推尊。

此外,有些赋话还对赋集评点有大量的因袭,如李调元自言对汤稼堂《律赋衡裁》多有借用,"因于敝箧中见杭郡汤稼堂前辈刻有《律赋衡裁》一书,颇先得我心。……时用纸条摘录其最典丽者各数联,以教之使知法。而又间以稼堂所评骘者,拈出以定其归",林联桂《见星庐赋话》对陆蒌《历朝赋格》因袭亦颇多。如陆蒌将历代赋作分为三格两体,"今既分三格,以为之纲,又分五类,以为之目,而类分之中,仍以朝代为之先后",又云:"古赋之名始乎唐,所以别乎律也,犹之今人以八股制义为时文,以传记词赋为古文也。律赋自元和长庆而来……若由今而论,则律赋亦古文矣,又何古赋之有";林联桂《见星庐赋话》云:"古赋之名始乎唐,所以别乎律也,犹之今人以八股为时文,以传记为古文之意也。然古赋之体有三:一曰文赋体……一曰骚赋体……一曰骈赋体……"二者对古律之赋的划分及赋史发展何其一致! 又陆蒌对赋家才学的要求是:

> 凡工于作赋者,学贵乎博,才贵乎通,运笔贵乎灵,选词贵乎粹……兼此四善,而畅然之气,融会于始终;秩然之法,调御于表里。然必贯之以人

事,合之以时宜,渊闳恺恻,一以风雅为宗。而其旨则衷于六经之正,岂非天地间不朽至文乎?"壮夫不为",是何言也?

林联桂《见星庐赋话》卷一曰:

> 故工于赋者,学贵乎博,才贵乎通,笔贵乎灵,词贵乎粹,而又必畅然之气,动荡于始终;秩然之法,调御于表里。贯之以人事,合之以时宜。渊闳恺恻,一以风、雅、颂为宗,宇宙一大文也。"壮夫不为",岂笃论哉?

除了改换陆菜《历朝赋格》中无关大旨的个别字词外,林联桂将反问句变为肯定句,于文义则毫无变化。而明清赋集评点的编集,无论尊古还是崇律,扬、马所代表的大赋及汉代赋作所体现出来的才、学、词、法等均是绕不过的环节。从这个意义上讲,汉赋评点对赋学批评的贡献又可延伸至律赋评点与赋论中。

第五节　流传:赋集选本与汉赋经典化

汉赋作为一代文学代表论,初成于金、元,成熟于明清,定型于近代。如孔齐《至正直记》引虞集语有"一代之兴,必有一代之绝艺,足称于后世者。汉之文章,唐之律诗,宋之道学,国朝之今乐府"[1],又艾南英《答杨淡云书》谓"汉之赋,唐之诗"[2];至晚清王国维"楚之骚,汉之赋……皆所谓一代之文学,而后世莫能继焉者也"[3],为近代学者广泛接受。在科举考试的推动下,明清时期大量赋总集、赋选集的出现,不仅为广大士子提供了摹写范本,又与一代汉赋代表性与经典化之论的成熟时期不谋而合、异曲同工,两者之间的关捩,值得学界关注。

一、选者与选本:汉赋的选录与批评指向

总集或选本往往直接表明编者的眼光或批评意见。四库馆臣指出,"撰

① 孔齐:《静斋至正直记》,《四库存目丛书》影印清抄本,子部第239册,第253页。
② 艾南英:《答杨淡云书》,《天慵子集》,《四库禁毁书丛刊补编》影印清康熙刻本,第72册,第49页。
③ 王国维:《宋元戏曲史序》,东方出版社1996年版,第1页。

录总集者,或得其性情之所近,或因乎风气之所趋,随所撰录,无不可各成一家。故元结尚古淡,《箧中集》所录皆古淡;令狐楚尚富赡,《御览诗》所录皆富赡;方回生拗,《瀛奎律髓》所录即多生拗之篇;元好问尚高华,《唐诗鼓吹》所录即高华之制。盖求诗于唐,如求材于山海,随取皆给,而所取之当否,则如影随形,各肖其人之学识"①。而明清赋集编选者对汉赋各家的态度亦是褒贬有之,这种好恶亦通过选本表现。

通过选本表明自己的批评观,通常有两种方式:一是选符合自己编选标准的文章;二是删除不符合编选标准的文章。"选本可以借古人的文章,寓自己的意见。博览群籍,采其合于自己意见的为一集,一法也,如《文选》是。择取一书,删其不合于自己意见的为一新书,又一法也,如《唐人万首绝句选》是"②。赋集编选者往往采用第一种形式。在赋集中,编者对汉赋的态度直接影响到汉代赋家的入选数量与位置。如陈山毓所编选《赋略》,收汉代赋家23人38篇,在数量上,又以入选贾谊、相如、扬雄、张衡等几家赋作居多,这与其"夫方出于矩,员出于规,规矩谁者出乎?出于方员也。方员以起矣,得五人焉:曰屈原、宋玉、枚乘、淮南八公、司马长卿。因矩为方,仍规为员,方员亦尽矣。得一人,曰子云。非拟而发,非傍而秀,天下之为方员者,亦匪是出也。得二人焉,曰荀卿、贾谊"③的批评观相符。显然,陈山毓将此数家作为生徒学习之典范。又题为王三余、袁宏道所编《精镌古今丽赋》则以丽则为标准,将《文选》《唐文粹》《宋文苑》等文集中的赋作重新加以择选,入选汉代赋家14人18篇赋作,其中又以司马相如4篇、扬雄2篇、张衡2篇居多,余如枚乘、贾谊、班固等皆1篇。王三余认为,"夫丽岂易至哉?学问在赋中为本色,而赋中亦自有本色学问。……然丽飞经库,腹笥学海,书仓肉谱,总龟柳罗,汉圣不能工。而第以茹家辩博鼓吹者,亦不能工"④,王三余并不否认司马相如"赋圣"的地位,然赋体之丽,非一人之力可得,故广搜博取,借以自重。

又清初陆葇《历朝赋格》和赵维烈《历代赋钞》的编选,陆葇入选汉代赋家

---

① 永瑢等:《四库全书总目》,第 2568 页。
② 鲁迅:《集外集·选本》,人民文学出版社 1998 年版,第 136 页。
③ 陈山毓:《靖质居士文集》,第 619 页。
④ 王三余:《古今丽赋叙》,见袁宏道辑,王三余增补:《精镌古今丽赋》,明崇祯四年刻本。

18 人 23 篇,其中司马相如、班固、马融、扬雄各 2 篇,贾谊、王褒、班婕妤、王延寿、蔡邕、冯衍等皆 1 篇,赵维烈入选 15 人 20 篇。其中相如 3 篇、扬雄 2 篇、张衡 5 篇,贾谊、王褒、班婕妤、班固、马融、蔡邕、王延寿等人各 1 篇。陆氏是编的编纂,是受其友人曹希文、戴贡九相劝,有取历代赋作精华,为清朝润色鸿业之意。"曷若宣其所嗜,悦之同口,取累朝之赋,汇为一书,澄其醨,啜其醇,采其华,厌其实,远之可以尚论古昔,近之可以鼓吹休明"①,赵氏合《文选》《文粹》《文苑英华》《文鉴》《文类》《文征》等历代选本为一体,"兹选始自宋玉,迄于有明,折衷诸家选本,而又旁搜名作合为一集,萃千百年来作者于一堂,宗祖子孙,源流共贯,使读者便于取携焉"②,意在会通源流,正本清源,便于取携,又与其少而嗜古的赋学观一致。

而王修玉《历朝赋楷》对汉赋的选择,主要有司马相如、班婕妤、班固、张衡、祢衡、王粲、边让等 7 人 7 篇。值得指出的是,王修玉明言"二京、三都穷年始能辍翰,灵光、景福竟日岂可挥毫。是集衰葺无多,此类概从简汰"③,因而对司马相如、扬雄、张衡等赋家的一些巨制大篇悉数不录,却将班固《两都赋》破例收入。无独有偶,晚清李元度编选《赋学正鹄》时,对汉赋亦独选班固《两都赋》,并说出根由:"汉赋中独选《两都》者,以班文整雅,而转折提顿,尤极明醒,为便于学者也。……不及荀卿、宋玉、长卿、子云诸作者,以彼皆古文之一体,学者当知其意境,而不必效其体格也"④。可知,随着清代科举取士制度的成熟,士人观赋,要在以赋为文或以赋取功名。观王修玉所选,多为篇幅简短之篇,和李氏大概均为士子科举津筏之虑。

从各家赋集选本来看,尽管编者的编选标准、目的、入选赋家、赋作多有不同,然汉代赋家如司马相如、枚乘、扬雄、班固、张衡、蔡邕、王褒等人的声名日渐凸显,且对明清盛行的八股取士仍有一定的借鉴利用意义。选者通过所选赋家赋作寄寓一己之批评与喜好,在某种程度上成就了汉赋及赋家的地位与

---

① 陆棻:《历朝赋格自序》,第 268 页。
② 赵维烈:《历代赋钞》,康熙二十四年刻本。
③ 王修玉:《历朝赋楷》,《四库全书存目丛书》影印福建图书馆藏清康熙刻本,集部第 404 册,第 3 页。
④ 李元度:《赋学正鹄》卷首。

价值。在晚明以来如火如荼的品评浪潮中,选本以无言的姿态表达着有声的态度。

二、序跋与凡例:汉赋选评的文体学意义

今人骆鸿凯曰:"总集为书,必考镜文章之源流,洞悉体制之正变,而又能举历代之大宗,柬名家之精要,符斯义例,乃称雅裁。"①即总集的编选,须符合考镜文章源流、辨析文体变化、列举历代名家精华等义例,才能称得上好的选本。值得提出的是,选本往往将本书的择文标准、体例、过程、目的及编者的批评观等内容在自序、他序、引、跋或凡例中交代清楚,随着选本的传播,其文体批评观逐渐为读者所接受。而明清赋集序跋、凡例中的批评内容,亦是赋学理论的重要内容。

赋集的编选首要是选文,选文的前提是辨体。综观诗、词、文、赋等选本,或从源至流,或从流溯源,往往内蕴编者的文体观。如陈山毓《赋略序》云:"手自历撰,灵均而降,计若干首。窃尝沿其本源,穷厥枝干,条流梗概,有可敷陈。"②又清代黄爵滋《国朝试赋汇海续编叙》:"溯自荀况《礼》《智》,宋玉《风》《钓》,肇锡名号,蔚为大国。马、扬、班、张,为古文之极轨,谢、鲍、江、庾,乃今律之权舆。玩其变化,必有统宗。……学者素习其文,先辨其体,体有真伪,力有强弱,绝力以穷其奥,精思以荟其华。"③二位选家对赋体源头的看法各执一词,但均有穷流溯源的目的与辨体意识。事实上,荀子作《礼》《知》《云》《蚕》《箴》为赋体先声,屈子作《离骚》亦被称为赋,因此赋体渊源与荀子、屈子及《诗经》三者的关系甚为模糊,是各家争论的焦点问题。又如王修玉与陆葇对赋体及其源头的认识:

> 王修玉《历朝赋楷·选赋九例》:"赋固以楚汉为宗,然《九歌》《九辩》《大招》,自当专附《离骚》,荀卿《成相》,其词不驯,贾生《鹏鸟》,谋篇未当。虽有传作,兹不兼收。"④

---

① 骆鸿凯:《文选学》,第13页。
② 陈山毓:《赋略》卷首。
③ 黄爵滋:《国朝试赋汇海续编叙》,咸丰元年刻本。
④ 王修玉:《历朝赋楷》,第3页。

陆菜《历朝赋格·凡例》:"夫子删诗而楚无风,后数百年屈子乃作《离骚》。《骚》者,诗之变,赋之祖也。后人尊之曰经而效其体者,又未尝不以为赋,更有不名赋而体相合者,说详祝氏《外录》。"①

诗有六义,赋居其一。刘勰论赋之渊源曰:"赋也者,受命于诗人,而拓宇于《楚辞》也。"诗变而为《骚》,向被称为"辞赋之祖"。王修玉、陆菜均持此论。但在赋集篇首位置处理上,王修玉以荀子《成相》等赋,语似俳优,非赋体正宗,一概不录。屈在荀后,故以宋玉《风赋》为首。又明代施重光《赋珍》、清代沈均德《历朝赋钞》、李元春《古律赋要》等均录宋玉不录屈原,认为屈子虽为赋之权舆,宋玉才是最早以赋名篇者。"诗有赋、比、兴之体,诗之变而为赋,即本于此。正则《离骚》,其始变者宋玉,则以赋名矣。"②各家对赋体源头看法不同,在赋集篇首的处理上略算异途同归。此外,陆菜提出楚辞虽不以赋名,但实为赋体。然荀子在《骚》之前。"前乎《骚》而为赋者,荀卿也,独出机杼,数篇如一。若元酒太羹,未离乎素。《风》《钓》诸篇,实从此出。……录《礼》赋一篇,以冠文赋。"③陆菜与上述各家的不同在于屈、荀先后的问题。陆菜既承认屈子之祖的地位,则不应以荀为先。然陆菜虽认为荀在屈前,但荀子数篇如一,对后代赋体的影响极为微薄,因此在《文赋格》人事类录荀子《礼赋》为首,仅指明文赋之源不当在宋代才出现,而在卷首天文类仍以宋玉《风赋》为首。

赋集选本序跋、凡例还带有编选者对赋体功用的看法。受经学观影响,汉人往往从功用的角度看待赋体。如武帝将司马相如、东方朔、枚乘等赋家以俳优处之,赋体则充当娱乐功能。宣帝曰:"辞赋大者与古诗同义,小者辩丽可喜。"④这段对辞赋的评论,可以说极大地提高了赋体的地位,也是对扬雄"雕虫小技,壮夫不为"的有力辩驳。唐代以后,赋以律体的形式再次进入繁荣时期,然对赋体的认识,仍不脱教化之用。如王修玉认为,"文非漫然而成,况复登高能作。兹所录者,大则本源天地,次则颂美帝王,或怀古今之风烈,或纪事

---

① 陆菜:《历朝赋格·凡例》,第274页。
② 李元春:《古律赋要叙》,道光刻本。
③ 陆菜:《历朝赋格·凡例》,第273页。
④ 班固:《汉书》卷六四,第2829页。

物之繁多,都邑山川,禽虫草木,寄愁喻慨,托讽引喻,皆窥作者之心,无悖四始之义"①。在此基础上,对于一些文辞上偏于闺阁、内容上无大雅之音的赋作,舍弃不录。"若夫闺帷之制,亵昵之词,无关大雅,有类淫风,虽长卿《美女》之作,休文《丽人》之篇,词即工妍,概不登选。"②可见,王修玉对赋作内容、风格甚是重视,并不以文人声名大小作为是否入选的考量。同时,陆葇也有力地批评了扬雄对赋体的认知,"赋家之心,包括宇宙,总览人物,斯乃得之于内,不可得而传,相如之言如是,故所为《子虚》大人能使人主读之有凌云之思也,凡工于作赋者,学贵乎博,才贵乎通,运笔贵乎灵……岂非天地间不朽至文乎?壮夫不为是何言也"③。陆氏对赋家之才学、运笔等做了详细论述,可知清人对赋体的功用观上较前人较为重视。

结构长短亦是关乎赋作能否入选的因素之一。明代周履靖认为汉代以后,赋家之作浩如河汉,灿如星辰,不能遍览,"仅纂题雅词玄、句寡意长者七百余篇,名曰《赋海补遗》"④。实际上,赋作篇幅长短不仅是阅读难易问题,还与科举士子应试有关。"相如工迟,枚皋拙速,赋之长短,各有不同。第陪游、侍宴之作,期于骤成,应制、入试之文,要当急就。遍观历朝,惟唐人应制之赋为合,是以登选略多。然而篇章之中完浑者罕。兹集所录,虽限韵之体,必备起讫转合之方,即俳比之辞,务辨谐声叶格之法,作者欲为唐制,似宜取为准绳。"⑤王修玉提出陪游、侍宴之类的赋作,人们期于骤成;应制、入试之文,要当急就。因清代士子科举之用,遍观历朝应制之赋,唯唐赋最符合要求。因此本编所选以唐赋为多。然就结构来看,前后浑成,音韵谐和的唐代赋作才可作为准绳。

此外,各体文学发展至明清时期,往往呈现集大成之势。这种趋势在选本中也有体现。即一部赋集往往是赋体的发展演变史,反映了编选者对赋体在历代发展变化的认知。一般来说,赋体渊源于战国,成熟于两汉,变俳于六朝,

---

① 王修玉:《历朝赋楷》,第3页。
② 王修玉:《历朝赋楷》,第3页。
③ 陆葇:《历朝赋格·凡例》,第275—276页。
④ 周履靖:《赋海补遗自叙》,明万历刻本。
⑤ 王修玉:《历朝赋楷》,第3—4页。

至唐宋以后受到科举考试的影响变化为律赋,至明清而不衰:

　　陈山毓《赋集序》:"大凡赋擅于楚,昌于西京,丛于东都,沿于魏晋,敝于宋,萎苶于齐梁,迨律赋兴而子遗鲜矣。宋俚而元稚,又弗论焉。"①

　　周履靖《赋海补遗自叙》:"余观作赋,始祖风骚,创于荀宋,盛于两汉。迨至魏晋六朝,贾、曹、傅、陆之俦纵横玄圃,司马、江、王之辈驰骋艺苑。浩如河汉,灿若斗星。"②

　　王修玉《历朝赋楷·选赋九例》:"《楚辞》源自《离骚》,汉魏同符古体,此为赋家正格,允宜奉为典型。至于两晋微用俳词,六朝加以四六,已为赋体之变,然音节犹近古人。迨夫三唐应制,限为律赋,四声八韵,专事骈偶,此又赋之再变。宋人以文为赋,其体愈卑,至于明人,复还旧轨。"③

　　概而言之,一部赋集所选赋篇,牵涉到赋体源头、功用、结构、内容、赋体变化史等方面内容。其所选历代赋家赋篇赋作,往往代表了编者对赋体的认识。汉代赋家,即使是名家,也非一概入选。如司马相如被尊为一代"赋圣",其《美人赋》因风格的原因,而未被《历朝赋楷》选入。赋集编选者对赋体穷流溯源的辨析、赋体功用的重视程度、赋篇长短的考量及名家名作的凸显,在其编选体例或序跋中均有明确呈现,是后人解读选本各种内涵的最直观、最重要的线索,亦是对两汉四百年间的赋家赋篇从文体上的清理或褒扬。

三、注释与圈点:汉赋在明清的再解读

　　注书之难,难于上青天,大学问家颜师古注《汉书》、颜延年注阮籍《咏怀诗》都难免为人讥笑。作注时若对人们习见习闻的解释得过于详细,就会被人批评琐碎;而一些奥博难僻之处注释得过于简略,又会被人嘲笑简陋。赋体更是不易注解,如张衡《两京赋》、左思《三都赋》,均是作者积累十年而成的篇章;扬雄奉诏作《甘泉赋》,心思用尽,倦极肠出。且赋家之心,包括天地,囊括古今,非胸罗数千卷,而欲笺释得没有讹误,几乎是不可能的事情。赋集汇历代赋体于一书,不便于初学阅读,各家赋集选本为解决这一难题,对注释及评

---

①　陈山毓:《赋集序》,《靖质居士文集》,第 618 册。
②　周履靖:《赋海补遗自叙》。
③　王修玉:《历朝赋楷》,第 3 页。

点的态度不一而足。

赋集编选者为赋体出注,大多出于两个原因:一是赋体篇幅较长,生僻险难,学者不便诵读;二是一些赋篇题目生僻,初学不解,作注使其明之。如沈德潜《赋汇录要笺略叙》曰:"思《赋汇》繁重,学者不能尽读,因与其及门陈子应雷节录诸赋警要者,博稽而详识之。其所援据,一本经传子史,凡习见习闻者略焉,奥博者详焉。事必探其原,词必究其始,无时下数典忘祖之讥。每篇题下复笺其旨要,简而明,典而核,使读者一览了然,诚作赋者之指南也。"又王之翰云:"康熙中《御定历代赋汇》,正变兼陈,洪纤毕备,洵巨观也。顾全书卷帙繁重,寒畯购置匪易,所录至四千余首之多,题目隐僻者初学或未知所出。"①因此,编选者往往对所选赋作施以注释及评点。

汉赋的注释,一般见于《文选》李善及五臣注。李善注"广释事类,搜讨冥幽,援毛、郑虫鱼之勤,达向、郭筌蹄之表,非惟萧氏之功臣,实亦百家之肴馔"②。后又有吕延祚嫌李善注过于烦琐,乃别撰五臣注。明代选学复兴,出现大量的广、续、删、补等选本。赋集的出现即与选学复兴密切相关。而赋集注释亦多增益删削《文选》而成,或从李善注,或从五臣注,还有自出己意者。如俞王言《辞赋标义序》:"扫旧疏之繁芜,补《纂注》之遗佚。章分句解,要在因文测意,缘语白心,标玄机于藻缋之中,揭天趣于鑿枘之外。"③又赵维烈《历代赋钞·凡例》:"篇中难字未易读者,如《文选》逐字音释,便于通晓,后如《文粹》《文鉴》诸选,俱无音释。今惟取繁者损之,无者益之,或于四声叶韵者则用小圈,字旁以分平上去入,识者辨诸。"④以上各家均是在旧注的基础上增益删削,间或自出己意。

注释的目的是为初学提供便利,还有的编选者觉得古人之注甚是厌烦,于是将注释去掉,或仅于造辞命意处用句读、圈点代之。如潜兆谷《赋苑类选·凡例》:"经、骚而外,辞赋之学为最古,后人引用率本于是,互相攀注,殊觉厌

---

① 王晓岩:《赋汇题注》,光绪庚辰二月刻本。
② 骆鸿凯:《文选学》,第29页。
③ 俞王言:《辞赋标义序》。
④ 赵维烈:《历代赋钞》卷首。

烦,间释切反,以便诵读。"①当然,因时间原因,还有的赋集尚未作注即告杀青。如陆棻《历朝赋格·凡例》云:"是集之初,仅拟选唐赋百篇,后乃推而及于历朝,广而合于各体,故于律赋不无博采,且凤已登枣,然犹去十之三矣,意欲备注释以便揽观。工人亟于告竣,不能少俟,殊有遗憾。"因预想与实际选篇改动较大,又早早开始刊刻,进而尚未做注释便亟须完工,实属遗憾。

注释之外,评点往往亦是选本的题中之义。包括圈点和评论两种形式,其功用是发哲匠之巧心,启童蒙之妙悟,是历代士子科举取士的教科书。如戴纶喆《汉魏六朝赋摘艳谱说》曰:"近时选本以程祥栋《东湖赋钞》、李元度《赋学正鹄》为正宗,程选固更为宏博,而初学津梁又当以李选之批点为足以引人入胜。"②孙濩孙《华国编赋选·凡例》:"古人文,句斟字酌,百炼千锤,评家用圈点,在于点醒眉目,标识肯綮。若概取腴词佳句,则一字一缣,美可胜收耶!兹编凡于点题及每段以一二字为纲领,又如地理、山川、宫殿,名目凡须标出者,用尖圈;其通篇注意结穴、关锁、照应处用连圈;钩连映带、描写刻画处,用连点;段落界画处用横勒,总期阅者豁然心目,不敢滥觞,庶免蒙混。至于节奏之铿锵,气度之冲融,与夫坚光厚响,异彩奇英,是在读者流连讽咏,而得并非评注所能详,又岂丹铅所能尽哉!"③虽然孙氏在赋篇的字、句、段、结穴、关锁、照应等文章的外在形式上花费了较多的心思,却依然认识到文章的节奏、气度、音韵、辞采等内在精神是解说不尽的。

除了对赋体字句、结构、用意等的解说,评点还可以是编者标举、张扬其赋学主张的有效武器。如杨维桢读其同年黄子肃评语,有"惶焉不自胜"之感。李元度《赋学正鹄》的编选评点,寓骈文、赋体、古文、时文等理论于一体,不仅精辟地点出科举赋作的典范要领,亦是李元度在清代绵延 200 多年骈、散论争的时风下以赋选寓骈论、调和骈散、力树文坛骈文正宗的回应④。出于评语的主观性特征,还有的选者为避免这种弊端,不施总评,仅于段落处加以解读,以

---

① 潜兆谷:《赋苑类选》,乾隆三十五年刻本。

② 戴纶喆:《汉魏六朝赋摘艳谱说》,光绪九年刻本。

③ 孙濩孙:《华国编赋选》,清雍正十年刻本。

④ 禹明莲:《李元度〈赋学正鹄〉的编选评点与清代骈散之争》,《学术交流》2015 年第 3 期。

启发读者,也是一种可取的方式。如赵维烈曰:"赋无论长短,每首皆自成结撰,有连篇累牍、反复不尽者,有止数行而其意含蕴无穷者,即以读者之心逆作者之志,亦岂评语所得详尽哉! 兹故不加总评,而惟于段落处略缀细评于旁,以志褒美之意,俾便于览观。"①选者所选,必是其所好之文,评点亦是如此,若以读者之心逆之,则未必如选者言。王芑孙《古赋识小录》、郏抡才《古小赋钞》等选本更是仅于句读之处圈点而已。因此,注释的增删、有无,圈点评语的用意安排,都为读者提供了编者的赋学批评观,是汉赋在明末清初的再解读。

四、批评与传播:成就汉赋经典的双刃剑

选本或总集的产生,其最初目的是便于读者阅览、学习。因此在某种意义上便促进了文章的传播。"总集者,以建安之后,辞赋转繁,众家之集,日以滋广。晋代挚虞,苦览者之劳倦,于是采摘孔翠,芟剪繁芜。"后来诸多选本或总集的出现,虽有诸多别解,但其对文本的传播价值始终是不可埋没的。如明代周履靖《赋海补遗》的编纂,"是编也,其搜葺之勤与类聚之巧,要有不可泯者。没人之于大海,珊瑚明月与惝恍光怪之物,兼收并蓄,总之皆宇宙之奇观云尔。题曰《赋海补遗》,并为叙而存之,以俟后世之有扬子云者,而登高能赋之君子,亦有所取资焉。"②周氏花费大量的力气心思对历代赋作进行搜辑编类,意为后人便于取用。此种目的本身,便是对所选赋家赋作的一种肯定。又清初王修玉《历朝赋楷》的成书,"《赋楷》何为而选也? 王子之意,盖将以笙簧艺林,鼓吹典籍,而一归于中正平和也"③,虽与康熙盛世不无关联,依旧可看出编者对所选赋作的喜爱与宣扬之意。

因此,文章的传播,选集或总集功不可没。《诗经》开中国选本批评的先河,清代江藩《经解入门》曰:"古诗本三千余篇,孔子最先删录,既取周诗,上兼商颂,凡三百十一篇,以授子夏,子夏遂作序焉。"④吴兆骞所谓"选在一室,

---

① 赵维烈:《历代赋钞》卷首。
② 周履靖:《赋海补遗叙》。
③ 顾豹文:《历朝赋楷序》,见王修玉:《历朝赋楷》,第 3 页。
④ 江藩:《经解入门》,天津古籍书店 1990 年影印版,第 6 页。

而风行乎十五国；选在一日，而观感夫千百年"①，可见选本的力量。徐增曾言："世之不能自见者，因我之选而有以自见焉；世之能自见者，因我之选而愈有以自见。"②今人鲁迅亦有一段话甚是有力：

> 凡选本，往往能比所选各家的全集或选家自己的文集更流行，更有作用。册数不多，而包罗诸作，固然也是一种原因，但还在近则由选者的名位，远则凭古人之威灵，读者想从一个有名的选家，窥见许多有名作家的作品。所以自汉至梁的作家的文集，并残本也仅存十余家，《昭明太子集》只剩一点辑本了，而《文选》却在的。读《古文辞类纂》者多，读《惜抱轩全集》的却少（《昭明太子集》原本二十卷，久已散佚，今存明代叶绍泰辑刊的六卷本，系由类书掇拾而成。又另有明刊五卷本一种）。③

综观自汉至梁文人文集，现存已是不多，然昭明太子所辑《文选》历久不衰，今又有集注集评本、海外本等百余种版本存世。然萧统本人的《昭明太子集》却仅剩辑本。又姚鼐《古文辞类纂》作为代表桐城派散文的一部选本，该书是"近代家传户诵之书"，吴汝纶称为选集中"古文第一善本"，被朱自清赞誉为集中了"二千年高文"，"成为古文的典范"。桐城后期弟子马其昶称誉该书"鉴别精、析类严而品藻当"。同样姚鼐的文集《惜抱轩文集》却知之不多。可以看出，优秀的选本对文章的巨大影响力。即"评选的本子，影响于后来的文章的力量是不小的，恐怕还远在名家的专集之上"④。明末清初诸多赋集选本对汉赋的青睐，无疑对汉赋的传播与经典化起到了重要的助推作用。

赋集编选者为了提高声誉，打开市场，甚至会借助名家盛名，提高选本的知名度。如题名王三余《古今丽赋叙》云："石公先生向有《骚赋选》，脍炙海内。顷余习静湖、圣湖上，与二三友人扬榷今曩。得是集读之，因为增订而布之同志，更以丽名，不敢为中郎帐中秘也。"⑤翻检袁宏道全集，不见其有曾编

① 丁灏：《诗承初集序》，见谢正光、佘汝丰编：《清初人选清初诗汇考》，南京大学出版社2008年版，第278页。
② 徐增：《元气集序》，载《元气集》卷首，清康熙刻本。
③ 鲁迅：《集外集·选本》，第136页。
④ 鲁迅：《集外集·选本》，第137页。
⑤ 王三余：《古今丽赋叙》，载袁宏道辑、王三余增补：《精镌古今丽赋》。

过《骚赋选》之说,王三余为了能够取信士子,不仅将其赋选称为袁氏所编《骚赋选》的增订版,连题名也盗用袁宏道。编选者还会借助帝王、时文名家等的权势声名,如王修玉《历朝赋楷》卷首录圣祖仁皇帝御制《阙里桧赋》《竹赋》二篇,次为御试叶方蔼、彭孙遹、汪霦、徐乾学四赋,均不入卷数。王氏自言:"御制《桧》《竹》二赋,冠古迈今,天下咸思诵读,但以至尊之文,不敢入集,特成一编,流布宇内,至于御试诸赋,鸿章甚多,未获全览,仅录所见。"上有所好,下必甚焉。借康熙御试威名,一方面逢迎君上,希望得到当局的肯定;另一方面大大提高了士子购买、阅读是编的可能性。因此,同为明遗民且同年编订了《历朝赋格》的陆葇,就显得不若王氏媚上而受到四库馆臣的批评:"骚赋之引则为骚赋一篇,骈赋之引即为骈赋一篇,殊为纤仄,古无是例也。"

　　汉赋在明末清初赖选家选本及注释评点,得到很大程度的传播与接受。其反面则是因选家的眼光、取舍不当所导致的掩盖真相。如顾豹文《历朝赋楷序》道出操选者之难:"西京以来,作者林立,然矜鸿博者,工于靡曼而无补箴规;饰空疏者,卑其体裁而堕其榛棘,则作之之难,自昭明以赋冠诗文之首而为代选者宗之。然《英华》《赋苑》繁而未精,《唐粹》《宋鉴》《元类》诸书,略而未备,而且嗜奇者以奥异为宗,矫枉者以旁趋是尚,则选之之难,由此而前贤之文纷纭汗漫,罔所指归。欲其斥繁声而奏云门,披泥沙而擢环璐,岂易易也"①。各家选文标准、宗尚不同,很难照顾周详。王修玉自言:"昭明《文选》诸赋皆佳,《文苑英华》无篇不备,第诵读以求简练,著述贵给风檐。……如有博雅君子,仍当广习前书。"②王氏以简练为要,选取符合其标准的赋作,但对《文选》《文苑英华》等选本给予极大的肯定。尽管如此,因对唐之前赋篇的择取过于简略,陆葇受到时人的批评。"或訾余是选前严而后恕,毋乃偏乎?此未知余者也。按古《艺文》《经籍志》,作赋之家,或仅存其目而无其文,或仅存其名并失其目。追叹遗逸,如沉夜光,不可一睹。由唐以前选本既多,不忧复灭,唐后作者如林,流传已少,精力有限,难于泛观。若不亟为收录,恐遂佚而无闻,故略于前详于后,岂有所偏于其际乎?然宋元文集抄览未竟,殊可慨

---

① 顾豹文:《历朝赋楷序》,《历朝赋楷》,第3页。
② 王修玉:《历朝赋楷》,第3页。

也"①。陆葇出于保护唐代之后赋篇之意,略于前而详于后,遗憾的是对宋元文集所收录赋作并未全部抄览,但仍使不少赋篇得以完整保存。从汉历唐至明清时期,两汉四百年的历史风云已是久经淘汰,抹杀作者真相的可能性便小了许多。总体上看,明末清初赋集对汉代赋家及赋篇的选择是较为符合事实的。

---

① 陆葇:《历朝赋格·凡例》,第276—277页。

第四章　选学与汉赋评点

明代评点之风盛行,尤其是万历以后,各体文学评点进入高度繁荣时期。以宋元之际方回《文选颜鲍谢诗评》、元末明初刘履《选诗补注》为发端,在科举考试和文人复古的助推下,《文选》评点亦成为选学复兴浪潮的热点,并伴随广、续、补遗、增订、删改、音注、摘词等活动。流风所至,延及赋学批评领域,甚至在异域产生回响。因此,明清两代轰轰烈烈的《文选》评点所包蕴的汉赋评点特色颇值得关注。

第一节　《文选》评点与时文章法

孙鑛与何焯堪称明清《文选》评点史上的双璧。二人对汉赋的评点均以文法论为宗,广泛论及赋作立意主旨、造语下字、修辞风格等创作特征,并与古文、诗画等理论贯通融合。孙、何学问赅博,并不囿于八股文苑,孙鑛以秦汉三代文为宗,赋学与古文批评交通阡陌,各呈其是;何焯以程、朱增益识见,以考据引领治学风尚。二人均深受下层文士及书坊的赞誉及青睐,却不为文坛巨匠或官方所认可。

一、孙鑛、何焯及其评点学

一般来说,评点兴起自南宋,盛于明末清初,是我国古代文学批评的一种独特表现方式。由于形成时间较晚,吸收的因素较为复杂。吴承学认为主要有古代的经学、训诂句读之学、诗文选本注本、诗话等形式的综合影响①。张

---

① 吴承学:《评点之兴——文学评点的形成和南宋的诗文评点》。

伯伟先生提出:"章句提供了符号和格式的借鉴,前人论文的演变决定了评点的重心,科举激发了评点的产生,评唱树立了写作的样板①。"然评点的主观性又决定了其与评点者的密切关系,即评点者本人的学养及批评观关乎评点的方式、内容等的优劣,甚至影响到一代文风。

明末孙鑛与清初何焯均学问赅博,著述宏富且用力评点尤多。孙鑛,字文融,号月峰。万历甲戌会试第一,官至南京兵部尚书。著作有《居业次编》5卷、《书画跋跋》6卷等,今清华大学图书馆藏《姚江孙月峰先生全集》12卷,清嘉庆刊本。据《四库全书存目丛书》经部《孙月峰先生批评礼记》卷首所附《孙月峰评书目录》,经其评点的古籍有 43 种,如《诗经》《礼记》《左传》《国语》《国策》《史记》《汉书》《六子》《文选》《古文四体》《李太白诗》等涵盖经、史、子、集诸多门类②。然此统计并非全部,另孙鑛还评点有《楚辞》《无能子》《文子》《春秋繁露》《刘子》《古今翰苑琼琚》《排律辨体》《西厢记》等均未被列入。何焯终身不辍读书治学,遗籍充栋,惜殁后散佚。见于著录的有《义门先生集》12卷、《义门题跋》1卷、《庚子消夏记》校证 1卷、《分类字锦》64卷以及《困学纪闻笺》等。其子云龙、从子堂与高足沈彤等衷其点校诸书之语,为《义门读书记》6卷,包括《春秋》三传、两《汉书》及《三国志》6种。后经其门人蒋维钧益为搜辑,三易寒暑,将原书扩至 18 种 58 卷。

孙鑛与何焯的汉赋评点主要见于《文选》及《史记》、两《汉书》等的评点中。二人以评点《文选》成就最高、声名最著、影响最大,堪称《文选》评点史上的双璧。孙鑛评点《文选》见于闵齐华《文选瀹注》、于光华《文选集评》、民国上海大达书店版《孙评文选》等,何焯的《文选》评点主要见于《义门读书记》及于光华《文选集评》。《孙评文选》正文与注取自胡克家刻《文选》,其评语名为孙评,而所录实多有清代何焯等人的评语掺杂其间;于光华《文选集评》乃全录《文选瀹注》一书之孙鑛评语。据赵俊玲研究,有两点须明,一是《文选集评》中孙鑛评语比明天启二年(1622)的《文选瀹注》少 300 多条。另外还有节引及不标出处的条目。二是《文选集评》中何焯"初次评本"的评语,其实是

---

① 张伯伟:《中国古代文学批评方法研究》,第 595 页。
② 孙鑛:《孙月峰先生批评礼记》,《四库存目丛书》据苏州市图书馆藏明末天益山刻本影印,第 150 册,第 213 页。

何氏同时代人俞焻所为。又二人评点史书中所录汉赋,与《文选》赋类的批点
有所重复,然亦互为补充,各有侧重。如何焯《汉书·扬雄传》所录《甘泉赋》
"孝成帝时,客有荐雄文似相如者至奏《甘泉赋》以风"句批曰:"客谓王音。据
《文选》注,此客字指蜀人杨庄,但雄所《与刘歆书》疑非真耳。按《成帝纪》永
始二年春正月,王音薨,三年冬十月,皇太后诏有司复甘泉泰畤、汾阴后土诸
祠。则雄虽尝为音门下小史,及荐之待诏,又别一人,故自序曰客赞误。"又
《文选·甘泉赋》批曰:"须看《汉书》中自叙,方知铺陈处皆讽谏也。"孙月峰
评《史记》《汉书》与《文选》评点虽重合处甚多,然亦相互补充发明,如《文选
瀹注·子虚赋》眉批:"规模亦自《高唐》《七发》诸篇来,然彼乃造端,此则极
思。"评《史记·司马相如列传》所载《子虚赋》:"□比《高唐赋》,条理较分明,
前半如棋盘,以五方为目,后半如下棋,以走飞水为目。虽云铺张,却正以简
妙,其叙景物,皆略点即止。故脉贯而节促,读之,乃更有不尽之味。"遗憾的
是史书所载赋篇较少,然吉光片羽,聊胜于无。本书以明末天益山刻本《孙月
峰批评汉书》、明崇祯本《孙月峰批评史记》、明天启二年闵齐华《文选瀹注》
《文选集评》及何焯《义门读书记》中史汉及《文选》赋类评点为主要参照
对象。

二、文法论:赋作章法与古文、诗学观

　　孙鑛、何焯评点汉赋均以文法论为宗。从狭义论,"文法"即文章学,指古
文、时文的文法研究。广义而言,"文章学"应指一切研究"文章"(包括古文、
骈文)的学问,如文章理论、文章批评、文章作法等①。古代早期的论文著作如
西晋挚虞《文章流别论》、东晋李充《翰林论》、梁任昉《文章缘起》等今均残
逸,现存最早的论"文"专著当推刘勰《文心雕龙》,其《神思》至《隐秀》15 篇是
对创作过程的见解和创作的要求,也包括一些关于文章作法的意见。至唐代
出现独立的文章学著作《赋谱》孤梅独秀,因此有学者将文章学的成熟或正式
成立定在宋代或南宋以后。② 宋代的文章学在尚用的基础之上,几乎涵盖了

---

　　① 祝尚书:《论宋元时期的文章学》,《宋代文学探讨集》,大象出版社 2007 年版,第
228 页。
　　② 祝尚书:《关于文章学研究的几点思考》,《社会科学战线》2013 年第 1 期。

文章的所有领域,"可以说,诸如文道论、文气论、文体论、文境论、文法论、鉴赏论等文章学领域,都已纳入宋人的研究视野"①。以评点看,自南宋吕祖谦《古文关键》至清姚鼐《古文辞类纂》,评点家研究古文、时文文法便成为一股潮流,走向狭义文章学一途,其范围和意义则由科举而后超越科举,成为一种独特的批评形式。

宋代特别是南宋以后,文章学论著由文话、文论扩大到选本评点、学术笔记等,大多包蕴赋体。选集类如楼昉《崇古文诀》,学术笔记类如洪迈《容斋随笔》16卷、吴子良《荆溪林下偶谈》、黄震《黄氏日钞》等均有论赋之语。由创作的实际情况看,"文章"以古文为主体,又包含了赋、骈文以及铭、赞、偈、颂等诗歌以外的韵文作品,而文章学则是以此为中心所进行的理论探讨。② 孙鑛以选本评点为主,何焯《义门读书记》为再整理之作,以评点出之笔记形式,二人在评点中始终以文章创作为核心,不仅是对宋代以来文章学理论的继承,并且在明清时风下呈现出新貌。其中赋体与诗、文、书、画等理论的贯通与分离不仅标志评点方式日渐成熟定型,于赋学内涵揭示亦是良多。

其一,源流高下与汉赋承袭。朱子论文曰:"古人作文作诗,多是模仿前人而作之。"摹拟是推动文学向前发展的方式之一。由于题材的相似,敷陈、夸饰技法的统一,结构的板重等因素,早在汉代扬雄就树立起辞赋模拟创作的路径。本传载:"先是时,蜀有司马相如,作赋甚弘丽温雅,雄心壮之,每作赋,常拟之以为式",赋体摹拟与汉赋作家强烈的侍从意识、对成功赋作的盲目崇拜心理、汉代经学的陈陈相因思维模式和对诗骚美刺叙志文学传统的全盘接受等多种文化因素相关③。在批评理论上亦是绕不开的一环。故对文本源流高下优劣之比较是何焯与孙鑛评点的要义之一:

> 孙鑛《西都赋》首段眉批:"祖《子虚》《上林》,少加充拓。比之子云,精刻少逊。然骨法道紧,犹有古朴气,局段自高。后来平子、太冲,虽竞出

---

① 尚永亮、慈波:《宋代:中国文章学的成立》,《中国古代文章学的成立与展开——中国古代文章学论集》,复旦大学出版社2011年版,第147页。

② 尚永亮、慈波:《宋代:中国文章学的成立》,《中国古代文章学的成立与展开》,第141页。

③ 龙文玲:《模拟与超越——从汉赋看文体嬗变的规律》,《广西社会科学》2001年第3期。

工丽,恐无此笔力。"

孙鑛《西京赋》首段眉批:"孟坚《两都》正行,平子复构此,明是欲出其上。逐句琢磨,逐节锻炼,比孟坚较深沉,是子云一派格调。"

何焯评《长杨赋》:"《羽猎》拟《上林》,《长杨》拟《难蜀父老》。子云本祖述相如,其奇则相如所不能笼罩,丽处似天才不逮也。"

何焯评《幽通赋》:"此文不减贾谊、杨雄。"

关于马、扬、班、张四大家及其赋作间关系,历来论述较多,孙、何二人不是对赋作的简单比较,而是指出各自优劣的具体特征,如孙鑛谓班固《西都赋》祖司马相如《子虚》《上林》,不如扬雄笔法精细,然胜在古朴;何焯谓扬雄虽摹拟司马相如,然又以奇、丽胜出。除去风格的比较外,何焯比孙鑛走得更远,不仅有赏评,还对拟篇真伪、优劣加以考证。如何焯评《长门赋》:"此文乃后人所拟,非相如作。其词细丽,盖平子之流也。"评张衡《西京赋》"虞人掌焉至载猰猲獢"句:"亡友程湘蘅云,赋京都而独于游猎处太详,其体皆自《子虚》《上林》来。较之立言之体,要为无当。不免承袭之陋耳。班赋亦然,然笔力壮伟,殆不觉也。三都则弥甚矣。按,上赋其静,此赋其动。农隙讲武,既自三代以来。汉承秦后,车邻驷铁,田狩园囿是先,异乎承袭无当也。"《长门赋》所载与史料龃龉,何焯断为伪作;并提出《西京赋》以京都体裁承袭《子虚》《上林》描写畋猎并无不当,与其友程湘蘅看法相异。

其二,文本立意与汉代赋用观。评点通作者之意,开览者之心。对文本创作主旨或目的、背景的解读是评点活动的主要方面。汉人对赋的认识最早从赋用观展开批评,如司马迁云:"相如虽多虚辞滥说,然其要归引之节俭,此与《诗》之风谏何异"[1],又曰:"《子虚》之事,《大人》赋说,靡丽多夸,然其指风谏,归于无为"[2]。赋者,古诗之流也。诗为赋源,赋用诗义。二者并分二途的同时意义牵缠,中国古代长达千年的赋学批评便被诗教传统所笼罩。缘于经学立场的教化作用,继而扬雄、班固等将对汉赋"讽谏"之用的重视推至顶峰,并成为历代评判赋作主旨的标准之一。孙鑛则从赏析出发,多对汉赋语言、韵

[1]　司马迁:《史记》卷一一七,中华书局1959年版,第3073页。
[2]　司马迁:《史记》卷一三〇,第3317页。

味、章法节奏等做评析,不似何焯刻意强调赋作的讽谏之旨:

> 孙鑛评《两都赋序》:"序文语极淡,然绝有真味。调极平,然绝有雅致。但即眼前铺叙,更不钩深,却自无不尽。节奏最浑妙,舒徐典润,有自然之顿挫。盖蕴藉深,故气度闲。后世所谓庙堂冠冕皆从之出。"

> 何焯评《两都赋序》:"此赋盖因杜笃论都而作。笃谓存不忘亡,安不忘危。虽有仁义,犹设城池。盖以都洛,尚非永图。特以葭萌不柔,未遑论都。国家不忘西都也。故特作后赋,折以法度。前赋兼戒后王,勿效西京末造之侈。又包平子《两京》之旨也。"

当然,孙鑛对赋旨亦有所揭示,如评王粲《登楼赋》:"旨在怀归,被吐胸臆,有屈宋之致,第嫌太明白耳。"评《游天台山赋》:"旨在求仙。"孙鑛对赋作的讽谏功用并非不察,其对汉赋"劝百讽一"观并不赞同。他认为赋中铺陈处皆为讽,目的在于使天子自悟。如《上林赋》"独不闻天子之上林乎"句批曰:"如此立论,然则天子亦何以侈夸,夸者皆虚词,正是故为不可通无理之说,以见游猎之无益,的然是讽,何得云劝百而讽一。"[1]何焯则较偏向对赋中讽谏手法的具体阐释,如何焯于《上林赋》"天子茫然而思至遂往而不返"句批曰:"使之自悟,故云谲谏。"《西京赋》"徒以地沃野丰"至"声烈弥茂"批曰:"讽刺即在铺扬之内。"何焯仕途偃蹇,潦倒场屋,直到 41 岁时,经其师直隶巡抚李光地荐举入值南书房,一年后奉旨为皇八子侍读学士,其对赋体讽谏的重视与康熙帝"赋为六义之一"的教化功用观相契合。

其三,语词考辨与诗文理论。东坡有言曰:"诗赋以一字见工拙。"[2]因敷陈之须,"辞宗"司马相如"文丽用寡",刘彦和谓:"夫夸张声貌,则汉初已极,自兹厥后,循环相因;虽轩翥出辙,而终入笼内。"辞赋创作似乎已山穷水尽,无语可用。彦和又云:"设文之体有常,变文之数无方"[3],除去新造字及穷幽极远,搜取险僻瑰怪一途外,词句间的貌异意同即通变亦是赋家常用手法,如贾谊《旱云赋》:"农夫垂拱而无事兮,释其耰锄而下涕。"浦铣谓"垂拱"犹"袖手"云尔。孙鑛在评点时,还引入江西诗派批评术语对赋家词句间的祖述步

---

① 孙鑛:《孙月峰批评史记》,明刻本。
② 孙奕:《履斋示儿编》卷九,元刘氏学礼堂刻本。
③ 范文澜:《文心雕龙注》,人民文学出版社 1962 年版,第 519 页。

趋加以论析,何焯则较多关注文字的辨伪、释义等问题。

孙鑛评张衡《东京赋》"慕天乙之弛罟,因教祝以怀民。仪姬伯之渭阳,失熊罴而获人"句:"大凡文字贵新,如此二事,若云殷汤、周文则嫌眼界太熟。今用天乙、姬伯字,虽不为新,然去腐斯远,在赋中自是合格语。"

孙鑛评扬雄《长杨赋》:"是仿《难蜀父老》,不惟堂构相同,至中间遣词琢句,亦无不则其步趋,祖其音节,可谓形神俱是。然命意却又自不同,此所谓脱胎法。"

何焯评《西都赋》"隋侯明月":"宋本作随为是,《史记》虽本有隋字,但此处宋本及《后汉书》皆作随,不独隋文帝始去是也。"

何焯评《西京赋》薛综注:"此注谓出于薛综,疑其假托。综是赤乌六年卒,安得见王肃《易》注而引用之耶,综传有述二京解之语,恐亦不谓此赋也。又孙叔然始造反切,未必遂行于吴。"

可以说,诗、赋没有明显的界限,袁枚《随园诗话》曰:"时文之学,有害于诗;而暗中消息,又有一贯之理。余案头置某公诗一册,其人负重名。郭运青侍讲来,读之,引手横截于五七字之间,曰:'诗虽工,气脉不贯。其人殆不能时文者耶?'余曰:'是也。'"①诗、赋格法是古文评点的早期参照模式,至北宋后期,江西诗派黄庭坚提出"点铁成金""脱胎换骨"等诗法理论并打通诗文界限,对古文评点影响甚深②孙鑛评点中对赋作结构、遣词琢句及神韵音节等锤炼与模拟的批评,即诗法所谓"脱胎法",何焯则偏向考据一途,不仅对《史记》《汉书》《后汉书》《文选》等所载赋作文本一一校勘,对《汉书》颜师古注、《文选》旧注及他人评点乖谬处亦考辨精审,如李善注称《西京赋》有薛综旧注,何焯根据薛综生卒年及反切出现时间推论,认为薛综注并不可靠,"疑"字堪称下笔谨慎,既是对明末郭正域《选赋》以来以考证为评点的继承,又代表清代考据派《文选》评点的最高成就。

其四,文章风格与书画理论。托名葛洪《西京杂记》载司马相如论作赋:

① 袁枚:《随园诗话》卷六,第 197 页。
② 详见祝尚书:《南宋古文评点缘起发覆——兼论古文评点的文章学意义》,《四川大学学报》2005 年第 4 期。

"合綦组以成文,列锦绣而为质。"①说明赋作绚丽犹似雕画,明代王世贞进一步谓:"其变幻之极,如沧溟开晦;绚烂之至,如霞锦照灼。"②然诗与绘画的关系人尽知之,赋与画的关系学界却关注甚少。从批评理论上看,孙鑛有《诗画跋跋》6卷,《四库全书总目提要》曰:"鑛以制义名一时,亦不以书画传,然所论则时有精理,与世贞长短正同,亦赏鉴家所当取证者矣。"③何焯亦有《义门题跋》6卷,对书法造诣颇深,《清史稿·艺术二》曰:"自明、清之际,工书者,河北以王铎、傅山为冠,继则江左王鸿绪、姜宸英、何焯、汪士鋐、张照等,接踵而起,多见他传。大抵渊源出于明文徵明、董其昌两家,鸿绪、照为董氏嫡派,焯及澍则于文氏为近。"文氏书法被称为"明人第一",何焯承之而"工楷法,手所校书,人争传宝",因此,孙鑛、何焯二人精湛的艺术鉴赏亦时时体现在赋评中:

> 孙鑛《西京赋》首段眉批:"大凡四面叙地势,法类多堆而极。此独错落圆活,音节铿锵,长短虚实相应,更句锤字炼,铸成苍翠之色。真是千金万宝,孟坚所不及。"

> 孙鑛《归田赋》眉批:"笔气固自苍然,第聊且点注,无深味浓色,殊觉寂寥。"

> 何焯《东都赋》"往者王莽作逆"至"乃致命乎圣皇"句批曰:"气质雄健。"

> 何焯《西京赋》"匪唯玩好"至"实侯实储"句批曰:"带叙小说,疏密相间,顿挫即具其中。"

孙鑛在评点中不仅将腴、浓、淡、苍翠、点注等绘画术语用于具体作赋笔法,还上升至以画品论赋品的鉴赏层面,是其对中国赋学批评的贡献。如评《甘泉赋》:"大约是规模《大人赋》,然只是语意色态间仿佛似之,至立格却不同。"评《东征赋》曰:"是《北征》余韵,于古淡中见丰度。"此外,赋作与书法创作亦相通,何焯即尤喜有雄健、奇丽、遒壮之风的赋作,如为扬雄翻案,"其奇

---

① 葛洪:《西京杂记》卷二,第12页。
② 王世贞著,罗中鼎校注:《艺苑卮言校注》,第5页。
③ 永瑢等:《四库全书总目》卷一一三,第1497页。

则相如所不能笼罩,丽处似天才不逮也",又称潘岳《西征赋》"笔力遒壮,不累于繁酿",从孙鑛的鉴赏论变为对凌云健笔的赞赏。

由于南宋以来评点是科举考试程式化的产物,必须迎合考官口味,评点派的文章学理论诸如作家修养论、文章学的认题、立意论、文章结构论、文章行文论、文章修辞论、文章用事、引证论等多方面内容虽有不同程度的显露,但又有很大的局限。清初科举取士,承明旧例,首场四书三题,五经各四题,士子各占一经。二场论一道,判五道,诏、诰、表内科一道,三场经史时务策五道。乡、会试同。时给事中龚鼎慈上疏"减时文二篇,于论、表、判外增诗,去策改奏疏"①,帝不允作罢。以此而言,《文选》诸体裁的范本意义与明清选学的复兴不无关系。孙鑛、何焯早年亦钻研举业,均因制义名噪一时,而被人们讥为以时文批点古书。如四库馆臣论《文选瀹注》:"是书以六臣注本删削旧文,分系于各段之下。复采孙鑛评语,列于上格。盖以批点制义之法,施之于古人著作也。"黄侃亦称:"义门论文,不脱起承转合照应点伏之见,盖缘研探八股过深,遂所见无非牛耳。"②评点围绕文本创作各方面展开议论,评点过程与时文章法不免互通,如包世臣曰:"惟其始也,以八比入,其终也,欲摆脱八比气息,卒不易得耳。"③施补华《与吴挚甫书》云:"少时习文,操之太熟。声律、对偶,把笔即来。如油渍衣,涮除不去。"④故孙、何评点中时文与古文创作术语的契合可视为无意之举,然其所蕴含的文章学意义则值得进一步探讨。

三、崇古与宗宋:评点汉赋的视角区别

孙鑛生于嘉靖二十一年(1542),卒于万历四十一年(1613),身历嘉靖、隆庆、万历三朝。此期公安、唐宋派争鸣一时,使弘治、正德以来"宗李、何、王、李者稍衰",孙鑛辑有《今文选》12 卷,录明人之文。所选自罗玘至李维桢凡31 人,并撮其姓氏爵里于卷前,其前七卷称《今文选》,后五卷称《续选》。《自序》称以李梦阳为宗。《明史》称李梦阳"文自西京、诗自中唐而下,一切吐

---

① 赵尔巽等:《清史稿》卷一八〇,第 3148 页。
② 黄侃:《文选平点》,中华书局 2006 年版,第 4 页。
③ 包世臣:《论文·或问》,《艺舟双楫》卷二,上海书店出版社 1994 年版,第 110 页。
④ 施补华:《泽雅堂文集》卷二,《续修四库全书》第 1560 册,第 307 页。

弃",实际上,孙鑛的文学观更向前进之,以三代战国之文为取径对象。其《与李于田论文书》曰:"宋人云,三代无文人,六经无文法。弟则谓惟三代乃有文人,惟六经乃有文法。周尚文,周末文胜,万古文章,总之无过周者。"①又《与吕甥玉绳论诗文书》:"世人皆谈汉文唐诗,王元美亦自谓诗知大历以前,文知西京而上。愚今更欲进之,古诗则建安以前,文则七雄而上。"②故孙鑛在对汉赋的评论中,亦以三代文为衡量标准。

(一)从文法至赋法

李攀龙后,王世贞以才高地望主盟文坛 20 年,对同年进士汪道昆极为称赏甚至将其与李攀龙并举。"文繁而有法者于鳞,简而有法者伯玉",片言褒赏,声价骤起,汪道昆由是声名大起。孙鑛则将李、汪二人文法与赋作的句法、境界等相沟通,如于班固《东都赋》所系五首诗评曰:"四言三首纯用《三百篇》声响,或用全句,或稍点窜,或剽摘一二字凑泊来,意调自高雅,第境界终觉太熟,安仁《籍田颂》似之,即近日于鳞、伯玉秘诀。"孙鑛打通文法、赋法间文体界限,探得二者共有"秘诀",即除在字句上点窜、剽摘古人外,还须在境界上高雅古朴,避熟生新:

《东都赋》首段眉批:"自孟子诚齐人变来,锻炼绝工,绝腴劲。"

《子虚赋》"是何言之过也,足下不远千里,来贶齐国"句眉批:"散文犹存赋意,有咏叹味,又微兼词命,法腴而古圆而劲。"

《东京赋》首段眉批:"此等诘折议论处,态极浓,语绝腴,力最劲,打成一片,可谓百炼精金。玩之久,意趣欲长。古来文字,惟《檀弓》《左氏》有此境,但彼简此烦,能识其所以同斯,是悟彻。"又"其遇民也,若薙氏之芟草,既蕴崇之,又行火焉!慄慄黔首,岂徒蹈高天,蹐厚地而已哉?乃救死于其颈,驱以就役,唯力是视,百姓弗能忍,是用息肩于大汉,而欣戴高祖"句:"古劲中绝顿挫有势,全是左氏变出。"

关于《孟子》《檀弓》等战国之文与汉赋的关系问题,向无定说。一方面汉

---

① 孙鑛:《居业次编》卷三,明万历四十年吕胤筠刻本。
② 孙鑛:《居业次编》卷三。

代赋家引用前代典籍成语是文学创作的普遍规律,另一方面后人多从论辩方式、风格等处作对比。如明人杨慎提出:"战国讽喻之妙,惟司马相如得之,司马《上林》之旨,惟扬子《校猎》得之。"巩本栋师曰:"细案史料,汉赋直接源于战国纵横家的游说进谏之辞。从春秋时期公卿士大夫在特定的政治、外交场合赋《诗》言志,到战国时期士人的隐语讽谏和游说进谏,再到汉初枚乘的《七发》,汉赋的萌发、演进之迹皦然分明。"①均从主旨上笼统地提出战国策士与汉代赋家主旨、讽谏技巧之相似,孙鑛则具体指明《檀弓》《左传》等篇与班固、张衡等赋家在文句、境界间的关联,尤其是顿挫有势,力劲态腴之笔法关联,以具体作法示后学门径,是赋学写作理论的珍贵材料。

赋体非诗非文,亦诗亦文。从创作到批评,赋、诗、文三体牵缠而又分离。早在陆机《文赋》论作文之法,所指"文"即包括"赋"体,萧统《文选序》:"耿介之意既伤,壹郁之怀靡诉。临渊有怀沙之志,吟泽有憔悴之容。骚人之文,自兹而作。"亦将"骚""赋""文"并举。此后以文论赋或言赋论文者不胜枚举,尤其是大量的文话著作均包容赋话,如张谦宜《絸斋论文》、姚鼐《古文辞类纂》、朱宗洛《古文一隅评文》、梁章钜《退庵论文》等。许结师总结说:"具体而言,文论赋又分为两种:一是对文章渊源、体类、作法的评论,如《文赋》《诠赋》及《拟陆机文赋》等;一是对文论命题和著作的批评,如《文以载道赋》《文心雕龙赋》等。"②历代以赋论文或以文论赋的创生与发展,是对古代文学理论的总结,其基础则是赋体本身之结构、描写艺术等特征,可见文法、赋法间并无严格界限。

而高明的赋家往往亦是文章大家。元代刘因提出:"汉而下,其文可学矣。贾谊之壮丽,董仲舒之冲畅,刘向之规格,司马相如之富丽,扬子云之邃险,班孟坚之宏雅。魏而下陵夷至于李唐。"③"壮丽""富丽""邃险""宏雅"之文章风格,用来特指贾谊、司马相如、扬雄、班固之赋亦不为错。无独有偶,陶宗仪亦曰:"赋者,古诗之流也。前极闳侈之规,后归简约之制。故班固《二都》之赋,冠绝千古。前极铺张巨丽,故后必称典谟训诰之作终焉。厥后十数

---

①　巩本栋:《汉赋起源新论》,《学术研究》2010 年第 10 期。
②　详见许结:《历代论文赋的创生与发展》,《文史哲》2005 年第 3 期。
③　刘因:《静修集·续集》卷三《叙学》,文渊阁《四库全书》本,集部第 1198 册,第 687 页。

作者仿而效之。盖诗人之赋必丽以则也。古今文章大家数甚不多见,'六经'不可尚矣。"以班固《两都赋》为例而极称其为文章大家,又说:"战国之文反复善辩,孟轲之条畅,庄周之奇伟,屈原之清深,为大家;西汉之文浑厚典雅,贾谊之雄健,司马之雄放,为大家;三国之文,孔明之二表、建安诸子之数书而已"①。战国孟轲、庄周、屈原为代表,汉则班固、贾谊、司马相如为大家,而三人又是赋家大家,赋、文会通又有区别。汉代优秀赋家往往亦以文章著称。故尽管孙鑛以文章家独独推崇战国周秦之文,其从文法至赋法的具体入微的评论与分析亦不无道理,从此一方面讲,是其对中国赋学创作批评理论的独特贡献。

(二)从崇宋到纠宋

何焯学问淹博,却科场蹭蹬,直至41岁时方入值南书房,第二年,以寒儒赐举人、进士,授编修。本传载"康熙四十一年,直隶巡抚李光地以草泽遗才荐,召入南书房。明年,赐举人,试礼部下第,复赐进士,改庶吉士。仍直南书房,授皇八子读,兼武英殿纂修"②。应该说,何焯对一己际遇是深怀感激的,其《拟古》诗曰:"涧松自亭亭,山苗自离离。苗及三时实,松乃千岁姿。谁愤苗据高,谁惜松处卑。殖苗在松下,生恐复不宜。岁寒松独当,岁改苗又昌。松身渐为龙,松材中明堂。天意自有钟,地势本可忘。苗乎勿乱莠,亦得升秋尝。"一反左思《咏史》所寄寒门不遇之慨。

而康熙对宋学的推崇甚有影响,"太子方幼,上亲教之读书。六岁就傅,令大学士张英、李光地为之师,又命大学士熊赐履授以性理诸书"③,又"康熙四十四年……时上潜心理学,旁阐六艺,御纂朱子全书及周易,折中性理精义诸书,皆命光地校理,日召入便殿覃求探讨",师承渊源及侍读职位,何焯对朱子用心颇多,如《与徐亮直》曰:"《朱子语类》全者最宜看,可以增志气,长识见。《四纂》是示学者以朱子学问门户,并杂学亦有助。馆课之暇,切望时加

---

① 陶宗仪:《南村辍耕录》卷九,明初刻本。
② 赵尔巽等:《清史稿》卷四八四,第13368页。
③ 赵尔巽等:《清史稿》卷二二〇,第9062页。

寻味。"①又《与少章季方书》："向日止读朱子书,不知程子之深粹。其地位殆孔孟之相越,谨以语贤。昆玉倘能同味乎?"②何焯强调朱子之学增识见之用,内含学问正途仍以考据为主,该风尚自明正德、嘉靖年间已滋长,隆庆、万历至清初大受重视。

明人认为评点虽专注于文章义法,而亦有涉议论考据,盖二者与文章义法原一贯,且有必相引发之处③。从《文选》评点上看,杨慎开明代考据学先声,邹思明、孙月峰、郭正域等人在《文选》评点中均有引用移录,万历年间由吴兴凌氏朱墨套印刊刻《选赋》仅取杨慎、郭正域二家评点,基本以考据评点为主。此外,祝允明、王世贞、李贽、胡应麟、焦竑等文人亦均对宋明之学展开批评。钱穆先生认为,明亡后,由于异族政权之高压,政治理想无可展布,学者们因厌恶此政权,而厌恶到政府的考试制度,于是转成为反宋学,反朱子④。马积高谓:"清前期(道光以前)学者对宋明理学的批评可用两句话加以概括,用征实之学批判理学家的空谈性理,用汉以前的儒学(经学)来纠正理学的偏颇。"可知,由反宋至纠宋是清初学人的一大特征所在,何焯汉赋评点中考据占很大成分:

> 何焯评《西都赋》"掘建章而连外属"句:"俞犀月云:'此特以建章言之,以见武、宣之盛。'按,俞说非也,此特言建章。犹后宫特言昭阳,但以眩耀西都曩日所有耳。故下文即言台、言楼、言地以继之,建章是武帝所作,与宣帝无与也。"

王书才将何焯《文选》评点中的校勘训诂归纳为四个方面:一是将《文选》注所引史籍文句与所出原书对勘;二是对于所引经传诸子原文的校勘;三是依据经传史籍知识,校正善注《文选》中所引著作、篇章等名目之讹误或脱字;四是通过上下文对选注中的讹误脱衍进行校勘。⑤ 考据学家讲求征实与宋儒校实工夫极为不同,如孙鑛于《三都赋》序言眉批:"如此持论亦大有理,第吴都

① 何焯:《义门先生集》,清道光三十年姑苏刻本。
② 何焯:《义门先生集》。
③ 王拯:《归方评点史记合笔凡例》,《归方评点史记合笔》卷首,清光绪元年刻本。
④ 钱穆:《中国学术通义》,九州出版社 2012 年版,第 12 页。
⑤ 王书才:《明清文选学述评》,上海古籍出版社 2008 年版,第 139 页。

巨鳌大鹏,魏都迁善闳匼,恐亦属虚,夸要之赋,不厌侈言。扬马之卢橘玉树或有取喻,非纯系漫语,若一一校实,又恐太拘执,乏风人之致,便是赵宋门路。"考据家求历史真实,宋学家穷物之理。考据家实事求是,穷本溯源,宋学家以礼拘执,缺少生意。何焯评点并不全是一己心力,还有对俞犀月、杨慎等人考据之上的再评析。班固《西都赋》盛称建章宫,并非对武、宣盛世之"眩耀",且建章宫作于武帝朝,与宣帝无关。何焯对昭明选编的批评,除对文本语词含义的探求外,还有对原文本的考证、选意的解读、分类的批评等,如评《神女赋》:"张凤翼改定为玉梦,于文义自当,不可因其寡学而并非之。"评《景福殿赋》:"此赋似拟《东都》,亦是讽刺。故不取韦、卞而取平叔。"评《鵩鸟赋》:"此特借鵩鸟以造端,非从而赋之也。昭明类编入鸟兽,何哉?宜与幽通、思玄同编。"多角度、全方位地评析汉赋,开清代赋学创作批评一途,至清末民初仍备受士人推重。何焯评点中考据与析论并存,但是考辨、校勘、训诂等内容实开清代《文选》考据先河,考校方法对后世选学家,如孙志祖、王煦、徐攀凤、于光华等人产生了极大影响,因此,黄侃称何焯为清代《文选》研究中的第一人①。

四、命运与评价

孙鑛与何焯以评点名家,均博极群籍,精于校书,评论该洽,深受文士赞誉及书坊青睐。闵齐华称:"大司马孙月峰先生博览群书,劳而不倦,兹评则其林居时所手裁也。片语之瑜,无不标举,一字之瑕,亦为检摘,诚后学之领袖,修词之指南也。"闵氏对孙鑛评价甚高。何焯藏书处名赉研斋,蓄书数万卷。全祖望云:"志于学,其读书茧丝牛毛,旁推而交通之,必审必核,凡所持论,考之无一语无根据。吴下多书估,公从之访购宋元旧椠及故家抄本,细雠正之,一卷或积数十过,丹黄稠叠。"余仲林云:"义门当世大夫尚韩愈文章,不尚《文选》学,而独加赏好,博考众本,以汲古为善,晚年评定,多所折衷,士论服其该洽。"何焯亦深受时人赞誉。风行所致,书坊甚至盗印以谋巨利,何焯弟子陆锡畴谓:"年来颇有嗜吾师之学者,兼金以购其所阅经史诸本,吴下估人多冒

① 骆鸿凯:《文选学》,第94页。

其迹以求售,于是何氏伪书而人莫之疑。"①可见孙鑛与何焯在明末清初声名鹊起,深受士子欢迎追捧。

下层士人及作坊主所代表的民间盛名,并不为官方或当世文豪所接受。如钱谦益曰:"评骘之滋多也,议论之繁兴也,而尤莫甚越之孙氏、楚之钟氏(钟惺)。孙之评《书》也,于《大禹谟》则讥其渐排矣;其于《诗》也,于《车攻》则讥其'选徒嚣嚣',背于有闻无声矣。尼父之删述,彼将操金椎以击之,又何怪乎于孟坚之史、昭明之《选》,诃斥如蒙童而挥斥如徒隶乎?"②王夫之曰:"孙月峰⋯⋯批点《考工》《檀弓》《公》《穀》,剔出殊异语以为奇峭,使学者目眩而心荧,则所损者大矣。万历中年杜撰娇涩之恶习,未必不缘此而起。"③罪名之大,言辞之烈,令人咂舌。尤其是清四库馆臣对评点的尖锐批评乃至弃除,代表明代官方及上层文人对评点的鄙夷与厌弃。

孙鑛与何焯评点的价值在于对中国文学批评的独特贡献。以汉赋评点为例,其将赋学批评与诗、文理论的沟通与解读,是明清赋学批评的崭新方向,其对汉赋文法与诗文创作的比较解析亦开后世读者无数法门,并不仅仅拘执于以时文创作相比对的批评,如黄侃《文选平点叙》曰:"读《文选》者,必须于《文心雕龙》所说能信受奉行,持观此书,乃有真解。若以后世时文家法律论之,无以异于算春秋历用《杜预长编》,行乡饮仪于晋朝学校,必不合矣。"④至清代方廷珪《文选集成》、于光华《文选集评》均据何义门为蓝本,并全录《瀹注》所载孙月峰评论,今天看来,仍是赋学研究及文选学研究的珍贵文献,可知孙鑛与何焯评点的历史性意义及经久不衰的魅力。

第二节 删改本《文选》的汉赋评点

明代选学复兴,不仅广、续、增订、补遗、删订等选本涌出,如刘节辑《广文

---

① 全祖望:《翰林院编修赠学士长洲何公墓志铭》,《鲒埼亭集》,载《续修四库全书》影印清嘉庆九年刻本,第 1429 册,第 103 页。

② 钱谦益:《牧斋初学集》,上海古籍出版社 1985 年版,第 875 页。

③ 王夫之著,戴鸿森笺注:《姜斋诗话笺注》,上海古籍出版社 2012 年版,第 223 页。

④ 黄侃:《文选平点》,中华书局 2006 年版,第 4 页。

选》、周应治《广广文选》、李梦阳《文选增订》、胡震亨《续文选》、唐尧官《选诗补遗》、张溥《文选删》、王象乾《文选删注》等。还掀起对《文选》改订基础上的评点热潮,影响直至清末。明人好尚评论,并以文字党同伐异,颇受后世诟病。以《四库全书总目》影响最大。"考私家记载,惟宋、明两代为多。盖宋、明人皆好议论,议论异则门户分,门户分则朋党立,朋党立则恩怨结。恩怨既结,得志则排挤于朝廷,不得志则以笔墨相报复。其中是非颠倒,颇亦荧听。"①由为人而及为文,清丁丙《善本书室藏书志》云:"明人好尚评论,是书(《史记题评》)刻有评者,盖昉于此。凌稚隆《评林》实踵其后尘耳"②。张之洞《輶轩语·语学篇》曰:"明人恶习,不惟《史》《汉》,但论其文,即《周礼》、"三传"《孟子》,亦以评点时文之法批之,鄙陋侮经,莫甚于此,切宜痛戒。《史》《汉》之文法、文笔,原当讨究效法,然以后生俗士管见俚语,公然标之简端,大不可也。"③对明人评史、评文均归之"好议论"之罪名,一概否定,大加讨伐斥责,未免过于苛刻。观明人此类删、续、补等行为固多,大多仍尊昭明所辑为"文章师资""艺苑渊海"④,甚且比之"夫子删诗"之功,因此与同时代其他诗文总集或著述的删评所异甚多。笔者不欲为明人翻案,以《文选》赋类着眼,探讨此现象所寓含的赋学批评及明人文学思潮内质。

一、明人删改《文选》概况

以梁昭明所辑《文选》为中心,除去广、续、补遗等新辑本,明人对《文选》的删改大致有两种情况,一是尊重旧本,篇目不变,厘定注释,并断以己意。如张凤翼《文选纂注》12 卷⑤、陈与郊《文选章句》28 卷⑥、闵齐华《文选瀹注》(明天启刻本)、瞿式耜《文选》(明万历二十三年吴近仁刻本)等,第二种情况

---

① 永瑢等:《四库全书总目》,第 611 页。
② 丁丙:《善本书室藏书志》卷六,清光绪刻本。
③ 张之洞撰,范希曾补正:《书目答问》,中华书局 2011 年版,第 663 页。
④ 洪若皋:《昭明文选越裁》,《四库存目丛书》据广西师范大学图书馆藏清康熙名山聚刻本影印,第 287 册,第 679 页。
⑤ 张凤翼:《文选纂注》,《四库存目丛书》据广西师范大学图书馆藏明万历刻本影印,集部第 285 册。
⑥ 陈与郊:《文选章句》,《四库存目丛书》据中国人民大学图书馆藏明万历二十五年刻本影印,集部第 285 册。

是选中之选,对旧本次序、选篇、注释等均重新厘定、改易,较第一种改动程度加剧,但仍旧是文人操作,尚称精良。如邹思明《文选尤》、李淳《选文选》、郭正域《选赋》①等,明代此二类《文选》之编辑、改定,固是为教授初学所设,但多是士人长期研磨、潜心著述所得,非一般轻浮文士所能致,清代四库馆臣则一概否定,如批评陈与郊《文选章句》曰:"较闵齐华、张凤翼诸本差为胜之,然点窜古人,增附己说,究不出明人积习。"称张凤翼《文选纂注》"夫诠释义理,可以融会群言,至于考证旧文,岂可不言依据。言各有当,不得以朱子《集传》《集注》藉口也……文义可寻,未免太自用矣"。又批评闵齐华《文选瀹注》:"是书以六臣注本删削旧文,分系于各段之下。复采孙矿评语列于上格,盖以批点制艺之法施之于古人著作也。"批评邹思明《文选尤》:"其书取《文选》旧本臆为删削。"对此类选本的批评,笼统地归为明人习气或时文习惯,对辑者所寓含的去取标准和批评理论则忽略不谈。

值得提出的是,明代八股取士,在科举的刺激下,产生了由应试而来的著者窜改本,如《文选拔萃》《文选芟》《文选锦字》等。《文选拔萃·叙》云:"于选中取其有资于举业者,若书序表论,以便初学之捷径。"《文选芟·序》称"此通于制义者,聊代儿辈作活计耳"等,此种选本校勘不精,讹误较多。发展至清,逐渐演变为选字集句以便背诵之属,乃下等文人薄技,如《文选诗赋题摘艳》《文选类腋》《文选集腋》等,清人张之洞批评曰:"若坊刻《文选集腋》之属,讹脱璞碎,首尾不具,就之掇拾入文,无益有害。"②另一方面,还有坊刻之窜改。明万历以后,印刷业逐渐发达,书坊间为互相竞争而快速出书,同时为了降低成本,"有意地删改古书,以减少字数。不止是丢字落句,有的整段甚至整个章节均删掉。有的书改头换面,另外起一个新名字,而内容则根据一书而胡乱改,或将其他书的段落章节羼入"③。如明人郎瑛《七修类稿》曰:"我朝太平日久,旧本多出,此大幸也。亦惜为福建书坊所坏。盖闽专以货利为

① 郭正域:《选赋》,明吴兴凌氏凤笙阁刻本。专门就《文选》赋类进行评点,郭氏对赋类篇目并无删削,仅将皇甫谧《三都赋序》调整至左思《三都赋》后,并作按语,"昭明集三都而独不同载,玄晏一序未必无意"。

② 张之洞编撰,范希曾补正,孙文泱增订:《輶轩语·语学篇》,中华书局 2011 年版,第666 页。

③ 韦力:《批校本》,江苏古籍出版社 2003 年版,第8 页。

计,但遇各省所刻好书,闻价高,即便翻刊,卷数目录相同,而于篇中多所减去,使人不知,故一部止货半部之价,人争购之。"①由陆弘祚辑订,明万历克勤斋余碧泉刻本《文选纂注评苑》26 卷②,将赋类全部抹去,评语则过录李梦阳、何景明、王维桢、何孟春、杨慎、吴国伦、唐顺之、李子鳞、汪道昆、王世贞、李攀龙、唐顺之、王慎中等名家言论,即为此类。余如题为郑维岳增补、李光缙评释的《鼎雕增补单篇评释昭明文选》,标名恽绍龙辑评的《文选纂注评林》,所过录评点均不标所出,甚至将注释移易天头假托评点!不唯《文选》,《四库全书总目提要》于李攀龙《古今诗删》曰:"流俗所行,别有攀龙《唐诗选》,攀龙实无是书,乃明末坊贾割取《诗删》中唐诗,加以评注,别立斯名"③。故文人薄行,书商嗜利,此两类删评本才是使《文选》评点蒙受不耻罪名的罪魁祸首。

陈与郊、邹思明等人起而正之,以反彰正,以删正删。如邹思明《文选尤》的编纂,即有感于世人对《文选》的批评删改甚无操行,"訾之者,有病其未尽博,若遗董对刘序之类,有病其未尽精,若收卢橘玉树之类,何见之殊欤?即如注释,驰博者始于李善,继之五臣,惟恐其不足,求精者张则删之,芜且并去之,惟恐其有余。抑何无特操欤"④,陈与郊《文选章句》亦起而欲纠正士风,"时学士狭左国迁固不谈,二氏往往阐析孔孟亦不忌外猎而妄涣五尺之童耻不涉佛书者,不可胜道,有识惧之……世不耐古乐,聊进《激楚》《阳阿》"⑤。当然,在书坊中,也有一些书坊坊主不仅刻书、售书,本人也编书,并且本身亦是有一定学问造诣的读书人。最著名的是吴兴的闵、凌两家。如闵齐华《文选瀹注》书稿"易再三,时更五年,爰命剞劂,求正大方"⑥,后与孙月峰评点合刻本是明清两代声名最著、影响最大的《文选》评本之一。此外,随着明代套印印刷技术的发展,有能力承担这种刻书技术的除闵氏外,还有凌氏。从两色套印发展

---

① 郎瑛:《七修类稿》,中华书局 1959 年版,第 665 页。
② 陆弘祚辑订:《文选纂注评苑》,明万历克勤斋余碧泉刻本。
③ 永瑢等:《四库全书总目》,第 2645 页。
④ 邹思明:《文选尤》,《四库存目丛书》据中央民族大学图书馆藏明天启二年刻三色套印本影印,集部第 286 册,第 395 页。
⑤ 陈与郊:《文选章句》,第 532 页。
⑥ 闵齐华:《文选瀹注》,《四库存目丛书》据广西师范大学图书馆藏明末乌程闵氏刻本影印,集部第 287 册,第 8 页。

到五色甚至七色,闵氏偏重经史,凌氏则更注重子集。① 如凌森美所刻郭正域《选赋》6 卷,后附名人世次爵里 1 卷。即采用朱墨套印技术,装帧精美,校勘亦可称良善,是现存较珍贵的《文选》评本之一。

二、对选篇的删订

自唐代之有选学,即有发难者。如李德裕称其祖父"不于私家置《文选》,盖恶其祖尚浮华,不根艺实"②。苏轼曰:"《文选》编次无法,去取失当。齐梁文字衰陋,萧统尤为卑弱。"③李、苏持论情由,钱谦益解之:"文饶轻《文选》于会昌熟烂之时,子瞻讥《文选》于西昆靡曼之后,皆所谓应病而发药也,使二公者生于今世,睹游谈俗学之弊,必不更作此语。"④萧梁之际,曼声缛响,风扇艺林,昭明偶俪为宗,撷取葩华,当因时风为之,然囊括七代,搜珍翦秒,"犹能导源屈宋,远溯扬班"⑤,又为李德裕、苏东坡所忽略。东坡还讥昭明不取渊明《闲情赋》乃小儿强解事。《闲情》一赋,可见渊明所寓,然昭明不取,亦无损渊明高致。历代论昭明"入选之文有为赝品者""事与人不足录者""道理事理文理俱无者""失于滑稽者""未选之文有宜取者""未选之文从而为之词者"⑥等甚多,可知文人性情既殊,旨趣各异。若执一端为定评,亦颇失实。

作者固难,选者尤难。故"有能褒群作,辨众体,得于大全而无憾者,斯戞戞其难矣"⑦。明人对选篇的删订所面临的依旧主要有两个问题,一是昭明赋类选篇的去取,二是赋与《楚辞》位次的问题。虽曰删改,明人态度仍可称谨慎。如以与昭明选篇完全新变之辑为例,许结师认为"诸家意欲广、续《文选》之'遗',实质是以《选》为标准的一种'选学'的复兴"⑧。又如对《文选》本身的删订,李淳对《文选》删改较大,然称昭明"前无古人,后无来者",可见其视

---

① 赵前:《明本》,江苏古籍出版社 2003 年版,第 69 页。
② 刘昫:《旧唐书》卷一八,第 603 页。
③ 苏轼:《仇池笔记》,华东师范大学出版社 1983 年版,第 203 页。
④ 钱谦益:《文选瀹注序》,见闵齐华:《文选瀹注》,第 3 页。
⑤ 钱季乡:《钱隐叟遗集》,1921 年铅印本。
⑥ 骆鸿凯:《文选学》,第 25 页。
⑦ 马德华:《唐诗品汇序》,见高棅:《唐诗品汇》,上海古籍出版社 1982 年版,第 1 页。
⑧ 许结:《明代的选学与赋论》,《南京师范大学学报》2013 年第 3 期。

《文选》之高。张凤翼亦明确指出昭明"篇下题名以字者十之八,以名者十之二,既无褒贬之义,殊乖协一之体,今惟称帝则不名,余则皆以名而字与爵里系焉,至如《文选》增定之以骚先赋,以无绪有,虽不无所见,特以非昭明本旨,不敢更彼易此"①。故对原书字、名予以统一,但对骚、赋次序问题不敢擅改。

而早在萧统就对《文选》的编次有介绍:"凡次文之体,各以汇聚。诗赋体既不一,又以类分"②。明确指出以体分类的标准,然各体次序并未说明。今人讨论诸多,如刘树清认为"文人文学创作是文学史的中心,昭明赋置诗前是对传统文化心理的认同和总结"③,顾农称"讨论这一类问题并没有多大意义,也永远不会得出一致的意见"④。从文体看,自班固云"赋者,古诗之流也"之后,中国古代赋学批评即被笼罩入彀,萧统《文选序》亦曰:"古诗之体,今则全取赋名。"故倘明人上承祝尧《古赋辨体》"祖骚宗汉"的复古理论,持"《离骚》为词赋之祖"而欲"以骚先赋"的话,那么《诗》体无疑乃汉赋之远祖。即"受命于诗人,拓宇于《楚辞》",如章学诚即持赋体"诗源说"的前提下,"每怪萧梁《文选》,赋冠诗前,绝无义理,而后人竟效法之,为不可解"。故尽管对《文选》大加删削、调整,明人基本还是以昭明为经典样板,未敢轻易变更。对赋总集的编纂评点则大不同,俞王言《辞赋标义序》曰:"昭明之衮钺,诚凛凛千载,乃私心所向往,有不忍并捐者。用增三十余篇。"又因此编为个人所辑总集,俞氏甚至更为前进一步,做出张凤翼提出而未作的改动,即将骚体置于篇首,又如陈山毓《赋略》,卷一至卷四为楚辞,卷五至卷三十四为赋体,亦是如此。选学家直至清代方廷珪《昭明文选集成》以对《离骚》的尤其衷爱方将骚体置于篇首。

在赋类选篇的去取上,明人的好恶别裁则不无用心之处。如李淳《选文选》24卷,《凡例》称"《南都》见轧于《二京》,《景福》谢奇于《文考》,《典引》

---

① 张凤翼:《文选纂注序》,《四库存目丛书》据广西师范大学图书馆藏明万历刻本影印,第285册,第23页。

② 李善注:《文选》,中华书局1977年版,第2页。

③ 刘树清:《传统文化心理的独特表达方式——论〈文选〉次文的丰富意蕴》,《文选学论集》,时代文艺出版社1992年版,第226页。

④ 顾农:《风教与翰藻——萧统的文学趣味与〈文选〉的选文趋向》,时代文艺出版社1992年版,第232页。

效《美新》之罋,《辨亡》拾《过秦》之唾,宁无择乎,《长笛》《洞箫》虽奥博不冗,律以《琴赋》犹愧神光,固不得并收也"①。李淳以"见轧""谢奇""效罋""拾唾"等语"斥纂佞献谀之词,黜效罋学步之谈",以此来反对台阁体平庸萎弱、阿谀粉饰的固定模式,与明代茶陵派李东阳极为相似。二人均为极力反对宦官的正义朝臣。《明一统志》卷一四载:"李淳,太湖人,弘治间进士,刑科给事中。抗直敢言,多所裨益。忤逆瑾下狱重罚。"②武宗嗣位初期,朝中即分化为两大阵营。宦官刘瑾、马永成、谷大用、魏彬、张永、邱聚、高凤、罗祥等"八党"日导帝游戏,以致"奏事渐晚,游戏渐广,经筵日讲直命停止"③;刘健、谢迁、李东阳等托孤老臣则屡屡恳切疏谏不得。遂谋去"八党",连章请诛之,然一夕之间,风云突变,"是夜,八人益急,环泣帝前。帝怒,立收岳等下诏狱,而健等不知,方倚岳内应……顷之,事大变,八人皆宥不问,而瑾掌司礼"④,于是刘健、谢迁是日致仕。李淳抗直激切之性格与李东阳虽有所龃龉,却与李东阳均反对模拟、推崇新奇。故李淳已料到后人不解处,"篇中既无一语可采,乃加删汰,则昭明氏仅同懵聩与不佞加选之意,亦谬刺矣。观者当自得之",至于李淳删削《文选》之旨,其友人阎士选称"李众白复加选焉者何? 成萧子志也"。可知李淳所删,在对抗明代摹拟日盛时风之意前提下,表面仍以成昭明之旨为归。

同样,邹思明《文选尤》,书名为尤,取(《文选》)"既精既博,莫可加矣。莫可加之为尤,殆所谓不拔之拔"⑤意,《文选》优中之优,无以复加之典范也即邹氏所谓"意致委婉,词气渊含,才情奇宕"⑥者。现存篇目看,邹思明对原昭明体类次序依旧,次文类则有较大调整。如赋体删去"耕籍""江海"类赋篇,取《鲁灵光殿赋》《文赋》两篇赋作置于"畋猎"之前,班彪《北征赋》,"纪行"一篇置于"志"类之后,于汉代仅取马、扬、班彪父子、王延寿、王粲等人12篇赋作,减少7篇,于六朝则取"物色""鸟兽"类等9篇,减少17篇,尤不喜潘

---

① 李淳:《选文选》,清华大学图书馆藏明刻二十五年刻本。
② 李贤:《明一统志》,明万历刻本。
③ 张廷玉等:《明史》卷一八一,中华书局1974年版,第4815页。
④ 张廷玉等:《明史》卷一八一,第4817页。
⑤ 邹思明:《文选尤》,第397页。
⑥ 邹思明:《文选尤》,第401页。

岳赋,全部删去。可见其以汉为尊的意识,虽对陆机《文赋》青眼有加,却将陆机、颜延之等人诗作删除甚多。萧统最为推重颜延之,入选其《公宴诗》两首,邹思明不仅全部删除,陆机之诗亦未幸免。"行旅"类二人作品亦全部不录。对于其他文体,大多十取其六,诏辞、上书、设论、连珠等类则全部保留。四库馆臣称其"臆为删削",以此来看,尽管邹思明对文选删改过于草率,其动因为凸显萧统之志,其形式则表露出自己主张。赵俊玲即称其于赋、诗、文三体皆多保留篇幅相对短小、风格轻清流丽,能展现作者才情但与国家军政无关之作①。与邹思明对美丽才情之追求相符。

以二集的删订为例,可以看出明人对总集的增订抑或删改,多数有一定的批评标准和目的,或选或拔,对昭明原选尊重的基础上加以改动并以此表明自己的主张,可见这种改动并非随便臆改。如《选文选》凡例称:"简言选章,先宜辨体,如《王文宪集序》非集序体,《晋纪总论》非史论体……大抵文至六朝,体尚排偶,故主富丽为工,选者乃欲藉是以轨前古。"②将《文选》解为骈偶之作,明显对萧统有所误解,至其对《文选》的再次删改以明萧旨,正是明人自己之旨。至如清初洪若皋《昭明文选越裁》的剪裁及评点,亦是其教授弟子之主张,"学者作赋,当以汉为法"③,又说"建安词不及汉,而声韵不失。晋以下,惟太冲《三都》有汉遗风,余则不及也。至齐梁来,专尚浏亮,而气体不及汉远甚"④。明人对诗歌的删改亦是如此,如李攀龙所编《古今诗删》34卷,其所录历代之诗,每代各自分体,始于古逸,次以汉魏南北朝,次以唐,唐以后继以明,多录同时诸人之作而不及宋元,盖"自李梦阳倡不读唐以后书之说,前后七子率以此论相尚。攀龙是选犹是志也"。然学识所限,谬误自是难免。后人讥讽"评选而以作手自居,当仁不让,擅改臆删,其无知多事之处,诚宜哧鄙"⑤的同时,亦当反观明人批评观之建构。

---

① 赵俊玲:《〈文选〉评点研究》,上海古籍出版社 2013 年版,第 147 页。
② 李淳:《选文选》,清华大学图书馆藏明刻二十五年刻本。
③ 洪若皋:《南沙文集·凡例》,《四库存目丛书》据南京图书馆藏清康熙刻本影印,第 225 册,第 10 页。
④ 洪若皋:《南沙文集·凡例》,第 10 页。
⑤ 钱锺书:《管锥编》,中华书局 1986 年版,第 1069 页。

三、对注释之厘定

选学至唐代始有专门之学,注自李善,继而五臣。李善详于核事,五臣兼之训义,渐而成为两大阵营。唐代杜甫于诗"为古今之总萃,必曰熟精《文选》理,又曰续儿诵《文选》"①,成为明人将《文选》视为经典的有力屏障。又苏子瞻"五臣荒陋"之讥,则成为明人重新删削、厘定之口实。实际上宋代即有《文选》节注本。周密《癸辛杂识》后集"贾廖刊书"条载,贾似道门客廖莹中尝刻《九经》及韩、柳文,云:"又有《三礼节》《左传节》《诸史要略》及建宁所开《文选》诸书,其后又欲开手节《十三经注疏》、姚氏《注战国策》《注坡诗》,皆未及入梓,而国事异矣。"②周氏所谓"开",即开雕刊刻。"节",即节其要,以便流观。从明代文人为自己删改所设的前代依据看,一方面倾向《文选》"理"之重加诠释,另一方面则为便于阅读。

明代对注释之删改可分为三种情况:一种是句下注释,删削李善、折衷五臣,并出以浅近面目,以五臣注为主居多。二是改句下注为章句或段后注释,偏重语词解释,并证以己说。三是仅保留音释或取白文,以夹批为生僻字注音,以期简明。以第一种较为盛行,第二种价值较高。总体上看,明代选学"由传统注本向删述本的转变,反映了精英文化向大众文化的过渡,商业性浓厚"③。先是张凤翼折衷李善、六臣注释,加以厘定,出以己说。此后在书商的操作下,声名大振。对李淳、闵齐华等人产生巨大影响。如《文选瀹注》柯维桢序:"明张凤翼氏始删繁就约,厘为《纂注》,盛行于代,顾其间裁择未精,踳驳时见,吴兴闵赤如先生老于选学,复为《瀹注》一书,综括六臣疏证,伯起名物、义理、诠释无遗。"李淳《选文选》:"六臣笺注向病冗集,张伯起纂其要,厥功伟矣,然文义可会不俟笺训者其众,兹编惟故实既多,仍旧,余各从省。"又如郭正域《选赋》:"余见词坛操觚拟都丽娴雅,动称昭明选赋云:'顾文繁意奥,句裂字缀,每为呫哔所苦。'"郭正域所称"文繁意奥,句裂字缀"乃陈与郊《文选章句》为之章句的最主要原因。

---

① 明代多家《文选》删改本序言均以杜甫、苏轼二人为屏障。如《孙月峰评文选序》等。
② 范志新:《文选版本论稿》,江西人民出版社 2003 年版,第 186 页。
③ 郝幸仔:《论明代〈文选〉删述本的指南性》,《浙江社会科学》2010 年第 10 期。

明代风行之注本,如张凤翼《文选纂注》、闵齐华《文选瀹注》等在对注释的处理上,名物、义理的诠释可谓不遗余力,然均抹去原注出处,以通行易读为标的。故《四库全书总目提要》批评张凤翼《文选纂注》曰:"是书杂采诸家诠释《文选》之说,故曰纂注,然所引多不著所出",又说"夫诠释义理,可以融会群言,至于考证旧文,岂可不言依据"。如《文选纂注》卷一:

《两都赋》:昔成康没而颂声寝,王泽竭而诗不作。

善注:言周道既微,雅颂并废也。《史记》曰:周武王太子诵立是为成王,成王太子钊立是为康王。《毛诗序》曰:颂者,以其成功告于神明者也。《乐稽耀嘉》曰:仁义所生为王。《毛诗序》曰:止乎礼义,先王之泽也。然则作诗禀乎先王之泽,故王泽竭而诗不作。作,兴也。《孟子》曰:王者之迹熄而诗亡。

张注:颂者以其成功告于神明者也,作,兴也。

张凤翼将李善注众多引文一概抹去,只采用了两条《毛诗序》注解,但并未标明出处。李善没有注释的,则折衷五臣之说,增加注解。如"且夫道有夷隆,学有粗密"句,李善无注。张注:夷隆,犹言污隆也。"因时而建德者不以远近易则"句,李善无注。张注:建,立也,言因时立德,不以古今易其法则。张凤翼删削李善及五臣注,简化原注,以便于士子阅读,后为闵齐华《文选瀹注》继承,只是闵氏在形式上采用段后注,与《章句》同,在内容上则本于六臣,与《纂注》相似,"旧本或一二语或三四语即以注释嵌其下,零星割裂,殊不成章,今则文之长者,寻其段落,离析之,随以注附于各段之下,其短者及诸诗俱载于一篇之中,庶览者不难于索解而亦无至于眩目也",亦以易于索解为目的,在方便易读上更加前行一步。不仅使人争相传购,并且推动了经典的平民化和通俗化,"使人尽读选而不觉其词义艰深也",对文人选学也产生很大影响。

如陈与郊《文选章句》在体例上改变李善句下注,采用段后注释模式。文气贯通,寻解方便。《凡例》称"句裂字缀,若断若续。疾读则遗雅,故寻解,则令正义差池,故分章",又以坊刻《文选》颠倒棼乱,每以李善所注窜入五臣注中,因重为厘正,汰其重复,斥五臣而独存善注。而对于释音上,陈氏对赋中难字僻字或直音,或反切,或标声调,均随正文刊列。值得指出的是,陈与郊先列赋题,次列作者,与作者小传后单列一行注"陈与郊考韵",对大部分汉赋做了考韵工作。可知其对汉赋的青睐。如《羽猎赋》:'天与地沓。'陈与郊曰:"按天与地沓,《汉书》作"天与地杳",颜监以为此极言苑囿之大,谓东西乌兔,于焉出没,俯仰天地,杳然悬远,说者反以杳为沓焉。而解云重沓非惟悖理,抑且失韵,其言较正,当可从。"驳论有据,使人信服。此外,陈与郊还谨慎地保留了前人旧注,并加以增益。"凡善所录旧注如《楚辞》之王逸,《两都赋》薛综,咏怀诗之颜延之、沈约皆仍存之,亦时时正其舛误"①。如陈与郊《文选章句》卷一:

> 《上林赋》:"奏陶唐氏之舞,听葛天氏之歌……铿鎗闛鞈,洞心骇耳。荆吴郑卫之声,俳优侏儒狄鞮之倡,韶濩武象之乐,阴淫案衍之音。鄢郢缤纷,激楚结风。俳优侏儒,狄鞮之倡,所以娱耳目乐心意者,丽靡烂漫于前,靡曼美色。"
>
> 李善注:如淳曰:"舞,咸池也。"善曰:"《尚书》曰,惟彼陶唐。"孔安国曰:"陶唐,尧氏也。"
>
> 陈与郊曰:"颜师古云:'陶唐释尧有天下,舞释咸池。'二家之说皆非也。陶唐当为阴康,盖传写误耳,《古今人表》有葛天氏、阴康氏。《吕氏春秋》曰昔阴康氏之始,阴多滞伏,阳雍不行,民气郁于筋骨,缩栗不畅,故作舞以宣导之。具言视如、郭为胜。"

陈与郊认为颜师古注胜于郭璞、如淳两家,"陶唐"非指尧,"舞"非《咸池》,较善注优,在一定程度上显示出汉学考据之端倪。与一般出自欣赏或学理基础上的率意之作并不相同。如张京元《删注楚辞》②,所谓"删注",指削去王逸、朱熹二家注,增以己注,张氏自言"存者什三,削者什七,臆证者什一"。如谓《九歌》"文人游戏,聊散怀耳。篇中皆求神语,与时事绝不相涉",《卜居》《渔父》"意浅语肤,即非鱼目,宁属夜光"。虽属武断,亦有一定道理。可见,古人虽是删改,尚有一定学理。陈与郊对李善、五臣以及《汉书》如淳、颜师古等多家注者的重新训释虽爝火微光,固属弥足珍贵,至明人删改本上所

---

① 陈与郊:《文选章句》,第394页。
② 张京元:《删注楚辞》,浙江图书馆藏明万历戊午刊本。

施之评点多录明末杨慎、焦竑等人考据成果又是明代选学评点的一大特点,实质上亦是明代文人评点风气乃至清人评点方式的一种,向被人忽略。

四、删改本的评点方式

宋末元初,方回《文选颜鲍谢诗评》是第一部对《文选》进行删改评点的著作。《四库全书总目》认为"此集所评,如谢灵运诗多取其理路之语,又好标一字为句眼,仍不出宋人窠臼"①。此后,陈仁子《文选补遗》、刘履《风雅翼》(包括《选诗补注》8 卷,《补遗》2 卷,《续编》4 卷),引领《文选》的删改补续热潮,从此选学堕入"明人评选时文的魔道,张凤翼、孙鑛等的评注,不过如《儒林外史》所描写的马二先生之流而已"②,屈守元先生批评明人因热衷科举而以时文规评《文选》,有以偏概全之感,孙鑛、郭正域等均为制义名家,在评点时难免因"操之太熟,声律、对偶,把笔即来,如油渍衣,涮除不去"③。今人王书才、彤奚云等有专文论述,此不论。

明代的汉赋评点大体可概括为"交代作赋背景和缘由,或进行文字校勘与语词考释,或品赏佳句隽语,或挖掘赋意赋境,或分析艺术结构,揭示赋作风格并给予文学史定位等六个方面"④,《文选》赋类大体不出此范围。如陈与郊章句后注释以释词为主,于正文中则以小字附以夹批,基本以赏析、解释句意、章法为主,如班固《西都赋》"尝有意乎都河洛矣"处,夹批:"东都赋伏于此。"又"封畿之内,厥土千里"旁夹批:"此下叙畿内沃饶而又细分阳、阴、东、西、中、下诸方并举,宛然在目。"《甘泉赋》"阴阳清浊穆羽相和兮,若夔牙之调琴"夹批:"言风击而清浊之音如调琴也。"然评点往往主观性较强,故与批点者本人的学养亦密切相关。从评点方式看,明人删改本又有以下数种特点:

(一)鉴赏评析类。此类评本往往带有批点者本人的眼光、才情等因子。如邹思明《文选尤》尤其喜用华丽优美的语言,其所引录杨慎、王世贞诸人评语,亦非美不录。如谢惠连《雪赋》尾批:"形容处纤悉入微,寓言处须眉独湛。

---

① 永瑢等:《四库全书总目》,第 2600 页。
② 屈守元:《文选导读》,巴蜀书社 1993 年版,第 99 页。
③ 施补华:《与吴挚甫书》,《泽雅堂文集》卷二,清光绪十九年刻本。
④ 踪凡:《论明代的汉赋评点》。

文气古雅,局度优裕。奇而不诡,异而不怪。缛翠蕚于词峰,绰仙花于笔苑。读之顿觉心旷神怡,不忍释手。"宋玉《神女赋》眉批录弇州山人曰:"屈宋二家神贵乎语,后代作者辞贵乎神。"又尾批:"体奇而神生,词艳而气雍。异彩淋漓,暗香浮动,非烟非雾,郁郁纷纷。"邹思明选文标准之一即"才情跌宕",评点时亦以才情驰骋,出以空灵缥缈之语。此外,邹思明"力研坟典,而居恒好谭名理",有晚明厌弃考据的王学之风,所以评点中还显出佛学的通透、达观精神。孙月峰评《文选》则将诗学、《左传》、《史记》等理论、文法一并运用到赋体写作中来,如扬雄《长杨赋》首段眉批:"是仿《难蜀父老》,不惟堂构相同,至中间遣词琢句亦无不则,其步趋祖其音节可谓形神俱是,然命意却又自不同,此所谓脱胎法。"张衡《东京赋》:"其遇民也,若薙氏之芟草,既蕴崇之,又行火焉……是用息肩于大汉,而欣戴高祖。"眉批:"古劲中绝顿挫有势,全是左氏变出。"孙月峰评点大多据文论文,一方面出自其对秦汉三代文的推崇,另一方面则便于士人领悟,至清孙洙《山晓阁评文选》、于光华《文选集评》仍影响较大,尤其后者将孙评悉载入无遗。

　　(二)考证批评类。自李善注释已考辨良多,显示出评点的倾向。然注释多依文而注,随句而解,顾作者之说而为说,评点则不拘于注释,多感性而发。明代评点大家郭正域单独辑录《文选》赋类并加以评骘,却出以朴学考证为主。郭正域,字美命,号明龙,明万历十一年(1583)进士,授编修。著有《合并黄离草》《皇明典礼志》《郭明龙稿》等,除《文选》外,还批点有《考工记》《解庄》《韩文杜律》《杜工部七言律》等,名噪一时。凌濛初刻于明末的《合评选诗》,汇辑自刘勰至明末 39 家评语,而以郭正域为题名;而《选赋》除郭氏外,仅取杨慎一家。陈名夏《郭明龙稿序》称:"明龙先生之文何其坦直而易明也,于经史则富矣,于才情则状矣,富于经史而裁割成说者无之,壮于才情而横生己见者无之。"①故郭正域评点中的考证并非照录搬取,而是对杨慎《升庵集》《丹铅杂录》等考释复又评析:

　　　　张衡《西京赋》:"缭垣绵联,四百馀里。"眉批:善注云:"今以垣为亘。"用修云:"缭垣绵联,此句本不必注,李善改垣为亘,殊谬。唐人诗

---

①　郭正域:《郭明龙稿》,国家图书馆藏明末陈氏石云居刻本。

'缭垣秋断草烟深'即此意也。"

　　宋玉《风赋》:"徘徊于桂椒之间,翱翔于激水之上。"眉批:(用修)又
云:"翱翔于激水即所谓风行水上也。杨诚斋文有云风占水相遭也。为
縠为舒为疾为徐为织文为立雪为涌山,细则激激焉,大则汹汹鞠鞠焉。不
制于水而制于风,惟风之听而水无拒焉。造语奇伟,远胜'将击芙蓉之
精'数句。"

　　杨慎被评为"雄才博雅,精于考证,为有明一代之冠"①,《升庵集》卷五三
"薛综注西京赋"条,杨慎引唐人崔塗《绣岭宫诗》、王和甫《冬日诗》证《西京
赋》缭垣绵联语,垣本是墙,不必注,薛综及李善均谬误,郭正域则将升庵所论
精要引入评点,然亦加以评论考辨。如宋玉《风赋》眉批引杨慎《丹铅总录》将
风行水上之奇观一一叙出。末句则为郭正域称赏其造语出奇,优于下文之语。
评点家言考证是非,辨析史料之语。虽不若校勘专事者之法,然其偶或驳定前
注,每能自本文字句间,寻其隙陋可资议攻者,发而为评,寥寥数语,皆能切中
其要,或者辅前注之不是,或者自订正误之例,率有可观。② 因此,明代考据评
点的不仅为多家引录,至清大学问家何焯仍旧采用此种评点方式,在一定程度
上开清代考据学之先声。

　　(三)冒充名家,改头换面类。如张凤翼《文选纂注》系列评本。张凤翼
《文选纂注》初刊刻于明万历八年(1580),余碧泉万历十年(1582)重刻本即汇
列多家评语,特别是赋作天头,几乎挤满。然错讹百出,如所标姓名有误"李
梦阳"为"何梦阳"、"唐顺之"为"杨顺之"等,内容上,班固《西都赋》首条眉
批:"汪道昆曰:诸引文证,皆举先以明后,二个作者必有所祖述,他皆",此条
本为李善注条例,却冠以汪道昆语,且语义不完整,后缺"类此"二字。此后万
历二十九年(1601)标名恽绍龙所辑《文选纂注评林》本对余本有所改正,如首
条改为"诸引文证,皆举先以明后,以示作者必有所祖述也",然评林本却将所
标评者名氏悉数删除,评点内容亦从简略,甚至过于节略。如班固《答宾戏》
眉批,余本:杨慎曰:规模全仿《解嘲》,中间多是丑邪崇正意思,正所谓折之以

<hr>

① 杨慎:《升庵著述序跋》,云南人民出版社1985年版,第1页。
② 游志诚:《文选学综观研究法》,台北花木兰文化出版社2011年版,第329页。

正道,明君子之所守也,末后一结不能忘情于利达却露出本相,此较输子云一着。评林本:规模全仿《解嘲》,中间多是丑邪崇正意思,正所谓折之以正道,明君子之所守也。又如扬雄《长杨赋》自"西有强秦"至"今朝廷纯仁",余本:唐顺之曰:从强秦之乱叙至汉成,其词典赡可听。评林:从强秦之乱叙至汉成。评林本仅取余本前句疏通文意部分,极大促进了《文选》的通俗化、大众化。此种评论形式作为一种基础文艺教育的方法,也涉及市民文化的品味,以及出版业的商业宣传、筹资过程……至于其影响力之大,甚至于可能动摇了传统经典的神圣地位,改变了阅读活动的内涵。

　　明代万历以后,戏曲、小说等文体的删改评点亦臻至高峰。与戏曲、小说文体往往删改一体所不同的是,明代《文选》评点家对赋作文本并不大加删削,至清洪若皋开卷第一篇将班固《东都赋》删去,仅取《西都赋》亦是对篇目进行剪薙。而戏剧、小说评点家不仅对文本直接删节,还有虽未删而以严词批评者。如汤显祖《牡丹亭》问世后,一时出现了吕玉绳、沈璟、臧懋循等多家删改本。王思任评点《牡丹亭·劝农》出眉批:"不为游花过峡,则此出庸板可删。"《写真》出眉批:"写字改存字佳。"《闹殇》出【尾声】:"删,删!"《冥判》出【混江龙】末尾净上,"四位虫儿听分付",思任批曰:"位字当改个字。"《秘议》出【前腔】曲:"不可信其无"下应添"或者,或者"。对戏曲文本的删、改、增添随处可见。明人对《文选》赋作文本亦有批评,却很少出以删改等指责。如孙月峰评张平子《归田赋》曰:"笔气固自苍然,第聊且点注,无深味浓色,殊觉寂寥。"援绘画理论入评点不仅开清代何焯等以艺术评赋先声,又能生动传达其不足之处,故明人对《文选》赋类的删改及评点,内寓明人对赋体源流、创作、主旨、艺术等的欣赏与批评,是赋学批评发展至明代的突出现象和重要组成部分,是开展明代赋学研究重要文献。

第三节　集评本《文选》的汉赋评点

　　明代评点之风盛行,几乎弥散、笼罩一切文字领域。尤其是李贽之后至晚明四十余年间是中国评点文学的全面繁荣和空前发展时期。孙琴安从四个方面概括此时评点状况:评点队伍空前壮大、汇评和集评本层见迭出、评点合刻本纷纷问世、小说评点空前崛起①。事实上,以宋元之际方回《文选颜鲍谢诗评》、元末明初刘履《选诗补注》为发端,《文选》评点渐成声势,至明万历以后,更为一时风尚,并一直持续至清末。集评本《文选》的出现及诸评家争鸣、见仁见智的学术碰撞,标志着明清选学复兴的高峰,亦是研究明清赋学理论发展的重要依凭。

一、明清集评本《文选》论略

所谓集评,又称集成、评林,最早是由书商将名家评语汇拢起来以招徕读者,牟取暴利,后在学者手中得到完善,举凡散文、诗歌、词曲、小说等诸文体间均有涌现。清代甚至出现了对特定评本再加以批评的现象,如黄小田对于《儒林外史》卧评本的评点,文龙对于《金瓶梅》张竹坡本的评点等。明清时期《文选》的评点则往往是出于对李善、五臣注的厘正辨讹、疏通文意、以意逆志乃至借题发挥、意在《选》外而来,如闵齐华、张凤翼、陈与郊、孙月峰、李淳、邹思明等评点大家。而关于评点的方式,还有两种情况:一是评点者本人在评点过程中引用他人评论以增附己说或阐发文意。如邹思明《文选尤·凡例》谓:"批评或采诸别简,或出诸愚衷,总期阐发作者心事,融会作者精神,非敢以虚词涂饰也。"②郭正域《选赋》收录有杨慎和郭正域两人评点,但郭氏在杨慎评论的基础上多有再评论,将考证的幽深生僻和评点的口头表面结合于一体,是文献与义理之学的完美结合,因此颇有价值。二是为吸引读者购买,书坊主将名人评论汇集到一起刊刻,无疑是彰显各家洞见,便于士子揣摩学习的范本,但也有并不冠以"集评"而以时文大家命名的,如标名郭正域《选诗》收录34人评点。总起来看,明清时期规模较大、成就较高的集评本主要有明万历时期张凤翼《文选纂注》系列评本、清乾隆年间方廷珪《昭明文选集成》及于光华《文选集评》三种评本。

《文选纂注》评本系列是明代流传最广、影响最大的本子。其底本均为明万历时期张凤翼的《文选纂注》,清代倪涛《六艺之一录》:"张凤翼,字伯起,长

① 孙琴安:《中国评点文学史》,第107页。
② 邹思明:《文选尤》,第401页。

洲人。与其弟献翼、燕翼并有才名,吴人语曰前有四皇,后有三张。老于公车,善书。晚年不事干请,鬻书以自给。"①四皇指明代诗人皇甫冲、涍、汸、濂四兄弟,冲、汸同登嘉靖七年(1528)乡荐,明年,汸中进士。又三年,涍中进士。又十三年,濂亦中进士。而冲尚为举子。兄弟并好学工诗,称皇甫四杰②。张凤翼兄弟与皇甫氏才学齐名却仕途偃蹇,张凤翼嘉靖四十三年(1564)举于乡,四上春官,报罢,遂弃去。闭门读书养母,有感于李善、五臣注释的繁杂冗滥,难以观览,"唐有李善注,又有五臣注,其间参经例传,探赜索隐,亦云博矣。顾错举则纷沓而无伦,杂述亦纠缠而鲜要,或旁引效颦,或曲证添足,或均简而重出,或比卷而三见,盖稽古则有余,发明则不足,宜眉山氏有俚儒荒陋之讥,而令览者不终篇而倦生也",因此对其删减剪裁,取优汰劣,因而"闭门却扫,凝神纂辑,语有悖驰则取其长而委其短,事多叠肆则笔其一而削其余"。在书商的操作下,《文选纂注评林》的风行,底本张凤翼的才名起着重要催化作用。

方廷珪《昭明文选集成》六十卷。关于方廷珪的生平,今存文献不多。民国《闽侯县志》载:"方廷珪,字伯海,乾隆庚辰副贡生。"是编耗时十四年之久,初刻于乾隆三十二年(1767),"暑雨寒风,晓星夜腊,吮管濡墨,未尝暂辍",其用力之勤、用心之苦,受到大学士朱珪的称赞:"方子廷珪投所注《楚词》,予览之,叹其用心之密也",朱珪是嘉庆帝的老师,深受乾隆、嘉庆两代帝王的恩宠,本传载:"珪文章奥博,取士重经策,锐意求才。嘉庆四年典会试,阮元佐之,一时名流搜拔殆尽,为士林宗仰者数十年"③,能够得到朱珪的赞誉,方氏是编花费心力可知一二。明末清初,《文选》研究名家不乏其人,方廷珪是编则欲纠正、弥补前人不足,为士林树立模范,"张凤翼之《评林》,剪截旧注繁冗,颇有见解,失之于略。顾适园之《赋汇疏解》,亦只于上下文义代为联络,失之于泛,闵板《瀹注》,亦多依约前人,失之于袭,其无发明一也"。张凤翼《文选纂注》六十卷、顾适园《昭明文选六臣汇注疏解》三十九卷及闵齐华《文选瀹注》等均是风靡一时的名作,方氏针对各书优劣,一一有意矫正,并不囿于名家光环。

---

① 倪涛:《六艺之一录》卷三七○,文渊阁《四库全书》本,子部 837 册,第 835 页。
② 张廷玉等:《明史》卷二八七,第 7373 页。
③ 赵尔巽等:《清史稿》卷三四○,第 11094 页。

于光华《文选集评》是清代成就最高、影响最大的集大成评本。据冯煦《金坛县志》载："于光华,字悍介,邑诸生。历游燕、豫、楚、粤,生平笃好《昭明文选》,自唐六臣注暨以后前修名宿评注,采辑抄录编纂成帙。"其《自叙》有云："即奔走衣食,漂泊天涯,旅馆孤灯,不忍释手。呜呼,勤已",若方氏是出于对前代诸编不满的话,于光华则是集众人之长,荟萃英华。张云璈《选学胶言自序》云："近金坛于晴川,复总括《纂注》《评林》《瀹注》《赋汇》《疏解》诸书,及张伯起、陈雨侯,并孙、俞、李、何之说,撷其菁华而删订之,名曰《集评》,盛行于世。所谓无千金之腋,而有千金之裘,何其善也!"此外,于光华还辑有《古文分编集评》,初集上下五卷,二集上下五卷,三集八卷,四集四卷,自唐宋溯西汉,由《左》《国》逮《史记》,下及六朝骈体、十七史评赞,文章源流大略赅备,士林奉为圭臬。有《岭南倡和集》《心简斋集录》等诗文集,声名显著。

二、集评本汉赋评语的收录及评点形态

张凤翼《文选纂注评林》成于书商之手,由建阳书商余碧泉刊刻于明万历八年(1580),万历十年(1582)重刻本即汇列多家评语,几乎挤满赋作天头,万历二十四年(1596),标名陆弘祚辑订《文选纂注评苑》则将赋体悉数削除,而万历二十九年(1601)标名恽绍龙辑评的《文选纂注评林》虽是完璧,却将所标评者名氏悉数删除,评点内容亦从简略,甚至过于节略。如扬雄《长杨赋》自"西有强秦"至"今朝廷纯仁",余本:唐顺之曰:从强秦之乱叙至汉成,其词典赡可听。评林本:从强秦之乱叙至汉成。评林本仅取余本前句疏通文意部分,将《文选》向通俗化、大众化推进。笔者于国家图书馆所见金昌叶敬溪本亦将评点者姓名悉数删除,而万历克勤斋余碧泉刻本《文选纂注评苑》则保留有评点者名氏,有李梦阳、何景明、王维桢、何孟春、杨慎、吴国伦、刘辰翁、唐顺之、汪道昆、王世贞、李攀龙、唐顺之、王慎中等,均为时文名家。

方廷珪《昭明文选集成》则成于士大夫之手,由方廷珪及其儿子、外甥、女婿、生徒等共同校刻刊印而成,较张本用心稍多。如其子辉祖、叔景,学生大田柳、飞景耀、潘观澜、黄士铭、焕叔準、张大珪、陈学孟、罗起泉、翁永锬、周大有、何朝炜、刘统烈、郑宜中、王腾汉、何升闻、张孔尹、周大宾、周大中、史丹书、吴作霖、文彬、李士沂、陈观澜、梁孔伦、梁孔扬、高凌霄、李开楚、陈登澜、陈登汉、

林邦管、陶学祒、张源文、吴大寅、吴玉麟等人均参与了此书的校勘工作,而评点则主要由方廷珪担任,兼或收录有陈尹梅、卢此人、周平园、陈螺渚、陈漱泉、何念修、张愒庵、张协庵等人的评点。方氏自言是编集众人之心力共同完成,"兹编既成,质之同人多所商定。因忆历时之久,用力之艰,采辑群言必衷于是,名曰:《昭明文选集成》",与书商余碧泉《文选纂注》系列评本的刊刻相较,余碧泉虽亦有一定的文学造诣,但不及方氏用力。

　　于光华《文选集评》则优于张本、方本,成为清代《文选》评点的集大成之作。于氏有明确采择标准。孙鑛与何焯是明清《文选》评点史上的双璧,声名最著,成就就高。于光华在评点上以之为准绳,又节取各家之说,经历十数寒暑,再易稿而始成。《凡例》云:"《瀹注》所载孙月峰先生评论,瑕瑜不掩,片言只字,无不指示,诚后学之津梁,修词之标的也。今悉载入无遗。至如《纂注评林》、《瀹注》、山晓阁《赋汇疏解》及张伯起、陆雨侯、俞犀月、李安溪诸先生评,各采其一二,或十之二三,恐议论纷出,转滋疑窦,未敢多录也",是编以汲古阁为底本,《凡例》称:"《文选》读本,时贤悉以汲古阁为正,前辈何义门先生博考众本,亦以汲古为善,晚年评定,多所折衷,士林奉为指南,但未经广播,今即据为蓝本,并集诸家评论以备参订",于光华初刻于乾隆三十七年(1772),后于氏对此书仍不断完善,并集友人商议,门生雠校于一体。乾隆四十三年(1778)《重订凡例》云:"兹编草成,锡山钟君澹斋(綗)见而善之,因前刻坊板浸腐而兹编所集,更为完备,遂捐资付梓,期年工竣,同人称快,他日传播士林,有益选学,皆钟君之力也。至于参订疑义,商榷去取,则锡山、邵君自忻(振)、高君静思(其寿)、朱君丹粟(桂)、平湖李君朝江(宗源)、会稽沈君云表(宗谊)、嘉善蒋君维桢(国昌)、禹山邱君锡蕃(先德),俱与有功焉,雠校则门人吴生来琛(廷璐)、汾阳王生德辉(之庸)、约斿侄(晖)实司其职云"。因此是编以底本善、校雠精、裁取严而成为风靡百年的经典。

　　在内容及体例上,评林本、集评本均依从原本,对昭明原选汉赋篇目未作改动,集成本则做了较大改动。如张凤翼《文选纂注·凡例》曰:"篇下题名以字者十之八,以名者十之二,既无褒贬之义,殊乖协一之体,今惟称帝则不名,余则皆以名,而字与爵里系焉。至如《文选》增定之以骚先赋,以无绪有,虽不无所见,特以非昭明本旨,不敢更彼易此,衷为十二卷,勒成一家。"于光华《文选集评·凡例》云:"近时坊本于诸诗中举王曹之后先,苏李赠答之倒置,五言《古诗十九首》析为二十首,或以《离骚》为词赋之祖,列为首卷,非不便观,然古来诸书,疑则仍疑,误则仍误,注重既已详明,则直从原本可也。"方廷珪认为"《离骚》为词赋之祖",故应置于首位,《文选集成·凡例》云:"凡《两都》《二京》《三都》及《七启》《七发》《七命》等篇,盛称宫殿、美人歌舞、饮馔、畋猎,本骚中《招魂》;班孟坚《幽通赋》托之占梦、卜筮,本骚中灵氛、巫咸;张平子《思玄赋》托之上下四方,本骚中求女,诸如此类,难以悉举,旧列之三十一卷,是为数典而忘其祖矣,今改列为首卷。"又认为昭明序中既云以时代为次,则《离骚》之后应以宋玉、司马相如、扬雄等赋置于班、张赋作之前,"选序中既云以年代相次,则《高唐》《神女》及《甘泉》《子虚》《上林》《羽猎》诸赋原居班、张各家之先,即后来各家赋中,亦多所借润,今以骚为首,《高唐》诸赋次之,旧首《两都》,今改列为第七卷,而《七启》等篇,与赋一类,赋终即缀其后,庶几原原本本,开卷了然",故将昭明原来置于首卷的《两都赋》置于第七卷,而七体类亦置于赋后,以明源流。此外,方廷珪对原选的分类也大为不满,如将《藉田》《甘泉》从郊祀类改为典礼,《幽通》《思玄》《闲居》编为感遇,《文赋》一篇编为经籍,与畋猎、京都等门类相配。在是编的卷数上,旧分为六十卷,改为五十九卷,而以《后出师表》一篇、《兰亭记》1篇、《闲情赋》1篇,共三篇,另成一卷,仍为六十卷。此三篇为前人所讥讽昭明所未收者,因而补出。

在评点形态上,评林本较为粗糙,版次不同,所用评点符号亦参差不齐。大体有眉批、夹批、尾批、圈、点等形式。眉批为字词注音或释义,或对文句的阐释,赋中注释从简,亦非《文选纂注》本原貌。集成本于字句、段落的分析上钻研较深,方氏回忆曰:"因忆向来所见《文选》赋类,爰命二子检取架上反复谛视,其无所窥,犹夫昔也,继而叹曰:古来无不可识之字,无不可读之书,因积诸日夜,殚心竭思。先其易者,后其难者,梳节字句,分晰段落,博其义类,穷其归宿。研极既深,涣然冰释,始敢判以丹黄,分其甲乙,骚及诸体以次相及。"在评点符号上,眼目、佳句、结穴、段落等,较评林本大为完备。《凡例》云:"兹编圈点义例,悉依吾乡先辈古文析义,眼目用黑圈,佳处用密圈,结穴中重圈,余用句点句圈,段落用截,大段小段,即于截下分注,只阅一篇,余可类推。骚赋诗文,俱同一例。"集评本亦是圈点画乙,于段落、佳句、脉络、眼目、字法等各有不同符号以示区别,于氏《凡例》云:"圈点画乙俱参各本,校定大段落用大画截住,小段落用句中逗圈别之,佳句用密圈,脉络用密点,逐段眼目用尖圈,或用密点,字法用实圈,或用单点,俱各从其轻重耳。"三者均是科举考试影响下的赋学生态,然因辑选者文学造诣深浅不同,集成本和集评本评点阐释所内含的文学色彩值得关注。

三、各本汉赋评点的中心问题

张本、方本、于本均著录多家评点,张本因书商操作,其本在利,故不论。方本于每篇赋后均有方廷珪评点,少数赋篇著录有他人评点,但多附和、补充或相类于方评,如卷四《子虚赋》尾批:"方氏云:'按文字之有理法。犹匠氏之有绳墨,绳墨既定,则虽智如工倕,巧如王尔,犹必兢兢手执斧斤以随其后,况拙工乎? 此赋实开《两都》《二京》《三都》之先,以班、张、太冲之才藻,皆受其范围不能跳出圈外⋯⋯学者取此赋,合上数篇读之,便可得文字源流所在,推此以读古人书,便可举而措之耳。'陈尹梅云:'班、张诸家,固视兹篇为圭臬,而中间所叙山水物产及田猎诸事,亦取径于宋玉《高唐赋》,古人文字必有渊源,初非前无所受也,指传于薪,正尔不虞其尽。'"方氏指出《子虚赋》与后代班、张诸人赋作字句的渊源关系,陈氏则在方氏的基础上,指出《子虚赋》和前代宋玉《高唐赋》的渊承关系,是对前者评点的补充;又如卷五《羽猎赋》方廷珪尾批:"按作文用字要纯色,此赋未写羽猎,先从元冬之不周,颛顼元冥说起⋯⋯余则用意与《上林赋》校猎一段大略相同,但词加赡丽耳。"张惕庵云:"前赋上林是天子之苑,虽说校猎详苑中所有,亦要铺叙周被,局面才称此题;只是羽猎,故来路去路,只从羽猎取意,不必他及而扼要争奇,全在罕车一段,方评真能独见作者苦心。"此方氏、张氏均从赋作文本的写法出发,阐释扬雄铺叙羽猎车马仪仗场面的用心及目的,二人评点大抵相似,而张评更是直接明言方评之优。总体来看,方氏评点多从理解赋篇主旨内容出发,指明赋作作者用心及文法特点以示初学门径。

在对各家评点的安排设置上,于本著录最多,剪裁最得当,价值亦最高。于光华不仅从内容上对各家评点进行裁择,在各家评点的安排上亦费尽心思。对有争议内容的评点,或保持百家争鸣、各抒己见,或相互配合、共同促进,或

搁置争议、保留问题,"因忆业师家得与先生(应骏)尝训诸生曰:文章得前辈
善本,探索玩味即能自得师矣。时文中如俞、吕、汪、何及王已由诸选各评论,
汇集研究,书理何患不明,文法何患不精?千里从师,其能愈于是乎?华于兹
编即体此意,欲令初学之士,展卷了然,如晤师友于一堂,各出议论,互相考证,
博其义类,正其指归,无不可识之字,无不可解之义,尚何畏焉",于光华认为
在善本基础上,对文本及评论进行玩味、研究,于理可明、于法而精。即便千里
求师也不外如此效果,而其汇辑诸家评点所内蕴的批评理论,又是出于时文之
外,最有价值之处。

如对赋作内容的理解,是汉赋评点的焦点问题。在辩争中赋家的深层用
心、笔法妙处等得到凸显和明确,并与相应的文本相对应,既有名家争锋,又显
示多角度的阐释,所作论断相较赋论则更有依据和说服力。如班固《西都赋》
"自未央而连桂宫,北弥明光而亘长乐。凌磴道而超西墉,掍建章而连外属"
句眉批:

俞曰:"此特以建章言之,以见武宣之盛。"

何曰:"非也,此特言建章,犹后宫特言昭阳,但以眩耀西都曩日所有
耳。故下文即言台、言楼、言他以继之,建章是武帝所作,亦与宣帝无
与也。"

方曰:"写建章只从高处写,不从丽处写,所以别上未央、昭阳也,此
古人用笔变换处。神明之高,从下视上,写井干之高,从上视下写,此用意
变换处。□凡文字写貌则死,写神则生,此段写楼台,从登眺中写出神情,
便栩栩活动。"

班固为何极言建章宫?俞犀月认为其用意在显示武帝、宣帝时期的繁华
兴盛,何义门明确反对此论,提出班固对建章宫极力敷陈,是为"眩耀"武帝时
所有的辉煌,与宣帝并没有关系,显较俞氏所言为确,所录方廷珪评点,则从写
法上相异处比较建章宫与未央、昭阳的不同之处,一从高处写,一从丽处写,有
仰视神明,有俯视井干,班固深层用意之变化展露无遗。又如对《东都赋》篇
末所系五诗的理解:

何曰:"五诗仿《封禅文》,以赋本古诗之流,故以五颂系之。"

何曰:"三雍之礼,赋中略举其端,正为此诗补出休征可考,故接下二

章以见祯祥毕至也。"

孙曰:"四言三首纯用《三百篇》声响,或用全句,或稍点窜,或翦摘一二字凑泊来,意调自高雅,第境界终觉太熟,安仁《籍田颂》似之,即近日于鳞、伯玉秘诀。二句获瑞应,此即《郊祀歌》三言法,但中看分字耳。"

俞曰:"前三诗称永平之制度,后二诗以颂天休之滋,至卜洛守成,故以周成言之。"

邵曰:"前三首是颂体,后二首是兼骚体,便觉流动,此文章变换处。"

于光华对汉赋批评史上存有争议的问题,并不一味著录各家之别,而是有意识地回避,如关于司马相如《子虚赋》《上林赋》的分篇问题,至今仍无定论。《子虚赋》题下批:"祝氏云此赋虽两篇,实则一篇,赋之问答体,其源自《卜居》《渔父》篇来,厥后宋玉辈述之,至汉而盛。此两赋及《两都》《二京》《三都》等作皆然,首尾是文,中间是赋,世传既久,变而又变,其中间之赋,以铺张为靡而专于词者,则流为齐梁唐初之俳体,其首尾之文,以议论为便,而专于理者则流为唐宋及宋之文体,性情益远,六义渐尽。体制遂失矣。"《上林赋》眉批:"武帝读《子虚赋》而善之,乃召相如,相如曰此诸侯之事,不足观,请为天子狩猎之赋,复成此,奏之,意虽相承,然非一时所作。"又如扬子云《羽猎赋》题下注引《瀹注》:"似有两序,然后数语实启颂也,旧谓一史臣序,一雄赋序。"

当然,各家评点还有相一致,互相生发深化之处,如扬子云《长杨赋》尾批:孙月峰曰:是仿《难蜀父老》,不惟堂构相同,至中间遣词琢句,亦无不则其步趋,祖其音节。可谓形神俱是,然命意却又自不同,此所谓脱胎法。何义门曰:《羽猎》拟《上林赋》,《长杨》拟《难蜀父老文》,《子虚》本祖述相如,其奇处非相如所能笼罩,丽处似天才不逮也。孙月峰和何焯均提出《长杨赋》与《难蜀父老文》的模拟与被模拟的关系,并在一起,孙从遣词造句、音节、命意言其脱胎换骨之法,何则从大处比较扬雄与司马相如高下。可见,评点并无优劣之别,集评本以文本为中心,将各家之见荟萃其中,是赋学批评的有力展现形式,其意义及价值,不可低估。

四、集评本汉赋评点的价值

集评本《文选》汇集历代《文选》评点的批评主体,凸显出大家、名家评点。

同时成就了汉赋评点的一个热潮。汉代大赋向来艰涩难读,对其专门评点之人少之又少,依附于《文选》,汉赋各方面价值才得以挖掘。

(一)集评本《文选》对汉赋多角度解读,形成评点家眼中的汉赋文本。集评本《文选》的刊刻,几乎将历代对汉赋的批评解读精华汇于一体,然每一位评点家都欲究源抽丝而探寻作者之心,却未必都有正解。奇龙格《文选集成序》曰:"欲识文章之要,当熟看《文选》一书,盖自三代涉战国、秦汉、晋宋六朝以来,文字皆有。在古则浑厚,在今则华丽也,然索解不易。"《文选》取材宏博,李善注以字词释义为主,读者于段落、意旨仍茫然不解。胡建伟《文选集成序》云:"《文选》一书,汇秦汉以来诸名作编次成帙,洵文字之大观矣,然取材宏博,陋者难之。李善之注选,旁搜远采,原委凿然,特未尝分其段落,标其意旨,读者仍有茫然河汉之虑。"历代评点家则弥补了这一不足。

评点者对文本的理解角度、思维、方式不同,对赋作内容的理解亦各有不同。如班固《西都赋》"其宫室也,体象乎天地,经纬乎阴阳。据坤灵之正位,仿太紫之圆方"句眉批:

何曰:"此后篇所谓矜夸馆室也。"

方曰:"天地六句只就宫殿体势大段处说,因环材以下,乃分析形容。"

俞曰:"次及宫室之壮丽,与东都修宫室对照。此言宫室一大段中先正朝、次后宫、次府署、次离宫也,历历如指掌,文法整练。"

何曰:"从正殿并及离宫,接入后宫为去路也,文法有蝉联脱卸之妙。"

方曰:"极形昭阳之盛,以孝成宠昭仪赵合德居昭阳殿也。"

班固对昭阳殿的描述,从其宫室之貌、所处位置极尽夸饰之能事。何义门、俞犀月从前后、上下文法分析其用意,方廷珪则论其因为成帝宠妃所居。又如《东都赋》题下批引何义门曰:"此篇全以议论成文,与前篇各见生色,此文章互相映发之妙。"眉批引孙鑛曰:"自孟子子诚齐人变来,锻炼绝工绝腴劲。"何义门从文法论其风格,孙鑛论其源头,不同评点家评点的角度截然不同。张衡《南都赋》"夫南阳者,真所谓汉之旧都者也"句眉批:"孙曰:此篇格似倒叙,前面侈说山川物产,至此始点出旧都。"何曰:"此赋主意在不忘本原,存孝思于后嗣,故历举其山川风物以示不同,复以望幸之词为收局也,时有议废南都者,因以此讽,大意全于颂中见之。"此篇孙鑛反论其章法,何焯论其内涵,即评点家的评点角度和方法并非固定。清代小说评点也出现了类似的集评现象,如《儒林外史》有卧评本、齐省堂评本、天目山樵评本和黄小田评本,后三种评本均以卧评本为其底本,悉数刊载卧评本的全部评语。因此文本刊刻表现出评点不断累积的过程,文本意义也因此不断挖掘、丰厚。

（二）集评本《文选》的汉赋批评,以行文之法为长,亦不乏撢实义的考证评点。因此与传统鉴赏层面的评点不同,批评价值较高。张本、方本、于本均著录多家评点,方本在评点中独具匠心,运用了诸多文法观念。如借势法、以类相从法、逐层分意形容法、浓淡相间法、从紧处取势法、汇散为整法、化重为轻法、一步展出一步之法、逐层引入法、行文省手法、逐层变换法、加一倍写法、淡中设色法、行文结聚法、草蛇灰线法等。赵俊玲提出,"《文选》作者创作之时完全可能是无意成篇,并无成法在胸,如此细致地分析总结技法,有些名目还流于牵强附会,刻意迎合读者之用心就非常明显了"。如《高唐赋》:"谲诡奇伟,不可究陈",二句后批:"次段从中阪上到巫山,一路所见,山是骇人之山,水是骇人之水……起处山只略写,为水作引。此处方刻画山,是文字前略后详,彼此避就之法。""更唱迭和,赴曲随流"二句后批:"此段写观侧草木禽鸟之异,是已至高唐所见。上中阪写木,此写草;上写猛兽、鸷鸟,此写驯鸟,亦是移步换形之法,故前后不相复叠。"又《长杨赋》尾批:"按篇中无不达之意,难显之词,作文意在词先,便无事乎艰深。且《羽猎赋》前已分截刻画,再袭前意,亦数见不鲜。此赋全为妨民发出难端,后则以安不忘危,层层婉转以完其说,理足气昌,词文旨远。自是言者无罪,闻者足戒也。又是文字另一推陈出新之法。"方氏集成本较多从文法入手,而集评本还有少量可观的考证评点,张云璈曰:"孙月峰、俞犀月、李安溪、何义门诸先辈,字栉句比,不留余蕴,足为词人之圭臬,艺苑之津梁矣。然大都于行文之法綦详,而于撢实义多略,一二订正如寸珠尺璧,令人视为希世之宝。其中义门先生考核较多,最称该洽。视诸家尤长,故学者宗之"。考证评点发端于杨慎、郭正域等人,至清代何焯为最高,于氏《文选集评》的蓝本即为义门所评定之汲古阁本。①

（三）集评本《文选》促进了书籍的刊刻、流通，将汉赋从经典普及至大众。随着商品经济的发展，南京、苏州、杭州、湖州、徽州、建阳等地形成了全国性的出版传播中心，书籍的编纂、刊印、传播市场活跃。李咏梅《明代私人刻书业的经营思想成熟的五个表现》一文认为明代书坊成熟有五个方面的表现，不惜重金购求上乘书稿，约请名人写书、点校、序跋，大力运用广告、商标宣传，不断改进刻印技术，在图书的形式上标新立异。晚明书坊主或书商一般都有一定的文学造诣。他们视评点为一种促销手段。谭帆说："在古代小说传播史上，无论是作者、刊刻者还是读者和评点者，都是将评点作为小说的传播手段加以看待的。"因此，评点的首要目的是传播，促进文本的快速传播，让更多的读者了解文本、掌握技能。

在地域上，余碧泉为福建建阳书商世家，方廷珪是福建古榕人，于光华则为江苏金坛人，三地均为明清商业出版中心，书籍的传播、流通的聚散地，因此，均加速了《文选》的传播及赋的经典化。

福建是传统的刻书中心，向为时文传播的发源地。明代汪道昆曰："明代举业之盛，当推闽、吴、浙、赣、楚等数省。自近世经术兴，则闽士为嚆矢。我国家令诸博士授业，非闽士说者不传。"②陶望龄曰："今时经生之文，莫尚于吴、闽。闽以绮丽，吴以风裁。四方文卷之行于市者，虽错糅其简，抹杀其姓氏，而为闽与吴，要可以悬辨。"③福建刻书又以建阳为首。叶德辉《书林清话》曰："夫宋刻书之盛，首推闽中。而闽中尤以建安为最，建安尤以余氏为最。"方彦寿《建阳刻书史》统计明代建阳书坊多达 221 家，林应麟《福建书业史》更统计达 267 家。书坊刻书占全省刻书的一半以上。周弘祖《古今书刻》著录福建刻书 477 种，其中书坊刻书 367 种。余姓书坊在建阳是传统的家族产业，因此影响较大。冯梦龙《古今谭概》记载明代《文选》传播的盛行：张凤翼刻《文选纂注》，一士夫诘之曰："既云《文选》，何故有诗？"张曰："昭明太子著作，于仆何与？"曰："昭明太子安在？"张曰："已死。"曰："既死，不必究他。"张曰：

---

① 于光华：《文选集评》，渔古山房藏版。
② 汪道昆：《太函集》卷三《赠黄全之序》，黄山书社 2004 年版，第 69 页。
③ 陶望龄：《陶文简公集》卷四《王慕蓼制义序》，明天启七年陶履中刻本。

"便不死亦难究。"曰："何故。"张答曰："他读得书多。"①此外,方廷珪《昭明文选集成》还未出版即对书坊翻刻采取措施。胡建伟《文选集成序》:"我知是编一出将不胫而走,不翼而飞,海内之士争奉为圭臬,诚是以扬风雅而翊赞文明也。"方廷珪《凡例》:"是编雠校已经数手,并无错讹,诚恐坊贾射利,翻刻误人,查出虽远必究,今卷首序文,概用印油图章以杜奸弊。"

　　王治秋认为,大约至康熙后期,北京琉璃厂的书业逐渐发展起来,"卖书的大约也由书摊逐步发展成为书肆,而至乾隆时极盛"②,孔继涵《熊文端年谱》云:"自通籍后,居京师,坊间无书。既有,且价昂,不易得,十余年间买书仅两万余卷。及去职留寓金陵,藏书甲天下,多人未见者,遂肆力购求,或就人家假归手录之。七年之中,积有八万余卷,合前共十万卷有奇。"③熊赐履为顺治十五年(1658)进士,康熙六年(1667)上疏谏鳌拜专权,康熙十五年(1676)因事"坐夺官,归,侨居江宁"④,直至康熙二十七年(1688),起复为礼部尚书。从其购书的数量看,清初金陵书业的繁荣已是极盛,并有超过北京之势。在戏曲在作品中,亦有描述,如孔尚任《桃花扇》第二十九出《逮社》:"天下书籍之富,无过俺金陵;这金陵书铺之多,无过俺三山街;这三山街书客之大,无过俺蔡益所。你看十三经、廿一史、九流三教、诸子百家、腐烂时文、新奇小说,上下充箱盈架,高低列肆连楼。不但兴南贩北,积古堆今,而且严批妙选,精刻善印。俺蔡益所既射了贸易诗书之利,又收了流传文字之功。"书客,即书商。蔡益所实有其人,乃建阳书商,又开书铺于金陵三山街,《儒林外史》卷一"闯学堂的书客",即指流动的书贩。明代胡应麟曰:"今海内书凡聚之地有四:燕市也、金陵也、闾阖也、临安也。闽楚滇黔则余间得其梓,秦晋川洛则余时友其人,旁谀历阅大概非四方比矣,两都吴越皆余足迹所历,其贾人世业者往往识其姓名。"⑤乾隆十四年(1749),因《昭明文选》大字本"卷帙繁重,难携行笈",乾隆帝命专工小楷之王际华、王文治等26人分缮为"袖珍秘册,以便帐殿明

---

①　冯梦龙:《古今谭概·雅浪部》卷二六,明刻本。
②　王治秋:《琉璃厂史话》,生活·读书·新知三联书店1963年版,第16页。
③　孔继涵:《熊文端公年谱》,北京图书馆藏《珍本年谱丛刊》本,第524—525页。
④　赵尔巽等《清史稿》卷二六二,第9894页。
⑤　胡应麟:《少室山房笔丛》甲部《经籍会通四》,中华书局1958年版,第54页。

窗倚览",名曰《古香斋鉴赏校正昭明文选》,为袖珍本。无疑进一步刺激了《文选》的传播和刊刻。三十七(1772)年,于光华《文选集评》初刻本不胫而走,海内莫不争先睹为快。十年后,于氏再次修订重刻,"迄今此书风行海内,承学者不能复知购求汲古阁本也。"

第五章　史评与汉赋评点

　　自司马迁作《史记》自比《春秋》,班氏父子因之而成《汉书》。范晔踵作《后汉书》,后人悦其文采,与《史》《汉》并称"三史"。三史既为史家之宗,又可称文苑圭臬。如茅坤称迁、固"两家之文,并千古绝调也"①。傅冠则称范史"宇宙奇文"②。既视史为文,二者一体的同时,又有所不同。清代章学诚《文史通义》云:"马、班二史,于相如、扬雄诸家之著赋,俱详著于列传。自刘知幾以还,从而抵排非笑者,盖不胜其纷纷矣;要皆不为知言也。盖为后世文苑之权舆,而文苑必致文采之实迹,以视范史而下,标文苑而止叙文人行略者,为远胜也。"③与刘知幾的嘲笑非难不同,章学诚提出史家载录赋体为后世文苑权舆,范史以下,无出其右者。明清时期对三史及史家载录赋体的批评既是时人史学研究的一大景观,又与诗文批评密切相关。本章即以三史载录汉赋为中心,从史家视域观觇汉赋与明清诗文批评。

第一节　明清史书评点文献的兴盛与特征

　　晚明是中国史学中史论最发达的时代,对三史评点热潮的出现是其形式之一。凌稚隆《史记评林姓氏》列晋至元代评家 64 人,明代就有 85 人,超过往代总人数。《汉书》的评点以宋代 55 人为多,明代则有 68 人之多。清代评点三史数量虽不如明代多,亦延续清朝三百年之久。如程余庆《历代名家评

---

① 茅坤:《汉书评林序》,《汉书评林》,清同治甲戌年长沙魏氏养翮书屋刻本。
② 傅冠:《陈仁锡评后汉书序》,明积秀堂梓行本。
③ 章学诚:《文史通义》,第 80 页。

注史记集说》收录《评林》后徐与乔、方苞、牛震运等人评点,与明凌氏评林本互为补正。这些评点家一人甚至评点多部史书,如陈仁锡、钟人杰、何焯等对三史均有评点。随着晚明商品经济及雕版印刷技术的发展,评点文献如雨后春笋,多种多样。以《史记》为例,仅底本的缺补增改是否保留问题,评点家意见各别。如陈仁锡评点本不忍弃去,"褚先生之文,学者或欲议去。而王弇州诸先生悉存之以为完书。两汉之文存世者已如晨星,何忍弃去? 况《史记》论注尚有唐宋今人之笔,西汉之文不犹近古乎?"①钟惺、程余庆等评本则断然删削,沈国元《钟惺评点史记·述语》云:"至如《武帝本纪》及《龟策传》等篇,乃褚先生诸家杂续,宁缺席弗录者,先生以此非太史公手笔,而其文又无足取焉耳,一力去之,尤为快膽。"②还有为凑足原书卷数而保存者,"十篇有录无书,元成褚先生补之,虽非太史公手笔,兹仍存之,以足一百三十卷之数云"③。因明代钞书风气盛行,还出现大量的抄录、节选评点本,如朱子蕃《百大家评注史记》、茅坤《史记抄》等,还有因原文卷帙浩繁,因而不录原文,仅摘录相关原文加以品评,如何焯《义门杜书记》、牛震运《史记评注》、郭嵩焘《史记札记》、李景星《四史评议》等。

　　明清时期大量出现的有关三史的钞、选、删等活动,与选学复兴中由对《文选》的广、续、增补、删削进而树立辞赋经典的意义颇为异曲同工④。对史书的钞、选、删同样含有别裁以树立典范之义。如对《史记》的钞本有明代钱锺义辑《史记摘抄》6 卷、邹之麐辑《史记节抄》不分卷、陈仁锡辑《史记奇钞》14 卷、张溥《史记珍抄》5 卷;清代许鸿磐选《食蹠轩史记钞》6 卷、吴敏树辑《史记别钞》2 卷等,对《汉书》《后汉书》的钞本有清代许鸿磐《汉书钞》4 卷、明代王廷辑《后汉书抄》8 卷等;对三史的选本有佚名《史记选》不分卷、明代赵南星《两汉书选》3 卷等;删本有明代茅国缙辑《东汉史删》33 卷,吴默选辑、焦竑注释《镌吴会元史记要删评林》4 卷等。三史的钞、选、删等多系文人、大学问家的个人选录观,如茅坤《史记钞叙》云:"予少好读《史记》,数见

①　陈仁锡:《陈评史记》,崇祯元年刻本。
②　钟惺:《钟惺评点史记》,天启五年沈国元大来堂刻本。
③　凌稚隆:《史记评林·凡例》,万历四年刻本。
④　许结:《明代的选学与赋论》。

缙绅学士摹画《史记》,为文辞往往专求之句字音响之间,而不得其解……予独疑而求之"①,孙琮《史记选序》云:"本纪、世家、编年、叙事,每篇中始末段落井然,今拔其尤者采之。"②与邹思明《文选尤》、洪若皋《昭明文选越裁》旨意相同。

而在钞本、选本的基础上再施以品评赏鉴亦是一时风尚。如明代茅坤《史记抄》92 卷、唐顺之辑《荆川先生精选批点史记》12 卷、凌濛初《后汉书纂》12 卷、凌稚隆《史记纂》24 卷、张鼐辑《镌侗初张先生评选史记隽》6 卷;清代孙琮辑评《史记选》8 卷,田兰芳撰《睢州逸德轩田箦山先生评选史记》6 卷,储欣辑评《史记选》6 卷,高塘集评《史记钞》4 卷、《后汉书钞》2 卷,郑珍评、裴景福跋《史记钞》不分卷,姚祖恩《史记菁华录》6 卷等。这些钞本、选本多数非一次定评,一史评点数过,甚至十余次之多。如茅坤少时对《史记》"疑而求之,求之而不得,数手其书而镌注之三四过",③后移官南省,又"颇喜自得其解,稍稍诠次,辄为好事者所携去,遂失故本",④至致仕,复"以督训儿辈为文辞,其所镌注者如此",因此,其《史记抄》至今仍有 92 卷本、91 卷本等多个本子。

选本、钞本评点与汉赋的关系大致有三种情况,一种是选本收录有汉代赋家列传及赋篇。如茅坤《史记抄》92 卷,万历三年(1575)自刻。选文 98 篇,《屈原贾生列传》《司马相如列传》全文收录。清代汤谐《史记半解》(不分卷),清康熙慎余堂刻本。选文 68 篇,《屈原贾生列传》《司马相如列传》全文收录。还有一类选本选录有赋家传记,但因赋篇多篇幅宏大而舍去,如凌稚隆《史记纂》24 卷,明万历乙卯刻本。选文 102 篇,收《司马相如列传》《滑稽列传》但不录赋。姚祖恩《史记菁华录》6 卷,康熙六十年(1721)初刻。选文 51 篇,其中全录者 16 篇,余篇"随事敷衍之处"加以删节。舍贾谊传,删节司马相如传。还有一种情况是对赋家列传根本没有录选,如王又朴《史记七篇读

---

① 茅坤:《史记抄叙》,《四库存目丛书》据首都图书馆浙江图书馆藏明万历三年自刻本影印,第 138 册,第 1 页。

② 孙琮:《史记选》,康熙丙午刻本。

③ 茅坤:《史记抄叙》,第 1 页。

④ 茅坤:《史记抄叙》,第 1 页。

法》6 卷,诗礼堂藏版,卷一为《项羽本纪》读法题词、读法及后序,卷二选《外
戚世家》《萧相国世家》《曹相国世家》《淮阴侯列传》《李将军列传》《魏其武安
侯列传》6 篇,欲以此纠正世人不识太史公用心而误读。明清对三史及收录赋
篇选本评点的刊刻,又体现出以下特征。

一是以评点《史记》为最,《汉书》次之,《后汉书》最少。迁史为私史宗
矩,班史乃国史准的。宋代以前以《汉书》为盛,明清以来则以《史记》为宗。
徐中行认为其因在于能否迎合风尚,为世所资。"历代之宗《汉书》至宋尤为
盛,其宗《史记》者乃始盛于今日之百家,然二氏皆良史才而其得失靡定者,盖
各因时所尚而资之近者为言耳。"①明清以时文取士,郝敬认为《史记》更能迎
合此目的,"近世辞林推毂,置诸班史右,盖辞人鬻文,多传记碑版叙事,取材
于诸史,而子长书荟撮四代典要,道古者引绳批根,不能舍而他适,故称子长籍
甚"。在叙事上,司马迁被誉为"文中之雄"②,历来对其评论、慕效者数不胜
数。明代开国文臣之首宋濂,因文法酷肖《史记》,声名甚至驰誉海外,本传称
"外国贡使亦知其名,数问宋先生起居无恙否。高丽、安南、日本至出兼金购
文集。四方学者悉称为太史公,不以姓氏"③,同样,明末清初文坛巨匠钱谦益
《初学集》《有学集》诸文史笔札中提及"太史公"并引用其文者即有 55 处之
多,提及"《史记》"者又有 22 处,通过《史》《汉》比较突出前者地位也出现多
次。④ 可知《史记》更受明清人喜爱。

二是明清评点家多为古文复古家。日本学者高津孝指出,《史记》作为文
章写作的典范,其文学价值是在明代古文辞派的倡导中被发现的。⑤ 实际上,
三史评点的兴盛与整个明代文坛复古思潮密切相关。《明史·文苑传》载:
"李梦阳、何景明倡言复古,文自西京、诗自中唐而下,一切吐弃,操觚谈艺之
士翕然宗之。明之诗文,于斯一变。迨嘉靖时……李攀龙、王世贞辈,文主秦

---

① 徐中行:《史记评林序》,凌稚隆,《史记评林》,万历四年刻本。
② 叶盛:《水东日记》卷二三,文渊阁《四库全书》本,子部第 1041 册,第 142 页。
③ 张庭玉:《明史》,中华书局 1974 年版,第 3788 页。
④ 见都轶伦:《系人存史,寄故国之思——从〈列朝诗集〉编纂动机解析其特色》,《清代文
学研究集刊》第二辑,第 183—241 页。
⑤ [日]高津孝:《明代评点考》,见章培恒、王靖宇主编:《中国文学评点研究》,上海古籍出
版社 2002 年版,第 89 页。

汉,诗规盛唐。王、李之持论,大率与梦阳、景明相唱和也。归有光颇后出,以司马、欧阳自命,力排李、何、王、李,而徐渭、汤显祖、袁宏道、钟惺之属,亦各争鸣一时,于是宗李、何、王、李者稍衰。至启、祯时,钱谦益、艾南英准北宋之矩矱,张溥、陈子龙撷东汉之芳华,又一变矣。"①复古派将三史拉入文的阵营与明代文坛风向的三次变革相关。此后清初方苞接续归有光,将对《史记》"义法"的追求大力弘扬,影响直至清末吴汝纶。故明清以来,各古文流派不断从三史中寻求变革文风的理论支撑与技法模范。

三是合刻、集评本的炽盛,此是明清史书评点影响最大、成就最高的一种形式。如明代凌稚隆《史记评林》《汉书评林》,朱子蕃《百大家评点史记》、金蟠、葛鼎《汉书汇评》等;清代邵晋涵《史记辑评》、程余庆《史记集说》、王拯辑《归方评点史记合笔》等,将历代众多的评点家汇于一书。如王世贞谓:"《评林》行,而自馆署以至郡邑学官,毋不治太史公者矣。"②徐龙湾甚至以不录其评为恨。各家集评本见仁见智,明晓真义。又影响至小说评点,"这种形势便波及到小说的批评与出版。有余象斗氏,先后推出《音释补遗按鉴演义全像批评三国志传》与《京本增补校正全像忠义水浒志传评林》。"③所不同的是,史书评林多是集录众家评点之意,王世贞《汉书评林序》称"际叔之治子长《史记》,悉取古今诸丹铅之所训故扬榷,以至进退其事者,凡数十百家,荟而成书,目之曰'评林'",具有深化文本、批评及传播等多重意义。缺点是因非出一人,其言繁杂无次。而小说评林本则有例外,余象斗所刻评林本实际上只是一人之评。

第二节　史家的汉赋观及后人评点

自司马迁《史记》首开以赋入史先例后,班固、范晔等史家相继沿袭。一方面说明赋体有合于史体之因子,另一方面围绕史书载录辞赋的动机、剪裁及赋作语言、章法、内容等的优劣亦引发千古揣测评判。从篇目看,司马迁选录

①　张廷玉等:《明史》卷二八五,第7307页。
②　王世贞:《史记纂序》,商务印书馆2013年版,第1页。
③　陈洪:《中国小说理论史》,天津教育出版社2005年版,第50页。

屈原、司马相如、东方朔 3 人 8 篇赋作,班固则增至贾谊、司马相如、扬雄、东方朔、汉武帝、班婕妤、班固 6 人 20 篇,人数与赋作均是迁史的两倍之多,范晔亦不甘示弱,录 10 人 12 篇赋作:

《史记》	贾谊:《吊屈原赋》《鵩鸟赋》 司马相如:《子虚赋》《上林赋》《哀二世赋》《大人赋》《难蜀父老文》 东方朔:《答客难》
《汉书》	贾谊:《吊屈原赋》《鵩鸟赋》,司马相如:《子虚赋》《上林赋》《哀二世赋》《大人赋》《难蜀父老文》,东方朔:《答客难》《非有先生论》,扬雄:《甘泉赋》《羽猎赋》《长杨赋》《解嘲》《解难》《河东赋》《酒赋》,汉武帝:《李夫人赋》;班婕妤:《自悼赋》;班固:《幽通赋》《答宾戏》
《后汉书》	冯衍《显志赋》、班固《两都赋》、崔篆《慰志赋》、崔骃《达旨》、蔡邕《释诲》、马融《广成颂》、张衡《应间赋》《思玄赋》、杜笃《论都赋》、赵壹《穷鸟赋》《刺世疾邪赋》、边让《章华台赋》

司马迁将屈原、贾谊合为一传,班固则为贾谊单独立传,二人均录选贾谊《吊屈原赋》《鵩鸟赋》,班固还载录贾谊《陈政事疏》《上疏请封建子弟》《上疏谏王淮南诸子》等奏疏。司马迁自言:"余读《离骚》《天问》《招魂》《哀郢》,悲其志。适长沙,观屈原所自沈渊,未尝不垂涕,想见其为人。及见贾生吊之,又怪屈原以彼其材,游诸侯,何国不容,而自令若是。读《鵩鸟赋》,同生死,轻去就,又爽然自失矣。"从情感上将二者的文与人融会一体,然并未明确说明原因。

在史书评点中,对司马迁将屈、贾同传及相关问题的探讨,是讨论最多的问题。如陈仁锡曰:"屈、贾俱被谤,俱工辞赋,其事迹大概相似,故二人为一传。"方苞则进一步推断迁史选录贾谊二赋之因,"《贾生传·鵩鸟赋》段于谊文《吊屈原》外,独存《鵩赋》,闵其志之哀而死期将至也",贾谊天才短命,但从鵩鸟至而断主人将去,亦是文人朝不保夕的一种生命忧虑。事实上,司马迁将不同时代的人物合为一传的还有《管晏列传》《老子韩非列传》《孙子吴起列传》《鲁仲连邹阳列传》《扁鹊仓公列传》等 5 篇,合传的传主于学说、经历、精神等均有相一致或可对比之处,如《老子韩非列传》太史公曰:"老子所贵道,虚无,因应变化于无为……韩子引绳墨,切事情,明是非,其极惨礉少恩。皆原于道德之意,而老子深远矣。"①《扁鹊仓工列传》太史公曰:"女无美恶,居宫见妒;士无贤不肖,入朝见疑。故扁鹊以其伎见殃,仓公乃匿迹自隐而当刑。"②老子、韩非以道相通,扁鹊、仓工均医术精湛,司马迁合为一传,前后相承,浑然一体。而班书于贾谊奏疏外,《汉书》中《晁错传》载晁错《上书言皇太子宜知术数》《上书言兵事》《言守边备塞务农力本当世急务二事》《复言募民徙塞下》等文,《路温舒传》载路温舒《尚德缓刑疏》,《贾山传》载《至言》,邹阳传载《上书吴王》《狱中上书自明》,枚乘传载《上书谏吴王》,《公孙弘传》载《贤良策》等,皆与世事相关之文。此皆《史记》所不载,而《汉书》增入。武帝之后,《汉书》所载诸奏疏亦多有关国计。如《韦玄成传》载《罢郡国庙议》《毁庙议》、《匡衡传》载《上疏言政治得失》《上疏言治性正家》《上疏戒妃匹劝经学威仪之则》等奏疏。因此,班史多载有用之文,赵翼即称班史多载有关学问、有系政务之文,较迁史卷帙繁多。

又如关于司马迁载录司马相如赋的原因。陈仁锡:"相如文士也,故多载其文辞。"方苞评《司马相如列传》:"《史记》所载赋颂书疏甚略,恐气体为所滞雍也,长卿事迹无可称,故独编其文以为传。而各标著文之由,兼发明其指意,以为脉络,匪是则散漫而无统纪矣。"③蒋彤《丹棱文钞》认为《史记》多载司马相如文因其切时事合于讽谏。"《史记》载司马相如文独多,非贪其美于文,为其切时事而合于讽谏之义也……《子虚》《上林》,风当时之苑囿也。《喻巴蜀檄》难父老,风开塞也,《大人赋》,风好仙也,《封禅书》风夸功也,从长杨猎而陈谏书,过宜春宫而哀二世,文必指事,文备而事著矣,故并载之。"司马迁自言:"亡是公言天子上林广大,山谷水泉万物,及子虚言楚云梦所有甚众,侈靡过其实,且非义理所尚,故删取其要,归正道而论之。相如虽多虚辞滥说,然其要归引之节俭,此与《诗》之风谏何异?"又云:"《子虚》之事,《大人》赋说,靡丽多夸,然其指风谏,归于无为。"因此,评点家还论及《子虚》《上林》篇目及完篇问题。孙月峰《史记·上林赋》"故删取其要,归正道而论之"句夹批:"据此断语,则不宜录二赋全文,疑子长初欲有所删正,乃后竟不能下手,

---

① 王书才:《明清文选学述评》卷六三,第 2156 页。
② 司马迁:《史记》卷一五〇,第 2817 页。
③ 孙月峰:《孙月峰批评史记》,明崇祯九年刻本。

又不及删此语,故两存之耳。"推断司马迁本欲不录《子虚》《上林》全文,终未删削。一般认为,班固《汉书·司马相如列传》承袭《史记》,故对《汉书》载录司马相如赋作的原因向忽视不谈。

对司马迁、班固载录汉赋的得失,各评点家见解亦是不同。如孙月峰批评《史记》不载贾谊疏奏,缺失贾谊的宏略,"不甚详其事,但撮大意写,而意态飞动,宛得其为人。调法亦尽跌荡。不载诸疏奏,不见贾傅宏略",①而钟惺则认为不载诸奏疏正是太史公高出后人之处,"贾生经世之才与屈原同传,以骚合耳,故诸奏疏皆略不入。后人不能如此割舍",而折衷的说法则谓,贾谊奏疏于治国政理大有裨益,故应载入史书,然司马迁并未将有汉一代史事作整体观察,因此并未录选,反之,班固取入《汉书》。"太史公以贾谊与屈原同传,故但载其《吊屈原文》与《鵩鸟赋》二篇而已,然谊所上政事书,先儒称其通达国体,以为终汉之世,其言皆见施用,其所论积贮与铸钱诸事,皆大有关于政理,是何可以不传,班固取入《汉书》传中最是,或者太史公未及整齐汉事,故但取其似屈原者附入耳",这种说法为两位史家各自寻求依据,有一定道理。孙月峰评点还将史家载文与文集载文进行比较,"其辞规仿《离骚》,更加之驰骋。全是规模《远游》,中亦多袭其字句,帝王而仙,总是骑鹤扬州意,故侈为无理之谈,不极夸耀不止。据辞信伟丽,第分五方,各述一段,殊觉扳拙,乏活泼之趣。《子虚》《甘泉》全拟此。乃昭明顾舍此而取彼,盖彼系就实事铺张,故瑰奇多色,此但驾虚曼衍,自觉味短"②,孙月峰认为昭明采录《离骚》而弃《大人赋》,司马迁则相反采《大人赋》而弃《远游》,是由于《离骚》为屈原实事铺张,《大人赋》仅凭虚曼衍之故;然这种解释恰恰与史书实录与昭明翰藻文风相悖。事实上,司马迁采录《大人赋》与武帝"飘飘有凌云之志"的史事相关。文人评点,多系一时感念。

与马、班不同,范晔尝曰"情志既动,篇辞为贵",《后汉书》入选汉赋,除前史体例的承继外,与范晔对华美文辞的喜爱有关。杭世骏云:"撰范史《蒙拾》竟,有难者曰:'蔚宗生宋季之陵迟,扇江左之浮艳,曼辞洵美,古意寝衰。今

---

① 孙月峰:《孙月峰批评史记》,明崇祯九年刻本。
② 孙月峰:《孙月峰批评史记》。

兹敝敝焉,采撷之不已,有说乎?'"①时黄震《日钞》、郝敬《琐琐》、凌稚隆《汉书评林》等书均不论范史,或寥寥数言。清代赵翼称范史"至如《崔骃传》载崔篆《慰志赋》一篇,骃《达旨》一篇,《班固传》载其《两都赋》、《明堂》《辟雍》诗及《典引》篇,《杜笃传》载其《论都赋》,《傅毅传》载其《迪志诗》,《崔琦传》载其《外戚箴》,《赵壹传》载其《穷鸟赋》,《刘梁传》载其《和同论》,《边让传》载其《章华赋》,皆以其文学优赡,词采壮丽也"。② 因而,对于范史所载汉赋,评点家多批评其靡而不实。如何焯批评其《班固传》载《典引》篇云:"此文靡而不实,比之《两都》之作,尤为无益。"《崔骃传》载《达旨》:"骃拟扬雄《解嘲》,作《达旨》以答焉。此文无一语摅写胸臆,脱槧而已,写载真为无识。"③然从赋篇看,范晔所载赋作大部分已偏向抒情言志,与东汉赋风变化相一致,如冯衍《显志赋》、崔篆《慰志赋》等。

第三节　以汉赋为中心的评点内容及方式

围绕史书及其所载录汉赋的评点,可分为论文和论事两种。"今天下评书,大抵无虑两家,其一据文论文,其一据文论事"④,刘咸炘曰:"史之质有三:其事、其文、其义。而后之治史者止二法:曰考证、曰评论。考其事、考其文者为校注,论其事、论其文者为评点,独说其义者阙焉。"⑤从史书评点看,论事即以史学立场品隲旧闻、考辨史体及史法等;论文则为从文章学视角观其为文。与此同时,史书中所载疏、奏、论、赋等文体的评点均笼罩于此两种视域之下。以汉赋为例,大约可分为以文评赋和以史评赋两大视野。

据文论史是以文章义法为中心,包括对辞赋篇章、精神、气脉、主旨等多方面内容的议论,如孙月峰、唐顺之、茅坤、钟惺、金圣叹、吴见思等人均以文法阐释为主。这与史体本身的文学性相关。如刘知幾论仲尼"文胜质则史"云:

---

① 杭世骏:《后汉书蒙拾》钱塘汪氏刻本。
② 赵翼著,王树民校注:《二十二史札记校注》,中华书局 1984 年版,第 81 页。
③ 何焯:《义门读书记》,中华书局 1987 年版,第 383 页。
④ 孙月峰:《孙月峰批评汉书·凡例》,明末天益山刻本。
⑤ 刘咸炘:《刘咸炘论史学》,上海科学技术文献出版社 2008 年版,第 3 页。

"盖史者当时之文也",意谓史即是文。明代凌约言曰:"六经而下近古而闳丽者,左丘明、庄周、司马迁、班固四巨公,具有成书,其文章卓卓乎擅大家也……子长之文如豪如老将用兵,纵骋不可羁,而自中于律,孟坚之文整方之武事,其游奇布列,不爽尺寸而部勒雍容可观,殆有儒将之风焉,虽诸家机轴变幻不同,然要皆文章之绝技也。"①清代钱谦益亦认为史法、文法可合二为一,"由二史而求之,千古之史法在焉,千古之文法在焉。"②章学诚曰:"良史莫不工于文"③。又云:"史之赖于文也,犹衣之需乎采,食之需乎味也"④。因此以文观史,以史法而入文法。汉赋便不可避免地归入文章学家之阵营,形成据文论史的评点方式。

在复古思潮的推动下,明代对先秦两汉史家之文的研究盛况空前。三史作为古文被膜拜宗法的同时,史家所载录的论、赞、赋、诏等文体亦被挖掘和再研究。而与文章理论相关的篇、章、字、句等均被阐发出来,如凌稚隆《汉书评林·凡例》谓:"字或难识,间有借音义之所由,不可暂阙,若更求诸别卷,终恐废于披览,今则各于其下随即翻音,至如常用可知不涉疑昧者,众所共晓,无烦翰墨"。清代程余庆自叙谓:"广集诸本,去其浮阔,存其切当,首音注,次训诂,次讲义,考误次之,论事又次之,而以论文终焉。汇为一书,名曰《集说》"。可见历代评家不可避免地都涉及字音、注释等问题,而汉赋尤其生僻难怪字为多,此亦是汉赋评点异于其他文体之处。

归有光、方苞是明清文坛八股文名家,引领以古文义法评点史书的潮流。贺次君《史记书录》曰:"自归有光、方苞二氏,以色笔批点《史》文,为之钩玄提要,绅绎脉络,句解节分,用力最深,于是《史记》除注释、评论而外,又有句读评点之学。"⑤二者评点《史记》以圈点为主,评语并不多见。姚鼐云:"震川阅本《史记》,于学文者最为有益,圈点启发人意,有愈于解说者矣。"其中方评较归评稍多,有百余条。二者于叙事、气脉、起头交接等文章义法之处,以色笔圈

---

① 朱子蕃汇辑,霍林、汤宾尹校正:《百大家评注史记》,民国六年(1917)上海同文图书馆印。

② 钱谦益:《牧斋有学集》卷三八《再答苍略书》,上海古籍出版社1996年版,第1310页。

③ 章学诚:《文史通义》,第220页。

④ 章学诚:《文史通义》,第221页。

⑤ 贺次君:《史记书录》,商务印书馆1958年版,第222页。

点抹画,希冀读者会而通之。《例意》云:

> 朱圈点处总是意句与叙事好处,黄圈点处总是气脉……墨掷是背理处,青掷是不好要紧处,朱掷是好要紧处,黄掷是一篇要紧处,事迹错综处太史公叙得来如大塘上打纤,千船万船不相妨碍,晓得文章掇头千绪,万端文字就可做了……起头交接处谓之起伏掇头,本纪多,列传少;起头处断而不断(注:断而不断以意言),《史记》只实实说去,要紧处多跌荡,跌荡处多要紧,亦有跌荡处不在气脉上,故不用黄圈点,虽跌荡又不是放肆。

这种评点体例的好处是便于读者明了文章的关键位置,体悟作文方法;又因对义法的过分强调而容易忽视文章本身的艺术魅力。如姚鼐《与陈硕士》又云:"震川论文深处,望溪尚未见,此论甚是。望溪所得,在本朝诸贤为最深,而较之古人则浅。其阅《太史公书》,似精神不能包括其大处、远处、疏淡处及华丽非常处,止以义法论文,则得其一端而已。"反之,明代孙月峰的史书评点,处处以文章意态与赋体相比照:

《史记·子虚赋》"其卒章归之于节俭,因以风谏。奏之天子,天子大说"句夹批:"乍读之,文采绚烂,极其驰骋,细察之,精思妙句,往往寓也。然文辞又皆古质,绝无绮靡之态。此最不可及。□文之精者,至赋而极,不读赋,不尽文之态。"

《史记·上林赋》"无事弃日,顺天道以杀伐……非所以为继嗣创业垂统也"夹批:"意但常语,不深不怪,却炼得如此秾丽,细玩乃无一不奇陗。通篇极夸耀,而末乃归正,谓曲终雅奏。良然,然自是文之妙矩。"

《汉书·子虚赋》"时从出游,游于后园,览于有无,然犹未能遍睹也。又乌足以言其外泽乎"加顿点眉批:"语若无奇,然读之自觉有味,乃知文字妙处,固非言所能尽。"

《汉书·子虚赋》"其山则盘纡"句夹批:"只如此铺张云梦,大略已备,已自宏丽,以语不多故文势紧切,读之有味,若《二京》等则铺张太过,虽云富有,然文势散缓,翻觉味短。"

孙月峰对赋体的文采、文辞特点极为关注,尤其喜爱文采绚烂、文辞古质秾丽而又不绮靡的风格特点,对赋体有严格的标准。如孙月峰评《史记·鵩鸟赋》"口不能言,请对以臆"句:"此叙事语,甚雅则,不甚纵横驰骋,又乏华辞,便觉冲雅有余,瑰奇不足。最入细,所以雅,然要非赋家本色。"孙月峰认为赋以体物浏亮、铺采摛文为特征,因此语言须纵横驰骋,丽而可则,贾谊赋作多叙事语,非赋体正格。又孙月峰《汉书·幽通赋》尾批:"以正道作主张,自是理胜,造语最入细,字锤句炼,极典雅工缛之致,可谓织文重锦,第气骨终不若《解嘲》之古劲,此等机窍,良有难言,应是天分有限。"从外在造语至内在气骨,终归咎于天分不足,孙月峰对赋体的辨析近乎苛刻。

然以文论史的评点方式,还包括论事(考证)一途。王拯《归方评点史记合笔·凡例》云:"两家外自凌氏《评林》后,近人评注又复林立,不能泛及。唯按语中于援鹑堂、惜抱轩二姚氏笔记,各条多有发明,两家绪论又如顾亭林《日知录》中数则,有与两家相证佐者多采录焉,非于两家外妄为博引也。"《凡例》又云:"评点虽专主于文章义法而亦有涉议论考据,盖二者与文章义法原一贯且有必相引发之处"①。王拯采录姚范、姚鼐笔记及顾炎武《日知录》数条,并非妄引,如顾氏考证"《司马相如传》赞'扬雄以为靡丽之赋,劝百而讽一'皆后人所续也",扬雄的这一评论,其真伪问题不仅是对司马相如的批评,又是司马相如所代表的整个汉赋文体的特征,而司马迁作《史记》时,扬雄尚未出生,因而不可为信。

围绕史书的论事评点,还包括汉赋的史料源出与剪裁、赋家人品、赋作背景、赋中人名地名等方方面面。《汉书评林·凡例》云:"批评有一事而论同者,拔其尤而镌之,一事而论异者,并镌之以俟高明裁焉",凌稚隆、何焯、陈仁锡、牛运震等均偏向从论事(考证)立场评点。凌稚隆《汉书·贾谊传·吊屈原赋》"伯夷为浊兮,庄蹻为盗"句按曰:"韩非子云庄蹻为盗,于境内原所谓蹻者正此,若《西南传》庄蹻者庄王之裔,盖别一人云。"伯夷、庄蹻,《文选》分别作随夷、跖蹻,均为两人。随为殷之贤士,夷指伯夷;跖为秦之大盗,称盗跖,蹻为楚之大盗,称庄蹻。凌稚隆《评林》本底本虽与《文选》本不同,其释庄蹻与《西南夷列传》庄王之裔之别,与《文选》注释有相互补正之功。又《汉书·司马相如列传》"相如曰:请为天子游猎之赋"句隆按:"祝氏云此赋虽两篇,实则一篇,赋之问答体,其源自《卜居》《渔父》来,厥后宋玉辈述之,至汉而此体遂

---

① 王拯:《归方评点史记合笔·凡例》,光绪纪元仲冬锦城节署刊本。

盛。"关于司马相如赋分篇问题,凌氏搁置争议,以祝尧为准,表明其观点。此外,对赋家人品的评议,如陈仁锡《汉书·司马相如传》眉批:"相如浮薄无行而武帝喜之,帝之失也;通西南夷武帝听之,又帝之失也。史臣曲为传写,正是讥切垂戒之意。后人无识,慢以怜才好色为千古艳事,夫好色何足称,淫谀之才何足怜,读书人胸中不可留腐气,更不可无定识,无逐邪说,自堕恶境。"对司马相如好色、逢迎问题进行清算。

　　史书列传与赋家自叙的关系问题亦是评点家所关注的热点。史书的史料来源广泛,而史家为赋家所作列传则与赋家自叙纠缠在一起。如《史记·司马相如列传》与《自传》的关系。孙月峰《史记·司马相如列传》提出迁史不可能出自相如自叙,"雕刻如左氏,然左氏巧而奥,此腴而快,调法却不同。人谓子长传长卿,似长卿,良然。盖才本无不有,因触则动,而他传亦多似其人,不独长卿也。若谓出长卿《自叙》,或未然,此传文多事少,死后无庸说矣,在前惟挑卓一详,长卿不应自诋若此。他则但寥寥数语,能几何",列传细载相如文君情事,自作传记则必定会有所粉饰与遮掩。此亦是各评点家众口一词的原因,如状元修撰康文献评:"按谓相如传自作者必不肯著文君事纤悉。"太史修撰陆可教评:"若果相如自撰,岂肯尽述鄙事如此。"凌稚隆按:"此传果相如自作,篇中何以自述鄙事,而不为少讳耶,观赋后有非义理所尚,故删取其要数句,此子长断语自作之说,或未可据云。"在《汉书》评点中,孙月峰指出其原因是,马迁有意模仿长卿文笔而成,"谓此传系长卿《自叙》,恐未然。设果出长卿手,必不自诋如此。第文字特为精腴,与子长他传措齿矫健者,稍有不同。然要之子长才高,何所不有,谓有意效长卿,或近之"。这种评点思维,甚至影响到《后汉书》的评点,如何焯评《后汉书·冯衍传》:"作敬通传,当是本其自叙,冗而寡裁,辞胜于事。"

　　本传载冯衍著"赋、诔、铭、说、《问交》、《德诰》、《慎情》、书记说、自序、官录说、策五十篇,肃宗甚重其文",冯衍生前作有多篇自明心迹文字,然不言有自叙。范晔《后汉书自叙》称"详观古今著述及评论,殆少可意者。班氏最有高名,既任情无例,唯志可推耳。博赡可不及之,整理未必愧也",自诩不输班史。可知何焯所云自叙,指冯衍疏、奏、论、赋等文,取其文辞华靡之义。

第四节　史书中汉赋批评的价值及意义

从史学视域看,史书评点仍摆脱不了科举时文窠臼。史书作为时文取资的资源库,备受评点家青睐。清代徐康《前尘梦影录》曰:"陈文庄、茅鹿门、钟人杰动用细评、句分、字改,如评时文。然刻书至此,全失古人真,而顾千里拟之同于秦火,未为苛论也。"①余丙照《赋学指南》"贵储料"条曰:"平日多阅子史诸部,取其新丽可用,人人易晓者,分摘备用。"时文、古文的影响又是相互的,如张士元在评点《玄朗先生墓碣》时概括了归有光在写人方法上对《史记》精神的师法:"熙甫为碑志各肖其人,如唐道虔英伟,文便英伟;周孺亨谨饬,文便谨饬;归天秀精密,文便精密;元朗奇宕,文便奇宕;吴纯甫雅洁,文便雅洁;李思州清劲,文便清劲。文至此,几如化工之造物,而其源出于龙门,今观《史记》,未有不肖之者也。"在某种程度上,评点家促进了时文文风的变革。明代科举大略有学校、科目、荐举、铨选四种途径,学校储才以应科目,荐举盛于国初,后因专用科目而罢。铨选则入官之始②。故科目尤盛。明太祖与刘基规定"专取四子书及《易》《书》《诗》《春秋》《礼记》五经命题试士"③,至明万历以后,随着文坛古文复兴运动的盛行,制义已发生很大变迁:

> 万历十五年,礼部言:"唐文初尚靡丽而士趋浮薄,宋文初尚钩棘而人习险谲。国初举业有用六经语者,其后引《左传》《国语》矣,又引《史记》《汉书》矣……弘治、正德、嘉靖初年,中式文字纯正典雅。宜选其尤者,刊布学宫,俾知趋向。"因取中式文字一百十馀篇,奏请刊布,以为准则。

明代官方欲以《史》《汉》的雄奇、简质严整改变时人诡异险僻、浮华庸腐之文风,树立纯正典雅之准则。"时方崇尚新奇,厌薄先民矩矱,以士子所好为趋,不遵上指也。启、祯之间,文体益变,以出入经史百氏为高,而恣轶者亦多矣。虽数申诡异险僻之禁,势重难返,卒不能从"。夏璿云:"学者竞为浮华

---

① 徐康:《前尘梦影录》卷下,清光绪二十三年江标刻本。
② 张廷玉等:《明史》卷六九,第1675页。
③ 张廷玉等:《明史》卷七〇,第1693页。

之文,诡谬昧心之语。先生力欲变其陋习,故以《史》《汉》之雄奇夺其庸腐,以《史》《汉》之简质严整去其浮诡,是书尤今日之砥柱也,读者得其神髓则制科正脉悉具备矣。"①评点家以《史》《汉》之文去浮华诡谬文风的初衷是好的,不善学者,反而走向极端,清代李慈铭曰:"明自嘉靖以后,时文之坏,坏于好用子史语也,好以己意行文也。"②时文以秦汉之笔写程朱之理,又须与圣贤心口相似,因而时文之坏,并非因子史语的引入,而是士子不善学者之故。

　　从对史书评点的解读,还可以辨明史书及其载文的文学性。李梦阳《空同集·论史答王监察书》云:"仆尝思作史之义,昭往训来,美恶具列。不劝不惩不之述也,其文贵约而该约,则览者易遍该。则首末弗遗。古史莫如《书》《春秋》……范晔《后汉》亦知史不贵繁,然刬精铲采,着力字句之间。故其言枯体晦,文之削者也。盖不知古史文约而意完,非故省之言之妙耳。下逮三国南北诸史远不及晔。"③史书简质与赋体夸饰本相背离,其义却一。司马迁和班固在史书中最早对具体辞赋作品作出评论,奠定了以诗学标准批评赋学的根基。尤其是班固"赋者,古诗之流也","或以抒下情而通讽谕,或以宣上德而尽忠孝"的论断至清代而不衰,是对中国赋学批评的贡献。宋代以来史书的文学评点愈来愈多,尤其是明清时期达到高潮,因而成为史书文学经典化的重要途径之一。一方面贾谊、司马相如、班固等人赋作因史书载录而保存完备,经久流传;另一方面又随着后世对史书的评点解读而广泛接受传播。因此,后世对《史记》《汉书》《后汉书》的评点进而延至班、马、范氏及其载录赋作,是当今开展赋学批评的珍贵文献。

---

①　夏璋:《陈仁锡评点史记·凡例》,明崇祯刻本。
②　李慈铭:《越缦堂读书记》,中华书局1963年版,第605页。
③　李梦阳:《空同集》卷六二《论史答王监察书》,文渊阁《四库全书》本,第1262册,第568—569页。

第六章　汉赋评点的基本特征

　　评点始于诗文领域,至明清时期,尤其是明万历以后,诗词、戏曲、小说等文体的评点蔚然成风。然汉赋评点与诗文评点的密切相关,一是诗文选集中收有赋体,评点家以文章学或诗学视角评论赋体,如楼昉《崇古文诀》,金圣叹《经典古文》、费经虞《雅伦》、姚鼐《古文辞类纂》等;二是在赋集选本评点中,会通辞赋与时文创作理论,如陈山毓、俞王言、周履靖、鲍桂星、路德、李元春等。此外,受时风影响,邹思明《文选尤》、李元度《赋学正鹄》等则取骈文辞藻、章法以轨范赋体,寄托己见,上文多有论述。反之,在未入选赋体的散文评点中,亦出现以赋评文,或者将赋体与散文对比的情况:

　　　　胡文英评庄子《人间世》中支离疏曰:"形容殆绝,直可作一篇《橐驼赋》读。"

　　　　胡文英评《在宥》篇"人心排下而进上"一段:"荀卿有意为赋而刻画工致,庄叟无意为文而赋形惟肖。"

　　　　评《齐物论》地籁一段:"袭杂并至,势如飘风骤雨,不可端倪,却喜从对面着笔,故不落赋体。"

　　　　刘凤苞评庄子《大宗师》篇女偊回答男伯子葵问道之言曰:"闻诸副墨之子,副墨之子闻诸洛诵之孙,洛诵之孙闻之瞻明……参寥闻之疑始。"刘氏云:"似乎以文为戏,而由浅入深,皆从体会而出,与相如《子虚赋》杜撰人名、徒工夸丽者,固自不同也。"

　　对《庄子》一书的评点中,胡文英、刘凤苞等人潜意识里都以赋体作为参照。在形容刻画处庄文与汉赋绝类,然一为有意,一为无意,二者又固自不同。因此,汉赋与古文、时文、骈文相互纠缠的关系,在汉赋评点和散文评点中均有一定程度的显现。在对各体文的评点中,除了历代名家别集评点外,评点家评赋或评文的常见形式,便是以选集寄寓批评,以辨体树立模范,以授徒为途径,以科举为最终目的。赋集的编选评点往往是自编自评,兼或加入弟子、儿孙成员的校对等工作。小说评点派成员构成则有三种情况:一是小说作者自身;二是小说作者的亲朋故旧,他们一般与作者有一定程度的交往,故而大多认为自己再阅读小说时深得作者之用心;三是与作者未曾谋面者,甚至与作者不是同时代人。① 因此,明清汉赋评点的主流是以选集评点为常见形式,诗词、戏曲、小说等其他文体则一致百虑,各有千秋。

第一节　汉赋与诗词评点

一、汉赋与诗词评点论略

汉赋与诗词评点的产生均上溯至南宋,然汉赋依附于文的批评机制而产生,诗词则一开始就呈现为独立风貌。南宋刘辰翁被称为中国第一位评点大师。据统计,刘辰翁评点唐代诗人 46 家,宋代诗人 5 家②。可以认为,诗歌评点在刘辰翁手里已臻至成熟。《江西通志》卷七六载:"刘辰翁,字会孟,庐陵人。补太学生,壬戌廷试,贾似道专国,欲杀直臣以塞言路。辰翁因言济邸无后可恸,忠良戕害可伤,风节不竞可憾。虽忤贾意,而理宗嘉之。置丙第,以亲老请濂溪书院山长。江万里、陈宜中荐居史馆,除太学博士,皆固辞。"可知刘辰翁诗歌批点与书院授学相关,此与吕祖谦、楼昉师徒的古文评点不谋而合。在南宋之前,唐代殷璠和高仲武的《河岳英灵集》及《中兴间气集》被称为诗歌评点的先驱。二者均将评语系于作者名下,其余地方一概不加,至于后人评点中所出现的旁批、眉批、尾批之类,则更不存在。因此,并不属于对作品本身直接进行的评议③。其对宋代的诗歌评点几乎没有影响,因此严格意义上并不能算是真正意义上的评点。从编选目的上看,殷璠对《文选》以来轻艳矫饰、

---

① 石麟:《中国古代小说评点派研究》,中国社会科学出版社 2011 年版,第 19 页。
② 孙琴安:《中国评点文学史》,第 58 页。
③ 参见孙琴安:《中国评点文学史》,第 18—19 页。

缺乏兴象风骨的诗风提出批评,对盛唐 24 位诗人删略裁择而命名为《河岳英灵集》,可见是集欲以选尊诗、以选正诗的深层寓意。而刘辰翁与楼昉的评点,为明代诗文评点选本多所引用,并受到书商及士子的推动。《宋史·选举志》曰:"宋之科目,有进士,有诸科,有武举。常选之外,又有制科,有童子举,而进士得人为盛。神宗始罢诸科,而分经义、诗赋以取士,其后遵行,未之有改"①,科举催生学校、书院的兴盛,"自仁宗命郡县建学,而熙宁以来,其法浸备,学校之设遍天下,而海内文治彬彬矣"②。南宋之后,诗歌评点更是名家辈出,如仇远、顾璘、茅坤、汤显祖、孙鑛、袁宏道、陈继儒等,高棅的《唐诗品汇》,几乎可以视为一部诗歌集评之作。因此,诗、文、赋评点萌生的深层土壤乃宋代至清代科举制度的盛行与导向。

以词集而缀以考评的,以南宋初年《复雅歌词》为最早,惜佚。现存第一部带有评点的词选为南宋黄昇所编的《花庵词选》。黄昇,字叔旸,自号玉林,别号花庵词客。生卒年不详,其友冯取洽《沁园春·中和节日为黄玉林寿》词云"百年大齐,洽则平分",又黄昇自序写于"淳祐乙酉",即宋理宗淳祐九年(1249)。上推五十年,黄昇大概活动于南宋中后期宁宗、理宗两朝。《花庵词选》之所以与《河岳英灵集》《中兴间气集》不同,在于殷璠及高仲武仅于作者之下评论,相当于对诗人及其作品的评论及价值定位,如对入选诗作最多的王昌龄,殷璠评曰:"昌龄以还,四百年内,曹、刘、陆、谢,风骨顿尽。顷有太原王昌龄、鲁国储光羲颇从厥游。且两贤气同体别,而王稍声峻。至如'明堂坐天子,月朔朝诸侯……'。斯并惊耳骇目,今略举其数十句,则中兴高作可知矣。余常睹王公《长平伏冤》,又《吊枳道赋》,仁有余也。奈何晚节不矜细行,谤议沸腾,垂历遐荒,使知者叹惜。"③既有历史时空定位,又有同代之间对比,末论其人品,意谓对王氏及其诗歌的盖棺定论。《花庵词选》于所选词人、篇题、篇末均出现有评论,则相当于题下批、尾批、夹批的雏形。如李婴《满江红》题下批:"元丰中为薪水令作此,上东坡,坡甚奇之。"周邦彦《花犯·梅花》尾评:"此只咏梅花,而纡余反复,道尽三年间事,昔人谓好诗圆美流转如弹丸,余于

---

① 脱脱等:《宋史》卷一八〇,第 3604 页。
② 脱脱等:《宋史》卷一八〇,第 3604 页。
③ 殷璠:《河岳英灵集》,巴蜀书社 2006 年版,第 300—301 页。

此词亦云。"①此外,明代《草堂诗余》、清代《词综》等的评点中,仍多引录黄昇评语,于词集评点史上,具有承前启后之意义。明代万历之后,汤显祖评《花间集》,杨慎《词林万选》,茅瑛《词的》,沈际飞《古香岑草堂诗余四集》,陈仁锡笺释《类编笺释国朝诗余》,钱允治《合刻类编笺释草堂诗余》三集,卓人月、徐士俊《古今词统》等多家词集评点盛行,尤其以《花间集》《草堂诗余》极受士人欢迎,被称明人的"花草情结"。

从产生的根源看,诗、赋评点之作多为科举树立典范,词的评点还与性情宣泄、个人娱乐相关。如俞王言《辞赋标义》对汉魏六朝辞赋句意疏通、词句解释详细明了,为指导士子初学的最佳读本;王修玉《历朝赋楷》、陆葇《历朝赋格》、李元度《赋学正鹄》之"楷""格""鹄"等均有树立赋学典范之意。顾璘《题批点唐音前》云:"始学诗,一意唐风,若所批点《唐音》,乃其用力功程也。"又云"俾来学者知别蹊径,或结为筌蹄云",均指出为士子科考津筏之用。反之,词体因与利禄无关,又向被正统士大夫所鄙弃,因此,词体的发展便是一个不断与诗争锋的过程。就评点而言,则多是出于文人情感的宣泄和喜爱。如汤显祖《花间集》评点于"《牡丹亭》亭梦之暇",而无瑕道人在"遍历吴楚闽越间,登山涉水,临风对月,靡不以此二书相校雠"②,评点甚至有消除疲劳、神清气爽之用。明代李濂《稼轩长短句序》云:"余归田多暇,稍加评点。间于登台步垄之余,负耒荷锄之夕,辄歌数阕。神爽畅越,盖超然不觉尘累之解脱也"③。在评点风气盛行的明清时期,诗词赋的评点传播均有书商参与助推之力。如张凤翼《文选纂注》在明代的众多评点本,质量参差不齐,赵俊玲认为方廷珪《昭明文选大成》亦是书商型评点。卓人月《古今词统》传布后,曾有书坊窜改为《草堂诗余》《诗余广选》等书名以营利。赵万里《古今词统十六卷跋》指出:"此书后印者,改题《草堂诗余》,并猵加'陈继儒眉公评选'一行,不足据。"以名人效应做广告,与当下的商业行为不无一致处。

---

① 黄昇:《花庵词选》,上海古籍出版社 2007 年版,第 98 页。
② 无瑕道人:《花间集跋》,河北大学出版社 2006 年版,第 179 页。
③ 李濂:《嵩渚文集》卷五六,明嘉靖刻本。

二、汉赋与诗词评点形态特征

在评点形态上,汉赋与诗词评点均使用点、圈、三角、领圈、双圈等评点符号,对选集进行眉批、夹批、尾批以及序跋等表明批评宗旨,借名人宣传广告等。在评点过程中,还引录前人评点以提高评点价值等。从形式看,评点者不出字词、句、章的范围,以总集或别集选本评点为主要形式,或批点家自编自评,各有一己特色。

(一)字词、句、章的评点

字的批点。一般来讲,赋体多生僻字的敷陈、堆积,故赋体评点的一个重要特征是对字词的音释、义释。或注于天头,或于行间夹批。注释则多属对前人注释的简化,兼增己意。诗词评点则多无音释,对于词语,亦是偏向对典故的探源寻踪。而词源于民间兴起的燕乐,演唱功能较为发达,因此方言和衬字使用优劣是词体艺术的表征,而不似汉赋方言评点时的单纯释义。如杨慎《春情》"春梦浅,夜筹添,懒唱新翻《阿鹊盐》"句,卓人月眉批曰:"关中谓'好'为'盐',隋曲有《疏勒盐》,唐曲有《突厥盐》《阿鹊盐》。肩吾诗:颠狂楚客歌成雪,妩媚吴娘笑是盐。《正韵》'盐'字亦收,去声,与'艳'字通。《礼记》'盐诸利'之'盐',音'艳'。《古今乐录》云:大曲有艳、有趋、有乱,艳在曲前,趋与乱在曲后。"①白居易《竹枝》卓人月眉批:"凡泛言《竹枝》者,蜀词居多。"又如衬字,欧阳炯《江城子·晚日金陵岸草平》眉批,卓人月引录黄昇曰:"取'只今惟有西江月'之句,略衬数字,便另换一意。"

句的评点。赋体句子的评点多是就内容、韵致所作的评价或解释。而词体为争取正统地位,评点时多以诗解词。如明洪武二十五年(1392)遵正书堂刻本《群英草堂诗余》评点,宋祁《玉楼春》:东城渐觉风光好,夹批:"李:白水绕东城。谢玄晖:风光草际浮。"又"肯爱千金轻一笑"夹批:"李诗:一笑双白璧,再歌千万金。方千诗倍价,金价不一笑。"周邦彦《渡江云》:千万丝、陌头杨柳,渐渐可藏鸦。李白:"陌头杨柳黄金色";孟郊:"杨柳织别愁,千条万条

---

① 卓人月:《古今词统》,辽宁教育出版社 2007 年版,第 5 页。

绿。"广乐记诗:"杨柳可藏鸦。"周邦彦《浣溪沙》"水涨鱼天拍柳桥,云鸠拖雨过江皋"句夹批:"韦应物诗'微雨歇芳园,春鸠鸣何处',江淹《杂体》'幸及风云霁,青春满江皋'","又移日影上花梢"句夹批:"杜荀鹤诗'日高花影重'"①。在赋体评点中,以诗解赋评点形式则是源于大学问家的学识与才情,如郭正域《选赋》总体采用考证评点的模式,其中郭正域对杨慎及前代注解多有再评论。如班固《西京赋》"缭垣绵联,四百馀里"眉批:"善注云今以垣为亘,用修云缭垣绵联,此句本不必注,李善改垣为亘,殊谬。唐人诗'缭垣秋断草烟深',即此意也。"

章的评点。章的评点一般是对诗文的总体评价,内容包括与文本相关的方方面面。包括作者考辨、内容鉴赏、主旨揭示、创作缘由、命名本事、风格流变、格法声律、掌故传记等,举凡评点家所想所感均可下笔。所不同的是,诗词评点从自身意蕴出发,汉赋评点则突出结构作法与时文的关联。如顾璘评王勃《送杜少甫之任蜀州》:"多少叹息,不见愁语。读《送卢主簿》并《白下驿》及此诗,乃知初唐所以盛,晚唐所以衰。"从诗风言初、盛分界,似显牵强;又汤显祖评温庭筠《荷叶杯》其三:"唐人多缘题起词,如《荷叶杯》,佳题也。此公按题也,词短而无深味;韦相尽多佳句,而又与题茫然,令人不无遗恨。"评点词题之优劣也。评点家对赋的评点则往往与科举时文的规则及方法相关。如祝尧《古赋辨体》卷四评祢衡《鹦鹉赋》云:"咏物体当以此等赋为法。其为辞也,须就物理上推出人情,直教从肺腑中流出,方有高古气味。"又如李元度评班固《两都赋》,首句眉批曰:"严整不佻,得应制体。"二者均以汉赋名篇作为科场津筏。

（二）批评旨归

南宋以后,除个别名家诗词的评点单行本外,诗词选本评点是明清诗文选本的一个突出现象。目的是以选篇标宗明派、宣扬选者的批评主张。即"文者载道之器,而评文者商道之言也"②,评点又是通过选文探析选者及作者之

---

① 见明洪武二十五年遵正书堂刻本《群英草堂诗余》。
② 陈仁锡:《陈仁锡评点史记》,明崇祯刻本。

意的方式之一。如胡震亨曰："宋人诗不如唐,诗话胜唐。南宋人及元人诗话,又胜宋初人。如严之吟卷,刘之诗评,解会超矣。"刘辰翁自己亦以所评诗人知己自居,如其《评李长吉诗》云："旧看长吉诗,固喜其才,亦厌其涩。落笔细读,方知作者用心。料他人观不到此也,是千年长吉犹无知己也。"又如杨士弘《唐音》的编纂,独推盛唐。"观诸家选本,载盛唐诗者,独《河岳英灵集》。然详于五言,略于七言,至于律、绝,仅存一二。《极玄》姚合所选,止五言律百篇,除王维、祖咏,亦皆中唐人诗。至如《中兴间气》《又玄》《才调》等集,虽皆唐人所选。然亦多主于晚唐矣。王介甫百家选唐,除高、岑、王、孟数家之外,亦皆晚唐人……大抵多略于盛唐而详于晚唐矣",可知《唐音》所选以盛唐为准。还有以选存史,以诗、词、赋存人的考虑。如黄昇《花庵词选》评点:阮阆休《眼儿媚·离情》尾评:"阆休小词惟有此篇见于世,英妙杰特,所谓百不为多,一不为少。"①聂冠卿《多丽》尾评:"冠卿之词不多见,如此篇亦可谓才情富丽矣。其露洗华桐四句,又所谓玉中之拱璧、珠中之夜光。"②还有以情感为准的,如卓人月《古今词统》云:"词无定格,要以摹写情态,令人一展卷而魂动魄化者为上,他虽素脍炙人口者,弗录也。"

(三)批评热点

汉赋随着《文选》、史书评点的高峰而出现众多的评点,不足的是局限于名家名篇。如张凤翼《文选纂注评林》系列,于光华《文选集评》,凌稚隆《史汉评林》,金蟠、葛鼎《史记汇评》等。明代有关诗词亦出现众多集评汇评现象,如高棅《唐诗品汇·凡例》:"诸家评论繁甚,其有评论本人诗者,则附于姓氏之后。有评论本诗者,则附于本诗之前。后有评论本句者,则附于本句之下。夫文章者,公器也。然而历代辞人志趣不叶,议论纵横使人惑于趋向。今取其正论、悟语悉录之。其或文儒奇解过中之说,一无取焉。"实可视为一部诗歌集评的本子。据孙琴安统计,唐诗的汇评,有题李维桢《新镌名公批评分门释类唐诗隽》,题梅鼎祚编选、屠隆集评的《李杜二家诗钞评林》,徐克编撰的《评

---

① 黄昇:《花庵词选》,上海古籍出版社2007年版,第84页。
② 黄昇:《花庵词选》,第78页。

注百家唐诗汇选》，杨肇祉《唐诗艳逸品》，徐用吾《唐诗分类绳尺》，黄克瓒、卫一凤《全唐风雅》，沈子来《唐诗三集合编》，郭浚《增定评注唐诗正声》，李沂《唐诗援》，题凌云所辑的《唐诗绝句类选》，周珽《唐诗选脉会通评林》，凌宏宪《唐诗广选》等，此外，像王维、孟浩然、李贺、杜牧等一些唐代大家、名家的诗集，在这一时期也都有汇评本在民间流传①。明代又是《草堂诗余》的大盛时期。是书成于宋代，《四库全书总目提要》云："旧传南宋人所编。"《直斋书录解题》："《草堂诗余》二卷，书坊编集者。"然其在明代的刻本，据刘军政统计有 39 种之多。毛晋《草堂诗余跋》说："宋元间词林选本，几屈百指，惟《草堂诗余》一编，飞驰几百年来，凡歌栏酒榭丝之竹之者，无不拊髀雀跃；及至寒窗腐儒，挑灯闲看，亦未尝欠伸鱼睨，不知何以动人一至此也。"汤显祖《花间集叙》："《诗余》流遍人间，枣梨充栋，而讥评赏誉之者亦复称是，不若留心《花间集》者之寥寥也。"以明洪武二十五年遵正堂刻本为例，将历代词话、诗话的评论内容均有收录，如《苕溪渔隐丛话》《古今词话》《落溪诗话》《玉林词话》《高斋诗话》《后山诗话》《诗话总龟》等，清代《国朝名家诗余》收吴伟业、龚鼎慈、梁清标、宋琬、王士禄等 17 家词集及评点。

三、汉赋与诗词评点的文体特征及价值

（一）诗词评点较汉赋重视音韵。杨诚斋《词家五要》："一曰择腔，二曰应律，三曰按谱，四曰详韵、五曰立新意。而且曰幽曰奇，曰淡曰艳，曰敛曰放，曰秾曰纤，种种毕具。"汤显祖评顾复《酒泉子》其七："填词平仄断句皆定数，而词人语意所到，时有参差。古诗亦有此法，而词中尤多。即此词中字之多少，句之长短，更换不一，岂专恃歌者上下纵横取协耶？此本无关大数，然亦不可不知，故为拈出。"卓人月《古今词统》对词用韵的评点：毛滂《感皇恩·绿水小河亭》眉批："后字与西池月上人归后，皆歇韵之佳者。"晁冲之《感皇恩·寒食不多时》眉批："用韵酌古斟今，为词韵之式，不争绮语。"辛弃疾《闻蝉蛙戏作·簟铺湘竹帐笼沙》眉批："歌、麻二韵，稼轩往往通用。"薛昭蕴《离别难》眉批："物相杂谓之文，此词用韵，正以错杂见奇。"苏轼《醉翁操·琴曲》眉批：

---

①　孙琴安：《中国评点文学史》，第 111 页。

"六声三韵传之今日,亦是一曲《广陵散》。"苏轼《琵琶·妮妮儿女语》:"其缓调高弹,急节促挝,可以目听。"辛弃疾《答杨世长》:"依韵和歌,辛词最盛,无不天然辐辏,有水到渠成之趣。"韵字往往还可当作诗词分段和编选标准的重要依据,古赋不分韵,围绕司马相如《子虚赋》《上林赋》是一篇抑或两篇的问题纠结千年。词则不同,如张泌《江城子》共两首,《古今词统》引黄昇曰:"唐词多无换头。如此词自是两首,故重押两'情'字、两'明'字,今人合为一首,误矣。"周邦彦《瑞龙吟·章台路》尾批引《花庵词》按:"美成此词自'章台路'至'归来旧处'是第一段,自'黯凝伫'至'盈盈笑语'是第二段。此谓之双拽头,属正平调。自'前度刘郎'以下,即犯大石,系第三段。至'归骑晚'以下四句,再归正平。今诸本皆于'吟笺赋笔'处分段者,非也。"杨士弘《唐音》即从音律辨析诗的流变,如其将初唐四杰93首诗作为始音,"四君子一变而开盛唐之端,卓然成家。观子美之诗可见矣。然其律调初变,未能纯,今择其粹者,列为《唐诗始音》云",谓四杰律调初变六朝的绮靡之风,又《正音》选陈子昂26首置首,作者名下对陈子昂生平简单介绍后,引《文艺传》云:"唐兴,承徐庾遗风,至子昂始变正雅,为感遇二十八首。王适云子昂感遇诗为海内文宗,诚知言也",对陈子昂恢复古雅、变革齐梁之功尤其推重。

(二)汉赋因篇幅长而出现节本,即只录与评点相关的词句,或选录与选本批评宗旨相关的赋篇,诗词则因内容为评点者所不喜。以汉赋评点看,清代佚名《两汉赋钞》是现存唯一的一部汉赋评点总集,选录赋作以司马相如、扬雄、班固、张衡为主,然因赋篇宏制,内容多有省略,对赋作时间、篇目真伪、地名、赋句、意旨有简单阐发与注解,多是因袭史书,并无新见。诗词评点家则因诗词文本出现优劣、雅俗之见。如顾璘《唐音评注》评王安国《春情·画桥流水》眉批:"读'马上句',觉'马上续残梦'及'带得诗来马上敲'之句皆劣。"王勃《仲春郊外》"鸟飞村觉曙,鱼戏水如春"句,顾璘评曰:"一句近俗,意犹是六朝卑处。"《郊园即事》"断山疑画障,县溜泻鸣琴"眉批:"此等语近俗。"又如汤显祖评温庭筠《河传》三首:"三词俱少轻情,似不宜于十七八女孩儿之红牙拍歌,又无关西大汉执铁镗板气概,恐无当也。"评温庭筠《清平乐·上阳春晚》:"《清平乐》亦创自太白,见吕鹏《遏云集》,凡四首。黄玉林以二首无清逸,气韵促促,删去,殊恼人。此二词不知应作何去取。"评韦庄《天仙子》其四尾批："以上四首俱佳绝,卒章何率意乃尔!岂强弩之末,江淹才尽耶?其五"刘阮不归春日曛"句加点眉批："无此结句,确乎当删。"评韦庄《喜迁莺》二首："读《张道陵传》,每恨白日鬼话,便头疼欲睡,二词亦复类此。"

(三)汉赋与诗词评点术语的分异。汉赋有散体,有骚体,犹诗词有豪放、婉约之别,然均属风格相异,不可以优劣论。孟称舜《古今词统序》："幽思曲想,张、柳之词工矣,然其失则俗而腻也,古者妖童冶妇之所遗也。伤时吊古,苏辛之词工矣,然其失则莽而俚也,古者征夫放士之所托也。两家各有其美,亦各有其病,然达其情而不以词掩,则皆填词者之所宗,不可以优劣言也。"因此,盛丽、妖冶、悲壮、豪俊、妖、娇腻、妩媚、藻丽、纤靡等均为词体术语。如卓人月《古今词统》的评点多出现妖、娇腻等词,如范成大《柳塘·酣酣日脚紫烟浮》眉批："('东风'二句)比'吹皱一池春水'更妖矣。"紫竹《约方乔不至·醉柳迷莺》眉批："起八字何其娇腻。"汤显祖评点则多用妩媚、藻丽、纤靡等语,如张泌《蝴蝶儿》"阿娇初着淡黄衣"加点眉批："妩媚。"毛文锡《虞美人》其二"宝檀金缕鸳鸯枕"句加点眉批："富丽。"孙光宪《风流子·茅舍槿篱溪曲》尾批："田家乐耶?丽人行耶?青楼曲耶?词人藻,美人容,都在尺幅中矣。"诗歌评点术语与评点者的诗学批评相关,如顾璘推崇盛唐,诗歌评语便多"风骨""飘逸""风流""兴象"等字眼。

汉赋与诗词评点的术语是相通用的。如以评赋的术语评论词体,龚芝麓《和吴修蟾雨中春恨》,杜于皇云："体物浏亮,盎盎如春云之满空,至'梦浅无痕,怜深似病'八字,尤为画家没骨绘也。"亦有评点理论的一致相通,如张惠言编有《七十家赋钞》选自屈原至庾信古赋,并使用比兴寄托等角度评点,此后,张惠言编《词选》一编,陈廷焯赞为"扫靡曼之浮音,接风骚之真脉。《附录》一卷,简择尤精,洵有如郑抡元所云,后之选者必不遗此数章,具冠古之识者,亦何嫌自负哉"①。同样以古为好。张惠言对词体的评点亦运用比兴想象之词,甚至牵强附会。如评温庭筠《菩萨蛮》"小山重叠金明灭"篇："此感世不遇也。篇法仿佛《长门赋》,而用节节逆叙。此章从梦晓后领起'懒起'二字,

---

① 陈廷焯:《白雨斋词话》卷四,清光绪二十年刻本。

含后文情事，'照花'四句《离骚》初服之意。"①又如评辛弃疾《菩萨蛮·书江西造口壁》："《鹤林玉露》云：'南渡之初，金人追隆祐太后御舟至造口不及而还，幼安因此起兴，"鹧鸪"之句谓恢复行不得也。'"评王沂孙《高阳台·此题应是梅花》："此伤君臣晏安、不思国耻、天下将亡也。"张惠言认为好的词作不仅仅是语词的雕琢修饰，而是有所寄托兴发，"然要其至者，罔不恻隐盱愉，感物而发，触类条鬯，各有所归，非苟为雕琢曼而已"，故张惠言对所选词作进行解析，"义有幽隐，并为指发，庶几塞其下流，导其渊源，无使风雅之士，惩乎鄙俗之音，不敢与诗赋之流同类而讽诵之也"。试图将词体提升至诗赋的地位。

（四）诗词从正面强调情感的真实，汉赋则以虚构夸张的铺排达到相反的效果。卓人月评吕本中《别情》曰："章法妙，迭句法尤妙。似女子口授，不由笔写者。情不在艳，而在真也。"而汉赋的铺张是讽喻的形式之一，如何焯评班固《西都赋》云："前篇极其眩耀，主于讽刺，所谓抒下情而通讽喻也。"又如孙鑛评《上林赋》"独不闻天子之上林乎"的夸饰云："如此立论，然则天子亦何以侈夸，夸者皆虚词，正是故为不可通无理之说，以见游猎之无益，的然是讽，何得云劝百而讽一。"即赋家故意虚说至极，从而使天子自悟其荒谬。

由文体的不同，宋元之后，诗词汉赋评点一个不约而同的风向是辨体思潮的涌起。如元杨士弘《唐音》分《始音》《正音》《遗响》三部分，《始音》只选王杨卢骆四家，《正音》以体裁分为无言古诗、七言古诗、五言律诗（排律附）、七言律诗（排律附）、五言绝句（六言绝句附）、七言绝句，《遗响》不分体，选"未见全集不足以名家者，或选调不入正音，然不可弃者，或选能卓然名家但堕于一偏者，或选方外、闺秀、无名氏之近于乐府唐音者"②。顾璘《唐音评注》于五言律诗批点曰："五言律诗贵乎沉实温丽、雅正清远、含蓄深厚有言外之意，制作平易无艰难之患，最不宜轻浮，俗浊则成小儿对偶矣。似易而实难，又须风格峻整，音律雅浑，字字精密，乃为得体。唐初唯杜审言创造工致，盛唐老杜神妙外，唯王维、孟浩然、岑参三家造极。王之温厚，孟之清新，岑之典丽，所谓

---

① 张惠言：《词选》，河北大学出版社 2006 年版，第 115 页。
② 顾璘：《唐音评注》，河北大学出版社 2010 年版，第 9 页。

圆不加规、方不知矩也。"①又评七言律曰："七言律诗务在雄浑富丽之中有清
沉微宛之态……夫盛唐唯王、岑、高、李最得正体,足为规矩。后之学者,不肖
音调,学雄浑者必枯硬,学清沉者必软腐而归于庸俗矣。"②

　　以辨体为契机,诗词赋各体间的关联与分异是明清诗文评点的一个方向,
并进一步向深细处发展。以词之铺叙与赋之敷陈为例,汉赋撰作以敷陈夸饰
为手段,达到惊悚的效果。在手法上可细节描摹,可大处落笔;词作铺叙则偏
向细节描摹一途,这种细节讲究精致、传神、有韵味。《乐府指迷》云:"诗难于
咏物,词为尤难。体认稍真,则拘而不畅;摹写差远,则晦而不明。"汤显祖评
韦庄《菩萨蛮》其三:"填词白描,须看微致。若全篇平衍,几同嚼蜡矣。"对于
相同主题的铺陈,词与赋的表现方式也明显不同,如苏轼《咏笛材·楚山修竹
如云》,卓人月眉批:"一百余字,堪与马融《长笛赋》抗衡。"铺陈优劣并不以字
数多少为定,如辛弃疾《和傅先之赋雪·泉上长吟我独清》眉批:"梁园之赋,
岂能有此。"卓人月对杨慎《一七令·花》眉批:"此体始于唐人送白乐天席上,
指物为赋,然皆率意口占,无此工妙。"

　　还有从意境上对词、赋二体的比较。如龚芝麓《春日湖上》:"晴日花边萧
鼓,春人画里楼台,鸥夷烟桨碧天开,不记鸣茄绝塞。岁月频销浊酒,风波不到
苍苔。小苏罗带柳卿才,喜与青山同在。"丁飞涛云:"此数言固是长卿慢世。"
词体的要眇与六朝恋情美色赋甚为相似,在词体的评点中,多有指出二者的相
通处:

　　　　龚芝麓《大酺和秋岳春忆·忆柳如烟》,陈纬云云:"庾子山《哀江南
　　赋》耶? 沈初明《通天台表耶》,读之唾壶欲碎。"

　　　　梁清标《暮春雨中十五弟归里·可怜九十春光尽》,董苍水云:"情景
　　黯淡,不减江郎《别赋》。"

　　　　宋荔裳《舟中见丽人·渌水芙蓉掩映》,王农山云:"温柔旖旎,抵得
　　《闲情》一赋。"

　　　　曹顾菴《乙亥中秋京邸怀旧·平山堂外青螺阔》,田髣渊云:"俯仰兴

---

① 顾璘:《唐音评注》,第 287 页。
② 顾璘:《唐音评注》,第 379 页。

感,明远之赋芜城无以复过。"

陆密菴《清商怨·芙蓉》,陈其年云:"艳色逢迎,陶令又将作《闲情赋》矣。"

彭羡《春愁·平芜南浦萋萋碧》,湘尹云:"词中白描最难,结语可括江文通《别赋》。"

王阮亭《赋余氏女子绣洛神图·芝田蘅薄明珠翠羽》尾批:程村云:"用《洛神赋》中语入词,亦有神光离合之意。"①

此外,从文体演变看,宋元以来有各体间的比较,以诗体为尊,赋体及词体则极力向诗体比附,以期获得接受。词变而为曲,词的评点还与戏曲文体相关联。如《古今词统》朱淑真《元夕》眉批:"元曲之称绝者,不过得此法。"《草堂诗余》评本《菩萨蛮·平林漠漠烟如织》尾批引黄昇曰:"太白此词允为百代词曲之祖。"汤显祖评《花间集》:顾敻《献衷心·绣鸳鸯帐暖》:以下三词颇无佳句,但开曲藻滥觞耳。昔人谓诗情不似曲情多,末流之弊,唐人先已作俑。评毛熙震《临江仙·南齐天子宠婵娟》:"长短句盛于宋人,然使之有曲诗、曲论之弊,非词之本色也。此等漫衍无情,亦复未能免此。"因此,评点是综观诗文发展演变历程的重要脉络,其内含文体批评又是文学批评的基石,至今是中国古代文学研究的重要参考。

第二节　汉赋评点与小说、戏曲评点

汉赋与小说、戏曲文体相异,然均属文学评点之范畴。在评点形态上有大体相似的固定模式,如章回小说评点的"序""读法""回评""眉批""夹批",戏剧评点的"序跋""总批""读法""出批""眉批""夹批""尾批"等,汉赋的评点,亦大体不出序、跋、凡例、眉批、夹批、尾评等形式。汉赋作为庙堂贵族文学的代表,与通俗民间文学的小说、戏曲相较,汉赋是最早的文人代表,小说、戏曲相当多的作品都是在书会才人、说唱艺人和民间无名氏作家那里经世代流

---

①　孙默:《国朝名家诗余》,《中华再造善本》据中国国家图书馆藏清康熙孙氏留松阁刻本影印。

传之后,最终由文人写定。其实质归于文人叙事,其精神不脱虚实两端。虚与实作为一切文学创作的基本审美范畴,是创作成败的关键。落实于明清时期评点家对虚实观的观照,主要有三个维度:一是对文本本身虚构的揭示,从创作层面评析虚实手法于文本创作的技巧、玄妙的作用;二是在明清科举及文坛时风的制约下,借用时文术语解析文本,指导初学,此时虚实手法为一种观念,是评点家形成的新文本,创作者未必如此;三是受评点者本人素养的影响,如评点时将庄子、道家语等附会阐释文本,是虚实观念的延伸运用。评点作为中国一种独特的批评样式,融会各体创作内涵、揭示创作目的源流、玄机关窍,是从实践层面对诗文创作理论进行的总结和提升,向为人所忽略。因此,本节以此为契机,观照汉赋、戏曲、小说等文体评点的内涵及价值。

一、文本创作的虚实评点

虚实相生是文学创作的基本手段。汉代司马迁称司马相如虽多"虚词滥说",然终归节俭,不害讽谏。《西京杂记》称相如作赋"意思萧散,不复与外事相关,控引天地,错综古今,忽然如睡,焕然而兴,几百日而后成"①,赋体虚构性的本质和特征,实开后世小说、戏曲虚构之先声。唐代"始有意为小说",虚实理论并未得到明确阐发。宋代洪迈《容斋随笔》曰:"虽小说、戏剧,鬼物假托,莫不宛转有思致。"已注意到此问题。明代谢肇淛《五杂俎》云:"凡为小说及杂剧、戏文,须是虚实相半,方为游戏三昧之笔。亦要情景造极而止,不必问其有无也。"②可知小说、戏剧与汉赋三昧精髓均在虚实手法的运用。而评点家对文本创作中虚实的关注有以下几个方面。

首先,虚实手法的来源。明清评点家对汉代赋家虚实观的来源极为关注。如揭示赋家用老庄道家之玄虚达观的心态排遣抑郁,自我调适。陈螺渚评《鵩鸟赋》曰:"汉儒者不傍老庄门户,惟一董江都,此赋一死生,齐得丧,正是打不破死生关头,依托老庄,强为排遣耳,晋人以清虚达观转相祖述,其源已肇于此,厥后因长沙王堕马自伤夭殁,何能曩曩言之于前,不能坦坦由之于后耶,

---

① 葛洪:《西京杂记》卷二,第 12 页。
② 谢肇淛:《五杂俎》卷一五,明万历四十四年潘膺祉如韦馆刻本。

赋则抑扬反复,自是可传。"将魏晋清谈的源头上溯至汉初赋家的黄老思想,可谓的论。方廷珪评《思玄赋》:"思玄者,思玄远之德也,汉和帝时,衡为侍中,诸常侍恶直丑正,欲免衡,故作赋以申其志。老子云:'玄之又玄,众妙之门。'衡因诸常侍欲害己,故思游于六合之外,然势既不能,惟宅其心于至虚至静之地,庶不撄乎世患,故曰思玄。"题名解读与社会背景相结合,指出赋家思玄之根源。至晚明庄禅盛行,评点家以庄禅入评点,则又大不同。

其次,虚实手法的目的。汉代赋家除了偏向自我内心的排遣外,还有一个目的是惊悚人主,达到曲终奏雅的效果。而戏曲、小说家则较多体现为对现实的关怀,对社会现实的揭露及教化。如孙鑛评《上林赋》"独不闻天子之上林乎"句云:"如此立论,然则天子亦何以侈夸,夸者皆虚词,正是故为不可通无理之说,以见游猎之无益,的然是讽,何得云劝百而讽一。"评《子虚赋》眉批:"相如以子虚,虚言也,为楚称,乌有先生者,乌有此事也,为齐难,无是公者,无是人也,明天子之义。"此后扬雄、班固、张衡赋作均强调对上的讽谏之用。小说、戏曲则假一人、一事宣扬孝悌忠厚等教化之理,此理与事件、人物时的虚实无关,甚至可以假托寓言。明代冯梦龙《警世通言叙》曰:"人不必有其事,事不必丽其人。其真者可以补金匮石室之遗,而赝者亦必有一番激扬劝诱、悲歌慷慨之意。事真而理不赝,即事赝而理亦真,不害于风化,不谬于圣贤,不戾于诗书经史,若此者岂可废乎!"清代李渔《闲情偶寄》卷一:"传奇所用之事,或古或今,有虚有实,随人拈取。古者,书籍所载,古人现成之事也;今者,耳目传闻,当时仅见之事也;实者,就事敷陈,不假造作,有根有据之谓也;虚者,空中楼阁,随意构成,无影无形之谓也。人谓古事多实,近事多虚。予曰不然。传奇无实,大半皆寓言耳。欲劝人为孝,则举一孝子出名。但有一行可纪,则不必尽有其事,凡属孝亲所应有者,悉取而加之。"

文学批评并不只是对文学文本作出阐释,它还将触角伸向广阔的社会领域,通过对作品阐释向社会发言。马积高提出明后期赋作值得注意的现象是现实性颇强的作品很多,其中尤以讽刺赋的复兴最引人注目。① 而评点家则重在挖掘文本的精神主旨和社会背景。如方伯海评王粲《登楼赋》:"是时汉

---

① 马积高:《历代辞赋研究史料概述》,中华书局 2002 年版,第 147 页。

室播迁，故粲南依刘表，表多文少实，外厚内猜，岂是可依之人，此赋虽是怀乡，实是感遇，故借登楼而发其恋土之情，亦逝将去汝之意也。"吴仪一《长生殿》第五出《禊游》尾批："行文之妙，更在用侧笔衬写。如以游人盛丽，映出明皇、贵妃之纵佚；以遗钿坠舄，映出三国夫人之奢淫。并禄山之无状，国忠之荡检，皆于虚处传神。观者当思其经营惨淡，莫徒赏绝妙好辞也。"

再次，虚实手法对文脉的作用。评点家对虚实手法对文章脉络的作用亦多有阐释。文贵曲折，不可一览而尽。虚中荡实，前后相倚，不脱文情的真实理致。《左传》《史记》等均有此手法的运用。因此，小说、戏曲乃至一切叙事作品均须有跌宕生姿之感。金圣叹《读第六才子书西厢记法》曰："文章最妙，是目注彼处，手写此处。若有时必欲目注此处，则必手写彼处。一部《左传》，便十六都用此法。若不解其意，而目亦注此处，手亦写此处，便一览而尽。《西厢记》最是解此意。"《西厢记·前候》出《元和令》云："右第六节。只此四语是一篇正文，其余都是从虚空中荡漾而成。"清代吴仪一评《长生殿》第十六出《羽衣第二叠》曰："此曲只形容贵妃舞态尽致极妍，非月中霓裳仙乐也。至《重圆》折天女所奏，方是本曲。此文家善于布虚处。"又如《水浒传》第一回写高俅因帮闲浮浪，由开赌坊的柳大朗送至生药铺的董将仕，董将仕送至小苏学士，小苏学士又送至小王都太尉，辗转于各府衙之门，终于安身下来。由小王都太尉宴请端王，凭空忽然生出端王看见镇纸狮子，心生喜爱，王都尉说道："再有一个玉龙笔架，也是这个匠人一手做的"，金圣叹评曰："忽然生出狮子，又忽然陪出笔架。狮子实，笔架虚，极文章之致也。"看似毫无关联的曲折起伏，与下文高俅给端王送礼而发迹大有关联，而作为关键的狮子、笔架送至端王处却略而带过，文情波澜，虚实相扣。

汉代大赋铺采摛文，不能死板堆砌。赋家极尽形容之能事的同时，须调动视觉、听觉等文字配合，使意中所言，曲折变换写出。如孙月峰《西京赋》首段眉批：大凡四面叙地势法，类多推而板，此独错落圆活，音节铿锵，长短虚实相应，更句锤字炼，铸成苍翠之色。真是千金万宝，孟坚所不及。何义门评《东都赋》曰：写建武实，写永平虚，建武语简而该，永平语详而赡，笔意变换。李元春评《上林赋》"若人之所蹈藉，与其穷极倦"数句："须看其措句长短，命意详略，用笔虚实，无一不见参错，文人能事于兹可悟。"鲍桂星《赋则·两都赋》

眉批:"西都实而东都虚,看其布置之妙。"

此外,赋家利用虚实可以避开与前人赋作的雷同因袭感。何义门《东京赋》曰:"平子《东京》,与班氏《东都》不同。班氏全祖《长杨》,以虚运成文;平子却于首尾用虚,中间用实,历言典制,自成一格,古人之不肯蹈袭如此。"江淹《横吹赋》"一命而若烟,知半气之如烛"句加点眉批:"虚字繁处,弥见古拙。"尾批:"从渊云夺胎而出,以秀警天分,真不可及。"屈宋之后,赋体创作递相祖述,以不着痕迹为优。

二、借用的虚实观念

刘辰翁《世说新语》的评点首创小说评点之例,但小说评点的繁荣却是与明代中叶以后八股文评点特别兴盛相关。鲁迅谈金圣叹的评点曰:"经他一批,原作的诚实之处,往往化为笑谈,布局行文,也都被硬拖到八股的作法上。"①赋体亦是如此。明清科举以律赋为主,因此律赋与时文关系尤其密切,论者甚多。如余丙照《赋学指南》:"绘景贵乎雅与题称,如花草雪月等题,是实景也,描实景不可至于堆垛,要有实而虚之之妙。如春阴、秋阴等题,是虚景也,描虚景不可陷于空疏,要有虚而实之之妙。"李元度评《岳武穆奉诏班师赋》:"作者长技,以轻清圆活为宗,不冗不平,最利场屋。然究其得力,总在数虚字,弄得圆转如意耳。"由律赋上及汉赋,在评点中亦与八股作法密切相关。

(一)明代英宗天顺以前,举业之文大多敷衍传注,或对或散,并无定式。宪宗成化以后,始为八股。其法,截本题为两截,每截作四股,每股一反一正,一虚一实,一浅一深;其两扇入格,每扇四股,因此谓八股。清初汉赋评点中,截、扇、虚、实等八股术语直接套用于赋法讲评:

> 方廷珪《长门赋》尾批:"按此赋之妙,止是得步步展挪之法……前一截望中情景,俱是以一步展出一步,一步挪出一步之法。用实写遂乃援琴自适,排遣愁心,岂知曲未终阕,早已感深左右……此是后一截望中情景,亦俱是以一步展出一步,一步挪出一步之法,用虚写。末以望诚不尽之意作结,后来传奇多借此作蓝本。"

---

① 鲁迅:《谈金圣叹》,载《鲁迅全集》第5卷,中国文史出版社2002年版,第197页。

周平园《西都赋》尾批："赋自首至尾，用意用笔，无一重复，只是明于避就虚实之法，有后截意于前截预伏者，有前截意于后截发明者，要在读者寻思用意，自得其金针所在耳。"

在明清汉赋评点中，字、词、句、章、意等的评点大多是为科举律赋而服务。八股文由破题、承题、起讲、起比、中比、后比、末比构成，前后四股间的起承转合即方廷珪所谓《长门赋》"一步展出一步，一步挪出一步"之法，八股文破题一般开宗明义，承题则承上启下，下文既要根据题目，揣摩圣贤思想，又要对题目作或正或反或层层剥笋式的分疏。即周平园谓《西都赋》"后截意于前截欲伏，前截意于后截发明"之意。一般来说，律赋与八股文体制较为接近，对汉赋作直接的比拟还是少数。

（二）戏曲与八股均是在明清盛极一时的产物，一为民间俗乐，一为高堂庙文。然明代开始，亦有一批戏曲作家成为科举文人。一方面，促进传奇的雅化，另一方面也使八股文带有传奇的印痕。八股文大家如汤显祖，因抵抗张居正的权力笼络，声名为戏剧所掩，实际上，金声、陈际泰、章世纯、黄淳耀等八股文大家均受到汤显祖的影响。明代赵吉士《寄园寄所寄》所列明代举业八大家即有汤显祖一席：王鏊、唐顺之、瞿景淳、薛应旂、归有光、胡有信、杨起元、汤显祖。汤显祖以词采擅名，为才子之文。其制义与戏曲均以奇为胜，这种奇指不循常规，出人意料。如《牡丹亭》一灵咬住，生而复死、死而复生的体制安排。其中《论崇》出《金索挂梧桐》折"有甚伤憔悴"句，钱宜评曰："有甚伤憔悴"，直言其有何忧伤？亦如老杜云："知道个甚么也。"坊刻作"为甚伤憔悴"，是猜疑语，不合。且与首曲"为甚轻憔悴"犯重矣。① 汤显祖的戏曲与八股创作均讲求文辞上的虚实相生，才情流溢。

早在戏曲产生伊始，便与科举关联。如西厢故事最早源于元稹《莺莺传》，其背景是唐代的"婚"与"仕"，在其后的历史演变中，张生由看重功名到轻视功名，进而变成痴情种子，是与元稹、董解元、王实甫所处的时代及当时对科举功名的认识相关。该剧老夫人一而再、再而三地赖婚，实则表现了科举文

---

① 吴吴山三妇合评：《牡丹亭》，上海古籍出版社 2008 年版，第 42 页。

化与世族文化的冲突①。戏曲反映科举,科举亦可以反映戏曲。清初以尤侗、王广心等人的游戏八股,以八股文写西厢记故事,亦产生很大影响。尤侗《怎当他临去秋波那一转》受顺治赏识而名噪海内。王士祯《池北偶谈》载:"吴郡尤悔庵侗工乐府,尝以《临去秋波那一转》公案,戏为八股文字。世祖见而喜之。其所撰乐府亦流传禁中,世祖屡称其才……康熙己未,尤以召试入翰林,为检讨。"并以小字注曰:"近见江左黄九烟周星作《怎当他临去秋波那一转》制义七篇,亦极游戏之致"②。梁章钜《制义丛话》全文收录,后周星同名又作七篇。周氏自言:"以传奇语为时义,尤自古未有也。"③

因此以八股章法评点《西厢记》便不为奇。如金圣叹评《西厢记》云:"譬如文字,则双文是题目,张生是文字,红娘是文字之起承转合。有此许多起承转合,便令题目透出文字,文字透入题目也。其余如夫人等,算只是文字中间所用'之''乎''者''也'等字。"怕人不明白,又曰:"譬如药,则张生是病,双文是药,红娘是药之炮制。有此许多炮制,便令药往就病,病来就药也。其余如夫人等,算只是炮制时所用之姜、醋、酒、蜜等物。"金圣叹将八股文体制的种种规范来解析《西厢》,包括虚实运用。即以时文评点戏曲,是清初帝王对科举的态度之一,在某种程度上迎合了顺治帝对游戏八股的热爱及士子对功名的追求。

三、扩展的虚实观念

万历以后,时文日变,"始承禅学之余,继以庄、列、管、韩之险涩,已乃效苏、曾而流于浮冗,迨后则齐梁浮艳,益趋淫曼。"④方苞《钦定四书文·凡例》曰:"明人制义,体凡屡变。自洪、永至化、治,百余年中,皆恪遵传注,体会语气,谨守绳墨,尺寸不逾。至正、嘉作者,始能以古文为时文,融液经史,使题之义蕴隐显曲畅,为明文之极盛。隆、万间兼讲机法,务为灵变,虽巧密有加,而气体苶然矣。至启、祯诸家,则穷思毕精,务为奇特,包络载籍,刻雕物情,凡胸

---

① 李子广:《科举文学论》,中国社会科学出版社 2012 年版,第 83 页。
② 王士祯:《池北偶谈》卷一五,文渊阁《四库全书》本,子部第 870 册,第 214 页。
③ 周星:《九烟先生遗集》卷六,清道光二十九年左仁周诒朴刻本。
④ 王夫之:《王船山诗文集》卷二《石崖先生传略》,中华书局 1983 年版,第 19 页。

中所欲言者,皆借题以发之。就其善者,可兴可观,光气自不可泯。"其中"体会语气""融液经史""务为灵变""借题发之"等语均体现时文在写作时众体皆参、以神运之的特点。

将佛经之语引入举业,当始于万历五年(1577)科,其始作俑者为杨起元,而老庄之语入于举业,则始于隆庆二年(1568),当时会试主考李春芳厌五经而喜老庄,黜旧闻而崇新学。其首题《论语》"子曰:由,诲汝知之乎"一节,其程文破云:"圣人教贤者以真知,在不昧其心而已。"顾炎武注曰:《庄子·大宗师》篇:"且有真人而后有真知。"《列子仲尼》篇:"无乐无知是真乐。"真知始明以庄子之言入之文字。① 此后五十年间,举业所用皆释老之书。诸如道家之"真修""真诠""玄通""玄览",佛家之"实际""悬解""本来面目""大彻大悟"等一时蔚为风气。(徐寅《宦历漫纪》卷四《申明正文体以凭解卷》,明天启元年刻本)对此,顾炎武评价曰:"当万历之末,士子好新说,以庄、列、百家之言窜入经义,甚者合佛老与吾儒为一,自谓千载绝学。"②后人对明人束书不观、空虚浅鄙之八股文风的批评就不足为怪了。

明代中后期,学术史上存在着两大思潮:一是儒佛道三教合流,二是诸子学开始复兴。八股举业中,出现禅言、子史语,并不为奇。在赋体中将老庄、禅释之语引入评点,以俞王言为代表。评司马相如《美人赋》:"佛乘离欲无欲即是二乘,在欲忘欲斯为上乘,即此赋意也。"贾谊《惜誓》首句眉批:"厌世俗尘浊故远举而上仙",又"不如反余之故乡"句批曰:"虽上仙犹不忘故国。"俞王言,字皋如,海阳(今属安徽)人。据《明史》卷九八、《千顷堂书目》、《浙江通志》载录,其妻马氏与刘苑妻张氏、沈煊妻张氏、陆定征妻曹氏,俱夫亡不食死,被归入"列女"一类。著有《金刚标指》1 卷、《心经标指》1 卷、《楞严标指》12 卷、《圆觉经标指》1 卷,辑有《辞赋标义》29 卷,今藏国家图书馆善本部。万历三十四年(1606),安徽休宁县令李乔岱,命邵庶并"文学贡元胡九皋、郡生程涓、邵辉、胡斗玑,邑生金世忠、俞王言、金鼎铉、范榭等八人"分曹校述《休宁县志》。可知俞氏在当地小有声望。其弟子金溥称自少年即从其学《南

____

① 顾炎武:《日知录》卷一八,上海古籍出版社 2013 年版,第 1057 页。
② 顾炎武:《顾炎武诗文集》卷五《富平李君墓志铭》,中华书局 1983 年版,第 119 页。

华》《楞严》《楚辞》,可知其评点旨趣。

在戏曲中,亦有将禅释语引入评点者。如金圣叹评点《西厢记》《酬韵》出《斗鹌鹑》折曰:"禅门《宝镜三昧》,有'银碗盛雪、明月藏鹭'之二言,吾便欲移以赞此以下三节文。"①《寺警》出《端正好》"不念《法华经》,不礼《梁皇忏》……袒下了偏衫"句下批:"农夫力而收于田,诸奴坐而食于寺。有王者作,比而诛之,所不待再计也,而愚之夫,尚忧罪业。夫今日之秃奴,其游手好闲,无恶不作,正我昔者释迦世尊于《涅槃经》中所欲切嘱国王大臣'近则刀剑,远则弓箭,务尽杀之,无一余留'者也。"金圣叹批判当时和尚游手好闲、无恶不作行径,并说"圣叹此言,乃是善护佛法,夫岂谤僧之谓哉",金圣叹对现实的批判,反说是出于护卫佛法的立场,为自己开脱罪名,其癫狂性格亦尤为可笑。

此外,评点中扩展的虚实概念,还指与书法、绘画艺术的沟通。书法的虚笔与实笔指的是实在的笔画和暗示的笔画,也就是点画与点画之间的空白处。墨出形,白藏象,虚笔追求的是作品的象外之象、味外之味。在绘画艺术中,虚实指用笔、用墨、用腕的技法及其体现出来的效果。如山水画学中"无墨求染"最为上上技法,所谓无墨,并非全无墨,而是实墨之余之意,即虚墨。盖"笔墨能绘其形,不能绘无形;能绘其实,不能绘其虚"②,无墨求染即以实墨、虚墨稍事渲染,以求虚中见实、以无胜有之妙。

在小说、戏曲评点中,均有借用绘画术语的现象。如容与堂本《水浒传》把逼真、肖物、传神等中国绘画美学范畴,作为小说评点的基本美学标准。第一回总评:"《水浒传》事节都是假的,说来却似逼真,所以为妙。常见近来文集,乃有真事说做假者,真钝汉也,何堪与施耐庵、罗贯中作奴。"第十回总评:"《水浒传》文字原是假的,只为他描写得真情出,所以便可与天地相终始。即此回中李小二夫妻两人情事,咄咄如画,若到后来混天阵处都假了,费尽苦心亦不好看。"在戏曲中,评点者也往往用绘画技法譬喻文法,如金圣叹《西厢记》第一折题下批曰:"《西厢》之作也,专为双文也。然双文国艳也,国艳则非

---

① 金圣叹评点:《西厢记》,上海古籍出版社 2011 年版,第 56 页。
② 布颜图:《画学心法问答》,载程翔章、曹海东:《书画同源》,武汉测绘科技大学出版社 1997 年版,第 366 页。

多买胭脂之所得而涂泽也。抑双文也,天人则非下土蝼蚁工匠之所得而增减雕塑也。将写双文,而写之不得,因置双文勿写而先写张生者,所谓画家'烘云托月'之秘法。"①云亭山人评点《桃花扇小引》:"传奇虽小道,凡诗赋、词曲、四六、小说家,无体不备。至于摹写须眉,点染景物,乃兼画苑矣。"②

在汉赋评点中,孙鑛、王三余、陆棻等以绘画理论入赋。张世禄谈中国文艺变迁说:"吾国文字衍行,实从图画出,其构造形式,特具美观。词赋宏丽之作,实利用此种美丽字形以缀成。"因而,"词赋之体,乃根据文字形体之美丽以形成者"。③王三余将《精镌古今丽赋》选出逸品、神品、仙品、艳品、能品五类赋作,在目录及题下处用圈标识。每品又分上中下三个类别,有的一个圈,有的两个圈,有的三个圈以示区别。在评点上,王三余亦将绘画与赋作意境相比照,如枚乘《梁王菟园赋》尾批:"文似一幅辋川图,观至末,乐极忘归,惕然有警。"清初陆棻亦将赋体与绘画风格相比,其在《历朝赋格·凡例》云:"骈俪之词,屈宋相如已见一般,其后遂有全用比偶者,浸淫至于六朝,绚烂极矣,唐人联以四六,限以八音,叶韵谐声严于铢两,此如画家只有界画勾拈,不得专取泼墨淡远为能品也,故凡属词丽事比,偶成文者列为骈赋一格。"陆棻将骈俪之风上溯至屈宋,从源头上为骈体赋争得一席之位,意在迎合清初帝王润色鸿业、歌颂新朝的需要。

虚实手法仅是一角,汉赋与小说、戏曲评点还有诸多不同。如小说、戏曲评点对文本内容的删改,汉赋评点大多不会。胡适:"金圣叹用了当时'选家'评文的眼光来逐句批评《水浒》,遂把一部《水浒》凌迟碎砍。"④谭帆曰:"小说评点融'评''改'为一体几乎贯串于中国小说评点史,在小说评点起步伊始的万历年间,批评家们就以'评''改'作为其最为重要而又最为基本的功能。"⑤小说戏曲评点本还往往有插图绘画,不用插画反为新奇之作。明末刊本《蝴蝶梦·凡例》曰:"曲之有像,售者之巧也。是编第以遣闲,原非规利,为索观

① 金圣叹评点:《西厢记》,第36页。
② 孔尚任:《桃花扇》,上海古籍出版社2012年版,第7页。
③ 张世禄:《中国文艺变迁论》,商务印书馆1933年版,第62页。
④ 胡适:《中国章回小说考证》,安徽教育出版社1999年版,第4页。
⑤ 谭帆:《中国小说评点研究》,华东师范大学出版社2011年版,第10页。

者多,借剞劂以代笔札耳。特不用像,聊以免俗。"汉赋评点很少有插图。此外,因文体相异,所使用的术语亦不同,如戏曲称关目、出,小说称回等,汉赋章法则无固定名称。关于赋体文学与小说、戏曲关系的探讨,近年来逐渐成为新的学术热点。一般认为,赋是小说、戏曲产生之源头。"大抵首尾是文,中间是赋,实开后来讲唱与戏剧中曲白相生之机局……其首尾之文,初以议论为便,迨转入伎艺,乃以叙述情节为便,而话本、剧本之雏形备矣",大赋主客问答的体式,序及篇末以韵文作结,与小说、戏曲的内在渊源,是今人探索的焦点,然未作深论。钱锺书根据杜笃《首阳山赋》中伯夷、叔齐之鬼语云,"玩索是篇,可想象汉人小说之仿佛焉",郭绍虞曰:"小说与诗歌之间本有赋这一种东西,一方面为古诗之流,而另一方面其述客主以首引,又本于庄、列寓言,实为小说之滥觞。"①因此,越来越多的研究者着力于对赋与小说两种文体之间的渊源关系进行或宏观或微观的探索,取得了一些成就,但在很大程度上还缺乏理论引导②,明清时期评点高峰的出现,是进行这一研究的重要文献。

---

① 郭绍虞:《赋在中国文学史上的地位》,《小说月报》第 17 卷号外,1927 年 6 月。
② 王楠:《近五年赋体文学与小说关系研究述评》,《河北科技师范学院学报》2013 年第 4 期。

下　篇

第七章 俞王言编选评点《辞赋标义》与明代赋学批评

　　俞王言《辞赋标义》十八卷,是明代万历时期出现的重要辞赋总集。它既与文坛赋集编纂评点的时风趋向一致,又带有晚明士大夫的个性色彩,在中国赋学评点史上独树一帜。《中国古籍总目》载该书藏于北大、清华、川大、人大等图书馆。笔者所见有两个版本,清华大学图书馆藏明万历二十九年(1601)休宁金氏浑朴居刻本;浙江省图书馆藏光绪十年(1884)梅一枝刻本,国家图书馆据浙江省图书馆所藏本拍摄有胶片本。但浙图所藏本缺6页,首页为卷十六目录,此下正文部分完好。对照前本,《序》《凡例》及部分目录残阙。当代学者一般仅简略叙述,其价值尚未引起重视①。故本书据清华大学所藏本论其编选评点,就正方家。

第一节　俞王言及《辞赋标义》
编纂的文学背景

　　俞王言,字皋如,海阳(今属安徽)人。据《明史》卷九八、《千顷堂书目》、《浙江通志》载录,其妻马氏与刘苑妻张氏、沈煃妻张氏、陆定征妻曹氏,俱夫亡不食死,被归入《列女》一类。除《辞赋标义》外,俞王言还撰有《金刚标指》一卷、《心经标指》一卷、《楞严标指》一二卷、《圆觉经标指》一卷,今藏国家图

---

　　① 踪凡《〈辞赋标义〉的编者、版本及其赋学观》对是编的版本及赋学思想做了详细考述(《社会科学》2015年第5期)。另马积高《历代辞赋研究史料概述》第154页、许结《明代的选学与赋论》有简单概述。

书馆善本部。另有《刻秦汉六朝文序》一篇,该书为汪道昆选评,据序文可知,俞王言大致与前后七子复古理论相近,以先秦两汉文为旨归。"秦汉去古未远,先王风气犹存,故一时学士大夫殚虑于真储丛藻……今考其遗编,斓然在目。故风驰雨集,雷兴电灭,谈笑而日呈于暗,呜呜而山岳震,则先秦之文是已;一呼长虹出,一吸百川入,藏于九地之下,动于九天之上,则西汉之文是也;散之银黄成用,合之饶穀出体,方圆循乎规矩曲直,放乎绳墨,则东汉之文是也"①。是《序》对汪道昆所选文集的溢美之词在所难免,然称两汉文上达九天,下入九地,循乎规矩,放乎绳墨,是最有古风之文,亦可见其旨趣。

《辞赋标义》的编纂,俞氏自言出于对张凤翼《文选纂注》的增补删削,"昭明之衮钺,诚凛凛千载,乃私心所向往,有不忍并捐者。用增三十余篇,以时婆娑燕乐乎其间,而常苦汗漫之难窥也。故为之寻究其原,贯穿其旨,扫旧疏之繁芜,补《纂注》之遗佚"②。明中后期,在科举及复古思潮的推动下,选学复兴,出现诸多对《文选》的广、续、增补、删削等作,如张凤翼对《文选》李善及五臣注就颇为不满,"错举则纷沓而无伦,杂述亦纠缠而鲜要,或旁引效矙,或曲证添足,或均简而重出,或比卷而三见,盖稽古则有余,发明则不足"③,故杂取各家之说而疏通繁简,由福建建阳书商余碧泉万历八年(1580)初刻即风行一时,万历十年(1582)重刻。此后不仅翻刻众多,对其评点亦历久不衰,仅《中国古籍善本书目》著录有近二十种之多。如清汪学基录钱谦益批校本、随赫德圈点并跋本、王芑孙批点本、梁章钜批校本等。此外,杂录各家之言,质量参差的评林本亦是众多,如叶敬溪刻本、何敬堂刻本,恽绍龙刻本以及题为郑维岳增补、李光缙评释的《鼎雕增补单篇评释昭明文选》等均以《纂注》为底本。有明一代,关于李善、文臣注优劣的争论言人人殊,俞王言以释词解句、便于理解为主,既不满旧注的繁芜,又认为《文选纂注》有过简之处。故折衷诸家,重为厘定。将昭明所选汉魏六朝辞赋 15 类 51 篇悉数载入之外新增三十余篇。又将《七体》《封禅》《剧秦美新》《典引》作为附录收入,总体以抒情典丽之作

①　俞王言:《秦汉六朝文序》,《汪道昆选评秦汉六朝文》,万历二十五年(1597)海阳竹林汪氏刻本。
②　俞王言:《辞赋标义序》,《辞赋标义》卷首。
③　张凤翼:《文选纂注》,第 22 页。

为收录标准,但反对六朝靡丽徘偶之风。俞氏自言"以雄浑典丽为主,故虽两汉六朝诸名家亦时有采择焉,至骈偶靡曼之音,则一概不录",所选如张华《鹪鹩赋》、鲍照《舞鹤赋》、陆机《叹逝赋》、潘岳《怀旧赋》等则是以抒情言志为主要风格的赋作。在选学思潮影响下,以复古为标的,明人还有重古尊今、今古并收的赋集,如施重光《赋珍》亦"采昭明之遗英,汇耳目之奇赏,鸿纤毕简,今古并收"①,与《辞赋标义》均可视为选学复兴的产物。

事实上,《文选纂注》能够广为盛行的原因在于其对李善及五臣注的删削剪裁,自出己意以便士子阅读,有力地推进了明代选学的复兴与经典化,同时亦招致批评。如柯维桢《文选瀹注序》:"《文选》注行于今者李善、五臣各有名家,大抵援引浩博,其多倍于本书。明张凤翼氏始删繁就约,厘为《纂注》,盛行于代,顾其间裁择未精,蹉驳时见。"②方廷珪《昭明文选集成·凡例》:"张凤翼之《评林》,剪截旧注繁冗,颇有见解,失之于略。"③尽管如此,张凤翼功不可没,"闭门却扫,凝神纂辑。语有悖驰则取其长而委其短,事多叠肆则笔其一而削其余",实明代兴起的选学复兴高潮,与复古派对先秦两汉文的重视不无关系,而《文选》为收录先秦至六朝各体文的经典选本,俞王言《辞赋标义》以《文选纂注》为准的增益删削,同样与此相关并于此寓含其对汉魏六朝赋体的批评与论析。

从选家的编选去取来看,这种批评建立在俞王言对汉魏六朝辞赋衍变历史观的认识之上。总体来看,俞王言将汉魏六朝辞赋称为天地奇观、古今伟业,评价不可谓不高。"今读其遗编,囊括宇宙,席卷阴阳。奔走风雷,飞腾云雨。星辰惟所指顾,鬼神惟所驱役。翔鸾凤、雕鹗于毫端,走蛟龙、麟鹿于楮末,此天地之奇观,古今之伟业也"④。然代有异人,人有殊才,在各自历史时空背景亦时移世变,"屈子发愤于忠肝,存君兴国之外,无他肠焉。而篇各异轴,语各殊制,触意成声,矢口成响,譬之囊钥,虚而不屈,动而愈出,其天行者乎!马卿藻思渊涵,才情霞起,立乎四虚之地,游乎万有之途,有境必穷,无象

① 吴宗达:《赋珍序》,《赋珍》,明万历本。
② 柯维桢:《文选瀹注序》,载闵齐华注,孙月峰评:《文选瀹注》,清康熙刻本。
③ 方廷珪:《昭明文选集成》,清乾隆傲范轩版。
④ 俞琰:《辞赋标义》。

不肖,譬之大壑,舟焉者浮,饮焉者饱,其泉涌者乎!宋、景、杨、贾,锻炼垆淘,汰乎江汉;声必金石,字必风霜;揭独茧以抽丝,采群芳而成佩。譬之桔槔济旱,爝火代明,其以人赞化者乎!班、张、潘、左、曹、陆诸公,沉酣六籍,组织百家,缀朝华之余芳,挹秋露之遗润,铢称寸度,亦步亦趋;譬之抱瓮而灌,囊萤而照,其以劳致伐者乎"①。俞王言以屈原、司马相如辞赋有"天行""泉涌"之才,宋玉、景差、扬雄、贾谊之徒则人力可为,至如班固、张衡、潘岳、左思等则只能步趋向前,以辛苦为功罢了,时代愈下,其体愈卑。这种历史品评观既受前人影响,又影响来者,在其编纂评点中多有反映。

第二节　《辞赋标义》体例的承继及影响

在复古思潮的推动下,明万历以后编选的辞赋总集颇多。这些赋集多会通古今,重古尊今,既选有先秦两汉辞赋,又不废今人之作,甚至有的赋集将自己赋作一并录入,如施重光《赋珍》8 卷,李鸿《赋苑》8 卷(明刻本),袁宏道辑、王三余补《精镌古今丽赋》10 卷(明万历本),陈山毓《赋略》50 卷(明崇祯本),周履靖、刘凤、屠隆辑《赋海补遗》30 卷(明崇祯刻本),明书林叶如春刻本等,均选录自先秦至明代的著名赋作,与上述赋集不同的是,俞王言《辞赋标义》仅选录先秦至六朝时期以抒情言志为主的赋作,表明其对古赋的绝对推尊。

(一)以《楚辞》置首的批评观

在体例上,《辞赋标义》以楚辞入赋,且置于首位,是张凤翼《文选纂注》等选家关注但未作改动处,"至如《文选》增定之以《骚》先赋,以无绪有,虽不无所见,特以非昭明本旨,不敢更彼易此"②。据张凤翼所见有明人已有以骚先赋的编排方式,但因不符合昭明原旨,所以《文选纂注》未据此改动。俞王言既明确指出"辞以屈、宋为宗,故楚辞并入赋"的主旨,又受元人祝尧提出的

---

① 俞王言:《辞赋标义序》。
② 张凤翼:《文选纂注·凡例》,第 23 页。

"祖骚宗汉"理论思潮的影响。俞氏《序言》曰：

> 艺林之技，首推辞赋。辞则屈子从容于骚坛，赋则马卿神化于文苑。宋玉、景差嗣其风，扬雄、贾谊振其响，班、张、潘、左、曹、陆之徒寻其绪。
>
> 侪马卿于屈平，兄弟也；宋、景、杨、贾，父子也；班、张、潘、左、曹、陆辈，祖孙也；其余皆曾、玄耳。后之作者如林，然唐以绮偶，宋以淡泊，古道衰矣。

文苑艺林，以辞赋为首，辞赋以屈原、司马相如为祖，宋玉、景差、扬雄、贾谊为父子，至班固、张衡、潘岳辈则只能是祖孙了，时代愈下，古风愈衰，辈分愈下。此种按资排辈论可追溯至宋人，如宋祁云："《离骚》为词赋祖，后人为之如至方不能加矩，至圆不能过规，则赋家可不祖楚骚乎。"[1]林光朝说"司马相如，赋之圣者"[2]，黄庭坚谓"凡作赋要须以宋玉、贾谊、司马相如、子云为师格，略依仿其步骤，乃有古风"，至元代祝尧《古赋辨体》作为赋学理论始正式提出并在明代广为接受，祝氏云："古今言赋，自骚之外，咸以两汉为古，已非魏晋以还所及。心乎古赋者，诚当祖骚而宗汉，去其所以淫而取其所以则可也"[3]，有思想的接受就必然影响及载体的表现，如明人吴讷《文章辨体序说》云："载《楚辞》于古赋之首，盖欲学赋者必以是为先也"[4]，此外晚明楚辞（尤其是屈赋）研究的空前兴盛也说明了此问题。据统计，晚明七十年间的《楚辞》刻本约有110种，明代楚辞研究专著达40余种，远比汉朝至明初1700多年间的《楚辞》著作总数要多。[5] 如贺贻孙《骚筏》、陆时雍《楚辞疏》、黄文焕《楚辞听直》、李陈玉《楚辞笺注》、钱澄之《屈诂》、王夫之《楚辞通释》等著述。蒋之翘《续楚辞后语》专收明人续骚之作，亦反映了此风貌。[6] 可见，明人极大地发扬并从实践层面推扩了此理论。

《辞赋标义》正集十七卷，卷十八《附录》收录《七发》《七启》《七命》《封禅》《典引》诸篇类赋之作，与祝尧《古赋辨体》的编纂方式亦颇相通，俞氏云：

---

① 祝尧：《古赋辨体》卷一，文渊阁《四库全书》本，第1366册，第718页。
② 王之绩：《铁立文起前编》卷一〇《论历朝赋引》，第740页。
③ 祝尧：《古赋辨体》卷三《两汉体序》，第747页。
④ 吴讷：《文章辨体序说》，第19页。
⑤ 孙巧云：《元明清楚辞学研究》，苏州大学2011年博士学位论文。
⑥ 马积高：《历代辞赋研究史料概述》，第155页。

"是编所选恢拓昭明,收其逸也,旁及《七发》、《封禅》等篇,聚其类也,中间如《高唐》、《神女》诸作,漫而少致,然为赋家之祖,姑依昭明录之。"①而《古赋辨体》八卷,以《楚辞体》为首,外集二卷,则拟骚及操、歌、辞等赋家流别类,皆以文名而实有赋义者,祝氏云:"昔汉贾生投文而后代以为赋,盖名则文而义则赋也,是以《楚辞》载韩、柳诸文以为楚声之绪,岂非以诸文并古赋之流欤"②,《古赋辨体·外录上》为《楚辞》之绪,《外录下》为古赋之流,均可视为赋体均由诗衍变而出,可以说,俞王言某种程度上受此种分类的影响并持续延至此后赋集的分类及编纂体例。选者以一定的文学批评观念为标准,对作家作品进行取舍、排序的方式,直接关系到选本批评功能的实现。俞王言受此种分类的影响并持续延至此后赋采的分类及编纂体例。

(二)明人赋集编纂特征

无独有偶,陈山毓《赋略》的次类与俞氏《辞赋标义》异曲同工。陈氏著《绪言》一卷,《列传》一卷,《赋略》三十四卷,《外篇》二十卷,其中卷一至卷四为楚赋,又分为"屈原赋""宋玉赋""不知作者赋""荀子赋"四类,卷五至卷十三为两汉赋,卷十四至卷二十五为魏晋南北朝赋,卷二十六至二十七为唐赋,唐以后不录,至卷二十八至卷三十四为明人赋作。据陈山毓自序,是编完成于万历四十六年(1618),晚于《辞赋标义》十余年之久,而直至崇祯七年(1634)方由其两个儿子陈临舒、陈皋龙刊刻。陈氏对俞王言赋集编纂的继承主要有三:一是编纂位置上楚骚置首,《赋略序》云"屈子诸什皆赋也"。二是复古思想上"祖骚宗汉",在宗法对象上,陈山毓主张"凝情屈、宋,不数张、左,下则枚、马,无取潘、陆",并且以未见屈原、相如为遗憾,"灵均非乏瑰奇,长卿亦是员丽。窃尝有志,未见其人云尔"。明人这种辞赋观实际已渐成声势,如《赋珍序》云:"三闾眷楚,憔悴湘潭,指帝神以陈词,假渔卜而寄志,义存讽谕,无取荒淫,赋之权舆,于兹可睹",均以楚《骚》为赋体正源。三是编纂体例上《七发》、《七命》、《九怀》类不以赋名,但有赋义之作的收录。这种近乎相同旨归

① 俞王言:《辞赋标义》卷首。
② 祝尧:《古赋辨体·外录下》,第849页。

的辞赋总集的编纂,应不仅仅是巧合。

　　总体来看,与俞王言《辞赋标义》相似,陈山毓《赋略》的编选亦有对赋体演变历史的总结。"大凡赋擅于楚,昌于西京,丛于东都,沿于魏晋,敝于宋,萎苶于齐梁,迄律赋兴而子遗鲜矣。宋俚而元稚,又弗论焉"①。可知陈山毓和俞王言辞赋观大体相似,以两汉为尊,以六朝为界。《赋略》于唐虽收录李白、柳宗元个别赋作,其因是二人对楚汉古风的承延,如李白《明堂赋》尾批:"二赋构体博大,造语魁梧,汉晋梗概,犹存什一二",评柳宗元《惩咎赋》云"刊落铅华,独存风骨,洗齐梁之陋而规抚灵均,其失也槁而无致,所可读者尽此五篇矣"。唐之后,宋元赋不录。此外,《赋略》还对本朝赋作多有选录,此为明代多数赋集的一贯做法,内含以明人接续风雅的意识。陈山毓和俞王言既均以赋体的历史演变为视野,又各有不同。俞王言取六朝赋体的抒情典丽之质,陈山毓则以"裁""轴""气""情""神"五大方面构筑成完整的批评体系和选录标准,其对赋作体裁、情志等方面的要求既与《辞赋标义》有相合的成分,又发展成自己的批评特色。

第三节　《辞赋标义》的批点特征

　　晚明个性解放思潮流行,个体意识空前高涨,八股文已不再株守昔日的功令法度,转而追新猎奇,此期时文的一个重要特征便是释道的渗入,八股考场几成释道两家的阵地,时文风向标的变换引领并决定着书院讲授及士子学习之风向。

(一)以字句章段的解释为主

　　所谓标义,即以释词解句为主,并附有校勘。《凡例》云:"是编原为注繁难阅,欲标义以便观,故将字句之义标训在旁,章段之义标训在上,其有事多旁不能尽者,亦间标列上方,取低一字为别。仍分句读断截,庶令读者一览如指

---

① 陈山毓:《赋集序》,《靖质居士文集》,第618页。

诸掌然"①。在明代赋集中,《辞赋标义》对赋句赋意的阐释可谓极尽能事,其中其对章段的标训主要以点明层次、概括赋意为主。如根据王延寿《鲁灵光殿赋》叙述次序,依次批曰"殿制上应天象"、"殿制外观之高大"、"殿堂之高大"、"殿室之高大"、"栋宇结构之盛"、"雕刻之盛",班昭《东征赋》眉批"叙东征之故"、"叙东征之情"、"叙东征所过之地"、"叙至县感勉之怀"、"结有承父训子意",将赋作层次一一指明,俞王言还突出对辞赋语词含义的训释,如班固《西都赋》"冠盖如云,七相五公。与乎州郡之豪杰,五都之货殖"句批曰:"七相谓田千秋、黄霸、王商、王嘉、韦贤、丙吉、魏相也;五公谓张汤、萧望之、冯奉世、史丹、张安世也;五都谓临淄、邯郸、南阳、宛洛、蜀也。"郭璞《江赋》"八风不翔"句眉批:"八风谓条风、明庶风、清明风、景风、凉风、阊阖风、不周风、广莫风也。"字句章法之外,俞王言还每每注意点明一篇赋作的大纲之处,如班固《两都赋》首句眉批:"赋以继古诗,此句为一篇之纲。"又司马相如《子虚赋》"乌有先生曰:'是何言之过也。'"批曰:"一句下文之纲。"简洁清晰,尤其便于初学。

此外,《辞赋标义》天头章段训释外,还有标名"宋本"的校勘记,但不明所用为何"宋本"。如班固《西都赋》"隋侯明珠"句眉批:"隋",宋本作"随","修塗飞阁",塗,宋本作"除"。《东都赋》"险易云尔"句,宋本尔下有"哉"字,"穷览万国之有无","穷",宋本作"躬";张衡《西京赋》"连阁云蔓",连,宋本作"途","黑水玄沚",沚,宋本作"阯"等校勘,俞王言既将昭明所选赋作悉录无遗,此处很可能是其用宋本《文选》校勘而得,故有一定的参考价值。

(二)释道交融,多元杂糅

金溥《辞赋标义跋》谓:"窃以为域中有三奇,则《南华》《楞严》《楚辞》是也,《南华》借吻为真,掇影为象,善以虚为实,玄于文者也;《楞严》缘迹显心,托物标性,善以实为虚,幻于文者也;《楚辞》云行电灭神奔鬼腾,时实而虚,时虚而实,仙于文者也"②。玄、幻、仙为三者为文特征,但并不相互独立。明代

---

① 俞王言:《辞赋标义·凡例》。
② 金溥:《辞赋标义跋》,明万历刻本。

晚期庄、禅往往相互交融,何良俊曰:"尝疑《庄子》与佛氏,其理说到至处时,有相合者。晁文元之论《内典》,亦常与《庄子》相出入。盖因晋时诸贤,最深于《庄子》,又喜谈佛。而诸道人皆与之研核论难,寻究宗极。夫理到至处,本无不同,而出经者又诸道人也。盖佛之出世,虽在庄子前,而佛经之入中土,在庄子后,则假借以相缘饰,或未可知也"①。又云:"《春秋》以后,文章之妙,至庄周、屈原,可谓无以加矣。盖庄之汪洋恣肆,屈之缠绵凄婉,庄是《道德》之别传,屈乃《风》《雅》之流亚,然各极其至。若屈原之《骚》,同时如宋玉、景差,汉之贾谊、司马相如,犹能仿佛其一二。庄之《南华经》,后人遂不能道其一字矣"②。早在汉魏时期佛经初入中国,就援《庄子》《老子》等道家之言入释,称为"格义",屈原之《离骚》,则更多地成为后世赋家之初祖,因此,俞王言精解三书旨归,在评点辞赋时,亦时时贯穿释道精神:

> 司马相如《美人赋》:"佛乘离欲无欲即是二乘,在欲忘欲斯为上乘,即此赋意也。"

> 屈原《远游》"神倏乎而不返兮"句批曰:"因神愁思不返而形遂不留,故知神气相须,养气在于处澹以凝神","吾将从王乔而娱戏"句眉批曰:"盖既不得与君,则当一意事仙,故得王子之教,遂修炼成道"。又"末四句千古仙经,原至此真可以后天不老矣,司马相如《大人赋》多袭其语,然屈子所到,非相如能窃其万一矣"。

> 贾谊《惜誓》首句眉批:"厌世俗尘浊故远举而上仙",又"不如反余之故乡"句批曰:"虽上仙犹不忘故国。"

俞王言以释解赋,并杂及养气、事仙、求道等道家之言,流露出释道合流的双重价值观。《美人赋》、《远游》著者暂且不论,离欲无欲、在欲忘欲、养气事仙、后天不老等道教、佛乘修持或终极目的宣扬,明显带有晚明士大夫醉生梦死、佞佛迷仙的普遍特征。又贾生年少博学,受天子器重,为绛、灌之属所谗,文帝疏之。谊抑郁自伤,以老庄的达观自我宽慰,其《鵩鸟赋》、《吊屈原赋》等文同死生、轻去就之旨与《惜誓》似同,故俞王言将《惜誓》题为贾谊之作。万

---

① 何良俊:《四友斋丛说》,上海古籍出版社 2012 年版,第 139 页。
② 何良俊:《四友斋丛说》,第 147 页。

历时期以宫廷为中心,释道两派虽不断冲突,总体却是合流的趋势。先是万历生母在张居正、冯保主持的政局下事佛甚谨,礼佛甚勤,甚至带动京师及周边地区佛教力量的急剧壮大,清代毛鸿宾《菊隐纪闻》:"明慈圣皇太后生于漷县之永乐店,事佛甚谨,宫中称为九莲菩萨。每岁十一月十九日为其诞辰,百官率于午门前称贺,长安(北京)百姓妇孺俱于佛寺进香祝厘。享天子奉养四十三年,古今太后称全福者所未有也。"①《明史·孝定李太后传》载皇后"顾好佛,京师内外多置刹,动费巨万,帝亦助施无算"②。佛教寺院开支因此成为皇室财政的巨大负担,欲"加意省俭"的张居正只能绕道。万历十年(1582)张居正去世以后,万历与所宠爱的万贵妃反倒向道教一方,"举朝为和尚,我偏为道士遥结武当",道教势力开始猛进,当张居正去世,冯保垮台,太后失去屏障的情况下,她所扶持的佛教代表,憨山德清的入狱只能成为必然。然不管是万历、万贵妃还是憨山德清,他们均不是释道独尊论者,神宗病危之际,竟以布施刊印《出相观世音菩萨普门品经》的功德祈求痊愈:"当今皇帝谨发诚心,印造《出相观世音菩萨普门品经》一藏,计五千四十八卷,专为保佑圣体万万安,增延万万寿,消灾保安,平向时中吉祥如意。"③而憨山德清论为学"三要",所谓"不知《春秋》,不能涉世;不精《老》《庄》,不能忘世;不参禅,不能出世"④,提出儒释道三教一体,而三教之要又在于一心。

(三)缘象觅心,凸显情志

俞王言释道杂糅,又将佛书言心与赋家赋作之心结合起来。以俞王言所熟知的《心经》《金刚经》《楞严经》为例,均以明心见性为旨。任宜敏曰:"三界导师释迦文佛,行深愿重,演说利济众生之言教虽多,然《般若波罗蜜多心经》赅摄般若甚深广大之义,《金刚般若波罗蜜经》拳拳善诱,开演住修降伏、去迷就觉之道,《楞伽阿跋多罗宝经》斥小辨邪,宣示离名绝相之心地法门。

---

① 于敏中等编纂:《日下旧闻考》,文渊阁《四库全书》本,史部第 498 册,第 676 页。
② 张廷玉等:《明史》第一一四,第 3536 页。
③ 周绍良:《明代皇帝、贵妃、公主印施的几本佛经》,《文物》,北京文物出版社 1987 年版,第 8—11 页。
④ 憨山德清:《憨山老人梦游全集》卷二三,清顺治十七年毛褒等刻本。

此三经于举扬心要最切,实为迷途之日月,苦海之慈航。"①《楞严经》全名《大佛顶如来密因修证了诸菩萨万行首楞严经》,又名《中印度那烂陀大道场经·于灌顶部录出别行》,简称《楞严经》《首楞严经》《大佛顶经》《大佛顶首楞严经》,洪武十年(1377),季潭宗泐禅师奉敕与杭州演福寺太璞如玘法师、天竺灵山寺竺隐弘道法师笺释《般若波罗蜜多心经》《金刚般若波罗蜜经》和《楞伽阿跋多罗宝经》三经。《心经注解》撰成后,朱元璋特为之御制《心经序》,冠于经首,"《心经》每言空不言实,所言之空,乃相空耳。除空之外,所存者本性也"。宋濂《新刻楞伽经序》载明太祖与宋濂的对话,"卿言《楞伽》为达摩氏印心之经,朕取而阅之,信然。人至难持者,心也"②。何良俊《四友斋丛说》载:"《金刚经》云:'应无所住,而生其心。'今人多作一句念。此二句是经中要旨"③,又云:"今世人所谓《心经》者,亦是不知出经之由,故谬呼之耳。盖此本是《大般若经》,因其卷数太多,猝难寻究,故撮其旨要而为此经。以'心'为名,盖言其至要如人之有心也"④。可见,明代最为盛行的三经均以心为旨归。

钱穆以"读书不多,无以证斯理之变化;多而不求于心,则为俗学"为晚明诸儒为学的共同态度。金溥《辞赋标义跋》云:"章分句解,要在因文测意,缘语白心,标玄机于藻缋之中,揭天趣于鏊帨之外",又谓"故初机之士,缘象觅心,则辞赋之藉于标义,是梯航之属也。上乘之士,得心忘象,则标义之赘于辞赋,是骈技之属也。夫济川用筏,既至彼岸,弃筏而前。故知说法如筏,喻者可与论艺矣"⑤。赋家之心,包括宇宙,本是极难探寻,俞王言往往从禅释与屈骚汉赋的绾合处出发,解读赋家之志:

　　《远游》"夜炯炯而不寐兮"句眉批:"此四句乃屈原作赋本心,盖往者已弗及见矣,独来者不闻。则世之惠迪未吉,从逆未齿者,皆不得睹夫人天定胜人之极致,故欲为神仙度世,观之泄愤也。"

　　班固《幽通赋》题下注:"是时多用不肖而贤路塞,固述古者得失之

---

① 任宜敏:《中国佛教史》,人民出版社 2009 年版,第 66 页。
② 宋濂:《宋学士文集》,《四部丛刊初编》本。
③ 何良俊:《四友斋丛说》,第 138 页。
④ 何良俊:《四友斋丛说》,第 138 页。
⑤ 金溥:《辞赋标义跋》,明万历刻本。

理,以明致命遂志之意。"

根据现存资料,我们可知俞王言对禅学的精通,而从万历十年(1582)张居正去世至万历二十五年(1597)左右,王学与禅学一度合流,从事心学者已不再忌讳言禅。万历十二年(1584),张居正抄家,朝廷于本年十一月"诏先臣王守仁、陈献章、胡居仁从祀孔庙",王学在此时达到空前普及。王阳明尝曰:"学贵得之心。求之于心而非也,虽其言出于孔子,不敢以为是也……求之于心而是也,虽其言之出于庸常,不敢以为非也。"①所不同的是,俞王言以"缘语白心""缘象觅心"作为对赋家本心、赋作情志的探求,是从现实出发作出对赋家成仙修道的见解或评论,又不同于王学、禅学形而上的彼岸视角。

第四节 《辞赋标义》与明代赋学批评

明代万历年间尤其是张居正去世之后,心学横流,与理争锋,俞王言的唯情解志、缘象觅心既是时代思潮的产物,又是对明代文坛风向的阐释与指引。此种风气带来八股文发展的一个特殊时期,并进而与一代学风相互影响制约,甚至引起当局的恐慌。顾炎武《日知录》卷一八'科场禁约'条曰:"万历三十一年□月,礼部尚书冯琦上言:自人文向盛,士习浸漓,始而厌薄平常,稍趋纤靡,纤靡不已,渐骛新奇,新奇不已,渐趋诡僻,始尤附诸子以立帜。今且尊二氏以操戈,背弃孔孟,非毁朱程,惟《南华》《西竺》之语是宗……取佛书言心、言性略相近者窜入圣言,取圣经有空字、无字者强同于禅教。"②从平常、纤靡、新奇、诡僻乃至尊释道语的变化,反映了八股文在明代的变迁。俞王言《辞赋标义》的编选与评点,则是明代万历年间禅释影响赋作的缩影,并进而延伸至士子科举考试的学习教材。

俞王言的赋学评点,带有中国赋学批评在晚明的独特特征。明代是中国评点文学的繁荣时期,举凡诗、词、小说、戏曲、散文等文体均出现评点热潮。赋体评点依托史评、诗文集、赋集等载体,从诗文附庸发展至独立、不可或缺的

---

① 王阳明:《答罗整菴少宰》,《王阳明全集》卷二,上海古籍出版社1992年版,第76页。
② 顾炎武著,黄汝成集释:《日知录集释》,第1059页。

文体地位,并产生专门的赋集评点本。一些诗文评点大家如孙鑛、杨慎、郭正域、陈与郊、邹思明等的评点均包含赋体。从评点方式看,明人主要有鉴赏评析、考证批评及改头换面、冒充名家等形式①。因评点者本人的学养、个性不同,评点方式各异。在评点内容上,明人评点的一个突出特征是喜爱援引禅释神仙等语汇。如邹思明《文选尤》的评点同样带有佛学的通透、达观精神。邹思明引杨起元语评曹植《洛神赋》曰:"缘想成梦,缘梦成文,终是业念。文字则奇矣,三复敛衽。"评张衡《思玄赋》云:"此赋意致玮奇,机神沉郁,综括宏远,奥旨遐深,超尘浊界,入非想天。探玄牝门,出有为际。"业念、尘浊界、非想天等均是佛家用语。又如孙桐生言:"吴吴山三妇合评《牡丹亭》本,其语亦庄亦隽,亦玄亦禅,虽作者著书本意未可遽窥,而旁通曲畅,超神诣微,随手拈来,觉诸子百家,皆我注脚,真有洪炉点雪、麻姑瘙痒之妙。"吴吴山三妇指陈同、谈则、钱宜,三妇都对《牡丹亭》情有独钟,从文字体式、人物特征、段落结构等作者用意处阐释幽微,细腻柔婉,深得禅释之意。因此,俞王言在评点《辞赋标义》时,援释入赋,既是明人评点的显著特征,又是中国赋学批评在明代的新变。

　　明代文坛之赋论,是由祝尧开创的复古派与反复古派的相互论争。从整体上看,反复古派破多立少,复古派赋论虽提出了"唐无赋""赋盛于汉、衰于魏而亡于唐"之类偏激的论点,但他们对楚汉古赋有较深入的评论。②《辞赋标义》可视为复古派代表之一。俞王言从情出发,试图挖掘赋作的深层内因,如《离骚》题下注:"屈原尽忠被谗,抑郁无与语,故作《离骚》以感悟楚王。"《大招》:"差哀屈原弃斥山野,精神越散,恐魂遂漂佚,故盛称楚国之乐、怀襄之德以大招之。"小山之徒《招隐士》:"伤屈原隐处山泽,作赋以章其志。"班固《两都赋》题下注:"明帝修洛阳,西土父老怨帝不都长安,固作《两都赋》以讽。"班婕妤《捣素赋》题下注:"婕妤禀操贞纯,赋此以见志。"基本上每篇辞赋的创作缘起均从情理层面去解析,强调汉魏六朝赋体乃含情之作。尤以楚骚、司马相如为祖,宋玉、景差、扬雄、贾谊等人次之,东汉班固、张衡、班昭,西晋潘

①　禹明莲:《论明人对〈文选〉赋类的删改与评点》,《鲁东大学学报》2015 年第 6 期。
②　何新文、苏瑞隆、彭安湘:《中国赋论史》,人民出版社 2012 年版,第 4 页。

岳、左思、陆机之辈下之,其他诸家骈偶靡丽之作一概不取。"侪马卿于屈平,兄弟也;宋、景、杨、贾,父子也;班、张、潘、左、曹、陆辈,祖孙也;其余皆曾、玄耳。后之作者如林,然唐以绮偶,宋以淡泊,古道衰矣"。对于历代赋体,俞王言以古意为标准,将汉代司马相如与屈原比肩,此后则因时代降,显示出其对中国赋体发展的洞见卓识,堪为明代赋学批评的代表。

此外,俞王言对赋体情志的重视,还与元代以来兴起的文学复古思潮相关。祝尧《古赋辨体》一贯宗旨为"情"字,在许多评语中均有发挥,如论"两汉体"云"二十五篇之骚,莫非发乎情者",论"三国六朝体"云"盖西汉之赋,其辞工于楚骚;东汉之赋,其辞又工于西汉;以至三国六朝之赋,一代工于一代。辞愈工则情愈短,情愈短则味愈浅,味愈浅则体愈下",论"唐体"曰"辞者,情之形诸外也;理者,情之有诸中也",论"宋体"云"愚考唐宋文章,其弊有二:曰俳体,曰文体……至于赋,若以文体为之,则专尚于理,而遂略于辞,昧于情矣"。可以说,是否含情是评价赋体的重要标准。值得提出的是,在复古思潮的影响下,《辞赋标义》与明清辞赋总集的编纂评点一脉相承,至今仍是研究明代赋学批评的重要文献。

第八章 《精镌古今丽赋》的"丽则"观

陕西省图书馆藏托名袁宏道所辑《精镌古今丽赋》,以丽则为选录标准,对《文选》、类书等文献中的赋广为搜集、重加择取及编类。强调赋体自然、才情、趣味、韵致的风格,托物寓意、讽谏比兴等诗教内质,但对古赋多以难字堆砌重叠等特点提出批评,反映出尊古而不泥古的赋学观。在评点上还援画论入赋,首次会通绘画与辞赋品评理论,将篇幅短小、内容流丽的抒情赋定为上品之作,反映出明代复古思潮笼罩下士大夫对辞赋文体演变的思考,在明代文坛及中国赋学批评史上既标新立异又别树一帜。

第一节 袁宏道与《精镌古今丽赋》关系质疑

陕西省图书馆藏《精镌古今丽赋》,明崇祯四年(1631)刻本。线装8册,共10卷。每半页9行,行22字,左右单边,白口,单鱼尾。首页题为明袁宏道辑,明王三余增补。然袁宏道著作早在明万历三十六年至三十七年间(1608—1609)就有吴郡袁叔度书种堂刻本问世,万历四十七年(1619)袁中道徽州刊本《袁中郎先生全集》亦较为可信,至崇祯二年(1629)又有武林佩兰居刊《袁中郎全集》本最为全备。中郎著作有《敝箧集》《锦帆集》《解脱集》《瓶花斋集》《广庄》《瓶史》《潇碧堂集》等,其选录之书有《宗镜录》《删定六祖坛经》《韩欧苏三大家诗文》《西方合论》等,并无《精镌古今丽赋》之记载。王三余《古今丽赋叙》云:

> 石公先生向有《骚赋选》,脍炙海内。顷余习静湖、圣湖上,与二三友人扬榷今曩。得是集读之,因为增订而布之同志,更以丽名,不敢为中郎

帐中秘也。

宏道字中郎,号石公,又号六休、石头道人,公安(今属湖北)人。《广舆记》载:"石公山,洞庭西山支麓也,山根有石如老翁立水中,涸不露,潦不没,故名。明袁宏道游此,称海内第一。"袁宏道《西洞庭》亦描述了此地山石名胜:"西洞庭之山,高为缥缈,怪为石公。巉为大小龙,幽为林屋,此山之胜也。石公之石,丹梯翠屏;林屋之石,怒虎伏群;龙山之石,吞波吐浪。此石之胜也。"①楚中虽多名胜,西洞庭"荒寂绝人烟,竹树空疏,石枯土颓"②,东洞庭"虽有奇峰峭壁,曾无一亭一阁跨踞石上。每置酒提壶,则盘坐荒草中,亦无方丈之榭,可以布茵列席者。山下僧寺,湫隘不堪,荒凉如鬼室"③,如此荒绝之地,袁宏道并非为屈子而来,"余以簿书钱谷之人,乍抛牛马,暂及麋鹿,乐何可言"④,明万历二十二年十二月袁宏道选吴县知县,至万历二十四年(1596)三月,与当道者意见相左,袁宏道连上七牍求去。辞官后与好友陶石篑游览吴越名山胜水,暂时躲避官场之乐简直无法用语言形容!因此中郎楚地畅游之时对屈原并无特殊情感或追念之思,观其好友袁无涯与弟弟袁中道对其遗集的一段对话:

> 无涯曰:"闻中郎先生尚有谭性命之书五十余卷,不知何在?"予曰:"未有也,中郎先生片纸只字,皆有一段精光,惟恐不存,岂有书至五十余卷,而听其散佚者乎?我与中郎形影不离,设有之,岂不经予眼及诸开士与其儿子眼耶?中间与人书牍,信笔写去,一时不存稿者有之;或前后意见不存,自觉不相照应而删去者有之。遂据以为有遗书,未可也。"无涯曰:"然,先生若有此书,岂不以相授,而作帐中之秘耶?"遂别去。

上文王三余既云袁宏道《骚赋选》脍炙海内,小修与其子彭年却从未有所寓目,而中郎对自己为文亦甚是爱惜,唯恐脱略不存,翻检《袁中郎先生全集》却只字未提,可见王三余所见《骚赋选》或系托名袁宏道之作,王三余增订之

---

① 钱伯城:《袁宏道集笺校》,上海古籍出版社 2008 年版,第 161 页。
② 钱伯城:《袁宏道集笺校》,第 162 页。
③ 钱伯城:《袁宏道集笺校》,第 163 页。
④ 钱伯城:《袁宏道集笺校》,第 164 页。

后,并无掠美,仍题为中郎所作。

又是集所收袁宏道仅有的一篇赋作《陋仆赋》出自《狂言》卷二,实金生所作而托名中郎者。早在万历时已被小修、钱希言等辨明为赝书。若是编为袁氏所选,必不可能将自己伪作收入。袁中道《论〈狂言〉为赝书》云:"得中郎十集,内有《狂言》及《续狂言》等书,不知是何伧父刻画无盐,唐突西子,真可恨也。"①又钱希言《戏瑕》卷三曰:"顷又有赝袁中郎书,以趋时好。如《狂言》,杭人金生撰,而一时贵耳贱目之徒,无复辨其是非,相率倾重赏以购,秘诸帐中,等为楚璧,良可嗤哉。"②今人杨居让、姜妮《袁选〈精镌古今丽赋〉价值初探》将本书著者归于袁氏,并称"盖自己文章,无须自评"③显不攻自破。

此外,《精镌古今丽赋》对李梦阳、何景明等复古派赋篇赋论的选录颇耐人寻味。何景明、王世贞等对明代文坛复古之风的带动和影响尽人皆知,袁氏兄弟终其一生都在廓清矫正并成就蜚声。本传载:"先是,王、李之学盛行,袁氏兄弟独心非之。宗道在馆中,与同馆黄辉力排其说。于唐好白乐天,于宋好苏轼,名其斋曰白苏。至宏道,益矫以清新轻俊,学者多舍王、李而从之,目为公安体"④,三者尤以中郎力最多,钱谦益云:"中郎之论出,王、李之云雾一扫,天下之文人才士始知疏瀹心灵,搜剔慧性,以荡涤摹拟涂择之病,其功伟矣。"⑤然《精镌古今丽赋》卷三收录李梦阳《观瀑布赋》,卷九不仅收录王世贞赋作 3 篇之多,还称其《锦鸡赋》"丽而可则",换言之是最符合选录宗旨之作,观《锦鸡赋》尾批云:"国朝以此物定二品,章服诚贵之也。岂漫为咏物者乎,丽而有则,可追古人。"又卷七引录王世贞评陆机《文赋》曰:"文章之体虽多,而意能称物、文能逮意则天下之至文矣,此必究心六艺者能之,惟胸中牢笼天地万物者能为,嗟乎,虽渊云之墨妙,严乐之笔精,岂可易言之哉?"对复古派的推重可见一斑。至此,王三余在托名袁宏道《骚赋选》基础上增订后的《精

① 袁中道:《游居柿录》,上海远东出版社 1996 年版,第 242 页。
② 钱希言:《戏瑕》卷三,明刻本。
③ 杨居让、姜妮:《袁选〈精镌古今丽赋〉价值初探》,《图书馆理论与实践》2010 年第 1 期。
④ 张廷玉等:《明史》卷二八八,第 7398 页。
⑤ 钱谦益:《袁稽勋宏道》,见钱伯城:《袁宏道集笺校》,第 1661 页。

镌古今丽赋》可以说与袁宏道的批评观完全背离。

明代好假托名人批评以射利,此即《骚赋选》托名袁宏道之因。又王三余对《骚赋选》增订为《精镌古今丽赋》题为中郎之选流传至今,《骚赋选》今已不传。可见,除了名家声名之利外,编选者的眼光与批评标准亦有重要的影响。中郎时文声名显著,《公安县志·袁宏道传》:"总角,工为时艺,塾师大奇之,入乡校,年方十五六,即结文社于城南,自为社长,社友三十以下者皆师之,奉其约束不敢犯,时于举业外,为声歌古文词。"本传载:"宏道年十六为诸生,即结社城南,为之长。闲为诗歌古文,有声里中"①。王三余修订后的《精镌古今丽赋》仍题以袁宏道名,当不免有此方面的考虑,当然与他的文学素养亦相关。清代傅维鳞《明书》卷一三四《列传四》载:"三余,少与南星为齐名士,赵郡人。语人曰:'无书不读王三余,天下奇才赵南星。'"②据今存文献,王三余为赵南星姻亲,官吏科都给事中,《千倾堂书目》载其著有《安平县志》。此外,史料有关王三余的记载尚有当时的吏治风波。万历时期神宗怠政,不省章奏,先是东林以清议盛极一时,天启后阉党得势,东林复处于下风。"梃击、红丸、移宫三案起,盈廷如聚讼。与东林忤者,众目之为邪党。天启初,废斥殆尽,识者已忧其过激变生。及忠贤势成,其党果谋倚之以倾东林。"③当东林势盛时,赵南星与孙珑秉政,万历二十一年(1593)京察,首先罢黜的便是姻娅王三余,"先黜其姻亲都给事王三余,又黜本部尚书孙鑨甥本部司官吕胤昌,而后举执政所阴庇之台省表里为奸邪者尽黜之。命下之日,举朝震肃,咸谓二百年未见"④,而反思东林此时极力惩处的,是借吏治、道义反对异己并进而打击了一大批并无党派意识而吏治瑕疵者,如赵南星所称"四害"仅仅为"素行不谨",因此日后东林的失势也是必然的。史书并未记载王三余与阉党有任何关联,因此我们揣测,王三余的被黜,当是吏治、立身问题,与党争无关。

---

① 张廷玉等:《明史》卷二八八,第 7398 页。
② 傅维鳞:《明书》,清《畿辅丛书》本。
③ 张廷玉等:《明史》卷三五〇,第 7817 页。
④ 高廷珍:《东林书院志》卷八,清雍正刻本。

第二节 选篇与编类:《精镌古今丽赋》的丽则选录观

《精镌古今丽赋》对历代赋作的选录,以丽则为首要标准。王三余序云:"赋权舆《三百篇》,沿于汉,浸淫于唐宋。其为状也,体物浏亮,要惟'丽以则'一语,足以蔽之。"《说文》曰:"丽,旅行也。鹿之性,见食急则必旅行,从鹿丽声。"段玉裁注曰:"两相附则为丽,《易》曰:'离,丽也。日月丽乎天,百谷草木丽乎土',是其义也,丽则有耦可观。"从视觉的可观在诗文中进而引申为美好,而过美则谓之"靡",司马相如《大人赋》:"滂濞泱轧丽以林离。"颜师古注曰:"丽,靡也";则,《说文》:"等画物也。"注:"等画物者,定其差等而各为介画也。今俗云科则是也。介画之,故从刀。引伸之为法则也,假借之为语。"又《玉篇》:法也。《尔雅·释诂》:"则,常也。"《疏》谓:"常,礼法也。"《周礼·天官·冢宰》以八则治都鄙。《郑注》:则,法也"。即美而不靡,则而可法之赋才能入选。

《古今丽赋》包含奇丽、伟丽、巨丽、富丽、闳丽、妍丽、壮丽、藻丽、精丽等各种美丽形态,如郑絪《初日照露盘赋》尾批:"颂不忘规,忠爱见于笔端。同时卢景亮亦有此赋,其警句云:'高不可攀,驻王乔之羽驾,仰不可视,夺离朱之目睛。彼方丈之金阙,泊天台之赤城。'又云:'龍嵷双立,岧嶤上鹜,轻霭不飞,纤云不度。'数联与前作并称奇丽。"王延寿《鲁灵光殿赋》尾批:"先叙汉,次叙鲁之对于汉,而次及灵光,甚中条理,中间铺张伟丽,宛如在目,而星宿坤灵等语的是帝王家气象。不则一纨绮丽靡之居而已,识高笔伟。"杜牧《阿房宫赋》尾批:"言奢言弊,宏状巨丽,文字之奇绝者如峻峰激流,恍出象外,不可拟议。"成公绥《啸赋》尾批:"子安少有俊才,辞赋壮丽,时人以其贫贱不重其文,张华一见甚善之,征为博士历中郎。"然在赋史发展流变史上,各个时期赋家丽则特征又各不同。

是编选录先秦至明代赋作 230 篇,其中先秦 6 篇,汉赋 19 篇,魏晋南北朝 43 篇,唐赋 113 篇,宋赋 14 篇,明赋 32 篇,另有 2 篇不注作者,1 篇无法确定朝代。从分类上对《文选》《唐文粹》《宋文苑》重新择取编类:"余少冥搜遐览六朝《文选》《唐文粹》《宋文苑》,所搜萃以及昭代诸名公,作者如林,至律以丽则之矱,不无□□于其间。"《古今丽赋》全书 10 卷,分为天象、地理、岁时、宫殿、游览、畋猎、物色、纪行、器用、志、情、文学、哀伤、礼乐、虫鱼、鸟兽、花木等 17 类,其中 9 种分类与《文选》类目同,余下 8 种分类与类书分目同。其搜辑范围甚广,保存了众多珍贵文献,一些篇目如来日升《飞峰赋》、蔡昂《瑞鹿赋》等甚至可补清陈元龙奉敕所辑的皇家赋集《历代赋汇》所阙。

丽则最早见于汉扬雄《法言·吾子》篇,或问:"景差、唐勒、宋玉、枚乘之赋也,益乎?"曰:"必也淫。""淫则奈何?"曰:"诗人之赋丽以则,辞人之赋丽以淫。如孔氏之门用赋也,则贾谊升堂,相如入室矣。如其不用何?"①王三余曰:"子云以'雕虫篆刻,壮夫不为',观其《太玄》诸赋,抑何必逊升堂于贾生,而推入室于长卿?乃知英雄欺人语,不可尽信。"②扬雄对司马相如赋先师后辍的批评观,王三余并不认同,反认为扬雄《太玄》诸赋与贾谊、相如赋作并无相异,并阐明扬雄和宋人林艾轩对司马相如赋截然对立的原因,如《上林赋》尾批:长卿之赋,虽多虚辞滥说,然其要归引之于节俭,此与诗之讽谏何异?扬子云乃曰:"靡丽之赋,劝百而讽一,尤骋郑卫之声,曲终而奏雅,不已戏乎?"林艾轩又云:"赋之圣者,子云、孟坚如何得似他自然流出。"愚谓:"子云以为戏者,则以其驾辞多尚虚,而理或至于不实,艾轩以为圣者,则以其运意犹自然,而辞未失于太过也。"故有汉一代大赋代表,王三余卷四收司马相如《子虚赋》《上林赋》,扬雄《羽猎赋》《长杨赋》,卷九收录贾谊《鹏鸟赋》、祢衡《鹦鹉赋》等 19 篇同样"丽则"之篇。

王三余用工丽、精丽、妍丽等语说明魏晋南北朝时期赋风偏于雕琢的特点,其中谢灵运、颜延之、谢惠连、鲍照、江淹等人赋作最符合"丽则"标准。如谢灵运《山居赋》尾批:"多幽语,多壮语,故丽以则,赋之上也。幽而壮庶几焉。"谢惠连《雪赋》尾批:"此赋中间极精丽,后人咏雪皆脱胎焉,盖琢句练字,描画细腻,自是晋宋间所长,其源亦自荀卿《云》《蚕》诸赋来。"江淹《别赋》尾批:"赋至齐梁,淫靡已极,其曲家小石调画家没骨图舆,此篇遣词犹未脱颜谢

---

① 汪荣宝:《法言义疏》卷四,第 49 页。
② 王三余:《精镌古今丽赋叙》。

之精工,用事亦未如徐庾之堆垛。"王三余认为,颜延之、谢灵运诸人赋作刻画细腻,精雕细琢,其源头可上追荀赋,至齐梁徐庾则绮靡堆砌,丽而过美。六朝及以后赋的选取,王氏明显受元代祝尧《古赋辨体》的影响,如颜延之《赭白马赋》尾批:"辞极精密,晋宋间赋辞虽太工丽,要是赋中所有者赋家亦不可不察乎此,若使辞出于情,情辞两得,尤为善美兼尽,但不可有辞而无情尔。"鲍照《野鹅赋》尾批:"此赋虽亦商辞,而其凄婉动人处实以其情使之然尔,遐想明远当时赋此,岂能无概于其中哉?以六朝之时而有赋若此,则知辞有古今而情无古今,习俗移人,虽贤者失其情而不自觉,《文选》不收此赋,前辈谓昭明识陋,固不信,然此赋从弥正平《鹦鹉》中来,可与并看。"以情为中心,强调情辞并重正是祝尧《古赋辨体》的主旨。

王三余对唐宋时期丽则赋的选取随着祝尧赋学观的变化而变化。祝尧认为唐宋律多而古少:一是古赋数量的减少,二是古义的阙失。"唐之一代古赋之所以不古者,律之盛而古之衰也"[1]。王三余一方面选录祝尧评价较高之赋,如苏辙《黄楼赋》尾批引祝尧曰:"自汉以来赋者,知赋之当丽而不知赋之当则,自宋以来,赋者知赋之当则而不知赋之当丽,各堕于一偏,正所谓矫枉过正者也,此篇有丽则意思。"苏辙《超然台赋》尾批引祝尧曰:"精而不浮,丽而有则,其宋之近古者与?"另一方面对含有古意的赋作极力称赞。如徐彦伯《登长城赋》尾批:"先述秦汉之所以兴亡,后因己之所至而备数古来忠义之艰。关于绝域者不胜唏嘘,深得吊古之意。"秦观《割鸿沟赋》尾批:"叙致闲雅,前段得秦汉之度,后段得齐梁之体,少游真不愧古人。"值得提出的是,明代前后七子"唐无赋"说笼罩文坛,士人响应者甚多,李梦阳《潜虬山人记》载:"山人(余育)商宋、梁时,犹学宋人诗。会李子客梁,谓之曰:'宋无诗。'山人于是遂弃宋而学唐。已问唐所无。曰:'唐无赋哉!'问汉,曰:'无骚哉!'山人于是则又究心赋骚于唐汉之上"[2]。胡应麟《诗薮·内编》卷一曰:"骚盛于楚,衰于汉,而亡于魏。赋盛于汉,衰于魏,而亡于唐。"[3]王三余此编反而选取唐赋最多,固然是出于律赋与时文因缘,然相对于此时期多涌现以古为尊的赋

---

① 祝尧:《古赋辨体》卷七,第801—802页。
② 李梦阳:《空同集》卷四八,第446页。
③ 胡应麟:《诗薮》,中华书局1958年版,第6页。

集赋选,再比较至清代众多的赋楷、赋格类的律赋选本,又显示出王三余的洞见及卓识。

对于明人赋作,王三余认为最有丽则特征的是后七子之王世贞。王世贞《锦鸡赋》尾批:"国朝以此物定二品章服,诚贵之也。岂漫为咏物者乎,丽而有则,可追古人。"《白鹦鹉赋》:"丽词雅韵,远胜唐人。"屠龙《五色云赋》尾批:"描写精工,超宋轶唐。"从王三余的评论看,明人以汉赋为尊,古人古意之赋仅是可追,唐宋时期则可"超"可"胜",表现出明人对自己赋作超轶唐宋的自信感。在万历以后出现的大量的赋作总集中,大多收有明人赋作,如陈山毓《赋略》、陆宗达《赋珍》以及周履靖《赋海补遗》等,尤其是后者,在赋集中收有自己赋作 323 篇之多,以此可以看出明人选赋的倾向。

第三节 《精镌古今丽赋》的丽则内涵

上文提到,袁宏道不可能编选《骚赋选》,然增补后的《精镌古今丽赋》今古并录的赋学观与袁宏道的文学观有一定相似之处,袁宏道云:"赋体日变,赋心亦工。古不可优,后不可劣。若使今日执笔,机轴尤为不同。何也? 人事物态有时而更,乡语方言有时而易,事今日之事,则亦文今日之文而已矣。"[1]不同的是,王三余倾向先秦两汉赋为优,后代赋作丽而有古意者皆为师法模范,袁氏兄弟则不赞同模拟古赋,更偏向于一代有一代之赋。袁宗道《论文上》载:"或曰:'信如子言,古不必学耶?'余曰:'古文贵达,学达即所谓学古也。学其意不必泥其字句也。'"[2]即主张师其意不师其辞。故在内涵上,王三余对公安派有所折衷又颇不同。《古今丽赋叙》曰:

> 夫丽岂易至哉? 学问在赋中为本色,而赋中亦自有本色学问。搽紫清而窆黄垆,沐结璘而晓郁仪,讵止妃青媲白,掷金戛玉已耶? 在昔屈、宋、司马、班、张诸人,唱予和汝。以迄国朝,琅邪掞藻,新都蜚英,临川鼍鼓,四明轩翥,诸君前后耶许者。若高人夺继承螯弧以登,执牛耳于坫,不

---

① 钱伯城:《袁宏道集笺校》,第 515 页。
② 袁宗道:《论文上》,《袁宗道集笺校》,上海古籍出版社 2008 年版,第 333 页。

胜收也。尝一脔而知全鼎,俞倪之所许耳。然丽飞经库,腹笥学海,书仓肉谱,总龟柳罗,汉圣不能工。而第以茹家辩博鼓吹者,亦不能工,如花之光,女之冶,山之黛,水之澜,莺之啭,而鹤之唳。所谓揽其菁华,似凝云之染空,映手脱去;玩其瑶实,将青阳之无主,移人逾深。可觌而不可掬,可望而不可即。许繇有望山川丽峙,知丽峙之解者,妖艳之涂屏已。离之为卦文,明以止离之言丽也。日月丽乎? 三百穀草木丽乎? 土丽而至乃成,其为丽不者? 缔康里之祇,诚登徒而不足以媚安仁;缵春谷之花,可以夸叔宝而不足以愉季伦。日月胡态而万古常新,山川胡姿而登涉蹰人。故知丽之一言,政自拟议不得。

王三余把"丽"的内涵归纳为一种可见而不可得、可望而不可即的缥缈美好境界,这种境界不可议论明白。概言之,"丽飞经库,腹笥学海",赋体之丽既源于经义根底,又要植根于深厚的学养,再出之以工力之笔,可以唐释寒山"旭日衔青嶂,晴云洗绿潭"之景拟之。就丽则赋主要呈现的特征来看,又有以下几个方面。

首先,崇尚自然、才情、趣味、韵致的赋体风格。明代何、李首倡复古,至后七子王世贞之后继有前五子、后五子、广五子、续五子、末五子等末流,万历时期以致模拟剽窃、乏善可陈。故王三余以才情救之,如苏轼《前赤壁赋》尾批:"中间赋景物处俊爽之甚,谢叠山云:'此赋学庄骚文法,无一句与庄骚相似,非超然之才,绝伦之识,不能为也。潇洒神奇出尘绝俗如凌云御风而立乎九霄之上,俯视六合何物茫茫,非惟不挂之齿牙间,亦不足以入其灵台丹府也'。"才情不若趣味,变俳为趣是六朝与唐赋迥然不同之处。如王勃《采莲赋》尾批:"唐人风味原与六朝迥别,而卢骆王杨致趣尤同。"何据《镜花赋》尾批:"此着色相而清虚玄映,真镜花之趣。"赋兼才学,体物浏亮,却极难有趣,袁宏道曰:"世人所难得者唯趣。趣如山上之色,水中之味,花中之光,女中之态,虽善说者,不能下一语,唯会心者知之。……夫趣,得之自然者深,得之学问者浅。"①总体上看,王三余还尤强调有韵致的佳作。如卢照邻《驯鸢赋》尾批:"致韵双绝。"张璟《秋河赋》尾批:"有疏帘映月之致。"陆龟蒙《中酒赋》尾批

---

① 钱伯城:《袁宏道集笺校》,第 463 页。

引陶逸则曰:"风神韵致是古今第一流,读罢每令人把卷徘徊,状中酒之态历历有据,其神于酒者舆?"黄庭坚《悼往赋》尾批:"意味隽永,韵致悠扬,山谷诸赋之冠。"汤显祖《池上四时图赋》尾批:"写出一段旷逸之致,恍疑身在辋川中矣。"晚明商品经济的发展,促使士大夫对庄禅闲逸之乐与精神享乐之趣极度向往与追求。

其次,重视赋体比兴古义的内质。自汉以来"赋者,古诗之流也"传统赋学观笼罩,王三余以诗教批评赋体,表现之一是对托物寓意赋作的偏爱。如祢衡《鹦鹉赋》:"盖以物为比,而遇其羁栖流落,无聊不平之情,读之可为长唏。"张华《鹪鹩赋》尾批引王慎中曰:"茂先《赋鹪鹩》,若能明保身矣,而卒不免于贾后之害,语云能言之者未必能行谅哉。此赋与《鹦鹉》《野鹅》二赋同一比兴,故皆有古意,但《鹦鹉》《野鹅》二赋尤……则其所以兴情处异也。"杨夔《溺赋》尾批:"借观溺起中间事,事比拟绝中世人膏肓,可为针砭古今人之药石,深得托物致戒之义。"欧阳公《黄杨树子赋》尾批引唐顺之曰:"士君子有德而不见知于人者,亦类此树也。诵此赋倍增感慨。深得托物比兴之义。"表现之二为对赋作讽谏之用的解读,扬雄《羽猎赋》尾批:"先以帝王俭德,形出武帝之侈……不专以武胜,顾前意而足之,真得讽谏之体。"《长杨赋》尾批:"绝有规讽之旨,非徒盛陈侈汰者也。以武帝之时,犹能若此,则扬子云之误信然矣。"元稹《郊天日五色祥云赋》尾批:"不泥题着色,更不作佞谀之词,深得规讽意。"皮日休《霍山赋》尾批:"就山赋景,光彩陆离,极才思之雄奇,末以神人感梦,似属荒唐,但以巡狩黜陟寓言,实得规讽之体。"此外对艳情赋的态度上,亦从情的兴发着眼给予回护。梁元帝《荡妇秋思赋》尾批:"情思婉转,摹写荡妇思荡子处逼真,光景得兴比之义。"司马相如《长门赋》尾批:"其情缠绵,睹物增慨,深得风比兴之义,所以卒回武帝之怒也。"王三余一反常态,对艳情赋大加赞扬。

最后,反对艰深奇难之字、堆积雕刻之语。汉赋用语的奇冷怪僻、堆砌敷陈,遭后人批评。如黄震云:"今《游猎赋》所赋草木禽兽,句亦四字,排比集叠,皆世所稀有,怪诞不切,世安用此?"①明人多言复古,而欲复古,"不得不搜

---

① 黄震:《慈溪黄氏日钞分类古今纪要》,文渊阁《四库全书》本。

剔古字,于是奇词奥句,皆捃摘而为类书,以便剿袭陈言,摹秦仿汉,钩章棘句,而芜杂繁冗之弊滋矣"①,继祝尧"祖骚宗汉"的赋学观,产生或理解或否定两派意见,如谢榛云:"两汉赋多使难字,堆垛联绵,意思重叠,不害于大义也。"②反之,胡应麟曰:"马扬诸赋,古奥雄奇,聱涩牙颊,何有于浏亮?"王三余推崇古赋却属于否定一派,如宋玉《高唐赋》尾批:"古称文辞必首屈宋,尽以忠爱之心,而直写其郁愤之语,故凄婉天然。后世极力摹之,终以艰深之言,奇难之字取胜,便与之霄壤矣。"佚名《秋露赋》尾批:"不以艰深难取胜,得古咏物之致。"在赋体叙述上,《古今丽赋》所选赋作已经褪去了汉大赋堆砌重叠的敷陈手法,如何类瑜《查客至斗牛赋》尾批:"闲闲叙述,不作深奇之语,是古人叙事体。"李程《众星拱斗赋》尾批:"喜其不堆积。"客观来看,王三余既尊古复变革的赋学观反映了明代赋体借复古而革新的尝试,既符合当下士大夫的审美与鉴赏,又去除了难字堆砌等弊端,一方面是汉字孳乳演变时移世异的自然选择,一方面又反映出明代文坛复古思潮笼罩下士大夫对辞赋文体发展走向的思考。

第四节　以品论赋与赋画会通

《尔雅》云:"画,形也。"《释名》云:"赋,敷也。"在某种情况下,二者均借助线条、颜色或文字展现物态,表情达意,因此中国画与辞赋有着不解之缘,丽则赋与绘画更是互为交通。南齐谢赫《画品》是现存第一部以品论赋的绘画品评专著,将三国至萧梁27位画家分为六品,唐代朱景玄《唐朝名画录》仿张怀瓘《画断》则首次提出"神、妙、能、逸"四品,神、妙、能又各分上、中、下三等,逸品则不分等次,唐代张彦远《历代名画记》列自然、神、妙、精、谨细五品,又将画家分为上、中、下诸品,与此略异。《精镌古今丽赋》则用1—3个朱笔圈选出赋集中可评为神品、仙品、能品、逸品、艳品的五类赋作,在中国赋学批评史上既标新立异,又独树一帜。

---

① 林传甲:《中国文学史》,第35页。
② 谢榛:《四溟诗话》卷四,人民文学出版社1961年版,第99页。

　　谢赫《画品》曰:"夫画品者,盖众画之优劣也。"关于诸画品的高下,南宋邓椿《画继》卷九曰:"自古鉴赏家分品有三:曰神,曰妙,曰能。独朱景玄撰《唐贤画录》,三品之外,更增逸品,其后黄休复作《益州名画记》,乃以逸为先,而神、妙、能次之。景玄虽云逸格不拘常法,用表贤遇,然逸之高,岂得附于三品之末,未若休复首推之为当也。至徽宗皇帝,专尚法度,乃以神、逸、妙、能为次。"①问题在于逸品的分类次序的高下,《精镌古今丽赋》于"神品""能品""逸品"之外,复增"仙品"和"艳品",每品各分上中下三等,其中仙品和艳品无中等,逸品无上等:

分类	三个圈(上品)	两个圈(中品)	一个圈(下品)
神品	欧阳修《秋声赋》、杜牧《阿房宫赋》、鲍照《芜城赋》、苏轼《前赤壁赋》《后赤壁赋》《黠鼠赋》、陶潜《闲情赋》、江淹《恨赋》、《别赋》、贾谊《鵩鸟赋》、宋璟《梅花赋》	王粲《登楼赋》	苏叔党《飓风赋》、李梦阳《大復山赋》、来日升《飞峰赋》、苏辙《黄楼赋》、庾信《竹杖赋》、宋玉《高唐赋》、曹植《洛神赋》、张文潜《病暑赋》、黄庭坚《悼往赋》
仙品	谢庄《月赋》		梁元帝《荡妇秋思赋》《采莲赋》、卢照邻《秋霖赋》
能品	潘岳《射雉赋》、谢灵运《山居赋》	木华《海赋》、郭璞《江赋》、候圭《割鸿沟赋》、《仙掌赋》、陆文星《夜声赋》、康僚《汉武帝重见李夫人赋》、唐寅《娇女赋》、陆机《文赋》、班婕妤《捣素赋》、骆宾王《萤火赋》、鲍照《舞鹤赋》、徐渭《牡丹赋》	林滋《小雪赋》、许敬宗《掖庭山赋》、汤显祖《池上四时图赋》《游罗浮山赋》、郑澣《吹笛楼赋》、司马相如《子虚赋》《上林赋》、扬雄《羽猎赋》《长杨赋》、乔彝《立走马赋》、谢偃《尘赋》、白居易《鸡距笔赋》、谢观《得意忘言赋》、刘知幾《思慎赋》、徐渭《画鹤赋》、杜甫《进三大礼赋》、傅毅《舞赋》、谢观《越裳献白雉赋》、来鹄《梧影赋》
逸品		秦观《汤泉赋》	庾信《小园赋》、李梦阳《钝赋》、陆龟蒙《中酒赋》、张衡《观舞赋》、庾信《枯树赋》
艳品	王勃《七夕赋》		王勃《春思赋》《采莲赋》、梁简文帝《筝赋》

---

　　①　邓椿:《画继》卷九,明津逮遗书本。

结合赋末批评,《精镌古今丽赋》神品有21篇,其中上品11篇,中品1篇,下品9篇,仙品4篇,其中上品1篇,下品3篇,能品35篇,其中上品2篇,中品12篇,下品21篇,逸品6篇,其中中品1篇,下品5篇,艳品4篇,其中上品1篇,下品3篇。从所品评篇目看,正好与明代万历以来兴起的对情的重视相一致,其中仙品相当于绘画品评中的"妙品",而之所以增加"艳品"并不是辞藻的艳丽,而是以男女之情为主题的赋作。明代突出情欲的解放,王勃、梁简文帝赋作则极具情致,又趣味横生,迎合了这一时期的需求。故其排列次序可推测为神品、仙品、能品、逸品、艳品,而神品中之上品,汉代1篇,六朝4篇,唐代2篇,宋代4篇,基本兼顾各个时期,以篇幅短小、内容流丽的抒情赋为主。

以品论赋的批评方式,有学者认为肇端于刘歆《七略》,班固《汉书·艺文志·诗赋略》前三种分类即上、中、下三品,钟嵘"三品论诗"亦渊源于此。[1]至清魏谦升有《赋品》云:"自司空表圣作《诗品》,仿而为之者,《词品》《画品》各有其人,而于赋阙焉。"[2]故分为源流、结构、气体、声律、符采、情韵、造端、事类、应举、程试、骈俪、散行、比附、讽喻、感兴、研炼、雅赡、浏亮、宏富、丽则、短峭、纤密、飞动、古奥等24种,魏氏按赋作风格划分,明显受司空图诗学品评影响较大。其认为《赋品》尚阙,当是没有见到《精镌古今丽赋》,亦不认为《汉志·诗赋略》以品分类的模式。后余丙照《赋学指南》有"论赋品",亦以丽则为归,"采必剪乎繁芜,风斯归于丽则。今约分四品,尽可兼该。其一清音袅袅,秀骨珊珊,名曰清秀品,此近时风尚也;其一灵活无比,圆转自如,名曰洒脱品,此熟如弹丸也;其一端庄流丽,蕴藉风流,名曰庄雅品,此骨肉匀停者也;其一古调独弹,自饶丰致,名曰古致品,此不落恒蹊者也",亦不出诗学范畴。唯《精镌古今丽赋》将绘画品评观引入赋体,在赋学批评潮流中独具特色。

《精镌古今丽赋》援用绘画品评观还体现在赋末评论中。如摩诘为中国画南宗的文人开山,以"裁构淳秀,出韵幽淡"[3]为主,王三余所论辞赋便以此种意境为比,如枚乘《梁王菟园赋》尾批:"文似一幅辋川图,观至末,乐极忘

---

① 李士彪:《三品论赋——〈汉书艺文志诗赋略〉前三种分类遗意新说》,《鲁东大学学报》2006年第3期。

② 魏谦升:《赋品》,王冠《赋话广聚》据抄本重排,北京图书出版社2006年版,第355页。

③ 沈颢:《画麈》,周积寅:《中国画论辑要》,江苏美术出版社2005年版,第34页。

归,惕然有警。"谢庄《月赋》尾批:"借月为端,画陈王一种怜才之态,可为善摩拟者矣,末段复即旅,况凄凉之状,映写月色,楚楚不尽。"王冷然《初月赋》尾批:"状初月之景,不即不离,是摩诘之有川画并诗也。"又如从绘画的着色技巧评析辞赋,赵冬曦《三门赋》尾批:"布置匀停,组织如锦。"元稹《郊天日五色祥云赋》尾批:"不泥题着色,更不作佞谀之词,深得规讽意。"又比王三余稍早的孙鑛在批评《文选》赋类时,亦采用以画论批评汉赋的手法,如孙鑛《西京赋》首段眉批:"大凡四面叙地势法,类多堆而极,此独错落圆活,音节铿锵,长短虚实相应,更句锤字炼铸成苍翠之色,真是千金万宝,孟坚所不及。"孙鑛《归田赋》眉批:"笔气固自苍然,第聊且点注,无深味浓色,殊觉寂寥。"孙鑛尚且只是援引绘画术语入赋,系统的以画品赋在《精镌古今丽赋》才出现。

　　袁宏道《精镌古今丽赋》尽管属于托名之作,在"丽则"赋的选取上,却又是从元至清的一个重要衔接。早在元代杨维桢著有《丽则遗音》,是集取名"丽则遗音",意谓元代称得上风雅之篇的古赋之作,这些赋作的作者就是杨维桢自己,连汉代扬雄赋作都不符合标准,"子云知古赋矣,至其所自为赋,又蹈词人之淫而乖风雅之则"①。是编录赋 32 篇,皆其应举时私拟程试之作。此外,元代祝尧崇尚古诗之义,以诗解赋而欲明丽则之旨,"心乎古赋者,诚当祖骚而宗汉,去其所以淫而取其所以则,可也。今故于此备论古今之体制,而发明扬子丽则、丽淫之旨,庶不失古赋之本义云"②,祝氏对丽则古义的探求明显笼罩在泥古好古的复古思潮中,《精镌古今丽赋》受祝尧影响极大,却并不一味厚古薄今,其对六朝至明代赋作的择取便是证明。至于此后清陈元龙奉敕所辑《历代赋汇》、鲍桂星《赋则》亦均以丽则为赋楷之义,然却走上偏今轻古一途。清代吴锡麒《论律赋》:"我朝昌明古学,作者嗣兴,复敕纂《赋汇》一书,嘉惠士子,诚能求珠赤水,探木邓林,寻正变之源,通丽则之旨,则余言特举隅耳。引而申之。"③鲍桂星《赋则·凡例》:"兹编体制虽殊,法度则一,名曰

---

① 杨维桢:《丽则遗音序》,第 146 页。
② 祝尧:《古赋辨体》卷三,第 747 页。
③ 吴锡麒:《论律赋》,道光二十八年(1848)三松堂刻本。

赋则,取子云丽则之义,以端祈向,犹赋楷义也。"①因此,托名袁宏道所辑的
《精镌古今丽赋》可谓适中,其"丽则"的终极标准,又可以魏谦升《赋品》丽则
条作结:"若有人兮,劲装古服。文士之心,诗人之目。绝世彼姝,贮宜金屋。
富贵天资,自然清淑。妖歌曼舞,终嫌不肃。繁华损枝,贻诮雾縠。"

---

① 鲍桂星:《赋则》卷首。

第九章　陈山毓《赋略》古赋选评
及其赋学意义

晚明出现大量的辞赋选本及相关评点,是中国赋学批评的重要组成部分。陈山毓编选评点的《赋略》,现藏国家图书馆古籍部,就是其中值得关注的一部。陈氏尤嗜骚赋,所编纂评点《赋略》,与元明以来文坛祖骚宗汉的复古思潮一脉相承,然其对汉代散体大赋及《文选》均持强烈的批评态度。在清代楚辞学兴盛之前,陈山毓及其《赋略》有着承前启后的特征。由于陈山毓英才早逝,学界关注较少。今考述其在中国赋学批评史上的价值及意义。

第一节　为人为文:澹适类靖节之质,
惋激似灵均之文

陈山毓(1584—1621),字赉闻,浙江嘉善人。生于万历十二年(1584),万历四十六年(1618)解元,卒于熹宗天启元年(1621),年仅 38 岁。父陈于王,号颖亭,曾为福建按察使,有惠政。居官廉洁自律,尤喜藏书读书。陈山毓《陈氏藏书总序》云:"坤仪袁先生耽精典籍,爰自蚤岁,迄乎曳杖之年,卷弗去手,故所得书称富。而吾先君雅同斯好,裒聚万卷……先君律己廉字民惠,所至不负其职。晚年巴蜀之行,奔命万里,拂衣一辞。而素位居易正己勿求,六十年如一日,非善读书者不逮。"①母盛氏,生平事迹不详,生二子。陈山毓为伯,弟陈龙正,字惕龙,号几亭,是东林名士高攀龙的门生。《明史》卷二百五

---

① 　陈山毓:《陈氏藏书总序》,《靖质居士文集》,第 620 页。

十八有传,著有《几亭集》六十四卷。关于陈山毓著述,《光绪嘉善县志》卷二十四、《嘉禾徵献录》卷二十九、《明代版刻综录》卷五等文献均有记载。以陈龙正所作《父兄实录》最详,"撰著有文集六卷,龙正为之序行于世,《周诗纪事》《诗撼》《诗考异》各若干卷,所衷辑《古今赋略》若干卷藏于家"①。今北京大学图书馆存明天启刻本《靖质居士文集》六卷,国家图书馆古籍馆善本部存《赋略》,即《古今赋略》。惜余佚。

陈山毓为人敦伦好善,恬怀雅度,有陶渊明之风,因此被陈龙正私谥曰"靖质"。其"没年仅三十有八,先是疾剧,澹然如平时。易箦前三日,为文以自祭。达生安命,天下称慕焉。龙正私谥曰'靖质处士'。以谓渊明处改革之际,韬其节,节显处士将用未用。抱其质,质彰为靖则同"②。二者对死生进退均澹然达观。一般认为,自祭始于陶渊明,陈山毓追慕屈子,认为"《惜往日》《悲回风》亦灵均之自祭也"。在创作上,陈山毓尤工骚赋,深受时人赞誉。钱继登《陈靖质居士集序》曰:"贲闻生具异才而不露才,酣饫载籍以韬其英,厚其蓄,间能与客默坐,终日不发一词,叩之或不卒应,然腑脏间位置古人,区画今事,井井燦燦,抒为古文辞,奥博迤肆,条郁蔚跂而精神尤专发之骚赋一家"③。曹勋《靖质居士文集序》亦云:"吾尝举古人中之二人,曰灵均,曰靖节,莫恍激于灵均,贲闻之文也,似焉;莫澹适于靖节,贲闻之质也,似焉"④。高攀龙《孝廉陈贲闻墓志铭》曰:"贲闻异才,其嗜书异于人,嗜书而妙悟异于人,嗜书而嗜骚赋异于人"⑤。以上各家均指出陈山毓尤喜骚赋且异于常人。这一特点在其自作赋中亦有体现。

陈山毓赋作占其文集的半壁江山,深得其同乡浦铣的赞誉。浦铣在《历代赋话》中将其所作赋目全部收录,以广传播,并将陈氏兄弟二人比作晋陆机、陆云。"《居士集》六卷,赋居其半……世罕传其书,予故录其目如右,以配《几亭先生全书》,使邑中子弟,知颍川二难,人各有集,亦如陆氏之平原、

①　陈龙正:《几亭外书》卷三,明崇祯刻本。
②　陈龙正:《几亭外书》卷九。
③　钱继登:《陈靖质居士集序》,见陈山毓:《靖质居士文集》,第549页。
④　曹勋:《靖质居士文集序》,见陈山毓:《靖质居士文集》,第551页。
⑤　高攀龙:《高子遗书》卷一一,文渊阁《四库全书》本,集部第1292册,第655页。

清河尔"①。陈山毓赋作分别是《撰志》《重离骚》《重九辨》《悲士不遇》《后悲
士不遇》《拟招隐士》《感逝》《霖》《抒吊》《五月五日》《七夕》《秋日》《北征》
《贞妇》《伤夭》,计十五首。陈山毓自言:

> 余命觚于兹,凡十祀矣。缘方准员,因情生文,然词赋非一时可就也,
> 故未能多得。盖试自第之:尝为《七夕》《感逝》诸篇矣,陶庐谢陆,旁及
> 江、鲍,绮绘之遗也;为《愁霖》诸章矣,品拟《江》《海》,上延枚、扬,是闳
> 衍之系也;为《重离骚》《九辨》诸什矣,献吉云'袭其意而异其言',是婉
> 恻之概也;为《撰志》之咏矣,非拾泽畔,非袭扬、班,其欲成一家之言者
> 乎? 然采摭见矣。已矣,无庸吾才矣。②

汉代司马相如百日成赋,扬雄赋成肠出,作赋之难,非大才士不可。陈山
毓作赋十年,自知非急就之章。"肇授《楚辞》,退而卒业。心私好之,哀其孤
行,尚其妙思,悠悠其味,泬泬其词。入之稍深,趣则靡滋。宋玉、相如、淮南、
贾、枚,旁罗既毕,遂娴赋辞。雕虫小技,壮夫为之。耽之靡射,以迄于
兹"③。可知陈山毓短暂生命里均以《楚辞》为私好,并延及宋玉、司马相如、淮南小山
等同好。所谓绮绘之遗、闳衍之系、婉恻之概诸赋,实质均祖屈骚而来。梁刘
勰论屈子云:"其衣被词人,非一代也。故才高者菀其鸿裁,中巧者猎其艳辞,
吟讽者衔其山川,童蒙者拾其香草"④,陈山毓以一己之力分饰多能,对鸿裁、
艳辞、吟讽等诸方面均有尝试,可见深得屈骚真味。其弟陈龙正称其赋作水准
堪与屈子比肩,"家靖质平生好读赋,所作数十篇。余最爱其《北征》……文章
家推为赋手,学者读之未尝不有资于理道也。《贞妇赋》次之,即掩魏晋以下,
而登屈子之坛何愧焉"⑤。即使不在三闾之列,亦为宋玉、司马相如之俦。"贾
生赋意,班张赋材,子云赋笔,历百世而兼数子之长……即未敢匹三闾,骎骎乎
宋玉、相如之俦矣。"⑥而其在明代文坛所编选评点《赋略》,亦可以说是一部

---

① 浦铣著,何新文、路成文校证:《历代赋话校证》,上海古籍出版社 2007 年版,第 340、
342 页。
② 陈山毓:《赋集序》,见陈山毓:《靖质居士文集》,第 619 页。
③ 陈山毓:《自祭文》,《靖质居士文集》,第 645 页。
④ 刘勰著,范文澜注:《文心雕龙》,第 47—48 页。
⑤ 陈龙正:《几亭外书》卷九。
⑥ 陈龙正评陈山毓《北征》语,见陈山毓:《靖质居士文集》,第 594 页。

骚体赋集批评史。

<h1 style="text-align:center">第二节　尊选与贬选：以骚体赋
为主的选录宗旨</h1>

赋集选本的编纂评点，产生于南宋，于明代万历之后出现热潮。今存明代赋集有十余种之多：俞王言撰《辞赋标义》18 卷，明万历二十九年休宁金氏浑朴居刻本；陈山毓辑《赋略》56 卷，明崇祯刻本；周履靖、刘凤、屠隆辑《赋海补遗》30 卷，明书林叶如春刻本；李鸿辑《赋苑》8 卷，明万历本①；施重光辑《赋珍》8 卷，明刻本；无名氏辑《类编古赋》25 卷，明抄本；②袁宏道辑，王三余补《精镌古今丽赋》10 卷，明崇祯本；无名氏辑《赋学剖蒙》2 卷，《永乐大典》本，收入《四库全书存目丛书》。余绍祉《赋草》1 卷，崇祯元年歙县刻本；叶宪祖《青锦园赋草》1 卷，收入《藜照庐丛书》。

同时，明代《文选》复兴，出现大量的广、续、评注萧《选》之作，并延及赋集编选评点的热潮。编选者往往以昭明为准的，对赋类进行删、扩、补、换等改动。如明代王三余《古今丽赋叙》云："余少冥搜遐览六朝《文选》《唐文粹》《宋文苑》，所搜萃以及昭代诸名公，作者如林，至律以丽则之榘，不无□□于其间。"③因此，以"丽则"为选录标准，对《文选》等总集中赋体重新择录评点；又有对《文选·赋类》的增添、删减或补遗者，如俞王言《辞赋标义序》："昭明之衮钺，诚凛凛千载，乃私心所向往，有不忍并捐者。用增三十余篇，以时婆娑燕乐乎其间，而常苦汗漫之难窥也。故为之寻究其原，贯穿其旨，扫旧疏之繁芜，补《纂注》之遗佚。"又云："是编所选，恢拓昭明，收其逸也，旁及《七发》

---

①　按：《赋苑》或署"佚名"，收入《四库全书存目丛书》，《四库全书总目》卷一九三《赋苑》云："不著编辑者名氏，前有蔡绍襄序，但称曰李君，不著岁月，凡例称甲午岁始辑，亦不著年号。相其版式，是万历以后书也。"又，黄虞稷《千顷堂书目》赋总集类署"李鸿《赋苑》八卷"一种。程章灿《〈赋苑〉考评》据《明史》李鸿事迹及《赋苑》前蔡绍襄序文，以为所称"李君"，"即此李鸿"（详见程章灿：《赋学论丛》，中华书局 2005 年版，第 186 页）。

②　以上数种详见马积高：《历代辞赋研究史料概述·附录》，中华书局 2001 年版，第 296、297 页。

③　袁宏道辑、王三余补：《精镌古今丽赋》。

《封禅》等篇,聚其类也,中间如《高唐》《神女》诸作,漫而少致,然为赋家之祖,姑依昭明录之"①。陆宗达《赋珍序》称施重光:"采昭明之遗英,汇耳目之奇赏。"可以说,赋集的编选评点之风,在一定程度上,与明代选学复兴相关。

值得提出的是,明人复兴选学的根本,乃尊选褒选,建立选学的标准地位。多数人尽管对昭明批评指责,然不敢妄改。如张凤翼明确指出昭明"篇下题名以字者十之八,以名者十之二,既无褒贬之义,殊乖协一之体,今惟称帝则不名,余则皆以名而字与爵里系焉,至如《文选》增定之以骚先赋,以无绪有,虽不无所见,特以非昭明本旨,不敢更彼易此"②。然赋集的编纂,虽多缘于《文选》,却与选学极为不同。不仅更改了文体位次,陈山毓甚而对昭明《文选》提出严厉批评:

> 总集者,辑文人学士所论著,撰而录之者也。萧氏《文选》重而诸家之撰录殆废。然昭明识最下,独贵绮丽,尚堆叠词赋……自来词人奉萧氏《选》如洛书天球,而古人鸿篇遂不可复睹也,惜哉。说者犹谓禊序之不见录,坐"丝竹管弦"四字。噫嘻,亦以诬矣,愚矣。右军此序犹自古雅澹荡,饶韵致。自昭明诸人意所不喜,何论四字也。故予尝以为《文选》一书是古文词一巨蠹也,亦一厄运也。③

陈山毓认为昭明编纂《文选》时偏爱绮丽、堆叠之赋,见识低下,却被时人奉为圭臬,从而导致古人鸿篇巨著湮没无闻,是古文词的蠹虫和厄运。并以《文选》不录王羲之《兰亭集序》为例,对宋人所提出坐"丝竹管弦"之因并不赞同,如陈正敏《遯斋闲览》云:"季父虚中谓王右军《兰亭序》以天朗气清,自是秋景,以此不入选。余谓丝竹管弦亦重复。"丝竹管弦本《汉书·张禹传》:"禹性习知音声,内奢淫,身居大第,后堂理丝竹管弦。"何来重复之说?宋元以来均有学者明确反对陈氏此论。如宋代张侃《拙轩词话》云:"前辈论王羲之之作修禊叙,不合用丝竹管弦。黄太史谓秦少游《踏莎行》末句'杜鹃声里斜阳暮',不合用斜阳,又用暮。此固点检曲尽。孟氏亦有鸡豚狗彘之语,既

---

① 俞王言:《辞赋标义叙》。
② 张凤翼:《文选纂注·凡例》,第23页。
③ 陈山毓:《总集序》,《靖质居士文集》,第626页。

云豚,又云螱,未免一物两用。"①元韦居安亦对"'丝竹管弦'语重复,'天朗气清'非上巳日景象"的说法提出:"昭明未必以此八字之故。况'丝竹管弦'《前汉·张禹传》已有之;轻清为天,谓上巳日也,'天朗气清'亦何害?"②诸人对昭明不录《兰亭集序》见解各异,陈山毓则认为王羲之此序乃古雅澹荡,富有韵致之文,非昭明诸人所爱之作,因此不录。在《赋略》的编选中,陈山毓亦内蕴异于昭明的批评观。

首先,陈山毓认为,《离骚》诸篇皆可称赋,不当与赋分途。"予观古来诸书皆称《离骚》诸篇为赋,骚经直可称离骚赋,怀沙直可称怀沙赋,至于余篇,莫不皆然,其谓之骚而与赋分途者谬也。王元美云:'骚、赋虽有韵之言,其于诗文自是竹之于草木,鱼之与鸟兽,别为一类,不可偏属,然则以为骚而系之诗者亦谬也'。"在陈山毓看来,将骚归之赋则可,于诗则不然。并引王世贞复古之论,矛头直指昭明《文选》以赋置首,接序为诗、骚、七、诏、册、令、教、文等文体的分类观。

其次,颂、赋通称。陈山毓云:"颂者,颂亦赋之通称也。"并按曰:"《九章》有《橘颂》;《大人赋》,史迁谓之《大人颂》;《洞箫颂》,昭明谓之赋,《艺文志·赋略》中入《孝景皇帝颂》。《长笛赋》本称《长笛颂》;《藉田赋》,臧荣绪《晋书》称《藉田颂》,然则赋可称颂,颂之取裁于赋者,即得称赋也。"一方面,昭明将王褒《洞箫颂》、马融《长笛颂》、潘岳《藉田颂》,均入于《文选》赋类,另一方面,卷四七又另选《圣主得贤臣颂》《赵充国颂》等5篇颂体,显示出赋、颂文体牵缠、分合不明。考汉人之视赋颂,已多赋、颂并称。如司马迁《史记·司马相如列传》云"相如既奏《大人》之颂"③。陈山毓提出,赋体颂用者,可称为赋。显与事实相合。现代学者进一步认为,汉人赋颂不分,要在赋体颂用、赋是主导的方面,赋的铺陈总是以显示与炫耀表现为颂的功用④。

再次,八代无文,唐室无赋。《赋略》选赋始于先秦,迄于明代。《正编》34卷,不录宋、金、元三代赋作,《外篇》20卷,选录战国迄明代赋作,《正编》未选

---

① 张侃:《拙轩词话》,《词话丛编》本,中华书局1986年版,第190页。
② 韦居安:《梅磵诗话》卷一,清嘉庆四年刻本。
③ 司马迁:《史记》卷一一七,第3063页。
④ 易闻晓:《汉代赋颂文体的交越互用》,《文学评论》2012年第1期。

之宋赋,则略有增补。书前《绪言》一卷,分"源流""历代""品藻""志遗""统论"五部辑录历代论赋资料,间有编者按语及评论。"大凡赋擅于楚,昌于西京,丛于东都,沿于魏晋,敝于宋,萎苶于齐梁,迄律赋兴而子遗鲜矣。宋俚而元稚,又弗论焉"①。以古赋为准,大体论述了战国至明代赋体的发展演变,而唐代律赋大兴,则为《赋略》不取。

晚明至清初赋坛受祝尧《古赋辨体》的笼罩,基本持"祖骚宗汉"的理论观点。在赋集编纂时,尊《楚辞》为首,并凸显司马相如"赋圣"的地位。早在万历年间,俞王言所辑《辞赋标义》卷一至卷五收《楚辞》27 篇,并云:"侪马卿于屈平,兄弟也;宋、景、杨、贾,父子也;班、张、潘、左、曹、陆辈,祖孙也;其余皆曾、玄耳。后之作者如林,然唐以绮偶,宋以淡泊,古道衰矣。"②陈山毓晚于俞氏,其《赋略》卷一至卷三入选屈原赋 25 篇、宋玉赋 13 篇,并曰:"凝情屈、宋,不数张、左,下则枚、马,无取潘、陆,巧因思浚,奇緜情会……灵均非乏瑰奇,长卿亦是员丽。"③又清初王修玉《历朝赋楷·凡例九条》之首曰:"赋虽本于六义,体制则有代更,《楚辞》源自《离骚》,汉魏同符古体,此为赋家正格,允宜奉为典型。"④因体例不同,明代不以时代编次的总集,其编选宗旨亦以楚为源,以汉为尊。如周履靖《赋海补遗自叙》提出:"余观作赋,始祖风骚,创于荀宋,盛于两汉。迨至魏晋六朝,贾、曹、傅、陆之俦纵横玄圃,司马、江、王之辈驰骋艺苑。"⑤后人追念屈体,形式各样。陆葇《历朝赋格·凡例》云:"夫子删诗而楚无风,后数百年屈子乃作《离骚》者,诗之变,赋之祖也,后人尊之曰经而效其体者,又未尝不以为赋,更有不名赋而体相合者,说详祝氏《外录》。"⑥至明清易代,屈原《楚辞》在赋集编纂中亦经历变革。

清初,康熙朝统治者出于对教化的需要,大力鼓吹诗的价值,"赋者,古诗之流"观得到强化,祝尧的影响已不如明代强烈,赋集编选多不再以《楚辞》为首。"元人祝氏著《古赋辨体》以《离骚》为祖,然则选历代之赋,当以《离骚》

---

① 陈山毓:《赋集序》,《靖质居士文集》,第 618 页。
② 俞王言:《辞赋标义》卷首。
③ 陈山毓:《赋略序》,明崇祯七年陈舒、陈皋刻本。
④ 王修玉:《历朝赋楷》,第 3 页。
⑤ 周履靖:《赋海补遗》,明金陵书林叶如春刻本。
⑥ 陆葇:《历朝赋格·凡例》,第 274 页。

为始乎？否也。屈子，楚人。《离骚》为楚声，又本于楚狂之《凤兮》歌也。然而《南风》之诗，《卿云》之歌，先之矣。选赋者又当以虞舜为始乎？否也。昭明一《选》，已将骚与赋而分之，至宋李昉、宋白辈选《文苑英华》，止选赋而不选骚矣。此赵子承哉之选，断自西汉，始推而上之，止取宋玉而不取屈原，可谓得选之体也。"①缪彤称赵维烈上承昭明《文选》《文苑英华》，选赋而不选骚，并明确反对骚为赋祖的观点。此即亦为清初陆葇《历朝赋格》、王修玉《历代赋楷》与赵氏所选在理论宗旨上的不同之处。又康熙二十五年版陆葇《历朝赋格》录荀子《礼》、宋玉《风赋》，而未录屈骚，王修玉《历代赋楷》亦以康熙御制《阙里桧赋》《竹赋》二篇为首。此期统治者镇压与怀柔政策并行，文人士大夫的故国之思、遗民之恨在《楚辞》中虽时有寄托，但也有不少士人对逐渐安定的新朝唱起颂歌。至乾嘉时期，朴学登峰造极，楚辞学才全面复兴。

第三节　陈山毓对骚体赋的具体评论

中国古代赋论多散见于史著、子书、诗话及赋集的序、跋、凡例或附录中，较少系统的专论。陈山毓在卷首《赋略序》中，围绕裁、轴、气、神、情等五大标准，确立起系统、完善的赋学批评观，亦是《赋略》编选评点的总纲。内涵陈山毓对赋体、赋源、赋家、赋韵等方面的品评，在明代赋集选本批评中独具特色：

（一）裁，即陈山毓对赋体源流、流变的思考。《赋略》对历代所选赋家、赋作进行了重新考订。如陈山毓对宋玉、司马相如、东方朔等人赋篇的择取云："《艺文志》宋玉赋十六篇，今定著十三篇；《艺文志》司马相如赋二十九篇，今定著六篇；东方朔，按《艺文志》无朔赋，今入七篇。"又论赋之流变曰：

右向、歆父子所定《七略》，孟坚取以入志，其分四种，所以上下工拙。如枚叔、长卿入上等；而称枚皋"好恢笑，不甚闲靡"，则入第二；东方朔则削而不著是也。其所著篇数亦加去取。如云枚皋赋"可读者百二十篇，其尤嫚戏不可读者尚数十篇"，则不入是也。其所谓"入扬雄八篇"者，则向、歆所不取而孟坚自入之者也。

① 赵维烈：《历代赋钞》卷首。

班固《汉书·艺文志》诗赋略的分类标准,本据刘向、刘歆父子《七略》而成。因《七略》及赋篇的阙失,尤其是陆贾赋类基本全部逸亡,致使后人无法探其根本。如清章学诚《校雠通义·汉志诗赋第十五》论曰:"今观《屈原赋》二十五篇以下,共二十家为一种;《陆贾赋》三篇以下,共二十一家为一种;《孙卿赋》十篇以下,共二十五家为一种;名类相同,而区种有别,当日必有其义例。今诸家之赋,十逸八九,而叙论之说,阙焉无闻,非著录之遗憾与?"①章氏甚表遗憾。又章太炎《国故论衡·辨诗篇》云:"屈原言情,荀卿效物。陆贾赋不可见,其属有朱建、严助、朱买臣诸家,盖纵横之变也。"②太炎先生亦是推测。陈山毓则认为《艺文志》的分类当以赋之优劣为准。据现存赋篇,以枚乘、司马相如赋入上等,而东方朔、枚皋等滑稽诙笑之篇不入或少入,与赋篇层次相符。

(二)轴,指陈山毓对赋体创作中因袭与创新的评价。自赋体产生之日,赋家的祖述与新变亦是赋学批评史上绕不开的环节。对于史上出现的最早赋篇,陈山毓评荀卿云:"卿才实杰出,故《礼》《智》诸篇无所规袭而拔焉特秀,然体局而少变,则不远致。直而少婉,则不通,故后世词人效之者绝少,即效之者,亦略无味也,卿固非赋才耳。"且不论荀子所作《礼》《智》《云》《蚕》《箴》五篇是否为赋一直为学界争议,从辞赋发展史看,后世赋家对荀赋模仿不多。陈山毓肯定荀卿的无所规袭,然对其语言结构则委婉批评。刘勰称赋体"受命于诗人,拓宇于楚辞"③当属确论,而屈原、宋玉等人赋作则依仿不穷:

宋玉《高唐赋》:"模写形容,大约以雄壮为体,以悽惋为致,此风创自宋玉,至汉而大盛矣。"

班彪《北征赋》眉批:"文温以丽,意悲而远,斯赋有焉,后之纪行者大率祖此。"

张衡《思玄赋》眉批:"规摹骚经,旁及幽通,颇精工博大,恨未能出新意耳。"

陆机《岁暮赋》:"腾六龙于天布,擒藻处雁行《叹逝》,然伤弱矣。"

---

① 章学诚:《校雠通义·汉志诗赋第十五》,中华书局 1985 年版,第 1064 页。
② 章太炎:《国故论衡·辨诗篇》,上海古籍出版社 2011 年版,第 90 页。
③ 刘勰著,范文澜注:《文心雕龙》,第 134 页。

柳宗元《惩咎赋》："刊落铅华,独存风骨,洗齐梁之陋而规抚灵均,其失也槁而无致,所可读者尽此五篇矣。"

王世贞《七扣》："能出新意,绝无剿词,知兖州之才,才而奇也。"

陈山毓用形与影之别论赋体关系云："凡准的前藻,赞续厥美者,形法大肖则抚掌焉;然风度非故,若家法顿尽,则直举胸情可耳,又何取傍其遗目,追其体式乎? 故夫形之烛影,体立于此,则质成乎彼。夫作者形也,拟作者影也,欲使观者睹此毛发,得彼神情,此拟作者之折中也。"①陈山毓曾据《离骚》而作《重离骚》,即力彰屈子志意。陈山毓认为,所谓作者与拟作者之关系,拟作可直抒胸臆,得其意而含其情,不必依原篇而画其形。因此对宋玉、班彪赋的开创之风,陈山毓给予客观评价,而张衡、陆机、柳宗元之赋,不仅指出其对前人的模拟之处,亦指出不足。如论张衡《思玄赋》未出新意、陆机《岁暮赋》文气伤弱、柳宗元则槁而无致,而对王世贞自出新意之作,则极为赞誉。

(三)气,指陈山毓对赋作所体现出来的节奏的看法。早在曹魏时期曹丕论文云："文以气为主,气之清浊有体,不可力强而致。譬诸音乐,曲度虽均,节奏同检,至于引气不齐,巧拙有素,虽在父兄,不能以移子弟。"②赋作亦是如此。陈山毓云："窃以为气厚故不匮,气伸故不住,气旺故不衰,气贯故无迹。作者之气正引,读者之气而使不歇,自然行挟风云,字洒珠玉。若乃气一不至,则使读之者索然自尽,声不能高,而气不能扬。"③气之厚、薄、旺、衰,是赋篇成败的关键。作为博物学家,赋家上穷碧落,下探黄泉,凡天上地下、水居陆生乃至神话传说、古籍字书等包涵的瑰玮奇绝之物应有尽有,古奥雄奇,聱涩牙颊,向被人所讥。然赋圣司马相如之《大人赋》,武帝读罢"飘飘有凌云之气,似游天地之间意"④,可知赋篇之气的作用:

东方朔《初放》眉批:气韵自昌。

王褒《洞箫赋》:子渊为文,方汉盛时,辄有六朝菱靡之气,其于赋亦然,是亦文章一大升降也。

---

① 陈山毓:《重离骚序》,《靖质居士文集》,第566页。
② 曹丕:《典论·论文》,见魏宏灿:《曹丕集校注》,安徽大学出版社2009年版,第313页。
③ 陈山毓:《赋略》卷首。
④ 司马迁:《史记》卷一一七,第3063页。

刘向《九叹》:语多欲俳而通章读之犹知是西京物。弇州评康乐诗以为语俳而气古,予与此亦云。

曹大家《东征赋》:温雅缠绵,特未免闺弱之气耳。

王粲《登楼赋》:此赋语虽不多,而气完意到,沨沨乎不减大篇矣。

按照时代先后,祝尧《古赋辨体》将赋分为古赋、俳赋、律赋、文赋四种,陈山毓强调的是古赋之气,尤其将是否带有六朝风气作为判断文章优劣的一大标准。如陈山毓评西汉王褒《洞箫赋》有萎靡之气,便认为其是从汉到魏晋文风转变的一大关揵;又如刘向赋虽用俳语,却带有古风之气,因此称为西汉作品。反之,处于汉末魏晋时期王粲的《登楼赋》,气完意到,却是不输汉赋鸿篇巨制之作。此外,陈山毓对女性之作也相当苛刻,如班昭《东征赋》,因风格上之温雅缠绵,便被批评为不免"闺弱之气"。

(四)情,指是否含情是评价赋体的重要标准。汉代班固曰:"登高而赋,可以为大夫"①,刘勰云:"原夫登高之旨,盖睹物兴情。情以物兴,故义必明雅;物以情观,故词必巧丽。丽词雅义,符采相胜,如组织之品朱紫,画绘之着玄黄"②。又论赋体结构曰:"序以建言,首引情本,乱以理篇,迭致文契"③。均指赋体创作因缘情之所起。而情之所发,须内心有所抒发为上,陈山毓云:"窃以为胸无郁结,不必抒词,中有徘徊,才御楮墨,自然吐言逼真,中情妙达。"若胸无感触,为文造情则非。陈山毓评曰:

屈原《山鬼》:通篇悽惋。

屈原《国殇》:悲壮。

司马相如《长门赋》首段眉批:情景最妙,风格最高。

班彪《北征赋》眉批:文温以丽,意悲而远,斯赋有焉,后之纪行者大率祖此。

班婕妤《自悼赋》眉批:清丽婉转,古今闺媛第一。

潘岳《闲居赋》:高情雅致,几欲冒真矣。

柳宗元《乞巧文》:激昂感慨处有类贾生,而时睹雅奥。

---

① 班固:《汉书》卷三十,第1755页。

② 刘勰著,范文澜注:《文心雕龙》,第135页。

③ 刘勰著,范文澜注:《文心雕龙》,第135页。

黄省曾《闺哀赋》：中多真情直境。

赋中情志，以凄婉、悲壮、清丽、悲伤、雅致、激昂等发抒郁结为上。元代祝尧《古赋辨体》论"两汉体"云"二十五篇之骚，莫非发乎情者"，论"三国六朝体"云"盖西汉之赋，其辞工于楚骚；东汉之赋，其辞又工于西汉；以至三国六朝之赋，一代工于一代。辞愈工则情愈短，情愈短则味愈浅，味愈浅则体愈下"，论"唐体"曰"辞者，情之形诸外也；理者，情之有诸中也"。① 两汉至六朝赋作，因情的减少而每况愈下；唐赋短于情而长于理，故陈山毓不录。俞王言《辞赋标义》批点辞赋的创作缘起均从情理层面去解析，强调汉魏六朝赋体乃含情之作。② 陈山毓还强调赋中情志的真实可感，如潘岳《闲居赋》中雅致之情，甚至可以假乱真；又如黄省曾《闺哀赋》则多真情直境。

（五）神，陈山毓意谓赋作还应想象丰富，灵动自如。赋体板重，结构大体固定，而赋家用语极尽敷陈之能事，往往为人讥笑。陈山毓对赋作甚而提出"神"之标准："夫灵均抽辞，江滨岑寂。子虚援毫，意思萧散。皆是神思独往，不以俗物缠心"③。其评所选赋作云：

枚乘《七发》畋猎描写眉批：写的森郁雄壮，真令人神跃色飞矣。

班固《幽通赋》眉批：造体雅奥，练字精工，但籍锦列绣所乏生意耳。

班固《两都赋》首段眉批：其原出于相如，质直有余，流动不及。

曹植《洛神赋》：词情艳发，意态横生。

潘岳《西征赋》：写事疏畅，造语闲雅。汪汪万顷而潆洄处，婉转多致，风流蕴藉，不可复得。

柳宗元《晋问》：惜无观涛，纵列种种奇怪，足以发其妙思者，若其造体炼句则越陈思诸人而上之，欲追枚叔矣。

枚乘《七发》向被看作大赋成熟的标志，通过音乐、饮食、车马、游览、畋猎、观涛等七事腴辞云构，夸丽风该，然"其驰骋处，真有捕龙蛇，搏虎豹之势"④，故

① 祝尧：《古赋辨体》，第 746、778、802 页。
② 禹明莲：《俞王言编选评点〈辞赋标义〉与明代赋学批评》，《中国文学研究》2016 年第4 期。
③ 陈山毓：《赋略》卷首。
④ 孙月峰：《评注昭明文选》，转引自费振刚等：《全汉赋》，广东教育出版社 2006 年版，第40 页。

令人神跃色飞。反之,班固《两都赋》气度雍容,典雅肃穆,陈山毓批为质直有余,流动不及。《幽通赋》亦缺少生意。两汉之后,陈山毓所选《洛神赋》《西征赋》《晋问》等篇,均有意态横生或风流蕴藉、妙思种种之处。

以上五大标准是陈山毓对中国赋论史的独特贡献。《赋略》最后总结曰:"若乃达斯五秘,运以一心,然后酌古人之旷真,剪前哲之榛芜。竞短长于片言,校宫商于全牍。凝情屈、宋,不数张、左。下则枚、马,无取潘、陆。巧因思浚,奇繇情会。吁谟定命,雅致愿存。杨柳依依,物色斯贵。灵均非乏瑰奇,长卿亦是员丽。窃尝有志,未见其人云尔。"①中国古代赋论的发展,始自梁刘勰《文心雕龙·诠赋》篇,而专门的赋论著作则一直至清代李调元《雨村赋话》才出现。值得一提的是,明代评点文学大兴,赋集的序跋评点及附录赋论极大促进了清代赋话的形成②。陈山毓《赋略》是明末至清初古赋理论的代表,其对骚赋的选篇与批评,先于清代楚辞学复兴,在元明至清代文坛有着承前启后的赋学意义。

---

① 陈山毓:《赋略》卷首。
② 许结:《历代赋集与赋学批评》,《南京大学学报》2001年第6期。

第十章　张惠言《七十家赋钞》分体归类与评点考述

张惠言《七十家赋钞》以古赋为宗,止于六朝,显与文坛"宗律风尚"悖异,却不失为乾嘉时期成就最高、影响最大的辞赋总集。是编选赋艺术性与实用性兼具,以温柔敦厚、中正典雅为归。其体例绾合《汉书·艺文志》《文选》等类聚区分和推源溯流的编纂方式,并以与诗之远近为准的,将七十家赋分为本末之别;其评点继清初何焯考证式评点的模式,并在乾嘉时期进一步延伸与发展。同时因诗教传统的影响,张惠言的赋学批评带有理障及比兴印痕,然不失为独出冠时之作。

张惠言(1761—1802),字皋文,江苏武进人。乾隆五十一年(1786)考中举人,嘉庆四年(1799)考中进士,嘉庆七年(1802)卒,年四十一。其年不永,其仕偃蹇。曾前后七试礼部,而后遇散馆。奉旨以部属用,朱文正公珪特奏,改授翰林院编修。《清史稿》《清史列传》《国朝先生事略》《武进阳湖县志》等均有著录。张惠言才识甚绝,事事争当"第一流"。其治经精通虞氏《易》、郑氏《礼》,为清儒《易》学三大家之一;其古文取法韩、欧,与同乡友人恽敬齐名,为阳湖派奠基人之一;其词作品最少而影响最大,辑有《词选》两卷,被风靡百余年的常州词派尊为开山鼻祖。

在赋学领域,屠寄《国朝常州骈体文录·叙录》称皋文"特善辞赋"①,《续修四库全书总目提要》云:"惠言于赋,专家能事,殆无美不臻"②,今人曹虹则

---

① 屠寄:《国朝常州骈体文录》,清光绪十六年刻本。
② 中科院图书馆整理:《续修四库全书总目提要·茗柯文补编》,齐鲁书社 1996 年版。

称其弟子董士锡为"赋史奇才"①，董氏"年十六从舅氏张惠言游，承其指授，为古文、赋、诗、词皆精妙"②，渊源所自，足以明其师之赋学造诣。又张惠言的同年好友云："同年张编修皋文，少好《文选》辞赋，尝屏他务，穷日夜为之，卒乃归于治经，然辞赋亦不废。"③可知张惠言少时学赋，高揖马、扬，深得古赋之味。其另一友人王灼一日见其所作《黄山赋》，曰："子之才可追古作者，何必托齐、梁以下自域乎！"④张惠言对古赋的精深识见还体现于《七十家赋钞》的编选评点中，曾国藩云："评量殿最，不失铢黍。"⑤刘声木评为"千古绝作"，因此，张惠言《七十家赋钞》亦可称独出冠时，深蕴其对赋学批评的独特贡献。

鲁迅指出，凡是对于文术自有主张的作家，他所赖以发表和流布自己主张的手段，倒不在作文心、文则、诗品、诗话，而在于选本⑥。编选者对作品的取舍、编次和评论，直接或间接地反映编者的批评标准和宗旨，因此总集是一种占有重要地位的批评形式。学界关于《七十家赋钞》的研究，突出在探讨张惠言赋学思想的变化影响及地域关联上。如王思豪由手稿本至康绍镛刻本的差异洞察张惠言赋学观的变迁⑦。潘务正则从常州学风与《七十家赋钞》的地域特征探讨其内在关联⑧。陈曙文认为清常州词派的形成得益于张惠言赋学思想的延伸及影响⑨。这些观点均极其肯定张惠言的赋学地位及成就。笔者由张惠言是编的选录编纂、刊刻评点探讨其赋学批评的渊源和价值。

第一节 《七十家赋钞》的选录观

清初辞赋总集的编选，上承明代复古思潮及科举考试导向的双重因子，呈

---

① 曹虹：《赋史奇才董士锡的文学成就》，《南通大学学报》2010 年第 3 期。
② 张惟骧：《清代毗陵名人小传稿》卷六，常州旅沪同乡会 1944 年版，第 17—18 页。
③ 康绍镛：《七十家赋钞序》，道光元年合河康氏刻本。
④ 赵尔巽等：《清史稿》卷四八五，第 13377 页。
⑤ 曾国藩：《茗柯文序》，见张惠言：《茗柯文编》，上海古籍出版社 1984 年版，第 263 页。
⑥ 鲁迅：《集外集·选本》，载《鲁迅全集》第七卷，第 136 页。
⑦ 王思豪：《手稿本〈七十家赋钞〉的学术价值》，《中国典籍与文化》2010 年第 4 期。
⑧ 潘务正：《张惠言〈七十家赋钞〉与常州学风》，《江苏海洋大学学报》2015 年第 1 期。
⑨ 陈曙文：《〈七十家赋钞〉与张惠言的比兴视野》，《内蒙古大学学报》2010 年第 6 期。

现出会通古律的批评主题。如清初陆菜《历朝赋格》、王修玉《历朝赋楷》、赵维烈《历代赋钞》、陈元龙《历代赋汇》等均为通代辞赋总集,选录标准上古律兼收,至清代乾隆、嘉庆时期,则涌现出大批仅以科举为鹄的律体总集的编选评点,如沈德潜《国朝赋楷》、朱一飞《律赋捡金录》、法式善《同馆赋钞》、朱九山《同馆赋钞》等。而此期张惠言《七十家赋钞》的编选评点,独以古赋为宗,止于六朝,显与文坛主流"风尚"悖异。

　　值得提出的是,乾隆四十四年(1779)姚鼐主讲于扬州梅花书院时所编《古文辞类纂》特列辞赋一门,并云:"古文不取六朝人,恶其靡也。独辞赋则晋宋人犹有古人韵格存焉,惟齐梁以下,则辞益俳而气益卑,故不录耳"①。可知姚鼐选赋至晋宋而止。十三年后,即乾隆五十七年(1792),张惠言在北京景山官学教习任上所编订《七十家赋钞》断自六朝,同样以古赋为尊,其与桐城派的关系使得是编宗旨更为扑朔迷离。张惠言在《文稿自叙》中云:"余友王悔生,见余《黄山赋》而善之,劝余为古文,语余以所受于其师刘海峰者"②,王灼将业师刘大櫆所授古文法则转劝张惠言,赋则未必。《清史稿》本传载:"惠言少为词赋,拟司马相如、扬雄之文。及壮,又学韩愈、欧阳修",③可知张惠言赋学是由马、扬下及韩、欧,而桐城家法的核心是由唐宋八家而统摄三代两汉,这样来看作为辞赋总集的《七十家赋钞》与古文总集的《古文辞类纂》的选录旨趣并不一致。那么,张惠言的编选及归类深意何在呢? 先观其目次:

　　　卷一:《楚辞》十二家八十二篇:屈平二十五篇、宋玉十一篇、景差一篇、贾谊一篇、淮南小山一篇、东方朔八篇、庄忌一篇、刘向九篇、扬雄一篇、枚乘八篇、曹植八篇、张协八篇

　　　卷二:周二家十五篇:荀况六篇、宋玉九篇;汉六家十二篇:贾谊二篇、枚乘一篇、邹阳一篇、公孙乘一篇、武帝一篇、司马相如六篇

　　　卷三:汉十七家二十六篇:淮南王安一篇、孔臧一篇、董仲舒二篇、司马迁一篇、中山王一篇、王褒一篇、班婕妤一篇、扬雄七篇、刘歆一篇、班彪一篇、梁鸿一篇、崔篆一篇、冯衍一篇、杜笃一篇、梁竦一篇、班固三篇、傅

①　姚鼐:《古文辞类纂序》,第3页。
②　严明、董俊钰:《张惠言文选》,苏州大学出版社2001年版,第124页。
③　赵尔巽等:《清史稿》,第13242页。

毅一篇

　　卷四：汉七家十三篇：张衡五篇、王延寿一篇、马融两篇、蔡邕两篇、边韶一篇、边让一篇、祢衡一篇；魏八家十一篇：王粲一篇、文帝一篇、陈思王植三篇、邯郸淳一篇、何晏一篇、卞兰一篇、嵇康一篇、阮籍二篇

　　卷五：晋十一家十二篇：向秀一篇、张华二篇、木华一篇、陆机二篇、陆云一篇、左思三篇、潘岳八篇、挚虞一篇、成公绥一篇、郭璞一篇、孙绰一篇

　　卷六：宋五家八篇：傅亮二篇、谢惠连一篇、谢庄一篇、颜延之一篇、鲍照三篇；齐一家一篇：张融一篇；梁四家十一篇：简文帝二篇、江淹七篇、沈约一篇、陆倕一篇；陈一家一篇：江总一篇；北周一家四篇：庾信四篇

张惠言选录自屈原至庾信的赋作七十家二百六篇（定稿196篇），自言"通人硕士，先代所传，奇辞奥旨，备于此矣。其离章断句，阙佚不属者，与其文不称辞者，皆不与是"①，可见张惠言的拣择标准甚严。在选源上，张惠言参照众本，择善而从，一字一句均精心校勘，王葆心评论云："近世张皋文钞七十家赋，于题下自注明某书，并互校其字句于本文下，是又选家于不同各本中又有拣择从善之例，亦以免人持他本以疑此本也"②。如宋玉《笛赋》题下注"《古文苑》"，又如贾谊《吊屈原赋》题下注"《汉书》，序依《文选》"。张惠言认为《汉书》所录《吊屈原赋》较为可信，而序文则从昭明之说。

　　总集编选的一个重要前提是对文体的辨析与归纳，从中也可看出编选者的主张。如储欣《唐宋十大家类选》分文章为六门三十类，姚鼐《古文辞类纂》依文体划分为十三类等。一般作法即将文体首先分门，然后系类，以克服列类烦琐，而取得纲举目张的效果③。徐复观认为，文体之"体"是指形体，中国古代的"文体"即"艺术的形相性"，包含三个方面意义：一是"体裁"之体，或称为"体制"，二是"体要"之体，三是"体貌"之体。"若以体貌之体是感情为主，则体要之体是以事义为主。若以体貌之体是来自文学的艺术性，则体要之体是出自文学的实用性。若以体貌之体是通过声采以形成其形相，则体要之体

---

①　张惠言：《七十家赋钞序》，道光元年合河康氏刻本。
②　王葆心：《古文辞通义》，第885页。
③　褚斌杰：《中国古代文体概论》，北京大学出版社1992年版，第33页。

是通过法则以形成其形相。"①张惠言《七十家赋钞》的编选评点,则是兼顾选文的体与貌,即艺术性和实用性兼具。

作为授课读本,是编有着明确的源流本末意识,示人以门径。《七十家赋钞》在张惠言生前并未刊刻,其手稿本今藏于北京大学图书馆古籍部,直至道光元年(1821)康绍镛最早刊刻。从稿本到刻本,我们得以窥见张惠言在赋篇的编选上,曾有如下改动:

卷一　东方朔《七谏》七篇,改为八篇;删除曹植《九咏》,增枚乘《七发》八篇,张协《七命》八篇

卷二　增宋玉《讽赋》,删贾谊《旱云赋》

卷三　增董仲舒《山川颂》二篇,删扬雄《酒赋》,增《太玄赋》、《逐贫赋》

卷四　删王粲《寡妇赋》、应玚《愁霖赋》

卷五　删杨泉《织机赋》、陶潜《闲情赋》

卷六　删顾野王《舞影赋》、庾信《竹杖赋》

张惠言的这些批注,在道光刻本中均遵照并一一改动,是观照其赋学观的最佳依据。张惠言对每一卷都有增删改定,如对卷一赋篇及篇目的增删。东方朔《七谏》上可溯至枚乘《七发》,下可沿及曹植《七启》,如汉王逸认为:"昔枚乘作《七发》,傅毅作《七激》,张衡作《七辩》。崔骃作《七依》,曹植作《七启》,张协作《七命》,皆《七谏》之类。"体现出循源类聚的分类标准,又关于"七体"类"七"的含义,分歧甚多,如李善云:"《七发》者,说七事以起发太子也。犹《楚辞·七谏》之流。"五臣云:"七者,少阳之数,欲发阳明于君也。前汉东方朔,字曼倩,为太中大夫,免为庶人。后常为郎上书,自讼不得大官,欲求试用。"枚乘说七事以启发太子这一事实本身,"腴辞云构,夸丽风骇",后继者如东方朔《七谏》,机括大抵相似却再无新意,可见其构思之宏阔,篇制之宏伟。故在篇目上明确指明为七,有助于听者(太子)的接受,因此何焯评《七发》云:"数千言之赋,读者厌倦。裁而为七,移形换步,处处足以回易耳目。

---

① 徐复观:《中国文学精神》,上海书店出版社 2004 年版,第 133—134 页。

此枚叔所以独为文章宗。"①而缘于古书体例习惯，七体变为篇目时，则须加上前面序言，即为八篇。宋人鲍慎思云："篇目当在乱曰之后。按古本《释文》，《七谏》之后，乱曰别为一篇，《九怀》《九思》皆同。"此张惠言将七体类赋作定为八篇，应属此意。

从张惠言的选录旨趣看，以温柔敦厚、中正典雅为旨归，故在手稿本中将不符合这一标准的赋篇全部予以删除。从张惠言的改动看，一个突出特点是对六朝赋所删甚多。不仅在卷一中将属于魏晋之后的曹植《九咏》，张协《七命》改为枚乘《七发》，在卷四、卷五、卷六中所删除的亦均为六朝时期赋篇。张惠言自序载："论曰：赋乌乎统？曰：统乎志。志乌乎归？曰：归乎正"②，又说"其在六经则为《诗》"③，明确将赋体提升到诗的高度，以诗体言志表意的功用量裁赋体。以此为标尺，贾谊《旱云赋》以自然灾害暗喻执政者"政治失中而违节"，显然不合礼教；王粲《寡妇赋》极言悽怆悲凉之伤痛，甚至"欲引刃而自裁，顾弱子而复停"，此外，应玚《愁霖赋》、杨泉《织机赋》、陶潜《闲情赋》、顾野王《舞影赋》、庾信《竹杖赋》均儒家诗教的中正之旨相悖，而遭删除。可见，张惠言从赋体出发，删订赋篇时，有着明确的辨体尊体意识。如扬雄《酒赋》，《汉书》题为《酒箴》，张惠言便认为"非赋"而删除，此外，张惠言将七体、颂体则均归为赋体，这一赋学观对后世赋集深有影响，如戴伦哲《汉魏六朝赋摘艳谱说·凡例》云："谱中所列之赋，如《反离骚》《九辩》《七激》《哀时命》《山川颂》等篇，一照《七十家赋钞》例收入。"④因此，张惠言选赋时体与貌、形式与内容的综合考量，在乾嘉律赋大兴的文坛仍旧有一席之地。

第二节 《七十家赋钞》体例分类考辨

从体例归类看，张惠言既按时代远近分类，又按家数异同辨析，在清代众多的赋集选本中苦心孤诣。其门人董士锡为其撰作祭文最先肯定这一贡献，

① 何焯：《义门读书记》，第 941 页。
② 张惠言：《七十家赋钞》，道光元年合河康氏刻本。
③ 张惠言：《七十家赋钞》。
④ 戴伦哲：《汉魏六朝赋摘艳谱说》，光绪九年刻本。

"今之辞赋,孰就榘规,曹庾而来,其体以衰。先生遐思,探赜钩妙。醇醇愔愔,遗韵入奥"①,张之洞评价曰:"古体究源流者,宜《七十家赋钞》,最高雅。"②张惠言以古赋为选录范围,内含赋体的源流、风格、本末等批评内涵,第一次以选本形式对古赋及其源流作了归类与评点。

(一)以家分类与渊源本末

张相《古今文综·评文》曰:"赋之分类,约有两涂,一曰分家,一曰分体。皋文《七十家赋钞》,源流本末,条举件系,法刘向之《诗赋略》,此分家之为也。昭明太子撰录《文选》,京都、效祀诸目,部居不杂,此分体之为也。"事实上,张惠言《七十家赋钞》采用以时代为次和以家分类相缒合的体例。这并不是空穴来风,而是有着深远的历史渊源。以家数分类看,章学诚谓:"钟嵘《诗品》云某人之诗,其源出于某家之类,最为有本之学,其法出于刘向父子。"③然《汉书·艺文志》将各家赋作只列篇数,具体篇目及分类标准均未可知,对于"辨章学术,考镜源流"的目录学功用留下不尽解释。由于时代绵渺,章太炎、刘师培、顾实、程千帆等从风格、地域、体裁等维度进行推测,合理但不确凿。《七十家赋钞》根据时代先后将七十家赋作按内容重新归类并评点,是对《汉书·艺文志》模糊分类观念的辨明与完善。

在"推源溯流"层面上,赋体起源这一历史公案亦是总集编纂绕不开的环节。如萧统认为赋自诗出,荀宋为首,"古诗之体,今则全取赋名。荀宋表之于前,贾马继之于末",④然《文选》的编纂首先是以类而聚,类分之中,又以时代为次,回避赋体起源的纷扰。

张惠言在《七十家赋钞叙》中先是论赋体起源时,以荀卿在前,屈原在后,"周泽衰,礼乐缺,《诗》终三百,文学之统熄。……则有赵人荀卿,楚人屈原,引辞表旨,譬物连类,述三王之道以讥切当世,振尘滓之泽,发芳香之畅;不谋

---

① 董士锡:《齐物论斋文集》卷五,清道光二十年江阴暨阳书院刻本。
② 张之洞撰,司马朝军详注:《輶轩语详注》,华东师范大学出版社2010年版,第250页。
③ 章学诚:《章学诚遗书》,文物出版社1985年版,第95页。
④ 萧统:《文选》,中华书局1986年版,第1页。

同称,并名为赋",①又言《诗经》之后,则有"能之者"和"淫宕佚放者"两类人继之,前者"变而不失其宗",后者"坏乱而不可纪",似于扬子"诗人之赋""辞人之赋"的划分。此两类赋风的开拓者,即屈原和荀子,"其志洁,其物芳,其道杳冥而有常,此屈平之为也"②,"刚志决理,輚断以为纪,内而不污,表而不着,此荀卿之为也",③屈辞与赋体因缘故近,却又不失为"《诗》之苗裔",于赋体则为权舆。而赋体之独立,始于荀、宋以赋为名的创作实践。如刘勰云:"荀况《礼》《智》、宋玉《风》《钓》,爰锡名号,与诗画境"④。比较荀、宋,荀略为先。因此张惠言在目录编排时,将屈原置首,荀子置后,下及宋玉。张惠言于荀子"六篇"手批云:

> 六篇连读,前五篇陈《佹诗》,末篇正断之。荀子治学,以礼为要,故首篇赋《礼》,礼必以知行云,故次赋《知》,知者,汤武以贤,桀纣以乱,故曰夫是之谓君子之知与请归之礼不同也,《云》以喻五帝之治也,《蚕》以喻汤武之放弑也,战国时訾汤武者已多,故曰名号不美,与暴为邻,《箴》以喻纵横是也,蚕名恶而理美,箴名美而理恶,故皆曰理,与请归之云不同也。微嫌宋玉《风赋》等九篇次于荀子赋六篇之后,未免时代乖错,白璧微瑕,无伤具体。

这段评语见于手稿本,荀卿赋,《汉志·诗赋略》著录为 10 篇,今《荀子·赋篇》中有《礼》《智》《云》《蚕》《箴》五赋,张惠言将末章《佹诗》算为赋体,故称六篇。荀赋名为咏物,实则采用春秋战国间流行的"隐语"形式,宣传自己的道德伦理观和政治主张。思想大于形象,义理掩压文词。而宋玉则是继屈原之后,好辞而以赋见称的第一人,宋玉《高唐》《神女》等作,对汉代贾谊、司马相如、扬雄等大赋的成熟和定型有着师范作用。《七十家赋钞》的编纂,宋赋反在荀赋之后,因此张惠言称"微嫌宋玉《风赋》等九篇次于荀子赋六篇之后",而托之时代乖错,实质上宋稍晚于荀,二者之别属于本末问题。林颐山光绪二十三年(1897)重刻《七十家赋钞》指出:"自来儒者立言必则古昔,故虽

---

① 张惠言:《七十家赋钞》。
② 张惠言:《七十家赋钞》。
③ 张惠言:《七十家赋钞》。
④ 刘勰著,范文澜注:《文心雕龙》,第 134 页。

词人之赋,辗转拟式,如枚乘《七发》、相如《子虚》等篇,其式不无少变,然综覈大要,侈丽闳衍兼寓温雅,固由学诗多识而得,即降而嫚戏诙笑,仍不失为诗人善戏谑兮之微旨,设援词必己出为例,抑末矣。"①将七十家赋由受诗学影响多寡,而分为本末之别。枚乘、司马相如赋作由屈、宋而来,嫚戏诙笑则源荀赋,为末。张惠言《读荀子》亦自言:"一言而本末具者,圣人之言也。有所操,有所遗,然而不虚言。言以救世者,贤人之言也。操其本者不弊,操其末者未有不甚弊者也。孔子之言性曰:性相近,习相远。上知与下愚不移,所谓一言而本末具者也。孟子之言性善,所谓操其本也,荀子之言性恶,所谓操其末也。"②圣人之言为本,荀子之言则为末。求观孔子之道,必自孟子始,若求孟子之言,亦从荀子为始。以此来看,张惠言对赋源的认识以本末观而非纯粹时代论,显是别具匠心。

(二)赋篇分合与聚类区分

分家体例外,张惠言又兼顾以体分类。总集以体分类的渊源,可上溯至《文选》聚类区分的方式。所谓聚类区分,是按照题材将赋篇归类。骆鸿凯曰:"由斯选者,清世得三书焉:一曰张惠言《七十家赋钞》,二曰李兆洛《骈体文钞》,三曰王闿运《八代诗选》,三书各名一体,虽非承选而作,而编次体例,准的昭明。"③意谓三书选篇虽非承自昭明,在编次体例上则以昭明为准的,上自周秦,下至隋季,限断选材,精宏可考,可谓萧选复现,闿导后学。萧统聚类区分的题材划分形式,是历代类书、总集编纂的典范和参照,《七十家赋钞》亦不例外。《文选》以题分类,分为京都、郊祀、耕藉、畋猎、纪行、游览、宫殿、江海、物色、鸟兽、志、哀伤、论文、音乐、情15类。张惠言在体例上对《文选》的继承,主要是分类上根据题材的类聚,如卷一可归为楚辞一系,卷二周二家十四篇,荀况六篇,宋玉八篇,张惠言评曰:"皆讽赋。"在体例设置细节安排上,张惠言又采用与《文选》完全相反的方式。如萧统自称"凡次文之体,各以汇

① 张惠言:《七十家赋钞》,光绪二十三年刻本。
② 严明、董俊钰:《张惠言文选》,苏州大学出版社2001年版,第32页。
③ 骆鸿凯:《文选学》,第290页。

聚。诗赋体既不一,文以类分。类分之中,各以时代相次"①,即先以类分,再以时分。张惠言卷一以楚辞类为首,卷二至卷六先以时代相次,时代之后,兼考虑赋家与类例的划分,甚至将同一赋家的多篇赋作按不同类别分散置于各卷,有利于从类别上加以区分赋作主题。如卷一楚辞类录贾谊《惜誓》、扬雄《反离骚》,卷三汉十七家 26 篇录扬雄 7 篇;又卷二汉六家录贾谊 2 篇:《吊屈原赋》《鵩鸟赋》,司马相如 6 篇:《子虚赋》《上林赋》《哀二世赋》《大人赋》《长门赋》《美人赋》,同一赋家赋作类型是多样的,赋体自身亦是在不断发展的,这种按赋体分篇的方式内蕴张惠言对赋体的认知和批评。林颐山曰:"武进张编修《七十家赋钞》熟精各种家法,仿刘略旧例,条其家数篇数,又益之以所重家数。"可知,张惠言对七十家赋各家法的谙熟。

此外,由于文体本身的多重内涵,《文选》分类亦颇受后人诟病。萧统共收 38 种文体,其中骚、七、颂各占一体,吴讷曰:"《文选》编次无序",姚鼐亦批评其分类不如《汉书·艺文志》,"汉世校书有辞赋略,其所列者甚当。昭明太子《文选》分体碎杂,其立名多可笑者"。张惠言则将三体统归为赋体,避免此弊。又略早于张惠言的姚氏,在编选《古文辞类纂》时,亦"一以汉略为法……辞赋则晋宋人犹有古人韵格存焉,惟齐梁以下则辞益俳而气益卑,故不录也",认为齐梁以下赋体气卑语俳,古韵无存,故无可取之处。《七十家赋钞》于北周虽仅选录庾信一家,却入选 4 篇之多。事实上,张惠言自作赋,亦师法选体良多,"综观一代,惟张皋文《黄山》诸赋,规摹选体,毋惭殆庶"②。此即上文所谓《古文辞类纂》与《七十家赋钞》均选录六朝以前古赋却各有用心:姚鼐反对的骈俪文,却是张惠言年少时的心力所在,是其古文辞赋创作的良好坚石。可见,张惠言与姚鼐虽均以《艺文志》为法,旨趣各异。

张惠言《七十家赋钞》的编纂,以古为归,仿《汉书·艺文志》和萧统《文选》;又如其为文一样,不同流俗,"皋文学古人之学,为古人之文,荣于古者虐于今。即令假以年寿,而贤如文正,亦第以文章之士目之。皋文之所以立其言

---

① 萧统:《文选》,第 3 页。
② 骆鸿凯:《文选学》,第 268 页。

者,恐亦未能见之于用,而其文之仅存,固已矫然不屑苟同于流俗"①。《七略》《文选》是现存最早的赋体分类方法,张惠言绾合二氏,寓以己意,还体现在其对所选赋作的评点中。

第三节　从评点看张惠言的赋体观念

张惠言评点上承何义门,在评点中对赋篇篇目、作者、真伪等均有考证辨析。是晚明杨慎等复古派所倡导的实学之风的延续。然张惠言评点《赋钞》,一个最明显的特征是引录清初何义门赋论甚多,但并不是照搬原评。如扬雄《甘泉赋》题下引《汉书》解题,又引何义门云:"赋家之心,当以子云此言求之,无非六义之风,非苟为夸饰也,其或本颂功德而反事侈靡淫而非,则是司马、扬、班之罪人矣。"扬雄《长杨赋》尾批引何义门云"长杨之事,尤为荒逸,故其辞切",张惠言引用前人评点的同时,还对何氏评点进行再评论,显示出乾嘉时期学者审慎的态度:

> 班固《两都赋》尾批:"何义门云:'前篇极其眩耀,主于讽刺,所谓抒下情而通讽喻也,后篇折以法度,主于揄扬,所谓宣上德而尽忠孝也。'分说两篇,非是此赋大意,在劝节俭、戒淫侈,后篇惧侈心之将萌是其主句,宣上德即所以通讽喻也。"

> 曹植《洛神赋》尾批:"何云:'恨人神以下皆陈思自叙其情,君王指宓妃,喻文帝不必以序中君王为疑。'案:何以君王指宓妃,或以为凿。不知古人寓言多有露本意处,如《九歌》《湘夫人》,屈平以喻子兰,篇中'思公子兮未敢言',是其见意处。湘夫人可称公子,宓妃亦可称君王也。"

评点本身是针对作品的篇章字句,张惠言不仅对赋篇大旨对前人有所纠正、辨析,甚至具体到篇章字句的内涵。对于所选赋篇,张惠言态度是有区别的。首先对赋作真伪进行考证,断其是非。如评枚乘《梁王菟园赋》:"此篇奇丽横出,非后人所能伪造,盖传久失真,错脱不可理耳,以意属读,亦可想见风格。"司马相如《长门赋》题下注:"此文非相如不能作,或以为平子之流,未知

---

① 秦瀛:《张皋文文集序》,《小岘山人集》续文集卷一,清嘉庆刻增修本。

马、张之分也。"评扬雄《蜀都赋》:"此篇错误脱阙,然非伪作。"对于伪篇,因时代近古,张惠言并非完全否定其价值,而是有意择其佳作,或备作考校。如宋玉《讽赋》题下注:"《讽赋》《笛赋》《钓赋》《大言赋》《小言赋》五篇,皆出《古文苑》与《文选》注,《艺文类聚》《初学记》等书所引往往参错,皆五代宋人,聚敛假托为之。以宋玉之文存者绝少,故录之以备好古者参校焉。"邹阳《酒赋》题下批:"《西京杂记》梁吴均伪撰此等赋,皆赝,然亦六朝作也。择其少佳者钞之。"司马相如《美人赋》:"此恐六朝人所拟,然却是佳作。"还有不能确定是否伪作者则存疑,显示出审慎的态度,如宋玉《笛赋》"宋意将送荆卿于易水之上,得其雌焉"句下夹批:"《文选·文赋》注及鲍明远《玩月诗》注:'师旷将为白雪之曲',《初学记》引亦自师旷,起句云'师旷将为阳春北鄙白雪之曲,取其雄焉,宋意将送荆卿于易水之上,得其雌焉',《艺文类聚》引与《初学记》同,惟'北鄙'作'北郑','取'作'得',章樵云:'楚襄王立三十六年卒,后二十余年方有荆轲刺秦之事,此赋果玉所作也?'"显然此句或为后人羼入,或《笛赋》为伪作无疑。

　　事实上,何焯所代表的是清初官方学派的见解,其评点带有理障的弊病。自清初帝王倚重宋学以控制士人,维护统治,不仅帝王自己热心性道,还利用科举、职官、祠庙等加强舆论导向。《清史稿·选举三》:"有清科目取士,承明制用八股文。取四子书及《易》《书》《诗》《春秋》《礼记》五经命题,谓之制义。"[1]顺治二年(1645),顺治帝规定"首场四书三题,五经各四题,士子各占一经。四书主《朱子集注》,《易》主程传、朱子本义,《书》主蔡传,《诗》主朱子《集传》,《春秋》主胡安国传,《礼记》主陈澔《集说》"。[2] 顺治十二年(1655),授先儒朱子熹徽派十五世孙煌奉婺源庙祀。康熙二十九年(1690),授闽派十八世孙溁主建安庙祀。关氏三人。[3] 康熙五十一年(1712)"诏宋儒朱子配享孔庙",此外,康熙自己亦对朱子性理之书多有研磨。四十四年(1705),拜李光地为文渊阁大学士,"时上潜心理学,旁阐六艺,御纂《朱子全书》及《周易折

---

① 赵尔巽等:《清史稿》卷一一五,第 3147 页。
② 赵尔巽等:《清史稿》卷一一五,第 3148 页。
③ 赵尔巽等:《清史稿》卷一一五,第 3321—3322 页。

中》《性理精义》诸书,皆命光地校理,日召入便殿覃求探讨"①。康熙还树立这种性道观楷模,如甘文焜是康熙削藩时死于吴三桂叛乱的功臣,圣祖南巡,幸杭州,御书朱子诗及"永贞"额赐其子国璧。并谕曰:"汝父尽节,朕未尝忘,此为汝母书也。"无疑对士人的臣服有巨大的威逼利诱作用。

　　而何义门曾任康熙帝八子胤禩侍读,认为不仅朱子有益增志气、长识见,还对朱学以外的学问都甚有帮助。何焯《与徐亮直》:"《朱子语类》全者最宜看,可以增志气,长识见。《四纂》是示学者以朱子学问门户,并杂学亦有助,馆课之暇,切望时加寻味。"②《与少章季方书》:"向日止读朱子书,不知程子之深粹。其地位殆孔孟之相越,谨以语贤。昆玉倘能同味乎?"③而科举作为帝王统治的工具,在清代初年为了更好地钳制士人,还玩起文字狱的把戏,高压之下,一变而为考证风气。《清史稿·儒林传》载:"清兴,崇宋学之性道,而以汉儒经义实之。御纂诸经,兼收历代之说;四库馆开,风气益精博矣。"④四库馆成为汉学家的大本营之后,文坛评点之声已渐湮没在历史碎片的钩稽整理中了。

　　对宋学思潮的延续,在乾嘉时期反因过度推尊而走向反面。清代文廷式《纯常子枝语》:"张皋文《七十家赋钞》持论甚正,然有失文章之理者。如《高唐赋》云:'传祝已具,言辞已毕,亦不过言祀山灵之礼而已。'皋文云:'下及调讴。'《羽猎》明用屈子,则礼乐武功皆得其理已,附会无谓矣。《神女赋》云:'襄余帱而请御兮,愿尽心之惓惓。'皋文去襄帱请御、眷顾系心之诚也,若以为赋神女成何语耶? 按题为赋神女,若以为屈大夫襄帱请御,更成何语耶? 且班婕妤《自悼赋》云:'君不御兮谁为荣。'古人原不以此等为忌讳也。凡读古人文字,心通比兴足矣,不必字字主张道学也。固矣,夫皋文之论赋也。"⑤清吴德旋《初月楼古文绪论》:"张皋文惜不永年,故摹古之痕尚不尽化。然淳雅

---

　　①　赵尔巽等:《清史稿》卷二六二,第 9898 页。

　　②　何焯:《义门先生集》,清道光三十年姑苏刻本。

　　③　何焯:《义门先生集》。

　　④　赵尔巽等:《清史稿》卷四八〇,第 13099 页。

　　⑤　文廷式:《纯常子枝语》卷六,1943 年刻本。

无有能及之者,早年虽讲汉学而仍不薄程朱,所以入理深也。"①可以说,张惠言对何焯评点的继承,甚至走向相反面。如《七十家赋钞》的编纂评点,其根源可上溯至朱子,"选家于前代文家,有所改易增删,已开于昭明太子,而昭明又上依太史公录赋入列传有删取之例也……近世张皋文钞《七十家赋》,于题下自注明某书,并互校其字句于本文下,是又选家于不同各本中又有拣择从善之例,亦以免人持他本以疑此本也。其法亦开自朱子之《韩文考异》矣"②。

与康熙、何焯所倡导的比兴诗教相关,张惠言《七十家赋钞》的评点还显示出比兴寄托观念,认为诗赋一体,诗词同源。如张惠言认为《高唐》《神女》两赋,"盖为屈子作也,屈子曾见用于怀王,故以高唐神女为比,冀襄王复用也,不然。先王所幸而劝其游,述其梦,宋玉岂为此谬妄乎?"《高唐赋》题下注:"此篇先叙山势之险,登陟之难,上至观侧则底平而可乐,所谓为治者始于劳终于逸也。结言既会神女,则思万方开贤圣,此岂男女淫乐之辞邪?"《神女赋》"他人莫睹,王览其状"夹批:"他人莫睹,王览其状,冀王之特识不惑于谗也,交稀恩疏,其在迁江南之前乎。"又如傅毅《舞赋》"简惰跳踘,般纷挐兮。渊塞沈荡,改恒常兮"句下夹批:"序既分别郑雅,赋复先拟醉状,明此为淫乐,所以示戒,诗人宾筵之意也。"马融《广成颂》"上无飞鸟,下无走兽":"此颂以风讲武而极之木产,尽寓属车,上无飞鸟,下无走兽,亦异乎班、张之旨。"祢衡《鹦鹉赋》"羡西都之沃壤。识苦乐之异宜。怀代越之悠思。故每言而称斯"句加圈,评曰:"何义门云西京之衰,可以再兴,伤时不复,故以寓其意也。"王粲《登楼赋》"白日忽其将匿"句加圈,何义门云:"白日将匿,以比汉祚将尽也。"

《七十家赋钞》是乾隆五十七年(1792)张惠言在北京景山官学教习任上编订。此时期评点之风渐趋于消歇,嘉庆十七年(1812)郑抡才《古小赋钞》和嘉庆二十二年(1817)王芑孙的《古小赋钞》,二人均以小赋为主,于断句处有圈点但无评论。前者如施源《古小赋钞序》:"马卿《上林》之作,札给尚书;子渊《洞箫》之篇,颂胪宫女。而温丽既成于百日,研炼亦至于十年。渊乎大文,

---

① 吴德旋:《初月楼古文绪论》。
② 王葆心:《古文辞通义》,第 885 页。

非朝夕已。若夫怀铅殿角，橐笔风檐，听宫漏之声，视花砖之影，虽复思若涌泉，文成翻水，而奏折几扣，行卷数番。揆其体制，小赋而已。"后者王芑孙《古小赋钞自序》云："识小即小以见其大也，赋者鸿通之业，不穷其变，将无以大之，大之必自初学始，初学天禀有不齐，人力有未暇，研都炼京，作之非俄顷所成，读之非旦夕可既。"二人均取小赋为士子教习读本，这是因为科举律赋有严格限制，往往二三百字为宜，本身并不是鸿篇巨制。此外，此时期尚有谢璇的《丽则堂历代赋钞》于所选有简单的音释，沈德潜的《历朝赋选笺释》录有孙鑛及何焯的评点，价值不高。因此，继何焯之后，《七十家赋钞》代表了乾嘉文坛赋学批评的高峰。

第十一章 李元度《赋学正鹄》编选评点与清代骈散之争

　　李元度身历清道光、咸丰、同治、光绪四朝,以史著擅名学林。其诗文领域亦成就卓荦,发人所未发。其《赋学正鹄》的编选评点,寓骈文、赋体、古文、时文等理论于一体,不仅精辟地点出科举赋作的典范要领,亦是李元度在清代绵延二百多年骈、散论争的时风下以赋选寓骈论、调和骈散、力树文坛骈文正宗的回应。此与其身为骈文名家与桐城后学的双重身份相关,又对此后兴起的骈文编选热潮及批评导夫先路。

　　有清一代出现的大量赋学选集、总集的编选评点与科场律赋创作相伴,以尊唐居多,如鲍桂星《赋则序》云"为律赋,舍唐人无可师承矣。"①赵光《竹笑轩赋钞序》曰:"唐宋以赋取士,讲求格调,研究章句,后世言律赋者,靡不以唐宋为宗。"②将唐代律赋视为效仿的不二法门。亦有与此论相逆而尊古者,如张惠言《七十家赋钞》、佚名《两汉赋钞》、梁瘘谱《古赋首选》等均以古赋为主,则是延承元代以来赋坛"祖骚宗汉"的复古理论思潮。李元度《赋学正鹄》的编选评点,是出现在晚清文坛论赋而会通古律,又不废骈、散、时文等理论的赋学选集,有着以赋寓骈、以文为赋、调和骈、散论争等多重含义。在赋学和骈文批评史上均独树一帜,较为值得关注。故本章对李氏之选编评点作一论述。

第一节 选评:以赋寓骈与以骈评赋

　　李元度,字次青,一字笏庭,自号天岳山樵,晚年更号超园老人,湖南平江

---

　　① 鲍桂星:《赋则》卷首。
　　② 孙清达:《竹笑轩赋钞·序》,清咸丰三年聚盛唐刊本。

人。身历清道光、咸丰、同治、光绪四朝。道光二十三年(1843)以举人官黔阳教谕,咸丰二年(1852)上书数千言论兵事,让曾国藩大为称赏。咸丰四年(1854)入曾氏幕府,成为"以文学士预戡乱之功,而不废铅椠之业"最著者①。然学界多注意到因咸丰十年(1860)徽州的失陷,作为李元度恩师的曾国藩两度严词弹劾,褫职逮治②。而李元度除有六十卷《国朝先正事略》、十卷《国朝彤史略》、五十八卷《平江县志》、二十六卷《重修南岳志》等史学巨著擅名学林外,其在诗、赋、骈文、古文、时文创作等方面均著述宏富,著有《天岳山馆诗集》十二卷、《天岳山馆文钞》四十卷、《天岳山馆四六文》二卷、《四书广义》六十四卷、《古文话》六十四卷、《小学弦歌》八卷、《安贫录》四卷、《六经诸史因果录》、《求实用斋丛书》等著作,可谓"天厄老人于功名际遇,而不知正天成老人于著作之林"③。刘声木《桐城文学渊源考》称李元度"与曾国藩、刘蓉等以文字相切劘。其为文才识宏裕,语皆心得,多发前人所未发"④。李元度尝自谓"文家之机杼,尤贵自出"⑤,不仅为文,文学批评亦是如此。

　　《赋学正鹄》的编纂,是李元度同治十年三月在爽谿家塾桃川书院授课所编,自述是授业生徒所用范本。其序云:"仆窥启寡闻,于此道向无所得,迩固告养山居,闲与生徒子侄言赋,辄就素所诵习者,编成《赋学正鹄》,为家塾课本"⑥。然其内蕴和影响却不止此。共选汉魏六朝、唐、清 75 人赋作 147 篇,其中以清赋 129 篇居首,六朝 14 篇,唐代和汉代各 2 篇,体现其由流溯源、会通古律之赋学观。而唐代和清代科举均考律赋,李元度除宋璟《梅花赋》和李白《拟恨赋》两篇古赋外,于唐律赋无一采择。"特唐律巧法未备,往往瑕瑜互见,宋元亦然"⑦。在李元度看来,唐赋为大辂椎轮,清赋则渐臻完善,去取眼光出于清代赋坛宗唐主流之外;而汉赋中独选班固《两都赋》并分而为之两

① 山行者:《天岳山馆诗存·序二》,见李元度:《天岳山馆文钞诗存》,岳麓书社 2009 年版,第 874 页。

② 此方面于李、曾二人关系考论甚多,如王尔敏《曾国藩与李元度》、梁从国:《曾国藩与李元度关系的再辨析》等;又有关注其诗与为人的如孙海洋《试论李元度的人品与诗品》等。

③ 山行者:《天岳山馆诗存·序二》,第 874 页。

④ 刘声木:《桐城文学渊源考》,黄山书社 2012 年版,第 366 页。

⑤ 李元度:《天岳山馆文钞·论》,《天岳山馆文钞诗存》,第 8 页。

⑥ 李元度:《赋学正鹄》卷首。

⑦ 李元度:《赋学正鹄·序目》。

篇,可见均别有深意。

李元度所选以桃川书院山长李隆萼18篇居首。李隆萼,字棣春,号邵青,是道光五年(1825)拔贡生,廷试授州判,改教谕。道光十五年(1835)中顺天乡试举人。后历任清镇、南安、印江等知县,多惠政。升同知,署兴义府事,后以疾告归。著有《学愈愚斋诗赋钞》《文钞》《琴言》等,今国家图书馆古籍部藏其所著《哀感录》,内容多为唁电、墓志铭等。李元度少时即受知于李隆萼,并从其学习经史。可以说,李隆萼对李元度影响颇深,这可以从二人的名号中窥见一斑。二人又都是道咸以降曾国藩所谓"将帅之乘时会、立勋名者,多出一时章句之儒"①者,道光五年,李隆萼任宁远教谕,时"逆猺赵金龙逼宁远,城中兵不满百,隆萼命堞各设燎柝声交击,贼莫测虚实,遂遁"②。而李元度一生宦海沉浮,多临敌众我寡之战,如咸丰十年(1860)八月二十五日徽州之役,据曾国藩九月初六日《徽州被陷现筹堵剿折》,李元度"兵勇仅二千有奇,不敷分布",而太平军四万余人"直扑徽城"③,李元度苦撑不住,"堕马晕绝,为亲卒负出,城陷"④。其自言"所在军中久,见巨公、名将、烈士死职死绥者,多平生雅故"⑤,故就所闻见各为别传,以存其真。杨彝珍《天岳山馆文钞序》曰:"每治军书少暇,辄手一编,矻矻不之休。"⑥从为文和行迹看,二者多相合。

而李元度尤私淑李隆萼所作律赋的深层原因乃"其赋神韵似縠人,洗练似耕石,遒逸似觉生"⑦。即李隆萼辞赋有吴锡麟、顾元熙等骈文名家赋风。查检文献李元度本人并无作赋的记载,其《学愈愚斋赋草序》曰:"近百年来,律赋中巨手,推吴縠人、顾耕石、鲍觉生,三君皆曾与馆选,而所为律赋,独能探源于汉魏六朝以自成其体格,匪第宾宾焉以馆阁重也。"⑧认为律赋以汉魏六朝为源,以清为流,而骈文名家如吴锡麟、顾元熙等的赋作均能探源汉魏,古律

---

① 曾国藩:《国朝先正事略序》,《曾国藩诗文集》,第394页。
② 曾国荃:《湖南通志》卷一八〇,光绪十一年刻本。
③ 曾国藩:《曾国藩全集·奏稿》,吉林人民出版社1995年版,第747页。
④ 王先谦:《诰授光禄大夫贵州布政使李公神道碑》,《虚受堂文集》卷九,清光绪二十六年刻本。
⑤ 李元度:《天岳山馆文钞自序》,《天岳山馆文钞诗存》,第6页。
⑥ 杨彝珍:《天岳山馆文钞序》,见李元度:《天岳山馆文钞诗存》,第3页。
⑦ 李元度:《天岳山馆文钞诗存》,第526页。
⑧ 李元度:《学愈愚斋赋草序》,《天岳山馆文钞》,第526页。

调和。此也即李元度所主张的以六朝为宗而兼及两汉骈文创作观,其《金粟山房骈体文序》曰:"国朝骈体,旧推迦陵,厥后吴山尊论次八家,縠人、稚存、渊如、巽轩诸君,各辟生面,其于东京、六朝,皆寝馈而渔猎焉者也。"①可以说,李元度以骈文作法规范审视赋体,提出"骈盛于六朝,赋亦盛于六朝"的论断,虽欠妥当,目的却在使士子多吸收六朝骈文的神韵、气度。而李隆萼律赋所含骈文之神韵风格,在李元度对其赋作的评论中亦有表现,如评《奉扬仁风赋》:"于题之来历,叙述分明,无一闲字,无一支词,寓单行于排偶之中,一气流走,转折浏亮,唐赋正宗"。评《夏扈趣耘赋》:"谋篇则修短合度,运典则浓纤得衷。尤妙在处处映合麀字,不空衍,又不堆砌,应有尽有,应无尽无,但肯细寻针线所在,固不难自绣鸳鸯"。单行、俳偶乃相对古文、骈文言,运典浓纤、自绣鸳鸯亦是骈文常用手法,由此可观李元度实乃有以骈规赋的一个方面。故《赋学正鹄》以吴锡麒、何栻、顾元熙等骈文名家之赋居多,有以赋选寓骈论的意味。

在体例上,《赋学正鹄》赋文后有解题、评论及注释,解题多是对赋家生平的简短介绍,称引史书为多。只是随着后来书商翻刻,有的前置,有的后置,内容并无变化。文后注释为语词名物出处的解释,文中评点则包括眉批、夹批、尾评等形式,并用圈、点、三角等符号点明赋作筋骨或赋家用心之处,均是中国批评理论的一种方式。李隆萼之外,李元度亦多处运用骈文观来评论,如:

　　引用成语,如自己出,既不陈腐,又不浮泛,是能以宋四六之风神,运唐律赋之机杼者,理境题以此为宗,作者之长技亦在乎此。(评龚维林《圣敬日跻赋》)

　　切定古字生议,抚今追昔,由盛而衰,不尽兴亡之感。眉目既极清醒,而其句调之琢炼,纯从开府集中融会得来。(评吴锡麟《古镜赋》)

　　赋忌庸俗,似此秀骨天成,语经百炼,非寝馈六朝,不能有此风韵,视时下曼声弱调,有雅郑之别矣。(评李隆萼《竹露赋》)

　　此为词人之赋,纯以六朝为宗,实赋家之正则也。(评吴锡麟《秋声赋》)

---

① 李元度:《天岳山馆文钞诗存》,第533页。

其评述律赋,"四六之风神""寝馈六朝""以六朝为宗"等语,明确将六朝赋置于比勘模则的地位,凡作赋,"必胎息于汉魏六朝方有根柢。然汉赋奥衍板重,未易问津,且非场屋所宜;惟六朝鲍、谢、徐、庾诸家,炼格炼句,秀韵天成,已开唐律门径。学者饮液嗽芳,但得古人一二分,即已拔俗寻丈"①,可见,李元度从选到评至作,无一不与骈文及骈赋相关。这又与他身为桐城后学而以四六名家及乾嘉、道咸间桐城派与骈文势力相互对立、争夺文坛正宗地位的文学背景相关。

第二节 体例:循流溯源的继承与拓新

与李元度的骈文主张相一致,《赋学正鹄》无一不体现其对汉魏六朝骈赋的推崇。在结构安排上,《赋学正鹄》由两大循流溯源的系统构成,在赋选编纂体例上独树一帜。首先,李元度将全编分为层次、气机、风景、细切等十类,由入门、应区而渐进韵味、风格为登古人之堂,最后择古赋最精者可达至极则,与古为徒,是从创作理论方面的一个大的层次系统,其序曰:

> 其类有十,曰层次,曰气机,入门第一义也。曰风景,曰细切,曰庄雅,曰沉雄,曰博大,皆应区之品目也。曰道炼,曰神韵,则骎骎乎进于古矣。曰高古,则精择古赋以为极则。由六朝以上希两汉,其道一以贯之。此循流溯源之术也。②

李元度论赋学有源有流,以汉魏六朝之古体为源,唐宋及清律体为流。若握源而治,乃先学汉魏六朝赋,然后律体,而循流溯源,当先学清而渐跻六朝、两汉,由源到流和由流到源的治学之路相同,然入门之径不同,所得则大异。若不究渊源,则根底不厚,非循序渐进,无以骤追古人,故李元度认为自下而上可得"陟遐自迩"的快感,故在入门第一义处,李元度所选乃清人顾元熙、夏思沺、伍钦、蔡殿齐、何栻、何寄生、顾起鹓、王赠芳、张其维、李隆萼等人赋作,而于层次类中,李元度类分为叙事题、咏物题、言情题、理境题四层以示门径,表

---

① 李元度:《赋学正鹄》卷首。
② 姚鼐:《古文辞类纂·自序》,第 1 页。

明其对流的重视。

其次,在每一类目下的赋篇选择时,又是一个小的循流溯源的系统。以高古类为例,自唐宋璟、李白至庾信、梁元帝、梁简文帝、江淹至祢衡、王粲、班固溯流而上,由宋璟的《梅花赋》、庾信《枯树赋》至祢衡《鹦鹉赋》可明赋体"体物写志"的传统,如评《梅花赋》云:"文贞微时,战艺再北,授馆东川,大有美人迟暮之感。故借梅之记,非其所以自写其牢愁,然曰贞心不改,本性不移,此所以卒为名宰相也。言为心声,作者身份自在流出"。评《枯树赋》曰:"作者处乐魏播迁之世,代异时移,先有牢骚摇落之感于胸中,故借题发挥,引古人以自况,说枯树处即其自为写照处,是极用意之作。"又如唐李白《拟恨赋》和江淹《恨赋》并观可得赋体拟作并非无可取之处,李元度评《拟恨赋》曰:"足补文通所未备,太白旷代仙才,不耐束缚,而此赋乃矩步绳趋若此,足见古人虚心,不以摹拟为病,今之自负过高者,其才果优于太白耶?"评江淹《恨赋》则曰:"前提、后束、中分,篇法与别赋同,分叙大事,两两相比,却无一字犯复,尤见作法不止以铺叙见长也。起调奇创,戛戛生新,结尤飞舞,以回应为章法,通篇洗炼峻洁,无一支词剩语,宜其独步江东。"

当然,循流溯源并不是李元度的首创,最早可上溯至刘向《别录》和刘歆《七略》的目录编排方式,此后刘勰《文心雕龙》、钟嵘《诗品》、挚虞《文章流别论》、李充《翰林论》和《颜氏家训·文章篇》、任昉《文章缘起》等运用和发扬并延续至清,如姚鼐《古文辞类纂》序:

> 诏令类者,原于《尚书》之誓、诰。周之衰也,文诰犹存。诏王制,肃强侯,所以悦人心而胜于三军之众,犹有赖焉。秦最无道,而辞则伟。汉至文景,意与辞俱美矣,后世无以逮之。光武以降,人主虽有善意,而辞气何其衰薄也!檄令皆谕下之辞,韩退之《鳄鱼文》,檄令类也,故悉附之。

李元度笃好方苞、姚鼐文,自谓"古文一道,其法至严,其途至狭,非若诗之犹可以伪为者。自望溪断断于义法,而后文章之体尊,刘、姚继之,世遂有桐城派之目,于文家为正宗。姚姬传《古文辞类纂》为古今第一善本,拟屏人事、忘寝食以求之云云"[1]。李元度当然不是照搬沿用姚氏"从源至流"的分类

---

① 刘声木:《桐城文学渊源考》,第366页。

法,在其文集中已使用此法,其"不用汉唐写书首尾相衔法,冀续有所作,可依类而登也,而各类中仍略述源流派别及所以云之意,而自发其例云"①,《赋学正鹄》的编纂,唐文治《浣花庐赋钞》跋云李元度赋分十类的做法"盖隐师曾文正《古文四象》遗法,虽小道必有可观"②,而曾国藩将古文分太阳、少阳、太阴、少阴,并将古文之气势、趣味、识度、情韵与之分别相对应,乃与姚鼐论文创为阴阳之说相关,故李元度或许受姚鼐的启发,但已尽变其面目。

再从赋集的编选来看,清初陆葇《历朝赋格》以"三格为纲、每格分五类为目",以示循流溯源。此后路德《诗赋准绳》亦沿用,其云:"于公事暇,捡近今之诗赋,得若干首,汰其疵累,补其空疏,汇为一编,题之曰《诗赋准绳》,各系以评论,量加注释,词取典雅……但欲使学者披览是编,识其门径,由试律而溯唐诗,由唐诗而溯曹刘鲍谢;由律赋而溯徐庾,由徐庾而溯扬马班张;又上而溯屈宋,又上而溯《三百》"③,路德以诗、赋共源,虽不避马扬班张诸赋,对唐赋也有所批评,"赋之有律赋,规式粗备,而声貌未广,瑕类亦多,狭辞短韵,读者病之"④,然路德批判唐赋的同时,仍旧一如陆葇等清代诸赋家,以尊唐为主,其《重刊赋则序》曰:"有唐取士,拈题命赋,巧心妍手,各殚精于律。唐虽变古为律,源皆出于《骚》《选》,故可者多。宋元以后之文人……凡以古赋鸣者,皆深于汉魏六朝者也。律赋擅场者,大约不离唐法而炉鞲之精,织组之巧往往过之。"⑤《赋则》为姚鼐弟子鲍桂星所编,同样力主"律(赋)则以唐为准绳""求为律赋,舍唐人无可师承",然鲍桂星仅共选 57 篇赋,唐赋就有 14 篇之多,甚至于明朝,鲍氏也入选 4 篇,李元度一方面对《历朝赋格》《诗赋准绳》《赋则》等有所继承,如谷逢均《焦尾琴赋》尾评:

> 题是焦尾琴……作赋须绾定焦桐,紧切入听。不得抛却入听,不得专赋焦桐。焦尾琴是琴之名目,既为琴后,方有此名。入听是前一层,焦尾乃是正面。作赋须紧切"焦"字,绾合"尾"字,不得抛却焦、尾,泛赋入

① 李元度:《天岳山馆文钞自序》,第 6 页。
② 唐文治:《浣花庐赋钞·跋》,1928 年俞世德堂本。
③ 路德:《诗赋准绳序》,《柽桦馆文集》卷二。
④ 路德:《旉斋诗赋钞序》,《柽桦馆文集》卷二,光绪七年(1881)解梁刻本。
⑤ 路德:《重刊〈赋则〉序》,《柽桦馆文集》卷二。

听……今学者作文、作诗、作赋，多喜走宽路，如此居心，安得有进境也。（路闰生先生）

　　此咏物题之有层次者，须看其气机一月，节奏天然处，闰生先生之评，切中时弊，愿学者奉为座右箴。（次青）

李元度其至将路德的评论奉为座右铭，可见推崇之意。此例尚多，从略。然编选宗旨的差异，使得李元度在分类和体例上均另出新意。比如《历朝赋楷》仅从文体上分为"骈赋格、骚赋格、文赋格"，李元度则以创作为法，立为十二门；另一方面，李元度对赋家的定位及去取，可谓略过唐代，上溯汉魏，与陆葇、路德等截然相反，此外，与同样是姚门弟子的鲍桂星相比，鲍氏笃守师说，遵从桐城前贤"论为赋之法，与古文不异"的法则①，李元度在以骈论选赋论赋的同时，出于考场需要，继承和发扬的则是师门以时文为赋的传统。

第三节　正鹄：赋作轨范与时文章法

戴纶喆《汉魏六朝赋摘艳谱说》曰："近时选本以程祥栋《东湖赋钞》、李元度《赋学正鹄》为正宗，程选固更为宏博，而初学津梁又当以李选之批点为足以引人入胜。"②《赋学正鹄》之选乃士子科场津筏，前人赵维烈《历朝赋钞》、王修玉《历朝赋楷》、陆葇《历朝赋格》等亦有科场范文之意，然又是出于康雍时期"风云月露遍满天下，有识忧其空疏无用"而以赋救之③，咸、同之际，已大不相同，李元度又进行反纠，故称"正鹄"，隐有为科场重树典范之意。体现为其以时文章法评点科场赋作之要。

清沿明制，即"专取四子书及《易》《书》《诗》《春秋》《礼记》五经命题试士，谓之制义，有清一沿明制，二百余年，虽有以他途进者，终不得与科第出身者相比"④。至同、光间，"国学及官学造就科举之才，亦颇称盛。然囿于帖括，

---

① 鲍桂星：《赋则·自序》，清道光刻本。
② 戴纶喆：《汉魏六朝赋摘艳谱说》卷首。
③ 曹三才：《历朝赋格序》，《历朝赋格》，第 399 册，第 271 页。
④ 赵尔巽等：《清史稿》卷一六〇，第 3099 页。

旧制鲜变通"①。八股文外，康熙十八年（1679）博学鸿词科考一诗一赋，乾隆元年（1736）再行，翰林院馆试（包括庶吉士"朝考"、肄业三年期满的"散馆试"和翰詹"大考"）、地方童生、生员试、以及学政视学地方考文、书院课生等，则多用律赋。故汤稼堂《律赋衡裁》曰："国朝昌明古学，作者嗣兴，钜制鸿篇，包唐轹宋，律赋于是乎称绝盛矣。"②可见清代八股文和律赋之盛。从源头上，八股文实可溯至唐人赋格或律诗，顾炎武谓："经义之文，流俗谓之八股，盖始于成化以后。股者，对偶之名也……发端二句或三四句，谓之破题。大抵对句为多，此宋人相传之格（原注：本之唐人赋格）。"③毛奇龄曰："唐制取士，改汉魏散诗而限以比语，有破题，有承题，有领比，有颈比，有腹比，有后比，而后结以收之。六韵之首位、即起、结也，其中四韵即八比也。然则试文之八比视此矣。"在创作上，清人认为律赋与八股无异，如梁章钜《试律丛话》谓："律诗面貌与律赋为近，律赋即与八股文为近。"④朱一飞《律赋拣金录》卷首《赋谱》曰："唐始以骈赋取士，俪以四六，限以声律，其法与今之八股文同。"⑤故今人铃木虎雄、李曰刚等将清赋视为"八股赋"，马积高、叶幼明等学者持疑，詹杭伦提出："一方面清人明白八股文破题、股对等格式来源于律赋和排律诗，另一方面，清人又大量地用八股文章法来讲解律赋的层次结构。这是因为清人对八股的熟悉程度远胜于律赋。"⑥

　　然各体文的相互融通亦不可避免。如黄宗羲《〈明文案〉序》称归有光文章"除去其叙事之作，时文境界，间或阑入"。包世臣曰："唯其始也，以八比入，其终也，欲摆脱八比气息，卒不易得耳。"⑦施补华《与吴挚甫书》云："少时习文，操之太熟，声律、对偶，把笔即来，如油渍衣，湔除不去。"⑧桐城派始祖方苞、姚鼐等均为时文名家，方苞评点《钦定四书文》、姚鼐圈点《古文辞类纂》至

①　赵尔巽等：《清史稿》卷一六○，第3111页。
②　汤稼堂：《律赋衡裁》，清乾隆二十五年瀛经堂藏版。
③　顾炎武著，黄汝成集释：《日知录集释》卷一六，岳麓书社1994年版，第94页。
④　梁章钜：《试律丛话》，上海书店出版社2001年版，第546页。
⑤　朱一飞：《律赋拣金录》，清乾隆当湖刘氏刻本。
⑥　詹杭伦：《清代律赋论稿》，台湾学生书局2002年版，第179页。
⑦　包世臣：《论文·或问》，《艺舟双楫》卷二，上海书店出版社1994年版，第110页。
⑧　施补华：《泽雅堂文集》卷二，《续修四库全书》第1560册，第307页。

晚年而悉抹去,与桐城派被批"以时文为古文"不无关联①。戏曲和诗文评点亦是如此,如李卓吾不仅批点《水浒传》,还批点过《西厢记》、《幽闺记》等多种剧作,拿二者相较,就可以发现一些术语如"针线""跌宕""虚实"等术语相合,李元度在咸丰十年(1860)黜落官场后任书院教谕,并编有《熟课小题正鹄》《训蒙草》《小学弦歌》等科考读本,于时文精悉,并明确指出律赋即八股文,"今赋则斟酌亦臻完善耳,譬诸八韵诗,唐赋则唐人试律也。今馆阁诸赋,则国朝试帖也"。故其对律赋的解读,受时文影响甚深。

　　章学诚曰:"时文体卑而法密。"②八股文义取四书五经代圣人立言,在字、句、声调、结构等方面都有严格限制,从破题到收煞,虚、实、粘、犯、起、承、转、合等环环相扣,严密繁缛,李元度赋作评析与时文术语如出一辙。如评《焦尾琴赋》:"此咏物题兼用双关法者,巧思运以妙笔,方能不脱不粘,此非可以貌袭也,熟读沉思久之,自能生巧耳。"评《细麦落轻花赋》:"其松一步处正是紧处,其不粘题处正是切处,能从此处参透,下笔时自有把握。"评《流云吐华月赋》:"格局句法俱从古赋脱胎,而其眉目之醒朗,节次之分明,刻画之虚实兼到,又能恰合时宜。"评《南霁云拔刀断指赋》:"一气相衔,清白如话。妙在眉目分明,转折如意,又能处处关合'指'字,舒畅中仍自细密,序事题之金科也。"上述评语中所用"不脱不粘""松""紧""粘题""切处""虚实""转折"等本时文术语,李元度将之引入赋体,而自宋以来诗赋与经义之争,经义赋由此而兴,律赋中引用经语亦不足为奇了,又如其评《业广惟勤赋》曰:"其制局也紧,其行气也清,其运笔也醒,至其引用经语,如珠在贯,如金在镕,始所谓'文章本天成,妙手偶得之'者。"不能说与时文毫无关联。

　　李元度还在结构作法上将时文与律赋一一对应。"作赋如作文,有前路,有中路,有后路,有翻面,有反面,有正面,有衬面,而皆可以层次括之"③。此处"文"即指时文。其评《恨赋》:"前提、后束、中分,篇法与《别赋》同,分叙大事,两两相比,却无一字犯复,尤见作法不止以铺叙见长也。""前提""后束"

---

① 如钱大昕《跋方望溪文》引金坛王若霖言:"灵皋以古文为时文,以时文为古文。"
② 章学诚:《文史通义新编》,上海古籍出版社1993年版,第300页。
③ 李元度:《赋学正鹄序》。

"中分""犯复"乃作时文的具体步骤,律赋一般四段则称"头""项""腹""尾",腹又可更分为"上腹""中腹""下腹""腰",各个部位均有一定的字数限制①。又李元度评《铸剑戟为农器赋》曰:"题本两截,融合甚难。作者偏从难处想入,联以思路,达以笔力,说剑戟处紧对农器,说农器处紧抱剑戟,总不肯孤负'铸为'二字,实时文滚作法也。"明确将律赋、时文作法相对比。时文与律赋的结构对应关系,清代王艺斋《论律赋》论之甚详:"律赋第一段之第一联犹制义之破题也,第二联犹制义之承题也。或两联破题,而以第三联承题者,题有详略,词有繁简也。第一段笼起全题,尚留虚步,犹制义之起讲也。第二段必叙明题之来历,犹制义之下必承明上文也。第三段渐逼本位……第四段,第五段,第六、七段,第八段或咏叹,或颂扬,或从题中翻进一层,犹制义之结穴也。"②而李元度将其具体到赋篇创作中,显是精心体悟而发。由赋题而赋句、赋段,李元度处处以时文为赋作轨范准绳,可见其将二者会通为一之意。

作为桐城后学,古文与其律赋创作不能说毫无关系。然李元度主要从赏析而非创作的角度来看待古文与律赋的关系,如其评《先雨耘耨赋》:"作赋与作文同。文似看山不喜平,赋虽主敷陈,然使混沌而无凹凸,是平铺直叙而已。"评《菖蒲拜竹赋》:"章法奇肆,一气卷舒,用笔顿挫淋漓,纵横跌宕,寓单行于排偶中,直得古文神境。"章法曲直、神气舒卷乃品味文风之感,并无固定模式可循。与《赋学正鹄》中大量而又细致的时文、律赋融合相比,可知李元度大致持以时文为赋的路径。

当然,李元度以时文评点律赋,还注意到时文与赋体之别。如评《浮瓜沈李赋》:"两扇题固宜分切明确,且律赋与时文不同,时文遇两扇题,不妨分比到底,作赋则瓜李既分两段,下段浮沈字便须合发。"评《有治人无治法赋》:"此理致题之有层次者……凡理题所以难赋者,用白描则似时文,贪丽藻则嫌浮泛。"此又与方苞编选《钦定四书文》以"古文为时文"且注意时文、古文之别异曲同工。

---

① 详见佚名:《赋谱》,收入詹杭伦:《唐宋赋学研究》,中国社会科学出版社 2004 年版。
② 潘遵祁:《唐律赋钞》卷首,光绪二年樨香室增补本。

第四节　回应：调和骈散与文坛正宗

　　在明代复古浪潮的推动下，骈文自明末已走向复兴。清初陈子龙、陈维崧、毛先舒等均倡导骈文，毛先舒《湖海楼文集序》论骈体之产生曰："原夫太极，是生两仪，由兹而来，物非无偶。日星则联珠而璧合，华木亦并茂而同枝……物类且尔，况人文哉。"比嘉道间阮元的《文言说》为骈体正名早 100 多年。而"康熙间鸿博考试和乾隆以后翰林庶吉士的考试则进一步促使骈文走向兴盛"①。此因八股、律赋创作均要作对、有文采，与骈文的生存发展相一致。

　　咸、同之时，骈文已由乾嘉的全盛走向衰变。作为四六名家，李元度的骈文观实承乾嘉余风。表现在古文领域，是"俯仰古今，吊国殇而悲往哲"②，以考据保存了大量湘军将士史料。而李元度又认为"骈体文造端于六经，引申于百氏，秦汉六朝暨唐初四杰，类皆理大物博，文质相宜。至用之庙堂，勒诸金石，尤于此体为宜"③，将骈体文提到经的地位，并以其文体之雅赡、用途之重要为其正名，其曰："李申耆先生《骈体文钞》，则自秦汉及隋，贾、董、马、班、匡、刘之文具在，与姚氏《古文辞类纂》，盖相辅而行焉"④。实质上，李兆洛选《骈体文钞》，其中三十八篇与《古文辞类纂》所选相同，若不计辞赋类七篇，所余几乎都是秦汉之文。薛子衡云："当世皆知是编可以正骈体之轨辙，而先生实欲以是溯古文之原始也。"⑤蒋彤亦云："先生以为唐以下始有古文之称，而别对偶之文曰骈体，乃更选先秦两汉以及于隋为《骈体文钞》，欲使学者沿流而溯，知其一源"⑥，所以对于桐城派以八家为轨辙是不小之打击。今人钱仲

---

　　①　马积高：《清代学术思想的变迁与文学》，湖南出版社 1996 年版，第 104 页。

　　②　山行者：《天岳山馆诗存·序二》，第 874 页。

　　③　李元度：《金粟山房骈体文序》，《天岳山馆文钞诗存》，第 532 页。

　　④　李元度：《金粟山房骈体文序》，《天岳山馆文钞诗存》，第 533 页。

　　⑤　薛子衡：《养一李先生行状》，《养一斋文集》卷首，《续修四库全书》据山东省图书馆藏道光二十三年刻本影印，第 1495 册，第 3 页。

　　⑥　蒋彤：《李申耆先生兆洛年谱》，见沈云龙《中国近代史料丛刊》。

联、曹虹等即认为李兆洛编选《骈体文钞》的用意在于取代《古文辞类纂》①，可见，李元度强调古、骈同出六经，极力调和桐城派与骈文派的对立局面。而李元度《赋学正鹄》和姚鼐《古文辞类纂》均选入有汉赋，曾国藩亦推崇扬、马赋甚多，如吴汝纶在《与姚仲实》中评价其文章"以汉赋之气运之，而文体一变，故卓然为一大家"②。曾氏自己亦谓："行气为文章第一义，卿、云之跌宕，昌黎之倔强，尤为行气不易之法。"③弟子李元度却独推班固《两都赋》为模范，个中原因值得深思。

李元度云："班文整雅，而转折提顿，尤极明醒，为便于学者也。不及荀卿、宋玉、长卿、子云诸作者，以彼皆古文之一体，学者当知其意境，而不必效其体格也。"班固与扬、马之作均为古赋，独班赋有益于律赋创作，原因何在？钱锺书曰："八股文实骈俪之支流，对仗之引申。阮元《揅经室三集》卷二《书文选序》后曰：'《两都赋》序白麟、神雀二比，言语公卿二比，即开明人八比之先路。洪武永乐四书文甚短，两比四句，即宋四六之流派。'"④马、扬赋作尚奇，班赋尚偶。开四六、骈赋之先声。班固《两都赋》文体上乃扬、马赋之继承与发展，赋体板重，文章对句、对应处较多，如张表臣谓："班孟坚作《两都赋》拟《上林》、《子虚》。"孙月峰亦曰："赋祖《子虚》《上林》，稍加充拓。"李元度弃马取班，对班固赋中对应处多处眉批点评，如于"愿宾摅怀旧之蓄念，发思古之幽情。博我以皇道，弘我以汉京"句眉批："总提四句妙，有含蓄有顿挫有照应，必不可少"。于"览山川之体势，观三军之杀获"处眉批："两句收煞，节奏天然"，又于"诵虞、夏之《书》，咏殷、周之《诗》"一段批曰："两两比勘，总论优劣。"可见，李元度对赋篇赋句之对应、照应尤为注意。而班固赋"雍容揄扬，雅颂之亚"之风格，又与道咸骈体风尚相类，如吴育论骈体曰："大凡庙庭之上，敷陈圣德，典丽博大，有厚德载物之致，则此体为宜。"⑤而孙月峰评班赋序

---

① 钱仲联：《清人诗文论十评·阮元〈文言说〉》，《扬州师院学报》1962 年第 6 期；曹虹：《清嘉道以来不拘骈散论的文学史意义》，《文学评论》1997 年第 3 期。
② 吴汝纶：《吴汝纶全集》，黄山书社 2002 年版，第 52 页。
③ 曾国藩：《曾国藩全集·家训》（第八部），吉林人民出版社 1995 年版，第 5547 页。
④ 钱锺书：《谈艺录》，生活·读书·新知三联书店 2001 年版，第 110 页。
⑤ 李兆洛：《骈体文钞·吴序》，上海古籍出版社 2002 年版，第 16 页。

文曰："语极淡,然绝有真味,调绝平,然绝有雅致。但极眼前铺叙……盖蕴借深,故气度闲,后世所谓庙堂冠冕皆从此出。"何义门则曰："前写未央,大都以典雅肃穆为主,后言建章,专重奇丽,正所云增饰崇丽之证也。"故典丽、雅正、肃穆等为二者共有。由此可观李元度之骈文编选眼光。

选编形式的批评文体并不直接表达批评家的批评观点和意见,而是通过选择和编纂将之具体化,在取舍之间间接地反映或传达出选家的观念。① 而清代骈文编选的兴衰,学界基本以康雍年间为发轫期,此期以黄始《听嘤堂四六新书》分《初集》《广集》为代表,乾嘉道光则是全面繁荣时期,不仅有汇集当朝之作,如吴锡麟《有正味斋骈体文》、曾燠《国朝骈体正宗》等,也有历代的骈文选录,如蒋士铨《评选〈四六法海〉》、陈均《唐骈体文钞》、李兆洛《骈体文钞》、彭元瑞《宋四六选》、彭兆荪《南北朝文钞》及道光五年(1825)许梿《六朝文絜》等,道光二十年(1840)以后,咸丰、同治年间一度没有骈文选本直至光绪朝迎来又一个高潮。屠寄《国朝常州骈体文录》:"至于咸丰,干戈时动,弦诵暂辍。衣冠播散戎马之足,缣帛割制滕盖之用。华篇丽篆,存者什一。"国家乱极,骈文亦气息奄奄。

故李元度《赋学正鹄》的编选,当不仅仅为士子树立津梁,在骈文选本处于低潮衰落之时,更有将一己骈文之见寓于赋选之意。《赋学正鹄》有清同治十年(1871)爽溪书院刻本,后在光绪七年(1881)、光绪十一年(1885)、光绪二十年(1894)、光绪二十五年(1899)等得到不断翻刻和传播,正好与此期又一度兴起的骈文编选和批评热潮相呼应,从表面上看,它是"同治、光绪间律体赋学的总纲"②,实质上在桐城古文壁垒森严、骈体衰变的嘉道以还,也可看作是其骈文代言,意在调和骈散,为骈文争得文坛正统地位。"凡是对于文术,自有主张的作家,他所赖以发表和流布自己的主张的手段,倒并不在作文心,文则,诗品,诗话,而在出选本"③。李元度《赋学正鹄》的编选,可谓合之。

---

① 李建中:《中国文学批评史》,第363页。
② 孙福轩:《清代赋学研究》,杭州大学出版社2008年版,第305页。
③ 鲁迅:《集外集·选本》,《鲁迅全集》第七部,第136页。

附录一　晚明赋学的域外回响

　　万历二十年至万历二十六年,万历皇帝数次派兵使朝鲜免于被日本丰臣秀吉所占领,这一挽救朝鲜王朝的举措,使朝鲜君臣感念不已。朝鲜国王将祭祀神宗作为"早晚必行之盛礼"①,朝鲜使臣自称"神宗皇帝再造之国"和"神宗皇帝所活之民"②,在很多年以后,万历皇帝在朝鲜仍然被隆重地祭祀。因此,对于明王朝,朝鲜士人也有着广泛的认同感。明代万历以后掀起轰轰烈烈的辞赋编选评点热潮并延续至清,在朝鲜文坛亦随之呼应。朝鲜李朝时期金锡胄所编选的《海东辞赋》是现存唯一一部东人选东赋的辞赋选本,内含朝鲜赋家赋作的历史发展与赋学批评,与中国明代赋学思潮一脉相承的同时,又带有本土的地域特征。

一、金锡胄与《海东辞赋》的编纂

　　金锡胄(仁祖十二年至肃宗十年),字斯百,号息庵,谥号文忠,生平事迹不详。据考证,金锡胄"未弱冠,文名大起,累冠课试。孝宗八年(1657)中进士,显宗三年(1662)增广会试第二,殿试魁,旋授典籍。后拜司谏院正言,入玉堂为副修撰,移司府持平,累拜修撰副校理、兵曹左郎直讲文学、校理兼南学教授、献纳,吏曹正郎兼应教司谏,官至议政府左议政、两馆大提学"③。可知金锡胄少年得志,官场顺遂,一生都在为国事操劳忧心。其在诗中自述道:

---

　　①　吴晗编:《朝鲜李朝实录中的中国史料》下编卷四,第十册,中华书局 1980 年版,第4218 页。

　　②　吴晗编:《朝鲜李朝实录中的中国史料》上编卷五七,第3626 页。

　　③　权赫子:《朝鲜时代科举与辞赋研究》,南京大学 2007 年博士学位论文,第82—83 页。

"生平忧国不谋身,自有丹心可质旻。非效孔尼论正卯,所期虞士得同寅。儒封织贝翻成诬,史笔称狐亦乱真。千载老苏曾着辨,一回披读一伤神。"①金氏以孔子、虞士自比,既心怀诚意,又忠心耿耿。然其中年以后,因禀质虚脆,疾恙缠绵,最苦恼的莫过于如何摆脱官位、官场,为此写下众多辞官、致仕等奏疏。如《辞副修撰疏》、《辞副校理疏》、《辞守御使疏》[再疏]、《辞吏曹参判疏》等,十余次辞官之后,被疾病折磨的他,又寻找所有尽可能有的机遇来辞职,写下如《病甚辞职兼陈所怀疏》、七道《请休退疏》、两道《辞职札》、一道《辞职疏》等。尽管金锡胄文名为官身所累,时人金息协仍赞誉曰:"身总军国之重,铅椠之业,太半为筹画韬钤所夺。卒又限以中身,不得大肆志于结撰。而其所成就,犹足以跨越一世,焜耀后来。"②可谓中肯。

金锡胄的文学著述有《息庵遗稿》二十三卷、《息庵先生遗稿补遗》一卷、《息庵先生别稿》二卷等。所写文体有辞、赋、诗、角巾堂录、擣椒录、书、序、记、传、说、跋、题后、疏札、议、状、祭文、杂著、题赞、诚、铭、策、策题、录、行状、谥状、墓志铭、墓碣铭、墓表、碑铭等 50 余种之多。仅就诗歌而言,就有五言古诗、五言律诗、七言律诗、五言绝句、六言绝句、七言绝句等类别,名目繁多、分体碎杂。其中以古文最负盛名,金息协称其为谿谷(张维)、泽堂(李植)后第一人,"公之于文章,其人工至到。虽谓之夺天巧,可也。而于以接武溪、泽也,其可以无愧矣"③。然金锡胄才高学博而尤好深湛之思,以人工而夺天巧,亦为人批评,如金得臣曰:"近来年少中,金锡胄斯百早负英名,而为文病于涩。虽作数句语,必刻意覃思,草稿不三四易,不出也。……然妙解作法,各体具备,诚未易得。"数语对金锡胄以一人之力而兼备众体的才能同时予以肯定。他还选编有《皇明五大家律诗抄》《俪文抄》《古文百选》《锦帆集》等诗文选本。从其生平与文学成就来看,金锡胄与晚明文坛有着密切的关联。

第一,金锡胄在文学创作上极力模仿明代文坛大家。"其为古文辞,上溯

---

① 金锡胄:《息庵先生遗稿》,见韩国民族文化推进会编:《韩国文集丛刊》,景仁文化社 1993 年版,正编第 145 册,第 189 页。
② 金昌协:《息庵集序》,《农岩集》,《韩国文集丛刊》,正编第 162 册,第 152 页。
③ 金昌协:《息庵集序》,《农岩集》,第 152 页。

秦汉,下沿唐宋,以仿于皇明诸大家,参互拟议,究极其变,用成一家言"①。其
对明人的学习并不局限于复古与否的立场划分,而是兼收并蓄,各取其长。对
汉魏六朝、唐宋诗文名家名作均如数家珍,如屈原、扬雄、司马相如、潘岳、孙
绰、杜甫、韩愈、欧阳修、苏轼等,其《代挽夏兴君曹汉英夫人走笔》云:"安仁赋
秋兴,不独为悲秋。溽暑随节阑,凉风入衾裯。坐想谷翁心。"②金锡胄自言
"生平最服方正学先生"③,"其才似孔明,其忠似履善,其文似退之,其学过
之"④。诸葛之才,文天祥之忠,韩愈之文,均是其理想的追求。在创作上,金
锡胄以韩愈为高,对明代盛极一时的唐宋派亦颇为熟悉,"燕市曾闻万轴存,
此来签架费闲翻。文章载道斯为盛,贾竖争言岂必论。前代禁书仍十失,今朝
着眼奈双昏。只应分许亲朋去,暴富三冬足习温"⑤,文以载道是明代茅坤、归
有光等人为代表的唐宋派的核心主张,他们倡导道是文的源头,道盛则文盛,
反对一味模拟、仿古。金锡胄对明代公安派亦评价甚高,其《读袁中郎集》诗
曰:"千秋玉局圣于文,才调中郎足继云。快活心肠飞动语,展来诗卷欲凌
云。"⑥还曾将袁氏兄弟等人诗作编为诗选,并极尽赞誉,"彼小修、中郎兄弟,
固自相为知己。若田水之沈沦销落,苟非袁生之能具只眼,其孰能拔之于醋妇
酒媪之手,表章之至于此耶?二公之外。又有吴门王百谷尤擅诗誉,清新俊
逸。往往能造奇语,盖亦玉溪丁卯之伦。而非他雕香刻翠,轻盈流荡之徒,所
能骖靳也。今于三家集中,摘取长律百余首,汇为一集"⑦,将诗选仍命名为
《锦帆集》,希冀三家文章如锦帆水流,永垂不朽。

　　第二,明代官学化的程朱理学已丧失内在活力变作政教条文,阳明心学的
极度演化也使其完全丢掉儒学的特质而变成彻头彻尾的佛禅之学⑧。宗教精
神渗入士人心灵的结果,便是宗教的世俗化和士人精神的禅化。自北宋欧阳

① 金昌协:《农岩集》,第152—153页。
② 金锡胄:《息庵先生遗稿》,第136页。
③ 金锡胄:《与赵扬卿书》,《息庵遗稿》卷八,第234页。
④ 金锡胄:《题方正学文抄后》,《息庵遗稿》卷九,第265页。
⑤ 金锡胄:《息庵先生遗稿》,第212页。
⑥ 金锡胄:《息庵先生遗稿》,第184页。
⑦ 金锡胄:《息庵先生遗稿》,第248页。
⑧ 易闻晓:《公安派的文化阐释》,齐鲁书社2003年版,第40页。

修、苏轼、黄庭坚,南宋真德秀,明代公安三袁等均倾心禅学而广结道缘,其文学影响一度漂洋过海,远至日本、朝鲜等国。朝鲜儒、释交融思潮在李朝初至壬辰倭乱之前已臻成熟。金锡胄的多半岁月在官场操劳,内心对禅家的幽闲和静谧有着无限的向往。其诗《通度寺钟阁》曰:"通度知名寺,南游偶一寻。何年来佛骨,此日悟禅心。幽瀑当阶落,闲云过殿阴。翛然佳赏足,夕梵和钟音。"①此种风致,还与其年少时的文化熏染有关。金锡胄尝言:"少喜词赋,于心最所契。独孙兴公梦游天台,苏子瞻赤壁两赋而已。"②据《晋书》本传载"绰字兴公,博学善属文,少与高阳许询俱有高尚之志。居于会稽,游放山水,十有余年,乃作《遂初赋》以致其意。"③事实上,孙绰最为后世称颂的便是他对隐逸之乐的内心体悟及高尚品性。这种体悟是基于老庄之道进而上升至身体力行的精神自觉,因此他曾批评山涛"吏非吏,隐非隐"的出处犹疑。然当大司马桓温权倾朝野,欲经纬中国、移都洛阳时,"朝廷畏温,不敢为异,而北土萧条,人情疑惧,虽并知不可,莫敢先谏"④,孙绰挺身而谏,又符合儒家社会价值的品评标准。其外儒内佛的行径,与朝鲜李朝的国教颇为一致。《游天台山赋》为孙绰自诩有金石声之作,为金锡胄赞誉乃时风所趋。同样,苏轼自高丽朝就受到东国文人的追慕,影响一直至朝鲜朝而不已,如李奎报曾言:"夫文集之行乎世,亦各一时所尚而已,然自古以来,未若东坡之盛行,尤为人所嗜者也。"⑤徐居正亦云:"醉里犹吟《赤壁赋》。"苏轼在朝鲜的风行,同样为少年金锡胄所喜爱,其本质是中、朝文人的精神共鸣。

第三,金锡胄所生活的朝鲜李朝晚期,正值中国晚明至清初动荡不堪、易代鼎革之际,文人士大夫无法摆脱的家国之恨带来《楚辞学》大盛,涌现出王夫之《楚辞通释》、钱澄之《屈诂》、周拱辰《离骚草木史》等著作。此时,中国赋学自元明以来的复古思潮在科举考试的导引下延续至清末,如明俞王言《辞赋标义》、陈山毓《赋略》,清赵维烈《历代赋钞》、王修玉《历朝赋楷》等赋

---

① 金锡胄:《息庵先生遗稿》,第 157 页。
② 金锡胄:《送徐兄道润 东游枫岳序》,《息庵先生遗稿》卷八,第 239 页。
③ 房玄龄等:《晋书》卷五六,第 1544 页。
④ 房玄龄等:《晋书》卷五六,第 1545 页。
⑤ 李奎报:《答全履之论文书》,见徐居正:《东文选》,汉城景仁文化社 1968 年版,第 771 页。

集选本均为士子科举津筏并涉及《楚辞》的地位问题。金锡胄《海东辞赋》同样以骚体赋为编选准的,为从辈应对朝鲜科试提供典范。这在朝鲜并不少见。如朝鲜宋相琦《南迁录》云:"余自儿少时喜读《楚辞》诸篇,朝吟暮诵,至于《离骚经》则读八百遍,盖欲以此为词赋应举计也。"①《海东辞赋》选录历朝骚体赋名作外,还收录有金麟厚《七夕赋》、许筠《东林城赋》、张维《雪赋》等六言体赋。一般来讲,赋体有三言、四言、五言、七言、六言、杂言等句式,纯用六言的句式极少,然却是朝鲜科试的代表样式。金锡胄本人即有不少六言体赋作,如《凌波奏乐赋》《对床谈天地赋》、《操南音赋》、《沛宫歌大风歌》、《黄龙负舟赋》等 19 篇之多。金昌协《息庵集序》云:"自少攻词赋,已能一扫近世陈腐熟烂之习,而自创新格,每试辄惊其主司。而一时操觚之士,竞相慕效,以求肖似。"②作为朝鲜科赋名家,金锡胄对六言赋的创作情况颇为关注。所选的金麟厚等人同样为朝鲜科第名家。如《芝峰类说》云:"金麟厚形貌端庄,气宇轩昂,作文极富文采。少年时馆课试《七夕赋》,被评为第一名,因此名声远播。"许筠在 1597 年文科重试状元,1606 年担任远接使从事官,迎接明朝朱之蕃,以写作文章声名大噪。张维与李廷龟、申钦、李植并称"朝鲜文学四大家"。《海东辞赋》收录从高丽末期至朝鲜李朝中期的文人赋作,从根本上言之,亦是士子科举考试教科书的典范。

二、源头与体类:《海东辞赋》的选赋辨体意识

中国古代以诗文为中心的文学创作,到唐宋而盛极,而文体亦至此臻备,所以元明两朝一则总结前朝繁盛的创作现象,一则针对唐宋时期创作之"破体"现象,兴起了一股"辨体"文学理论思潮。③ 代表著作有祝尧《古赋辨体》、吴讷《文章辨体》、徐师曾《文体明辨》、许学夷的《诗源辨体》等。金锡胄《海东辞赋》的编选,内含金锡胄对赋体起源、正变等发展演变的见解,与元明以来的文体辨析思潮颇为一致。由于赋体发展的多变性及起源上的模糊性,金锡胄在穷流溯源及选赋辨体的处理上亦呈现出对中国赋学的体认及对朝鲜赋学的思考。

---

① 宋相琦:《玉吾斋集》卷一七,载《韩国文集丛刊》第 171 册,第 545 页。
② 金昌协:《农岩集》卷二二,第 152—153 页。
③ 许结:《中国辞赋理论通史》,凤凰出版社 2016 年版,第 28 页。

（一）赋源于歌谣说

赋的起源是中国赋学研究的基本问题之一。历来有源于《诗》、源于《诗》《骚》、源于诸子散文、源于纵横散文等主流声音。赋体源于楚民歌,最早见祝尧《古赋辨体·外录》。祝氏曰:"《汉·艺文志》云:'不歌而诵谓之赋。'然骚中《抽思》篇有少歌,荀卿赋篇内《佹诗》有少歌,及《渔父》篇末又引沧浪孺子歌,则赋家亦用歌为辞,未可泥不歌而诵之言也。是故后代赋者多为歌以代乱,亦有中间为歌者。盖歌者,乐家之音节,与诗赋同出而异名尔。"①从歌与赋音节之相似推断赋与歌乃同体异名。金锡胄提出歌谣为屈骚之滥觞,辞赋为歌谣之流风余韵。将赋体起源上推至箕子《麦秀》、荆轲《易水》等歌谣,其根本即缘于此。《海东辞赋序》曰:

世共知《离骚》为楚人之音,而殊不知《佯狂》《麦秀》之什,即《怀沙》《哀郢》之所滥觞。至于庆卿易水一曲,又是朱夫子所称之为悲壮激烈、非楚而楚者也。夫以浸沐仁贤遗化之乡,而且与金台、长城壤界相接。则自昔东士之习为文藻,尤多以辞赋擅名于世者。其无亦有得乎《麦秀》《易水》之流风余韵而然者耶。

《佯狂》《麦秀》《易水》等均为上古时期的歌谣。楚狂接舆是春秋时楚国的隐士,原名陆通,字接舆。平时躬耕以食,佯狂不仕,曾以《风兮歌》讽刺孔子,并拒绝与其交谈。"楚狂接舆歌而过孔子,曰:'凤兮凤兮,何德之衰! 往者不可谏兮,来者犹可追也! 已而已而,今之从政者殆而!'孔子下,欲与之言。趋而去,弗得与之言。"②接舆对政治的绝望与抨击,与屈原《怀沙》有一脉相承之感。《麦秀》乃箕子所作。《史记·宋微子世家》载:箕子者,纣亲戚也。……纣为淫泆,箕子谏,不听。人或曰:'可以去矣。'"箕子曰:'为人臣谏不听而去,是彰君之恶而自说于民,吾不忍为也。'乃被发佯狂而为奴。"③关于箕子事迹,《史记·殷本纪》又补充曰:"纣愈淫乱不止,微子数谏不听,乃与大师、少师谋,遂去。比干曰:'为人臣者,不得不以死争。'乃强谏纣。纣怒曰:

---

①　祝尧:《古赋辨体》,第 858 页。
②　司马迁:《史记》卷四七,第 1933 页。
③　司马迁:《史记》卷三八,第 1609 页。

'吾闻圣人心有七窍.'剖比干,观其心。箕子惧,乃佯狂为奴,纣又囚之。……周武王于是遂率诸侯伐纣……周武王遂斩纣头,县之白旗,杀妲己。释箕子之囚,封比干之墓。"①箕子、比干、微子等均为殷商大贤,箕子为首。武王伐纣救出箕子后曾向其问常伦所序,封箕子于朝鲜而不臣也。"其后箕子朝周,过故殷虚,感宫室毁坏,生禾黍,箕子伤之,欲哭则不可,欲泣为其近妇人,乃作《麦秀》之诗以歌咏之。其诗曰:'麦秀渐渐兮,禾黍油油。彼狡僮兮,不与我好兮!'"②箕子在朝鲜亦颇有影响。朝鲜半岛最早的歌谣《箕子麦秀歌》《箕子河水歌》都是用汉文传唱的或记录下来的。今朝鲜境内有箕子宫、箕子井、箕子墓、箕子陵、箕子殿、箕子祠、箕子影帧等遗迹以纪念箕子。明人董越曾出使朝鲜,在其《朝鲜赋》中记载:"祭则皆立家庙,大夫乃祭三代,士庶则止祖考。此皆自箕子而流其风韵,而亦视中国为之则效也。"在文学上,朝鲜还出现《箕子操赋》《吊箕子赋》等赋作,后者为《海东辞赋》所收录。因此,金锡胄对赋体源头的见解,体现出为朝鲜赋学穷流溯源之内涵。然其称朱子将《易水》等歌谣归为《楚辞》滥觞,则有不妥。燕刺客荆轲所作《易水歌》云:"风萧萧兮易水寒,壮士一去兮不复还。"朱熹评曰:"其词之悲壮激烈,非楚而楚,有足观者。"③《易水歌》情感之慷慨悲壮与楚声相类,因此朱子将其置于《楚辞后语》,有合理之处,然非谓赋体之源头为歌谣。

(二)七、喻、辞、文及赋体辨析

《海东辞赋》所收赋体驳杂,包括辞、文、骚、喻等文体。如卷上有李穑《闵志辞》、金京直《吊义帝文》、李荇《哀朴仲说辞》、李春英《逐魑魅文》、赵缵韩《哀鹰文》等,卷下有张维《遣魃文》、李敏求《次慎素隐赠短骚》《祭东准申公文》、慎天翊《短骚赠东州山人》、申最《和归去来辞》《梦喻》等篇。金锡胄《海东辞赋序》曰:

> 余于前夏,解职居闲。仍为诸从辈所要。遂遍阅东人古今诸家辞赋,就拣其声调谐雅,能不诡于作者之旨者,为一帙。人自丽朝李文顺,至我

① 司马迁:《史记》卷三,第108页。
② 司马迁:《史记》卷三八,第1620页。
③ 朱熹:《楚辞后语》卷一,上海古籍出版社2001年版,第220页。

春沼舅氏。为二十有七。文自《祖江》至《梦喻》,为五十有八。《梦喻》者,法七而为者也。唐李善论《七发》,以为《楚辞》《七谏》之类。然则《梦喻》亦辞之流也,总名之曰《海东辞赋》。

金锡胄《海东辞赋》的赋体观既有对中原文化的继承,也带有朝鲜本土的地域色彩。首先,金氏提出喻为七体之流,此种文体命名不见于中国,当为中原文化之变体。七体始自汉枚乘《七发》,李善注曰:"《七发》者,说七事以启发太子也,犹《楚词·七谏》之流。"①因此,多数学者认为是谏阻吴王濞谋反所作。文中借音乐、饮食、车马、游览、畋猎、观涛、要言妙道七件事以启发太子。《梦喻》写打乖子失其所怙,有呵前拥后者、戴冕垂组者、被褐蹑弊者、霞衣星冠者、振袇卓锡者、深衣大带者等宾客向其阐发富贵、事业、文章、成仙、成佛、大道等追求,最终被打乖子和光同尘、守其愚虚其实的人生理想所折服。与《七发》所开创的主客问答、劝百讽一的大赋体制结构仿佛、略有不同。朝鲜赋家申最省去篇首序言,增加讽喻内容,试图改变赋体之弊。然《七发》呈螺旋式上升的文章气势与逻辑结构,亦为申氏所忽略。从文体渊源看,金锡胄取李善之意,将《七发》视为楚骚流派的同时,将朝鲜喻体归为辞赋。

其次,金锡胄既明确将七体归为楚辞之流,又将《梦喻》《闵志辞》《短骚》等作品收录其中,意为其辞有专指《楚辞》或类《楚辞》之义。辞为我国古代赋体之一。早在汉代,即一体而二名,汉人或称辞,或称楚辞,或称赋。从创作上看,荀子《赋篇》有名无实,宋玉《高唐赋》《神女赋》系托名之作,因此有学者将真正以赋名篇的作品算为贾谊《吊屈原赋》。然贾谊"袭荀卿'赋'的名字,而用屈原'辞'的形式"②,又将二者混为一体。从批评上看,司马迁在《太史公自序》中称屈原之作为"辞",又在《屈原列传》中称其为"赋"的模糊言辞,已开肇端。后扬雄提出诗人之赋、辞人之赋的划分,随着文体观念的发展,逐渐开始区别其不同之处。如萧统《文选》分赋与楚辞为两类,刘勰有《辨骚》《诠赋》,至元代《古赋辨体》复称"辞与赋一体",并延续至明。叶幼明《辞赋通论》辨之甚详:"赋可以包括辞,故辞可以称之为赋或包括在赋之中,如屈原

---

① 萧统:《文选》,第 1559 页。
② 《宋玉》,上海亚东图书馆 1923 年版,第 94 页。

作品可以称屈赋,刘彻《秋风辞》,陶渊明《归去来兮辞》可以概括在赋之中。而辞则只是赋之一体,只有骚体赋可以归入辞一类,而散体赋之类则不可以称之为辞。"①作为一部骚体赋选,《海东辞赋》同样视辞、赋一体的大文体观。

再次,骚体或拟骚之文可入赋体,反之则不可。朝鲜文人改革骚体,以骚命篇,如李敏求《次慎素隐赠短骚》、慎天翊《短骚赠东州山人》等,并非如中国专指屈原《离骚》。这是朝鲜对辞赋文体独有的贡献。事实上,金锡胄还将金京直《吊义帝文》、李春英《逐魍魎文》、赵缵韩《哀鹰文》等模拟《楚辞》之文归于赋集。元代祝尧《古赋辨体》将文列入《外录》并云:"昔汉贾生投文而后代以为赋,盖名则文而义则赋也。是以《楚辞》载韩、柳诸文,以为楚声之续,岂非以诸文并古赋之流欤。今故录历代文中之有赋义者于此,若夫赋中有文体者,反不若此等之文,为可入于赋体云。"②祝尧将可称为楚声之续、中有赋义之文入选赋集,而赋有文义者则不可,实乃此类赋体偏离古赋。然朝鲜之骚体或仿骚之篇,篇幅较短、无兮字标识、不可歌唱,仅在情感上的喟叹有相似之处,与屈原《离骚》差别已是巨大。在文、骚、赋的编选上,金锡胄与祝氏所持观点略同,如其《古文百选序》云:"近世选文者,西山有真宝,谢氏有轨范,是二书最盛行于今。然或以其杂采赋辞,而章程未整。偏取唐宋,而词气渐俚,盖亦不能无病之者。"③反之,文集入赋则章程不一。真德秀《文章正宗》、谢枋得《文章轨范》在朝鲜虽颇为盛行,若从文体上衡之,二者收有赋体便为金锡胄所批评了。

三、祖骚宗汉:《海东辞赋》与晚明赋学

"祖骚宗汉"的赋学批评理论,初见于宋人的赋论,如宋祁说:"《离骚》为辞赋祖。"④林光朝说:"司马相如,赋之圣者。"⑤然作为一种理论思潮,则成熟于元代,并风行于明清。元人基于唐宋以来的科举律赋之习,对其弊端极尽批

---

① 叶幼明:《辞赋通论》,湖南教育出版社 1991 年版,第 26 页。
② 祝尧:《古赋辨体》,第 869 页。
③ 金锡胄:《古文百选序》,《息庵先生遗稿》,第 243 页。
④ 祝尧:《古赋辨体》,第 718 页。
⑤ 王之绩:《铁立文起》卷一〇,《四库存目丛书》影印康熙刻本,集部第 421 册,第 740 页。

评。如李祁云:"古之赋未有律也,而律赋自唐始。朝廷以此取士,乡老以此训子,兢兢焉。较一字于毫忽之间,以为进退予夺之机。组织虽工,俳偶虽切,而牵制局促,磔裂以尽人之才。"①又刘祁批评金元考赋云:"惟以格律痛绳之,洗垢求疵苛甚。"②因此,面对魏晋明体、唐宋破体的赋学创作实践,元人产生辨体而尊体的尝试,即以祝尧《古赋辨体》为最著,并与明代文学复古思潮紧密相连。

缘于复古论争,明人倡导"祖骚宗汉"的呼声更为激烈。如吴讷曰:"按赋者,古诗之流……载《楚辞》于古赋之首,盖欲学赋者必以是为先也。"③李梦阳云:"究心赋、骚于唐汉之上。"④清程廷祚曰:"君子于赋,祖楚而宗汉,尽变于东京,沿流于魏晋,六朝以下无讥焉。"⑤如果明人推尊古赋的热忱有来自于元人的传统,清人则内含以古赋改造律体的思考。因此在明清科举以律赋为主的潮流中,古赋始终未曾退场。《海东辞赋》的编选,继承这一潮流的同时,与朝鲜的科试并不相悖。金锡胄在序中明确提出"以见夫左海文明之区,数千里之远,数百代之下,尚亦有宗依屈、宋,踵蹑班、扬,非楚而楚,有足观者云尔"⑥。所谓以屈、宋为宗,踵蹑班扬的赋学观,同样因缘于朝鲜科试赋体的争锋。从时限上看,《海东辞赋》的选文始自高丽,至于李朝晚期。高丽曾是元朝属国,而朝鲜自高丽光宗九年始设科试考律赋,丽末鲜初科赋由律改古,朝鲜中期由古改律,最终调和为古律兼试。朝鲜后期则由古转为定型的六言科赋体、间试以律赋。在中、朝科举古、律的沉浮变迁中,《海东辞赋》推尊古赋的主张从其所选赋作、赋家等方面均有所体现。

《海东辞赋》以高丽时期李奎报、李穑、李达衷 3 人 6 篇赋作为始。从赋集选篇看,金锡胄所选高丽朝赋家赋作均与《楚辞》甚有关联。李奎报,字春卿,号白云居士,年轻时接连 3 次落榜,23 岁考中进士,32 岁开始步入仕途。由于性格狂放不羁,刚直端正,屡屡遭贬流放。"我宁与世着津迷,义不从人

---

① 李祁:《云阳集》卷四《周德清乐府韵序》,文渊阁《四库全书》本,第 1219 册,第 671 页。
② 刘祁:《归潜志》卷九,文渊阁《四库全书》本,子部第 1040 册,第 287 页。
③ 吴讷:《文章辨体序说》,第 19 页。
④ 李梦阳:《潜虬山人记》,《空同集》,第 446 页。
⑤ 程廷祚:《骚赋论》,《青溪集》卷三,道光年间刊本。
⑥ 金锡胄:《海东辞赋序》,《息庵遗稿》卷八,第 244 页。

甘宠媚""触地生予戟,浑身带蒺藜"等诗作表现出满肚子的不合时宜。李奎报甚至认为自己比屈原、贾谊方直更甚,"伊昔吊屈贾,兼责彼方直。今夜梦二子,来理前所责。宁独我辈欤,方直汝尤剧。"因此在创作上大力倡导诗骚传统,《祖江赋》《春望赋》《梦悲赋》均为仿骚抒情赋作。李穑,字颖叔,号牧隐,为高丽末期文人,师承朝鲜大儒李齐贤。1392 年高丽灭亡后,李穑不事新朝,回故乡骊州隐居。这种遗民身份使他对《楚辞》有较强的认同感,并直接肯定屈《骚》的源头地位。"楚屈原作《骚》,变雅之流也,宋玉、景差、贾谊继起而赋之,源流于是备矣。汉兴,武帝作《秋风辞》,盖本于《骚》而词益简古;晋处士陶渊明赋《归去来辞》,又稍驰骋,而视赋则尚简。班、马出而包络无余,至有十年且就之说,吁,盛矣! 其亦可憾也已"①。李达衷,初名达中,字止中、仲权,号霁亭,在朝鲜文学史上以隐士知名。在政治上做过成均馆祭酒、典理判书和监察大夫等职,曾对高丽末期恭愍王的宰相辛旽不满,认为其终日以酒色伴君,荒淫无度,败坏朝廷。因此,触怒当权者,被罢免。《磩赋》即是他借"磩"和"楹"的对话,批评徒居高位而扬扬自得的当权者。除此之外,对诗骚的追慕甚至是高丽朝文人的普遍追求,成伣《慵斋丛话》指出:"高丽文士皆以《诗》《骚》为业。"金锡胄以高丽朝赋家赋作为辞赋之首,内含是集对骚体源头的体认。

《海东辞赋》所选余下篇目为朝鲜李朝赋家赋作 24 人 52 篇赋作。其中选录张维 7 篇居最,许筠和李敏求各 5 篇次之。张维(1587—1638),字持国,号溪谷,谥号文忠,是朝鲜朝光海、仁祖两朝文臣。一生著述宏富,惜多于战乱中遗失。今存《溪谷集》《溪谷漫笔》《阴符经注解》等。张维比金锡胄稍早,也是一位深陷《离骚》的文人。自少年即研读模仿骚体赋,颇有心得。曾云:"班孟坚作《幽通赋》,盖效屈子《离骚》,其造语之奇奥,托意之深远,非词人之赋所能及也。余少而喜读焉,既久益有所感,漫为次韵"②,自诩古赋水平不输高丽朝李奎报,"词赋学骚选者六七篇,当与丽朝李文顺雁行。盖文顺笔力可畏,而典则或不足耳"③。典则为明代王世贞引自扬雄对赋体复古的倡导,《艺

---

① 李穑:《牧隐文稿·辞辨》,《韩国文集丛刊》第 5 册,第 107 页。
② 张维:《次韵幽通赋并序》,《谿谷先生集》卷一,《韩国文集丛刊》第 92 册,第 19 页。
③ 张维:《谿谷先生漫笔》,《韩国文集丛刊》第 92 册,第 603 页。

苑厄言》曰:"扬子云曰:'诗人之赋典以则,词人之赋丽以淫'。"在王世贞等人的倡导下,"屈氏之骚,骚之圣;长卿之赋,赋之圣也""秦无经,汉无骚,唐无赋,宋无诗""屈宋为辞赋之祖""赋盛于汉,衰于魏,而亡于唐"等诸多复古言论与律赋阵营对垒。张维对前后七子等人复古运动大为称赞的同时,亦提出"屈宋之后世无骚,班张之后世无赋"①等附和论调。金锡胄选录其《遣魃文》《怀同甫赋》《次姜天使吊箕子赋》《鸥得腐鼠吓鸩鹗赋》《鸟岭赋》等多篇古赋,显示出对明代赋学复古潮流的体认。

金锡胄选赋上至丽朝,下及时人,基本上以时代相序,所选骚体赋作还凸显出朝鲜文坛名家、大家的发展史。如其入选赋篇较多的许筠和李敏求均为当时名家。阳川许氏家族为朝鲜李朝有名的文学世家。许草堂在朝鲜仁祖、肃宗年间有三男一女:许筬、许篈、许筠和兰雪轩,以许筠最著。钱谦益《列朝诗集》云:"筠与二兄篈、筬以文鸣东海,篈、筠皆举状元,而筠尤敏捷。"②许筠之父师从著名文人徐敬德,在文坛上颇负盛名。许筠之师为名倾一时的"三唐诗人"李达,许筠曾担任远接使从事官,迎接明朝朱之蕃,以写作文章声名大噪。《海东辞赋》入选其《思旧赋》《竹楼赋》《北归赋》《梦归赋》等多篇赋作。李敏求和其兄弟李圣求亦均以文章知名。金锡胄收录其《南征赋》《铁瓮城赋》《梦筮赋》《次慎素隐赠短骚》《祭东准申公文》等作。此外,金锡胄对时人申最不遗余力地赞誉,"先生文章经术冠一国,当世莫能二之"③。"而至我先生,以宏才邃学,日潜心用力于诗书六艺之遗旨。其所折衷鼓铸,发以为文辞者,类皆奥衍敏妙。自中乎轨度,而尤工于楚人语,几乎化之者。本朝盖自明宣以来,学士大夫始相学习,为秦汉古文,而简易、崔公实倡之于前,溪谷、张公复继以张大其业。若先生者又出于二公之后,真可以接其统绪而得其眼藏"④。金锡胄收录申氏《返故居赋》《和归去来辞》《梦喻》等3篇赋作,固然有对恩师的感念,更多的是体现了申最骚体赋创作的成就与价值。

---

①　张维:《谿谷集·吊箕子赋序》,第24页。

②　钱谦益:《列朝诗集小传》,上海古籍出版社2008年版,第810页。

③　金锡胄:《奉送春沼先生佐幕关北序》,《息庵先生遗稿》,第240页。

④　金锡胄:《春沼先生文集序》,《息庵先生遗稿》,第245页。

四、结语

金锡胄所生活的朝鲜王朝时代,正值中国晚明至清初时期。金锡胄于显宗六年(1665,清康熙四年)、康熙二十二年(1683)两度使清,其时文坛一方面是《楚辞》学复兴,一方面是赋学复古思潮盛行。《海东辞赋》以骚体赋为旨归的编纂宗旨与选篇辨体意识,无疑是中国元明以来赋学复古思潮在朝鲜的流衍与变革。当然,金锡胄"有足观者"的谦虚口吻下,亦有扬名海东赋学,为朝鲜赋学正本、溯源、立则之意。正如李圭景所言:"愚以为我东之文名,自殷太师避周来东始。大名于唐,许以君子国小中华。则文章亦何逊焉,中国亦多称之。如皇明宋景濂,奖诩不已。高巽曰:'学问文辞,与中国无异。'祈顺曰:'外国文献,朝鲜为首。文物典章,不异中华。'此岂非一片海东,为中华之一流也欤"①。奖诩、无异、不异等语显示出中国对朝鲜文章的赞誉,又鼓励出朝鲜文人的极度自信与热情。作为朝鲜现存唯一一部骚体赋选,《海东辞赋》对朝鲜赋家赋作源流正变的考索,为科举士子提供范本的同时,展示了朝鲜古体赋学的发展与最高成就。

---

① 李圭景:《五洲衍文长笺散稿》,明文堂 1982 年版。

附录二　论清代的书院教育与赋学批评

清代辞赋作家众多,至今仍无确切的统计。清赋数量高达一万五千篇以上,超出以前历朝辞赋总和几近一倍。① 其中书院所贡献的力量不容忽视。作为有清一代影响最大的教育机构,书院对中国赋体的发展有着举足轻重的影响。许结先生结合清代的课赋制度,指出众多的书院赋对清赋创作繁荣的促进作用,并揭示其深层理论内涵,"从赋史看清代书院赋艺术,其对词章之学的促进、清代学术的含容、律赋鉴赏体系的构建以及清赋由宗唐到自立的变化,均有一定的积极作用"②。就其日常活动来看,书院教学对清代赋家队伍的培养、对提高赋体创作水准的尝试及对馆阁赋作、赋集的促进、对学术风向的贡献等,亦是清代赋学批评体系值得关注的一环。

一、奠基与引流:书院山长与清代赋学

山长之名始于宋代,亦称院长、山主,主管书院的讲习之职。《宋史》载:"理宗景定四年,何基为婺州教授,兼丽泽书院山长;徐玑为建宁府教授,兼建安书院山长是也。"③而宋代的书院教育,影响亦是深远。"昔朱子设书院以讲学,后世效而行之,砥砺观摩,学业自易为进"④,"在昔,鹅湖、鹿洞大儒设教,阐理学,敦品节,酝酿经济,名重千载。自是而后,代有名贤,必崇书院"⑤。宋

---

① 马积高:《历代辞赋研究史料概述》,第149页。
② 许结:《论清代书院与辞赋创作》,《湖北大学学报》2009年第5期。
③ 脱脱等:《宋史》卷四五,第884页。
④ 钱崃:《重修潜川书院记》,安徽《庐江县志》,清光绪刊本。
⑤ 河南《杞县志》卷二一,清乾隆五十三年刊本。

代鹅湖、鹿洞、岳麓、应天等著名书院能够绵延不息,均得益于大儒执教的影响力。可见,山长的学问声名、品节志气等直接关乎书院的兴废与传播。

宋元以来,凡名儒讲学之所,后代大多设立为书院。一方面为众多生徒提供了以文会友,群居切磋的场合;另一方面,作为考课之地,书院也承担着培育人才,为国家选拔士子的重任。因此,从山长、生徒到讲师的选聘,均有相当高的标准。如乾隆元年(1736),清高宗《训饬直省书院师生》曰:"凡书院之长,必选经明行修、足为多士模范者,以礼聘请;负笈生徒,必择乡里秀异、沉潜学问者,肄业其中。其恃才放诞、佻达不羁之士,不得滥入书院中。"①乾隆三十年(1735),又有《慎选书院山长谕》,再次强调对山长选聘的重视。为保证书院的教学品质,古人对讲师的要求也相当高。如乾隆四十三年(1748),孙景曾《重修定武书院碑记》:"吾乡杨砚雨先生,品端学粹,名师也。余延主书院讲席。"②书院对山长的出身尤为重视,据统计,清代无论是主办书院的地方学政,还是督、抚选任的书院山长,大多翰林出身③,山长的科名关系到讲学水准及书院生徒的规模与质量。

赋在书院讲习中的地位,明显与山长的科举经历有关。清承明制,常科举人、进士的乡、会、殿试考试均考制义,特科取士则有博学鸿词考一诗一赋。此外,翰林院中庶吉士的朝考、肄业三年期满的散馆试及决定翰詹升黜的"大考",均用赋。然清代科举教育最低级的童生县试、院试、地方学政的官试及书院课士均有律赋或古赋,其直接原因是学校或书院希冀士子博取翰苑功名的教育目标。因此,多数山长将翰林院考赋之习带入书院,即为生童日后的晋级大考打下良好的基础。而书院士子的课赋之篇,往往不乏佳作。如路德评陕西关中书院谷逢钧《焦尾琴赋》曰:"一、入题醒而用笔甚轻。二、有神。三、此二段部位俱在题前。琴字,焦尾字,最易冷落,却万万冷落不得。"④评阎敬铭《焦尾琴赋》曰:"一、起势凌空,二、入题处以轻为妙,三、巧切,四、押官韵生新,五、韵脚不苟,六、反振,七、情事宛然,八、轻圆,九、比例精,十、精巧而出以

---

① 邓洪波:《中国书院史资料》(中),浙江教育出版社 1998 年版,第 857 页。
② 河北《定州续志》卷四,清咸丰十年刊本。
③ 徐雁平:《清代东南书院与学术及文学》,安徽教育出版社 2007 年版,第 317 页。
④ 路德:《关中书院课士赋》,清道光二十三年刻本。

活脱,减尽铁线之痕。"①在示以作赋关键的同时,满是对年轻士子的褒扬和奖掖。山长的此类举措,在培养大批人才的同时,为清代馆阁赋作、赋集的大量出现打下良好基础。值得提出的是,清代与翰林院考试相关的同馆赋集、律赋集尤为突出,其中以馆阁命名的赋集就有 20 余种,如程恂《本朝馆阁赋》、法式善《同馆赋钞》等,这些赋集赋选同样多数有圈点与评论,至今是清代赋学研究值得关注的领域。

另一方面,山长本人的学识见解,对书院生徒颇有影响。师生朝夕相处,无论是学术的涵养,还是生活中的容止起居,均是生童的效法典范。"夫为子弟延师,必将使朝夕与居,亲承讲画,瞻仰其容止起居,以资效法"②。多数山长本身有较高的赋学造诣,对生徒有着潜在的影响。如俞越,字荫甫,浙江德清人。道光三十年(1850)进士,曾在紫阳、正谊、诂经精舍等书院讲学。俞樾本人虽无赋体创作,然经其署检的《历代赋汇》乃"石印袖珍本,型制小,内容多,便于携带,且与一般石印本不同,纸墨甚佳,赏心悦目"③,为生徒学习带来极大的便利。其他如董国华(1773—1850),字琴南,一字琴涵,号荣若,吴县人。嘉庆十三年(1808)进士,选庶吉士,授编修,以御史出知山东莱州府,官至广东雷琼兵备道。后主江苏云间、苏州紫阳诸讲席。著有《云寿堂诗文集》《香影庵词》《绿溪笔谈》《欲寡过斋诗赋钞》各若干卷,多未刊行。吴锡麟,字上麒,号竹泉,嘉兴人。乾隆乙酉举人,官遂安教谕,改广东盐大使。有《自怡集》、《岭南诗钞》《律赋清华》《有正味斋赋集》等。潘遵祁,字觉夫,一字顺之,号西圃,吴县人。道光二十五年(1845)进士,改庶吉士,授编修。有《西圃集》《唐律赋钞》等。这些山长本人均有赋作或赋选,无疑是生徒学习的最直接的范本。在山长的带领下,书院甚至发展成为各文学流派的大本营。如曹虹指出:"与桐城派凭借书院造就传人相映成趣,清代常州派骈文的兴盛也颇得益于地方书院的教育氛围。"④赋体虽然没有出现较知名的流派,却也由此得到长足发展。

① 路德:《关中书院课士赋》。
② 戴钧衡:《择山长》,《桐乡书院志》卷二,清道光刊本
③ 踪凡、方利侠:《〈历代赋汇〉版本叙录》,《中国韵文学刊》2013 年第 2 期。
④ 曹虹:《清代常州书院与骈文流衍》,《南京大学学报》2009 年第 5 期。

二、激励与范本：书院的藏书与刻书

钱穆认为："清代书院有窗课，仅是学者作文送山长评阅，薄有膏火，如近代之有奖学金。其时书院之主要贡献，乃在藏书与刻书。"①书院有藏书之例，其因在于书院肄业生童，多为寒士，购书艰难。"使平日诵习无经籍以供其研讨，无书史之以供其考证，则虽有奋志向学之士，而启迪无由，囿于闻见，终不能成其才"②。因此，早在书院建置之初，即花费大量银两购置书籍以供师生使用，并安排专人管理，只准内部阅读，不可外借。

书院购书、藏书以经史百家及举业之书为多，个别书院兼有一些赋论著作。如清代云南五华书院，"雍正九年，总督鄂尔泰始迁今地之，一扁曰'西林学舍'，购置经史子集万余卷庋诸楼，曰'藏书'。其前为讲堂，楼之后为院长所居室，室旁东西各两院，外两翼藏书楼及讲堂，左右厢皆为书舍，选士课读其中"③。而清代汉口紫阳书院以藏书丰富著称："一登斯阁，见夫玉轴牙签、青箱缥帙，煌煌乎大观也。适徘徊其中，抽甲乙之编，检丙丁之籍，循循乎伊然与圣贤相酬酢，俨与夫子相晤对。谁谓积简成编，不足以启人之奋发，而可弁髦视之哉！"所谓甲乙之编、丙丁之籍，指经、史、子、集煌煌大观之意，可见藏书之多。又如黄璟《仙堤书院藏书记·书院藏书目录》题下曰："道光十二年六月十八日贮藏书籍，止许向书院中披读，不许出借，以防遗失。"④其藏书可分三类：一是经类，如《三十名家》2套共12本，《五经大观》2套共10本，《七经联珠》2套共12本，《四经左国》1套共4本，《五经类编》2套共12本，《周礼集解》1套共4本。二是史类，如《分国左传》1套共8本，《乡党图考》1套共6本，《二十四家》1套共4本，《云祥记》1套共4本。三是举业类，如《小题嘉言》1套共8本，《试帖偶余》1本，《试赋偶余》1本共1套，《律赋会心》1套共4本，《律赋新研》1套共6本。此书院所藏三部赋论著作，今皆不见，从书名即可推知是为指导生徒律赋创作之类的书籍。

---

① 钱穆：《国史新论》，生活·读书·新知三联书店2001年版，第259页。
② 崔焘：《捐置益津书院书籍禀文》，《霸县新志》卷八，1934年铅印本。
③ 云南：《昆明县志》，清光绪二十七年刊本。
④ 黄璟：《仙堤书院藏书记·书院藏书目录》，甘肃《山丹县志》卷六，清道光十五年刊本。

　　书院刻书有自刻和他刻两类。其中以杭州诂经精舍最为著名。嘉庆六年
（1801），阮元主政浙江时，选辑杭州诂经精舍创办初期生徒的优秀课卷和主
讲者程作，付梓为《诂经精舍文集》《续集》《三集》……《八集》，开清代书院选
刻课艺之风气。除生徒所作课艺文集外，书院自刻书为数不多，刘光蕡《陕甘
味经书院志·刊书》记载："光绪十七年，岁在辛卯，秋八月，陕西提督学政武
昌柯创立刊书处于味经书院之东……其刊书以十三经、廿四史为主，旁及通
鉴、通典、通志、通考，一切子集掌故有用之书。"①此志附录专门有藏书，另刻
有《味经书院藏书目录》。

　　从书院的刻书情况来看，与赋相关的主要是课艺赋集和赋总集选本。其
中课艺赋集是书院士子的习赋范文，不仅保留了清代科举生态的原始样貌，还
对生徒习赋有一定的激励意义。如路德《关中书院课士赋四卷》、胡敬编《敬
修堂词赋课钞》、冯桂芬等编《金陵惜阴书院赋钞》、秦际唐编《奎光书院赋
钞》、谷逢钧编《关中书院课士赋》等，皆为书院士子课艺之作。此外，不少书
院的课艺文章虽未单独成赋集，也包括相当数量的赋作。如嘉庆九年
（1804），吴锡麟鉴定刊刻的《云间书院古学课艺》分赋、诗、骈体、经解辨考、策
问五部分；道光四年（1824），何南钰将广东粤秀书院生童所作，"或制艺，或诗
赋曾列超等上取者，录送删定，详为差别，存其近于清真雅正者，得制艺二百二
十首，赋四十首，诗一百首"②。道光十八年（1838），朱琦选定刊刻的苏州《正
谊书院小课》在制义之外，将经解、诗赋、杂体以及试帖诗另行编集。道光二
十年（1840），史致昌将河南彝山书院一年斋课所积"制艺，以及诗、赋、杂作，
择其理法清、词意醇者，得若干首，出修脯所积，付之剞劂"③。光绪十四年
（1888），柏子俊将陕西关中书院课艺中四书经文、经解、论赋之属，共得 200
余篇，续刊之。这些赋作反映了清代士人律赋创作的思考，至今仍有一定的文
献与批评价值。

　　赋总集是书院山长所辑或重刻的选本，专门作为生徒学习的范本。亦是
影响最大、成就最高的本子。如光绪十二年（1886），双梧书屋石印陈元龙《历

　①　刘光蕡：《陕甘味经书院志·刊书》，民国刻烟霞草堂遗书续刻本。
　②　何南钰：《课艺自序》，广东《粤秀书院志》，清道光二十七年刊本。
　③　史致昌：《庚子课艺序》，《彝山书院志》，清道光二十三年刻本。

代赋汇》,即俞樾校本,至今是学人治赋的重要参考。张惠言《七十家赋钞》,最早有道光元年(1821)合河康氏家塾刻本,后光绪二十三年(1897)苏州学古堂师生重刻,标明是"学古堂校读本"。李元度《赋学正鹄》,是其同治十年(1871)三月在爽谿家塾桃川书院授课所编,"仆窥启寡闻,于此道向无所得,迩固告养山居,闲与生徒子侄言赋,辄就素所诵习者,编成《赋学正鹄》,为家塾课本"①。鲍桂星《赋则》自言:"自周至明人赋甄采为赋选……约为此本,名曰《赋则》,存家塾以为始学津梁。"②戴纶喆《汉魏六朝赋摘艳谱说》,亦有清光绪七年(1881)四川瀍山书院刻本等,这些赋集在清代赋学批评史上均占有重要地位。另钱星湖主讲山西大梁书院时,苏源生曰:"先生教士,各就所志而导之。或问性理,或谈诗文,因材教督,不拘一格。颁日程,课诸经及语录文字。旬日考订甲乙,随课升降。又属河道张公捐置经史诸籍,励诸生学。辑《赋选评注》,刊刘念台《人谱》。又属方伯张公刊《近思录集注》,颁发书院。"③这些均有力促进了清代士人习赋的质量与风气。

书院有关赋体的藏书、刻书或选本、评点等活动,为生徒习赋创造了良好的氛围和条件,培养了大批学者,其中不乏清代赋作名家、大家,如吴锡麟、顾元熙、潘遵祁等本身即为赋学家,身后都培养有众多弟子。

三、焦虑与思考:书院课艺与生徒习作

在科举考试的刺激下,清代书院教学不断在科目和文体上进行创新。有清科目取士,承明制用八股文。因此,清代官学教育以举业为主,士子平日"习四书、五经、性理、通鉴诸书,其兼通十三经、二十一史,博极群书者,随资学所诣"④。书院讲学的发展,甚至超越官学,更适应士子的需求,这种优越性的表现即是书院类型的众多,培养人才的灵活性上。如虽然部分书院纯粹以举业为主,尚有不少书院以古文或古学与制义相表里,甚至还有不以举业为直接目标者。如道光元年(1821),阮元在广州城北粤秀山创办学海堂。在培育

---

① 李元度:《赋学正鹄序》。
② 鲍桂星:《赋则》卷首。
③ 苏源生:《先师钱星湖先生遗事》,《记过斋文稿》卷二,清咸丰三年刊本。
④ 赵尔巽等:《清史稿》卷一六〇,第3101页。

人才上,学海堂因"资性所宜",课业生于十三经注疏、史记、汉书、后汉书、三国志、文选、杜诗、昌黎先生集、朱子大全集中自择一经肄习。又上海求志书院设置经学、史学、掌故、算学、舆地、词章等六类专业培养人才。

其次,考课是清代书院管理的主流,亦称小举场。每年的二月至十一月,均为考试之期。书院考课主要分为官课、师课两种。官课又称大课,省会书院由总督、巡抚、学政或布政使、按察使、转运使、道台等轮流主持,府、州、县书院则由道台、知府、知州、知县或教谕、训导轮流主持,称之为"轮课",官课由这些官吏出题,一般是一月一次。师课就是由山长出题,次数不等。据钟毓龙《说杭州》记载:"月考二次,初二日朔课,由抚、藩、臬、运四署轮流命题。仍为二文一诗,限一日一夜缴卷。十六日曰望课,由院长命题,两日缴卷。二月二日之朔课,名曰甄别。盖各书院皆有一定之名额,而应考者多,必须有所淘汰。此次获取者,此一年中,每月皆有卷分到,可以期期应考。若不取,则须待来年矣。"①另民国《桂平县志》的记载亦大体相同:"书院考课,据老师宿儒所传闻及光绪所见,有官课,有师课。课自县官者为官课。官课有甄别,有月课。甄别,每岁一次,多以正、二月行之。月课,月一次。课自山长者为师课。师课,每月一次。"②每年二月的朔课考试,又称为甄别,生徒考中的话,此后每个月的考试均可以参加,淘汰的话,则要待来年再考。

在考试题目上,以举业为主的书院或仅考制艺,或为储材计,偶考律赋。如浙江学海堂以制艺为主的同时,亦为生徒的朝考、馆课作准备,"所课则自制义、试贴与夫赋、诗、疏、论,无体不备。盖预为朝考、馆课计,俾习而熟之,得有合于程式,诚良法美意之至也"③,其中所课赋题均为律赋,如《老子犹龙赋》《十八学士登瀛洲赋》《鸡林贾人购白傅诗赋》等。又杭州敷文、崇文、紫阳书院有专习举业之称。据今所见课艺汇编,三书院以制艺为主要考课形式,偶用律赋题。敷文书院在同治五年(1866)至同治九年(1870)的课艺内容为制艺 78 题;自同治九年至光绪四年(1878),课艺内容为制艺 115 题。崇文书院自同治四年(1865)至同治七年(1868)的课艺题目为制艺 50 题;而紫阳书院

①　钟毓龙:《说杭州》,《西湖文献集成》第 11 册,杭州出版社 2004 年版,第 385 页。
②　民国《桂平县志》卷二二《纪政·学制上》,1920 年铅印本。
③　鲁小俊:《清代书院课艺总集叙录》,武汉大学出版社 2015 年版,第 131 页。

的课艺题目亦以四书文为主,仅屠倬任山长时,偶及赋题。"书院旧例,一月两课,课以制艺一,试帖诗一。余为馆阁储材起见,月复课以词赋,择其尤佳者付之剞劂"①。所课赋题有《春郊盘马赋》《苔花赋》《观澜楼赋》《弹琴歌南风赋》《秋河赋》《励志赋》《白衣送酒赋》《闻鸡起舞赋》《寒鸦赋》等律赋题。又路德《关中书院课士赋》录关中、宏道两书院课士赋十题、二十篇,每题选赋一至三篇不等,题目分别为:《焦尾琴赋》《细麦落轻花赋》《铸剑戟为农器赋》《榴火赋》《书带草赋》《浮瓜沉李赋》《老人星赋》《秋菊有佳色赋》《一月得四十五日赋》《望云思雪赋》等,亦均为律题。

而杭州诂经精舍、江苏娄东书院、金陵惜阴书院等专考经义、兼习古文词的书院课士内容,则宽泛得多。此类书院所课赋题以律赋居多,兼有少数古题。如诂经精舍创办于嘉庆五年(1800),停于光绪三十年(1904),前后达 104 年,除去停废阶段,实际讲学时间不少于 80 年。其课士内容有论、说、记、考、解、释、辨、赋、序、跋、铭、颂等上百种之多。其于赋题多为律赋,少数古赋题为拟作。如戊辰年官师课题中二月甄别课题为:上丁释菜解、丙吉问牛赋,以少阳用事未可以太热为韵、纸鸢,得天字、十字碑,五律、五明扇,五律。此外,其赋题还有诸如《拟张衡天象赋》《拟鲍明远舞鹤赋》《拟庾子山邛竹杖赋》等少数拟作。四川尊经书院亦是如此,其律赋题有《露赋》《霜赋》《感秋赋》《听秋雨赋》等,古赋题有《拟陆平原文赋》《拟补陆士衡豪士赋》《拟陶渊明闲情赋》《拟班孟坚幽通赋》《拟成公子安啸赋》等。总体来看,书院课赋多以律题为主,仅有极少数汉魏名家赋作拟题。然书院生徒的应试并不仅仅以此为范围,他们对创作技巧、声律、渊源、结构、风格等的省思与争鸣,彰显出清代时赋对唐宋以来赋体创作的文体焦虑与思考。

四、争鸣与潮流:生徒应试与赋学辨体

孟森认为:"清一代学人之成就,多在书院中得之,此固发展文教之一事也。"②据统计,书院发展到清代有 4365 所,其数量是唐、五代、辽、宋、金、元、

---

① 屠倬编:《紫阳书院课余选》,道光四年刻本。
② 孟森:《明清史讲义》,中华书局 1981 年版,第 53 页。

明各朝书院总数的 1.49 倍。十八行省的通都大邑无不设有书院,即便是山村水寨,也可寻觅到书院的踪影。① 可知,清代书院已是非常普遍。若翻检清代生徒所习赋论与赋选,一个明显的现象是除了众多的律赋选本外,还有不少古赋选本及古律会通选本的出现,如张惠言《七十家赋钞》、李元度《赋学正鹄》、鲍桂星《赋则》、李元春《古律赋要》、梁藻普《古赋首选》等。那么古赋为何又在书院掀起热潮呢?

第一,直指律赋弊端,以古救律。就清代科举应试赋来看,以唐、宋赋为准绳,必上至六朝、两汉之韵味,否则仅是合体而已,而无清醒流利、轻灵典切之味。侯心斋《律赋约言》云:“唐赋虽正格,但法疏而意薄,不必多读。”徐斗光《赋学仙丹》曰:“唐律法疏而意简。”即清人对唐代赋体有着明确的辨体认知。从赋体创作来看,李元度《赋学正鹄序》云:

赋者,古诗之流,其体肇于荀卿、宋玉,自周、秦、汉、魏至六朝皆古赋也。唐以诗赋取士,始有律赋之目。古赋变为律赋,犹古文变为时文也。今功令以诗赋取士,馆阁尤重之,试赋除拟古外,率以清醒流利、轻灵典切为宗,正合唐人律体。特唐律巧法未备,往往瑕瑜互见,宋元亦然。

盖尝论赋学有源有流,汉魏六朝之古体,源也;唐宋及今之律体,流也。将握源而治,则必先学汉魏六朝,而后及于律体;将循流以溯源,则由今赋之步武唐人者,神而明之,以渐跻于六朝、两汉之韵味。

李元度梳理历代赋体流变指出,汉魏六朝古赋为源;唐宋及清代律赋为流。习赋之途,可由源及流,亦可循流溯源。此说上承清初陆葇“古赋之名始于唐,所以别乎律也”的分类观,又直指唐代律体弊端,即体制固定,内容空疏。又鲍桂星《赋则》的编选,以唐代律赋为准绳的同时,入选周秦至六朝古赋 18 篇之多,“夫赋有古有律,为古而不求之古,无以为法也;为律而不求之于古,犹无以为法也”②。古赋以夸饰见长,文字上生僻晦涩,奇炫奥博,律赋则又容易陷入玩弄字词、庞杂窒塞,以至毫无灵气可言。因此,科场上的应试赋作应是律赋之体,古赋之魂。书院在编选此类赋集作为士子学习范本的同

① 邓洪波:《中国书院史》,上海东方出版中心 2004 年版,第 404 页。
② 鲍桂星:《赋则》卷首。

时,山长本人作赋亦是如此,如吴锡麟《寒鸦赋》之妙在于"以六朝气韵,就唐贤格律,逐段分写,清丽居宗",顾元熙《春雨五色赋》同样深受六朝三唐赋家影响,"心灵手敏,音雅节和,应推体物擅场,由其功深于六代三唐也"。山长的推尊与示范,为生徒立下风向标。

第二,多读包括赋体在内的古书,可培养时文的涵养。"时文虽科举之学,然非多读古书不能诣极。……非根底于经史,则词烦而寡要;非胎息于古文,则绪乱而无章"①。为此,崇文书院山长薛时雨要求"其法度必宗乎古,其体裁必合乎今,其为学也平实而正当,其为志也洁净而精微,其为言也光明而俊伟"。清沿明制,规定"专取四子书及《易》《书》《诗》《春秋》《礼记》五经命题试士"②,八股文在体制上有明确的要求,由破题、承题、起讲、入题、起股、中股、后股、束股八部分组成,题目一律出自四书五经中的原文。其中破题要求"代圣贤立言",即要模拟圣贤的口气,但又要"代",不能明说圣人名号。在文辞上亦要求颇高,方苞《四书文·凡例》说:"欲理之明必溯源六经而切究乎宋、元诸儒之说,欲辞之当必贴合题义而取于三代、两汉之书,欲气之昌必以义理洒濯其心,而沉潜反复于周、秦、盛汉、唐、宋大家之古文。"清人为作好八股文,在文章的理、气、文辞上花费相当多的功夫而上下求索。随着士子对科举考试的谙熟,有一个特殊的现象便是以赋为时文的出现。梁章钜曾言:"廖佩香与余同在敏求堂会课,久困童子试而志节不衰,年三十六始获一衿,三十九遽卒。余与曾禹门及余兄曼云屡资其家,无子,余又资其立嗣。今未知其能成立否也。生平所作骈体文为最,古、近体诗次之,时文又次之,小赋尤工,历任学使者无不击赏之。作时文亦喜以赋笔行之。"③这种情况是较为普遍的。

第三,古赋是清代汉学家的学术力量。康乾时期,书院讲学取法汉儒注重考订名物训诂,学风一变而为汉学。雍正十三年(1735),广东宝安书院建成,与邑中绅士、诸生行释菜礼,沈曾同《新建宝安书院记》:"伏读上谕,有曰:'朝夕讲诵,整躬励行。'又曰:'黜浮崇实,以储国家械朴菁莪之选'。洋洋乎,是

---

① 陆耀:《任城书院训约》,《切问斋集》卷一四,清嘉庆元年刻本。
② 赵尔巽等:《清史稿》卷一六〇,第3099页。
③ 梁章钜:《制义丛话》卷一九。

彝是训,于帝其训,三代之隆,所以民化而俗成者,由此道也。"①乾隆二十年
(1755),王铭琮《白鹭洲书院学规》:"至于登高作赋,遇物能名,咳唾珠玑,斯
称大雅。拟于每月课期,或试诗赋一篇,或论策论一道,以觇多士学古之力,切
勿视之漠然。"②此并未明说是官课或师课,但学古之风已是大行其道。其主
要宗旨是纠正空疏浮薄之弊。张大昌《拟诂经精舍四集序》云:

> 窃以宋代解经,理甚精也,唐代词赋,律甚细也;而沿习者,言理蹈于
> 空疏,言律入于浮薄……舍训诂考证之功,则不通古书,安得古义;舍翰林
> 子墨之托,则不立奇意,安有奇文。阮文达公创立精舍,惧士习之蹈空疏
> 入浮薄,故课文一宗汉学,约选初、二、三集以示程式。

清政权建立之初,根基不稳,惟恐晚明民族主义者利用书院聚众成势,反
清复明。对书院实行压制政策。顺治九年(1652),诏令"各提学官督率教官、
生儒,务将平日所习经书义理,着实讲求,躬行实践。不许别创书院,群聚徒
党,及号召地方游食无行之徒,空谈废业"。随着康熙帝的文治武略,清政权
得到巩固。书院便成为其拉拢、掌控士人的工具,康熙帝多次给书院御笔赐书
赐匾,内容上以推崇程朱理学为主。在这种政治风向下,书院的讲学内容以解
经为主。如康熙二十七年(1688),周文煊《东壁书院记》曰:"天下书院,独推
白鹿、紫阳而已。要皆有大儒挺生,以兴复洙泗之所传立教,然后天下讲学之
士,川鸣谷应。"③康熙三十年(1691),知府朱璘申请大中丞阁公兴邦,改建南
阳书院。大堂曰"经正堂",二堂为讲堂,东斋曰"主敬",西斋曰"存诚",门庑
庖湢修理略备。一时,来学者百余人,延襄城李孝廉来章教授生徒。④ 嘉庆五
年(1800),阮元建立杭州诂经精舍之目的,便是扭转清代空疏的学术风气。
此后精舍的历任师徒均延续了此种传统。《诂经精舍第四集》序云:"说经之
文多宗古义,即诗赋亦古体居多,非欲求异时流,盖不敢失许郑两先师之家法,
而鳌文达建立精舍之本心也。"也即是说,古赋亦为汉学的有力支持。由此观
之,书院在学风上的崇理抑或崇实,均有着厚重的历史使命感。它是一代士大

---

① 沈曾同:《新建宝安书院记》,广东《东莞县志》卷一七,1921 年铅印本。
② 刘绎:《白鹭洲书院志》卷二,清同治十年白鹭书院刊本。
③ 河北《井陉县志》第十四编,1934 年刊本。
④ 河南《南阳府志》卷二,清康熙三十三年刊本。

夫修齐治平、传承学术的精神依托,又是士子展现自我、追名逐利的阶梯,还是国家精神导向的传声筒。

书院生徒对古赋的重视热潮,恰与元明以来文坛的复古思潮一脉相承。自元代祝尧提出"心乎古赋者,诚当祖骚而宗汉"后,在明代引起诸多回响,如陈山毓提出"八代无文,唐室无赋",何景明以为"经亡而骚作,骚亡而赋作,赋亡而诗作。秦无经,汉无骚,唐无赋,宋无诗"等,所不同的是,书院之古赋有与律赋相对之意,复古家则有突出屈骚汉赋之意。清人对赋体的辨析似又与汉人赋用论背景下讽与劝的矛盾如出一辙。当然其根本在于赋体创作一方面在辞章上极尽宏衍博丽,一方面又强调其讽喻劝谏之功用的矛盾。清人亦是如此,既在文体上采用律体之制,又在内容上要求弘丽温雅。于是,下至书院生徒,上至翰苑诸臣,清人赋作在古、律之争的潮流中寻求着最完美的契合和诠释。

参 考 文 献

一、古籍类（按著者姓氏排列）

（汉）班固：《汉书》，中华书局 1964 年版。

（清）鲍桂星：《赋则》，道光二年刻本。

（清）包世臣：《艺舟双楫》，上海书店出版社 1994 年版。

（宋）晁公武著，孙猛校证：《郡斋读书志校证》，上海古籍出版社 2011 年版。

（宋）陈振孙：《直斋书录解题》：中华书局 1985 年版。

（宋）陈思：《两宋名贤小集》，文渊阁《四库全书》本。

（明）陈与郊：《文选章句》，《四库存目丛书》影印中国人民大学图书馆藏明万历二十五年刻本。

（明）陈山毓：《靖质居士文集》，《四库禁毁书丛刊》影印明天启刻本。

（明）陈山毓：《赋略》，明崇祯刻本。

（明）陈仁锡：《陈仁锡评后汉书》，明积秀堂梓行本。

（明）陈仁锡：《陈仁锡评点史记》，明崇祯刻本。

（清）陈廷焯：《白雨斋词话》，清光绪二十年刻本。

（清）程祥栋：《东湖草堂赋钞》，清同治五年抱朴山房刻本。

（汉）戴德：《大戴礼记》，《四部丛刊初编》本，上海商务印书馆 1926 年版。

（清）戴纶喆：《汉魏六朝赋摘艳谱说》，光绪九年刻本。

（明）邓椿：《画继》，明津逮遗书本。

（清）董士锡：《齐物论斋文集》，清道光二十年江阴暨阳书院刻本。

（清）丁丙：《善本书室藏书志》，清光绪刻本。

293

（刘宋）范晔：《后汉书》，中华书局 1965 年版。

（唐）房玄龄等：《晋书》，中华书局 1974 年版。

（宋）范仲淹：《范仲淹全集》，四川大学出版社 2012 年版。

（明）冯梦龙：《古今谭概》，明刻本。

（明）冯有翼：《秦汉文钞》，《四库存目丛书》影印明万历十一年清音馆刻本。

（明）费经虞：《雅伦》，清康熙四十九年刻本。

（明）傅维鳞：《明书》，清畿辅丛书本。

（清）方东树：《考盘集文录》，清光绪二十年刻本。

（清）方廷珪：《昭明文选集成》，清乾隆傲范轩版。

（清）方浚师：《蕉轩随录》，清同治十一年刻本。

（晋）葛洪：《西京杂记》，《古小说丛刊》本，中华书局 1985 年版。

（宋）龚鼎臣：《东原录》，文渊阁《四库全书》本。

（明）郭正域：《选赋》，明吴兴凌氏凤笔阁刻本。

（明）顾锡畴：《秦汉鸿文》，《四库存目丛书》影印北京师范大学图书馆藏明崇祯刻本。

（明）郭正域：《郭明龙稿》，国家图书馆藏明明末陈氏石云居刻本。

（明）高棅：《唐诗品汇》，上海古籍出版社 1982 年版。

（明）顾璘：《唐音评注》，河北大学出版社 2010 年版。

（清）顾炎武：《日知录集释》，岳麓书社 1994 年版。

（清）顾炎武：《顾炎武诗文集》，中华书局 1983 年版。

（清）顾炎武著，黄汝成集释：《日知录集释》，上海古籍出版社 2013 年版。

（清）高廷珍：《东林书院志》，清雍正刻本。

（清）管同：《因寄轩文集》，道光十三年管氏刻本。

（宋）黄昇：《花庵词选》，上海古籍出版社 2007 年版。

（明）胡应麟：《少室山房笔丛》，中华书局 1958 年版。

（明）胡应麟：《诗薮》，中华书局 1958 年版。

（明）何良俊：《四友斋丛说》，上海古籍出版社 2012 年版。

（明）黄震：《慈溪黄氏日钞分类古今纪要》，文渊阁《四库全书》本。

（明）憨山德清：《憨山老人梦游全集》，清顺治十七年毛褒等刻本。

（清）何焯：《义门先生集》，清道光三十年姑苏刻本。

（清）何焯：《义门读书记》，中华书局 1987 年版。

（清）洪若皋：《南沙文集》，《四库存目丛书》影印南京图书馆藏清康熙刻本。

（清）洪若皋：《昭明文选越裁》，《四库存目丛书》影印广西师范大学图书馆藏清康熙名山聚刻本。

侯俊德：《新繁县志》，1946 年线装本。

（明）金圣叹评点：《西厢记》，上海古籍出版社 2011 年版。

（明）金蟠：《史记汇评》，明崇祯刻本。

（明）焦竑：《国史经籍志》，《丛书集成初编》第 28 册，中华书局 1985 年版。

（清）郏抡才：《古小赋钞》，嘉庆十七年刻本。

（清）姜学渐：《味竹轩赋话》，同治六年刻本。

（清）孔尚任：《桃花扇》，上海古籍出版社 2012 年版。

（清）孔继涵：《熊文端公年谱》，《北京图书馆藏珍本年谱丛刊》本。

（梁）刘勰著，范文澜注：《文心雕龙》，人民文学出版社 1962 年版。

（后晋）刘昫：《旧唐书》，中华书局 1975 年版。

（唐）柳宗元：《柳宗元集》，中华书局 1979 年版。

（宋）楼昉：《迂斋先生标注崇古文诀》，北京图书馆出版社 2005 年版。

（宋）楼昉：《崇古文诀》，文渊阁《四库全书》本。

（宋）林之奇：《东莱集注类编观澜文集》，《宛委别藏》本。

（宋）吕祖谦：《宋文鉴》，《四部丛刊》景宋刊本。

（宋）吕祖谦：《古文关键》，文渊阁《四库全书》本。

（宋）李昉等：《文苑英华》，中华书局 1966 年版。

（元）刘埙：《隐居通议》，文渊阁《四库全书》本。

（元）刘因：《静修集·续集》，文渊阁《四库全书》本。

（元）刘将孙：《养吾斋集》，文渊阁《四库全书》本。

（明）李梦阳：《空同集》，文渊阁《四库全书》本。

（明）李濂：《嵩渚文集》，明嘉靖刻本。

（明）凌稚隆：《史记评林》，万历四年刻本。

（明）凌稚隆：《汉书评林》，清同治甲戌年长沙魏氏养翮书屋刻本。

（明）刘节：《广文选》，《四库全书存目丛书》据首都图书馆藏明嘉靖十六年陈蕙刻本影印，297 册。

（明）李淳：《选文选》，清华大学图书馆藏明刻二十五年刻本。

（明）李贤：《明一统志》，明万历刻本。

（明）陆弘祚辑订：《文选纂注评苑》，明万历克勤斋余碧泉刻本。

（明）郎瑛：《七修类稿》，中华书局 1959 年版。

（明）李日华：《味水轩日记》，上海远东出版社 1996 年版。

（清）陆葇：《历朝赋格》，《四库全书存目丛书》影印清华大学图书馆藏清康熙刻本。

（清）林仲懿：《读骚管见》，《四库存目丛书》影印山东大学馆藏乾隆十年世锦堂刻本。

（清）李兆洛：《骈体文钞》，上海古籍出版社 2002 年版。

（清）李元春：《古律赋要》，道光庚戌刻本。

（清）梁章钜：《退庵随笔》，清道光十六年刻本。

（清）梁章钜：《制义丛话》，清咸丰九年刻本。

（清）梁章钜：《试律丛话》，上海书店出版社 2001 年版。

（清）李元度：《赋学正鹄》，清光绪七年长沙奎光楼刻本。

（清）李元度：《天岳山馆文钞》，岳麓书社 2009 年版。

（清）李调元：《赋话·新话》，《丛书集成初编》本。

（清）路德：《柽桦馆文集》，光绪七年（1881）解梁刻本。

（清）刘咸炘：《刘咸炘论史学》，上海科学技术文献出版社 2008 年版。

（清）刘声木：《桐城文学渊源考》，黄山书社 2012 年版。

（清）李慈铭：《越缦堂读书记》，中华书局 1963 年版。

（清）李渔：《闲情偶寄》，凤凰出版社 2009 年版。

林纾选评：《古文辞类纂》，浙江古籍出版社 1986 年版。

（明）闵齐华：《文选瀹注》，《四库存目丛书》影印广西师范大学图书馆藏明末乌程闵氏刻本。

（明）闵齐华注，孙月峰评：《文选瀹注》，清康熙刻本。

（明）茅坤：《史记抄》，《四库存目丛书》影印首都图书馆浙江图书馆藏明万历三年自刻本。

（清）毛岳生：《休复居文集》，嘉定黄氏道光刊本。

（清）梅曾亮：《古文词略》，同治丁卯季春合肥李氏校刊。

（明）倪元璐：《秦汉文尤》，《四库存目丛书》影印南京图书馆藏明末刻本。

（清）倪涛：《六艺之一录》，文渊阁《四库全书》本。

（宋）欧阳守道：《巽斋文集》，文渊阁《四库全书》本

（宋）欧阳修：《欧阳修诗文集校笺》，上海古籍出版社 2009 年版。

（清）潘遵祁：《唐律赋钞》，光绪二年榤香室增补本。

（清）皮锡瑞：《经学历史》，中华书局 2011 年版。

（清）蒋彤：《李申耆先生兆洛年谱》，《中国近代史料丛刊》本。

（明）钱希言：《戏瑕》，明刻本。

（清）钱季乡：《钱隐叟遗集》，1921 年铅印本。

（清）秦瀛：《小岘山人集》，清嘉庆刻增修本。

（清）钱谦益：《牧斋初学集》，上海古籍出版社 1985 年版。

（清）钱谦益：《牧斋有学集》，上海古籍出版社 1996 年版。

（清）全祖望：《鲒埼亭集》，《续修四库全书》影印清嘉庆九年刻本。

（清）全祖望：《宋元学案》，商务印书馆 1928 年版。

（清）求益斋主人：《增广文选六种》，光绪乙未仲冬上海鸣宝斋石印本。

（清）永瑢等：《四库全书总目》，中华书局 1965 年版。

（清）阮元：《儒林传稿》，清嘉庆刻本。

（汉）司马迁：《史记》，中华书局 1959 年版。

（宋）孙奕：《履斋示儿编》，元刘氏学礼堂刻本。

（宋）苏轼：《仇池笔记》，华东师范大学出版社 1983 年版。

（明）宋濂等：《元史》，中华书局 1976 年版。

（明）宋濂：《宋学士文集》，《四部丛刊初编》本。

（明）孙鑛:《孙月峰先生批评礼记》,《四库存目丛书》影印苏州市图书馆藏明末天益山刻本。

（明）孙鑛:《居业次编》,明万历四十年吕胤筲刻本。

（明）孙鑛:《孙月峰批评史记》,明刻本。

（明）孙鑛:《孙月峰批评汉书》,明末天益山刻本。

（明）施重光:《赋珍》,明万历刻本。

（清）孙奇逢:《夏峰先生集》,清道光二十五年大梁书院刻本。

（清）施补华:《泽雅堂文集》,清光绪十九年刻本。

（清）孙清达:《竹笑轩赋钞》,清咸丰三年聚盛堂刊本。

（清）孙琮:《史记选》,康熙丙午刻本。

（清）孙洙:《山晓阁重订文选》,康熙丙寅刻本。

（清）施补华:《泽雅堂文集》,《续修四库全书》影印清光绪十九年陆心源刻本。

（元）陶宗仪:《南村辍耕录》,明初刻本。

（元）脱脱等:《宋史》,中华书局 1977 年版。

（明）唐顺之:《荆川批点史记》,明天启癸亥冬日吴兴刻本。

（明）陶望龄:《陶文简公集》,明天启七年陶履中刻本。

（明）汤显祖评点:《花间集》,河北大学出版社 2006 年版。

（清）汤稼堂:《律赋衡裁》,清乾隆二十五年瀛经堂藏版。

（清）汤谐:《史记半解》,商务印书馆 2013 年版。

（清）唐文治:《浣花庐赋钞》,1928 年俞世德堂本。

（唐）魏徵等:《隋书》,中华书局 1982 年版。

（宋）吴曾:《能改斋漫录》,中华书局 1960 年版。

（明）汪道昆:《汪道昆选评秦汉六朝文》,万历二十五年海阳竹林汪氏刻本。

（明）王十朋:《梅溪先生文集》,《四部丛刊》景明正统刻本。

（明）温体仁等:《明神宗实录》,清光绪十四年刻本。

（明）王阳明:《王阳明全集》,上海古籍出版社 1992 年版。

（明）吴讷:《文章辨体序说》,人民文学出版社 1962 年版。

（明）王世贞著,罗中鼎校注:《艺苑卮言校注》,齐鲁书社 1992 年版。

（明）汪道昆:《太函集》,黄山书社 2004 年版。

（清）王之绩:《铁立文起》,《续修四库全书》影印清康熙刻本。

（清）王士禛:《唐贤三昧集》,康熙刻本。

（清）王修玉:《历朝赋楷》,《四库全书存目丛书》影印福建图书馆藏清康熙刻本。

（清）王芑孙:《古赋识小录》,嘉庆二十二年衣言堂彭氏刻本。

（清）王士禛:《池北偶谈》,清文渊阁《四库全书》本。

（清）吴锡麒:《论律赋》,道光二十八年（1848）三松堂刻本。

（清）吴汝纶:《桐城吴先生诗文集》,清光绪刻桐城吴先生全书本。

（清）吴德旋:《初月楼文续钞》,花雨楼校本。

（清）王拯:《归方评点史记合笔》,清光绪元年刻本。

（清）王先谦:《虚受堂文集》,清光绪二十六年刻本。

（清）吴德旋:《初月楼古文绪论》,清宣统武进盛氏刻常州先哲遗书后编本。

（清）文廷式:《纯常子枝语》,1943 年刻本。

（清）王夫之:《王船山诗文集》,中华书局 1983 年版。

（清）汪荣宝:《法言义疏》,中华书局 1987 年版。

（清）吴汝纶著,宋开玉整理:《桐城吴先生日记》,河北教育出版社 1999 年版。

（清）吴汝纶:《吴汝纶全集》,黄山书社 2002 年版。

（清）魏谦升:《赋品》,王冠《赋话广聚》据抄本重排,北京图书出版社 2006 年版。

（清）王葆心:《古文辞通义》,武汉大学出版社 2008 年版。

（清）吴吴山三妇合评:《牡丹亭》,上海古籍出版社 2008 年版。

（清）王夫之著,戴鸿森笺注:《姜斋诗话笺注》,上海古籍出版社 2012 年版。

（宋）项安世:《项氏家说》,文渊阁《四库全书》本。

（明）夏良胜:正德《建昌府志》,明正德刻本。

（明）谢肇淛:《五杂俎》,明万历四十四年潘膺祉如韦馆刻本。

（明）谢榛:《四溟诗话》,人民文学出版社 1961 年版。

（明）徐师曾:《文体明辨序说》,人民文学出版社 1962 年版。

（清）徐康:《前尘梦影录》,清光绪二十三年江标刻本。

（唐）殷璠:《河岳英灵集》,巴蜀书社 2006 年版。

（元）杨维桢:《丽则遗音》,文渊阁《四库全书》本。

（明）袁宗道:《白苏斋类集》,上海古籍出版社 2007 年版。

（明）袁宏道著,钱伯城笺校:《袁宏道集笺校》,上海古籍出版社 2008 年版。

（明）杨慎:《升庵著述序跋》,云南人民出版社 1985 年版。

（明）杨士奇:《东里集》,文渊阁《四库全书》本。

（明）杨士奇:《东里集·续集》,文渊阁《四库全书》本。

（明）俞王言:《辞赋标义》,明万历二十九年刻本。

（明）袁宏道、王三余:《精镌古今丽赋》,明崇祯四年刻本。

（明）袁黄:《新刻八代文宗评注》,明建邑书林叶天熹刻本。

（明）叶盛:《水东日记》,文渊阁《四库全书》本。

（明）袁中道:《游居柿录》,上海远东出版社 1996 年版。

（清）于敏中、英廉等编:《钦定日下旧闻考》,文渊阁《四库全书》本。

（清）袁枚:《随园诗话》,人民文学出版社 1982 年版。

（清）叶燮:《已畦集》,《四库存目丛书》影印清康熙间叶氏二叶草堂刻本。

（清）姚莹:《东溟文集》,《续修四库全书》影印湖北省图书馆藏清同治六年姚濬昌安福县署刻中复堂全集本。

（清）姚鼐:《惜抱轩全集》,中国书店出版社 1991 年版。

（清）姚文田:《赋法》,嘉庆辛酉刻本。

（清）余丙照:《赋学指南》,道光二十八年刻本。

（清）于光华:《文选集评》,渔古山房藏版。

（清）于光华:《心简斋集录》,清乾隆三十五年尊闻堂刻本。

（清）姚范:《援鹑堂笔记》,道光十六年刻本。

（清）叶德辉：《书林清话》，国家图书馆出版社 2009 年版。

（清）姚鼐：《古文辞类纂》，吉林人民出版社 1998 年版。

（宋）赵蕙：《诗辨说》，商务印书馆 1937 年版。

（宋）朱熹：《楚辞集注》，上海古籍出版社 2001 年版。

（宋）真德秀：《文章正宗》，北京图书馆出版社 2006 年版。

（宋）周必大：《文忠集》，文渊阁《四库全书》本。

（元）祝尧：《古赋辨体》，文渊阁《四库全书》本。

（明）周履靖：《赋海补遗》，明书林叶如春本。

（明）钟人杰：《钟人杰评后汉书》，明万历刻本。

（明）钟惺：《史怀》，《四库存目丛书》影印明刻本。

（明）钟惺：《钟惺评史记》，沈国来大来堂刻本。

（明）钟惺：《隐秀轩集》，明天启二年沈春泽刻本。

（明）张凤翼：《文选纂注》，《四库存目丛书》影印广西师范大学图书馆藏明万历刻本。

（明）张凤翼：《文选纂注评林》，国家图书馆藏金昌叶敬溪刻本。

（明）张凤翼：《处实堂集》，明万历刻本。

（明）邹思明：《文选尤》，《四库存目丛书》影印中央民族大学图书馆藏明天启二年刻三色套印本。

（明）周应治：《广广文选》，《四库全书存目补编》据清华大学图书馆藏明崇祯八年周元孚刻本影印，19 册。

（明）朱子蕃汇辑，霍林、汤宾尹校正：《百大家评注史记》，民国六年上海同文图书馆印。

（明）张京元：《删注楚辞》，浙江图书馆藏明万历戊午刊本。

（明）张岱：《琅嬛文集》，岳麓书社 1995 年版。

（明）卓人月：《古今词统》，辽宁教育出版社 2007 年版。

（清）赵维烈：《历代赋钞》，康熙二十五年刻本。

（清）朱一飞：《律赋拣金录》，清乾隆当湖刘氏刻本。

（清）周星：《九烟先生遗集》，清道光二十九年左仁周诒朴刻本。

（清）张惠言：《七十家赋钞》，清道光元年合河康氏刻本。

（清）张惠言：《七十家赋钞》，北京大学图书馆藏稿本丛书（第三部）。

（清）张惠言：《词选》，河北大学出版社 2006 年版。

（清）曾国荃：《湖南通志》，光绪十一年刻本。

（清）张惟骧：《清代毗陵名人小传稿》，常州旅沪同乡会 1944 年版。

（清）张廷玉等：《明史》，中华书局 1974 年版。

（清）赵尔巽等：《清史稿》，中华书局 1977 年版。

（清）章学诚：《校雠通义》，中华书局 1985 年版。

（清）章学诚：《章学诚遗书》，文物出版社 1985 年版。

（清）章学诚：《文史通义》，中华书局 1985 年版。

（清）曾国藩：《评注古文四象》，上海有正书局本。

（清）曾国藩：《曾文正公杂著》，《近代文学史料丛刊》本。

（清）曾国藩：《曾国藩全集》（第八部），吉林人民出版社 1995 年版。

（清）曾国藩：《曾国藩诗文集》，上海古籍出版社 2005 年版。

（清）张之洞撰，范希曾补正：《书目答问》，中华书局 2011 年版。

（清）张之洞编撰，范希曾补正，孙文泱增订：《輶轩语》，中华书局 2011 年版。

（清）张裕钊：《濂亭集》，上海古籍出版社 2012 年版。

二、今人著述类（按著者姓氏排列）

陈洪：《中国小说理论史》，天津教育出版社 2005 年版。

程翔章、曹海东：《书画同源》，武汉测绘科技大学出版社 1997 年版。

褚斌杰：《中国古代文体概论》，北京大学出版社 1992 年版。

范志新：《文选版本论稿》，江西人民出版社 2003 年版。

何忠礼：《南宋科举制度史》，人民出版社 2009 年版。

胡适：《中国章回小说考证》，安徽教育出版社 1999 年版。

黄永武：《中国诗学·考据篇》，台湾巨流图书公司 1977 年版。

黄侃：《文选平点》，中华书局 2006 年版。

林纾：《春觉斋论文》，人民文学出版社 1959 年版。

鲁迅：《鲁迅全集》第七部，人民文学出版社 1991 年版。

林岗:《明清之际小说评点学之研究》,北京大学出版社 1999 年版。

李建中:《中国文学批评史》,武汉大学出版社 2008 年版。

李子广:《科举文学论》,中国社会科学出版社 2012 年版。

骆鸿凯:《文选学》,知识产权出版社 2013 年版。

林传甲:《中国文学史》,知识产权出版社 2013 年版。

马积高:《历代辞赋研究史料概述》,中华书局 2001 年版。

马积高:《清代学术思想的变迁与文学》,湖南出版社 1996 年版。

马建智:《中国古代文体分类研究》,中国社会科学出版社 2008 年版。

彭玉平:《诗文评的体性》,北京大学出版社 2012 年版。

屈守元:《文选导读》,巴蜀书社 1993 年版。

钱锺书:《管锥编》,中华书局 1986 年版。

钱锺书:《谈艺录》,生活·读书·新知三联书店 2001 年版。

钱穆:《中国学术通义》,九州出版社 2012 年版。

任宜敏:《中国佛教史》,人民出版社 2009 年版。

孙琴安:《中国评点文学史》,上海社会科学院出版社 1999 年版。

孙福轩:《清代赋学研究》,杭州大学出版社 2008 年版。

石麟:《中国古代小说评点派研究》,中国社会科学出版社 2011 年版。

谭帆:《中国小说评点研究》,华东师范大学出版社 2011 年版。

王治秋:《琉璃厂史话》,生活·读书·新知三联书社 1963 年版。

王重民:《中国善本书提要》,上海古籍出版社 1983 年版。

王运熙、杨明:《魏晋南北文学批评史》,上海古籍出版社 1989 年版。

万光治:《汉赋通论》,巴蜀书社 1989 年版。

韦力:《批校本》,江苏古籍出版社 2003 年版。

王立群:《现代〈文选〉学史》,中国社会科学出版社 2003 年版。

王书才:《明清文选学述评》,上海古籍出版社 2008 年版。

王水照、朱刚主编:《中国古代文章学的成立与展开:中国古代文章学论集》,复旦大学出版社 2011 年版。

萧鹏:《群体的选择——唐宋人选词与词选通论》,文津出版社 1992 年版。

肖东发:《中国图书出版印刷史论》,北京大学出版社 2001 年版。

徐复观:《中国文学精神》,上海书店出版社 2004 年版。

许结:《赋学:制度与批评》,中华书局 2013 年版。

余嘉锡:《古书通例》,岳麓书社 2010 年版。

游志诚:《文选学综观研究法》,台北花木兰文化出版社 2011 年版。

朱世英等:《中国散文通论》,安徽教育出版社 1995 年版。

邹云湖:《中国选本研究》,生活·读书·新知三联书店 2002 年版。

章培恒、王靖宇主编:《中国文学评点研究》,上海古籍出版社 2002 年版。

张智华:《南宋诗文选本研究》,北京师范大学出版社 2002 年版。

詹杭伦:《清代律赋论稿》,台湾学生书局 2002 年版。

赵前:《明本》,江苏古籍出版社 2003 年版。

詹杭伦:《唐宋赋学研究》,中国社会科学出版社 2004 年版。

周积寅:《中国画论辑要》,江苏美术出版社 2005 年版。

张伯伟:《中国古代文学批评方法研究》,中华书局 2006 年版。

踪凡:《汉赋研究史论》,北京大学出版社 2007 年版。

祝尚书:《宋代文学探讨集》,大象出版社 2007 年版。

赵俊玲:《〈文选〉评点研究》,上海古籍出版社 2013 年版。

祝尚书:《宋元文章学》,中华书局 2013 年版。

张世禄:《中国文艺变迁论》,商务印书馆 1934 年版。

三、今人论文类(按著者姓氏排列)

曹虹:《清嘉道以来不拘骈散论的文学史意义》,《文学评论》1997 年第 3 期。

曹虹:《赋史奇才董士锡的文学成就》,《南通大学学报》2010 年第 3 期。

郭绍虞:《赋在中国文学史上的地位》,《小说月报》第 17 卷号外,1927 年 6 月。

何新文:《二十世纪赋文献的辑录与整理》,《文献》1998 年第 2 期。

何新文、王园园:《新世纪十年:古代赋学研究的繁荣与趋向》,《湖北大学学报》2012 年第 2 期。

郝幸仔:《论明代文选删述本的指南性》,《浙江社会科学》2010 年第 10 期。

巩本栋:《汉赋起源新论》,《学术研究》2010 年第 10 期。

李士彪:《三品论赋——〈汉书艺文志诗赋略〉前三种分类遗意新说》,《鲁东大学学报》2006 年第 3 期。

李新宇:《论〈古赋辨体〉的情统观》,《晋阳学刊》2008 年第 1 期。

龙文玲:《摹拟与超越——从汉赋看文体嬗变的规律》,《广西社会科学》2011 年第 3 期。

任竟泽:《祝尧〈古赋辨体〉的辨体理论体系》,《安徽大学学报》2014 年第 5 期。

饶福婷:《明代汉赋选研究》,南京大学 2013 年博士学位论文。

钱仲联:《清人诗文论十评·阮元〈文言说〉》,《扬州师院学报》1962 年第 6 期。

孙巧云:《元明清楚辞学研究》,苏州大学 2011 年博士学位论文。

王水照、慈波:《宋代:中国文章学的成立》,《复旦学报》2009 年第 2 期。

王楠:《近五年赋体文学与小说关系研究述评》,《河北科技学院学报》2013 年第 4 期。

吴承学:《现存评点第一书——论〈古文关键〉的编选、评点及其影响》,《文学遗产》2013 年第 4 期。

吴承学:《评点之兴——文学评点的形成和南宋的诗文评点》,《文学评论》1995 年第 1 期。

许结:《明代唐无赋说辨析——兼论明赋创作与复古思潮》,《文学遗产》1994 年第 4 期。

许结:《二十世纪赋学研究的回顾与展望》,《文学评论》1998 年第 6 期。

许结:《历代论文赋的创生与发展》,《文史哲》2005 年第 3 期。

许结:《明代的选学与赋论》,《南京师范大学学报》2013 年第 3 期。

杨居让、姜妮:《袁选〈精镌古今丽赋〉价值初探》,《图书馆理论与实践》2010 年第 1 期。

易闻晓:《论汉代赋颂文体的交越互用》,《文学评论》2012 年第 1 期。

踪凡：《〈古赋辨体〉的汉赋观》，《首都师范大学大学学报》2003 年第 2 期。

踪凡：《论明代的汉赋评点》，《中州学刊》2012 年第 3 期。

赵敏俐：《二十世纪赋体研究的几个问题——兼谈中国特色的文学史理论体系建设》，《北京大学学报》2005 年第 4 期。

祝尚书：《南宋古文评点缘起发覆——兼论古文评点的文章学意义》，《四川大学学报》2005 年第 4 期。

祝尚书：《关于文章学研究的几点思考》，《社会科学战线》2013 年第 1 期。

后　　记

　　博士毕业七年之后,有了此书的出版。作为我学术道路上的处女作,尽管它呈现出来的面目还是比较青涩,还有许多不尽人意的地方,但总算是自家田地里结出的果实,拿来敝帚自珍一番。

　　农村出身的我,读书大概是改变命运最直接的途径了。大学期间,为了生活宽裕点,我最感兴趣的怕是各种兼职了,后来等我拼尽全力努力考研之后,却是名落孙山。好在硕导易闻晓先生了解我的情况之后,接受了我的调剂申请,并将我收入门下,引导培养我走向学术研究的道路。其间先生和师母对我关怀备至,使我至今仍感恩在心。可以说,没有硕导的支持和培养,我可能完全走向另一种人生了。2012年,我考入南京大学,跟随许结先生读博,大概是我考学路上第一次得偿所愿。南大良好的读书氛围,博学风雅的诸多先生,既开阔了视野,也给了我不一样的感受。最值得提出的是许老师殿堂级的为人和学术,给了我莫大的治愈。许老师曾开玩笑说我总是想不开,跟着他学习正好合适。(意思是我视野不够开阔)如果说春有百花秋有月,夏有凉风冬有雪。记不清有多少春花、秋实、夏夜、冬雪的日子里,许老师和师门一众师兄妹们一起爬山、观景、打牌、喝茶、赏月,聊学术、品生活、谈经历、讲见闻,给了每天苦苦思索论文和读书的我们莫大的慰藉。同门们亲如兄妹、其乐融融的场景也给了读博压力下的苦涩心境以无限欢愉。三年的时光短暂,最终我也顺利毕业并回到贵州师范大学任教。

　　工作之后,生活、工作和学术常常不能兼得。我也常常怀念曾经有大片整块时间读书、学习的岁月。期冀孩子大点,能回到曾经尽力拼搏学术的状态。2022年惊蛰之后,公公身体抱恙,儿子任性调皮,闺女此时偏也不甘寂寞,本该在清明之后出生的她,这时早早的降临人间。先生在将我和闺女接出医院病房送到月子中心之后,转头又带公公去济南复查身体。至此,全家人兵分三路,婆婆在家里照顾因疫情停课的儿子,先生陪公公去济南看病,我在月子中心照顾闺女。与此同时,全国疫情卷土重来,因上海回来的确诊病例,使得老家所在的这个北方小城也前所未有地紧张起来,封集,封村,封城,好在我住的月子中心是县城医院开设的,吃的,喝的并没有因此而短缺,只是出行实在不便。不敢说这一年有多艰难,焦心,忧虑怕是在所难免。而儿子、女儿的成长,公婆的康健,书稿的面世等,都将是这平凡人生中的最大幸福和希冀。而我所期冀的未来到来之前,便是脚踏实地的努力,缓缓的积累与向前不止。

值得提出的是,本书得以出版,要特别感谢先生和赵圣涛编辑。前者是我生活和工作的大后方。后者是本书的伯乐,并为本书做了很多工作。还要感谢单位的及时、有力支持,是本书出版的经济基础和直接根源。

禹 明 莲
2022 年 4 月 11 日于东书院

责任编辑：赵圣涛
封面设计：王欢欢
责任校对：吕　飞

图书在版编目（CIP）数据

汉赋评点研究/禹明莲 著. —北京：人民出版社，2021.12
ISBN 978－7－01－023993－4

Ⅰ.①汉…　Ⅱ.①禹…　Ⅲ.①汉赋－文学研究　Ⅳ.①I207.22

中国版本图书馆 CIP 数据核字（2021）第 233449 号

汉赋评点研究

HANFU PINGDIAN YANJIU

禹明莲　著

人 民 出 版 社 出版发行
（100706　北京市东城区隆福寺街 99 号）

中煤（北京）印务有限公司印刷　新华书店经销

2021 年 12 月第 1 版　2021 年 12 月北京第 1 次印刷
开本：710 毫米×1000 毫米 1/16　印张：19.75
字数：350 千字

ISBN 978－7－01－023993－4　定价：89.00 元

邮购地址 100706　北京市东城区隆福寺街 99 号
人民东方图书销售中心　电话（010）65250042　65289539